천만 명
속의 너

천만 명 속의 너

장편 소설

이정숙

천만 명 속의 너

1판 1쇄 찍음 2016년 2월 17일
1판 1쇄 펴냄 2016년 2월 23일

지은이 | 이정숙
펴낸이 | 정 필
펴낸곳 | (주)뿔미디어

기획 · 편집 | 박경희

출판등록 | 2002년 9월 11일 (제1081-1-132호)
주소 | 경기도 부천시 원미구 소향로 17, 303(두성프라자)
전화 | 032)651-6513 / 팩스 032)651-6094
E-mail | scarlets2012@hanmail.net
블로그 | http://blog.naver.com/dahyangs
홈페이지 | http://bbulmedia.com

값 9,000원

ISBN 979-11-315-6963-4 03810

Contents

프롤로그

운명은 발자국 없이 찾아온다.

예고도 없이 주변을 배회하다 어느 날 내 눈앞에 와 있는 것.

그렇게 그를 다시 만났다.

나는 그때까지 기억하지 못하고 있었다.

다시 만난 그가 선명히, 가슴 떨릴 절박함으로 떠올려 주기 전까진……

"응, 지금 올라가고 있어. 안 그래도 어두운데 비까지 내리고 으…… 무서워."

[귀신 한 마리 툭 튀어나오는 거 아냐?]

"하, 하지 마! 무섭잖아!"

[쿡! 푸하핫!]

비가 추적추적 내리는 지방 국도를 해나의 차가 달리고 있었다.

자정이 가까워 오는 시간의 인적 없는 국도는 칠흑같이 어두웠다. 불빛이라곤 드문드문 고장 난 가로등과 헤드라이트뿐인데, 비까지 내려 더욱 한 치 앞도 분간하기 힘들었다.

"진짜 뭐라도 나올 것 같단 말이야."

[원래 비 오는 으슥한 밤엔 살인마가 돌아다니는 법이지.]

"최선미!"

[깔깔! 하여튼 놀려 먹는 재미가 있다니까.]

해나는 당장에라도 이어폰을 뽑아 버리고 싶은 걸 꾹 참았다.

[그러니까 아버지 납골당을 옮기라니까. 내려갈 때마다 달달 떨면서 사람 귀찮게나 하고.]

"고향에 안치해 드리고 싶으니 그러지."

[그럼 좀 일찍 내려가든가.]

"담부턴 그래야 할까 봐. 그래도 영업시간 준수는 고객들과의 약속……."

[어이구! 누가 들으면 무슨 대기업 운영하는 줄 알겠다. 하루에 총 손님 열 명도 안 되는 케이크 가게 하나 갖고.]

"시끄럽거든?"

[아, 몰라. 대충 말상대 해 줬으니까 이제 끊어. 나 치맥 한 판 때려야 돼.]

"선미야! 끊지 마. 나 진짜 무섭단 말이야! 내가 치맥보다 못해? 내가 먼저야? 치맥이 먼저야?"

[치맥.]

"알았어! J 콘서트 같이 갈게!"

[진짜? 진짜지? 이 녀석, 그렇게 싫다 하더니! 분명히 같이 간다

고 말했다. 그렇담 내가 소중한 치맥을 좀 미뤄 주지.]

이거야말로 울며 겨자 먹기.

해나는 한숨을 삼켰다.

죽순이 선미를 꾀는 방법은 단순했다. 무조건 함께 콘서트 가 준다고 하면 오케이, 자다가도 벌떡 일어나는 그분을 향한 지극한 사랑.

"스물일곱이나 먹은 것이 아직까지 아이돌 죽순이라니 창피한 줄 알아."

[야! 아이돌 아니라고 몇 번을 말해? 5년 전에 혜성처럼 나타나서 이례적으로 짧은 기간에 정상에 오른 희대의 톱스타라고! 톱 가수이자 명품 배우, 칸이 인정한 월드스타, 중국 일본에서 전용기 태워 모셔 가는 대형 한류 스타…….]

"네에. 못 알아 봬서 죄송합니다."

[그니까 너도 TV 좀 봐, 이 무식한 것아! 너 첨에 우리 '진' 오빠더러 청바지냐고 했었지? 어처구니없어서.]

이걸 그냥 치맥 쪽으로 던져 버려?

사실 해나는 TV 같은 매체, 특히 가수들이 나오는 프로그램은 더욱 잘 보질 못했다.

"어? 저게 뭐지?"

그때 무언가를 발견한 해나가 밝은 갈색 눈동자를 가늘게 떴다. 왔다 갔다 하는 와이퍼 너머로 이상한 게 보였다.

하늘에 구멍이라도 뚫린 듯 퍼붓고 있는 비, 그리고 인적 드문 지방 국도의 을씨년스러운 풍경. 그곳에서, 굉장히 큰 차가 가드레일에 박혀 차체가 기우뚱 기울어 있었다.

설마 교통사고?

"으, 선미야. 잠깐 끊어 봐."

[뭐? 방금까진 끊지 말라고 난리더니.]

"그게 아니라 아무래도 사고가…… 났나 봐."

[뭐? 야, 너 사고 났어?]

"나중에 말해 줄게! 미안!"

서둘러 전화를 끊은 해나는 차를 세우자마자 우산을 펼치며 사고 난 차량으로 달려갔다. 차체 주변으로 불길한 흰 연기가 피어오르고 있었다. 혼자 깜빡이고 있는 비상등, 반쯤 우겨진 앞 범퍼와 차체.

작은 사고인 줄 알았는데 생각보다 커 보였다.

"저기요! 누구 있어요?"

혹시나 싶어 해나는 빗속을 뚫고 운전석 창문을 두드렸다.

"이봐요! 정신 차리세요!"

안에 사람이 있었다. 차 유리를 얼마나 진하게 코팅해 놨는지 잘 들여다보이진 않았지만, 창문에 딱 붙어 겨우 확인했더니 사람이 보였다. 핸들에 이마를 쿵 박고 있어 기절한 건지, 죽은 건지 알 수가 없었다.

덜컥덜컥!

쾅쾅쾅!

"이보세요! 살아 있어요? 안 들려요? 살아 있으면 문 좀 열어 봐요!"

미친 듯 소리치며 두드리는 그때, 뒷문 쪽에서 어떤 기척이 일었다. 해나의 눈이 커졌다. 누군가 덜 다친 사람이 있나 보다!

그대로 우산을 받쳐 든 채 그쪽으로 달려간 순간,

"아⋯⋯!"

스르륵 뒷문이 열리며, 아주 커다란 뭔가가 그녀의 어깨 위로 풀썩 쓰러졌다.

"도와⋯⋯ 줘⋯⋯."

낮은 소리를 쏟아 내듯 말하며 그녀의 품 안으로 쓰러지는 아주 키가 큰 남자.

"자, 잠깐⋯⋯."

작은 그녀의 몸이 남자의 큰 몸집을 받아 내느라 휘청거렸다. 그러다 결국 무게를 견디지 못하고 하나로 엉켜 쿵! 쓰러지고 말았다.

"아으⋯⋯."

진흙에 뒹굴고, 온몸은 비에 젖고, 우산은 저만치 날아가고, 말이 아니었다.

그 와중에 더듬더듬 우산을 찾아 턱으로 받치고서, 낑낑거리며 남자를 무릎 위로 끌어당겼다. 그냥 뒀다간 비가 이 남자를 살려둘 것 같지 않아서였다.

"으⋯⋯ 무거워."

숨을 몰아쉬며 겨우 남자의 몸에서 손을 뗀 순간, 해나의 눈동자가 진동했다.

"이건⋯⋯."

비와는 좀 다른, 아주 뜨겁고 끈적거리는 어떤 액체가 손바닥을 물컹 적시고 있었다.

"피⋯⋯."

해나는 서둘러 남자의 얼굴을 확인했다.

"주, 죽은 거면 어떡하지?"

이마에서 심하게 피를 쏟으며 제 품으로 쓰러진 남자의 얼굴은, 죽은 것처럼 창백했다. 아니 원래 하얀 사람인가? 밀랍 인형처럼 신비로운 얼굴. 붉은 입술, 흠뻑 젖은 속눈썹, 마치 어느 영화에서 본 뱀파이어처럼 시리도록 비현실적인 외모.

그제야 깨달았다.

"설마……."

그녀가 천천히 차체를 돌아보았다. 어둠 때문에 미처 알아채지 못했던 것.

그 커다란 차는 단지 대형 승합차가 아니라, 익스프레스 밴이었다. 그리고 창문이 새까말 정도로 코팅이 되었던 이유도…….

"J…… 진……."

연예인이라면 문외한인 그녀조차도 알고 있는 이름. 아니, 선미 덕에 싫어도 새겼던 얼굴.

바로, 최고 인기를 구가하고 있는 톱 가수 겸 초대형 배우 진이었다.

한 조각

handmade
달달한 딸기 롤 케이크

"봐, 우리 진 오빠."

"진? 청바지?"

"헐. 대박. 지금 장난해? 어따 대고 귀한 존함을 그딴 데님 쪼가리한테!"

"청바지 입었네 뭐. 다리는 잘 빠졌다."

"그치? 죽이지? 완전 섹시하지? 아방가르드하지? 아주 그냥 후덜덜하지?"

"후덜덜은 모르겠고, 옷은 왜 훌훌 다 벗었다니? 이거 다 뽀샵이야."

"뽀샵 아니거든? 잔 근육의 물결이거든? 딱 섹시한 초콜릿 복근에 어깨 깡패거든?"

청바지 화보 속의 남자.

깅걸힌 외모, 조각 같은 몸매를 가진 그 남자.

통칭 J. 혹은 진.

5년 전, 연습생도 거치지 않고 어느 날 갑자기 나타나 대한민국의 여심을 훔쳤다고 알려졌다. 당시, K, J, M 등 아주 간략한 네임으로 데뷔한 프로젝트 성 신인 가수들 중 유일하게 살아남은, 아니 그 이상으로 현재까지 최고의 인기를 구가하고 있는 대형 솔로 가수이자 배우.

본명은 외자, 태진.

이력은 화려했다. 하나도 붙기 어렵다는 미국 명문 로스쿨을 세 군데 동시 합격한 천재. 연예계 생활 하면서 국제 변호사 자격까지 취득. 집안도 대대로 법조인 집안. 부친은 법무법인 '태륜'의 대표. 어찌 보면 대단하긴 했다.

그래서인가, 그는 충성스러운 팬덤으로도 유명했다. 팬들은 그를 단지 한 인간이 아닌 신인 양 떠받들었다. 지성과 재능, 외모를 몽땅 갖춘 넘사벽. 굳이 가수 안 해도 될 사람이 자기들을 위해 은혜롭게 나타나 주신 거라나 뭐라나.

어쩌면 신드롬이라 불릴 정도의 대단한 인기 원인 중 한 가지는 누구나 흔히 가질 수 없는 이력도 작용했으리라. 아무튼 극성스럽기로 유명한 J의 팬들. 그들의 눈 밖에 나면 사망진단서는 필수였다.

"하아, 이 상태 그대로 밀랍 인형으로 만들어서 내 방 안에 가둬 두고 싶다."

그 열렬한 팬덤의 대표 주자인 선미가 황홀지경에 빠져 중얼거렸다.

그는 상의를 탈의한 채 청바지 하나만 달랑 걸치고 있었다. 옆모습을 찍은 사진인데 누가 찍었는지 분위기는 정말 봐 줄 만했다.

선미의 말처럼 섹시한 것 같기도 하고.

짙은 흑발, 과하지 않게 적당히 잡힌 세련된 근육과 넓은 어깨, 관능적인 쇄골과 청바지 라인 너머로 아슬아슬하게 보이는 치명적인 치골의 느낌. 날카로운 턱선과 콧날이 주는 아찔함, 대리석처럼 탄탄한 가슴 근육과 팔 근육.

"뽀샵 맞네. 사람 몸이 어떻게 이렇게 나오니?"

"너 인중 한 대 세게 맞아 보고 싶지? 울 오빠 말이야, 태어날 때부터 탯줄이랑 복근을 같이 갖추고서 태어나셨거든. 남들 우유 먹을 때 울 오빠 섹시함을 먹고 자라셨거든?"

"너보다 나이는 많니? 오빠라 부르기 창피하지도 않아?"

"뭔 소리야? 우리보다 한 살 많은데. 그리고 난 울 오빠 앞에선 영원히 한 떨기 못다 핀 소녀이고 싶어."

여중 때부터 좋아하는 연예인이 밥 먹듯 바뀌던 선미. 그때마다 그녀는 늘 한 떨기 못다 핀 소녀이고 싶어 했다.

스물세 살, 첫 직장인이 되었을 때에도 저보다 무려 다섯 살이나 어린 아이돌의 여동생을 자처했었다. 그러던 어느 날 이 J라는 남자를 알고 나서부턴 오로지 일편단심. 그때부터 해 온 죽순이 짓이 벌써 5년 차였다.

그렇게 좋으면 혼자 좋아하면 될 것을 해나의 앞에서까지 사진을 탈탈 흔들어 대니, 어쩔 땐 제 얼굴보다 이 남자의 얼굴을 더 많이 본 것 같았다.

그러니 못 알아볼 리 없는 얼굴.

그가 바로 눈앞에서 피를 흘리며 죽어 가고 있었다.

✳ ❋ ✳

“저…… 저기요.”

해나는 두려웠다. 하지만 침착하게 손을 뻗어, 자신의 무릎 위에 쓰러져 죽은 건지 살았는지 알 수 없는 남자를 살짝 흔들었다. 우산으로 막았다지만 쏟아지는 비를 다 막아 내기엔 역부족이었다.

코앞에 손을 대 보니 다행히 훈기는 느껴졌다.

“하아, 살아 있구나. 하지만 이대로 두면 위험한데.”

착 내려간 대기의 온도 때문에라도 남자의 몸은 더 떨렸고 빠른 속도로 식어 가고 있었다.

“일단 차 안에 다시 태워야 할 것 같은데.”

체격 차이가 워낙 큰 데다 젖기까지 한 남자를 옮길 수 있을지 미지수였다.

“끙!”

역시나 어깨도 들리지 않았다. 몇 번을 되풀이해 봐도 마찬가지였다.

“아, 힘들어. 어떡하지? 아, 전화……. 신고.”

얼른 주머니를 뒤져 휴대폰을 찾아 보는데, 아뿔싸! 주머니 속이 텅 비어 있었다.

“이런, 바보……. 차에 두고 내렸나 봐.”

하지만 그건 아니었다. 푸념하다가 보니, 그녀의 바로 앞 흙바닥에서 뭔가가 혼자 뒹굴고 있었다. 바로 자신의 휴대폰.

“으아! 분명히 주머니에 넣어 뒀었는데 언제 떨어진 거야?”

그녀는 얼른 휴대폰을 주워 버튼을 눌러보았다.

"제발 들어와라."

하지만 역시 먹통.

"미쳐."

어쩔 수 없이 남자를 무릎에서 끌어 내리고 우산을 받쳐 든 채 얼른 밴으로 달려갔다. 차마 운전석 쪽에 있는 사람을 보진 못하고 뒷좌석을 뒤져 휴대폰을 찾았다.

"있다!"

발견한 그녀는 바로 119를 눌렀다.

"여보세요! 여기 사고가 났는데요. 여기가 어디냐면요!"

그녀는 가까운 이정표를 발견하고서, 있는 대로 눈에 힘을 주어 읽어 내려갔다.

"네! XX에서 XX로 가는 국도요. 정확한 위치는 모르겠지만 직선 도로니까 도중에 발견할 수 있으실 거예요. 빨리 좀 와 주세요, 부탁드려요!"

전화를 끊고서 다시 남자에게 달려갔다.

"정신 차리자, 이해나. 지금 신고했으니까 금방 올 거예요. 그때 까지만 조금만 더 견뎌 줘요."

그러는 사이에도 남자의 몸은 시시각각 싸늘하게 식어 갔다. 해나는 겁이 나 얼른 남자의 몸을 끌어안고서 어떻게든 온기를 나눠 주려고 애썼다. 지금 그녀가 생각할 수 있는 최선의 응급처치였다. 순간 품속에서 남자의 속눈썹이 파르르 떨리며 희미하게 눈동자가 보인 것도 같았다.

"저, 정신이 들었어요? 제가 보여요?"

뒤늦게 알아챈 해나가 소리쳤지만, 그 눈꺼풀은 허무하게 다시 닫혔다. 잠깐 보였던 그 눈동자는 정말이지 예뻤었다. 검은색도 아니고 회색도 아닌 그 중간 톤의 진한 회색빛. 비와 피의 환영인가? 일순 신비스러울 정도로 사람을 확 잡아끌던 묘하게 관능적인 눈빛, 마치 색기가 뚝뚝 흐르는 것 같다.

왜 이 남자가 그렇게 여자들에게 인기가 많은지 이해가 되는 순간이었다.

"지금 그런 생각할 때가 아니잖아."

남자는 이젠 얼굴까지 차가웠다. 해나는 그를 깃털 속에 가두 듯 꼭 끌어안고서 자신의 얼굴을 갖다 대 그의 얼굴을 따뜻하게 해 주고, 흘러내린 피를 닦아 주며 어떻게든 체온이 더 떨어지지 않도록 애썼다.

"미안해요. 내가 할 수 있는 게 이거뿐이라서."

그 순간 저쪽에서 차의 헤드라이트 빛이 쏟아졌다.

"아……!"

생각보다 일찍 도착한 구급차가 너무도 반가워 해나는 남자를 안은 채 반쯤 몸을 일으켰다. 하지만 안타깝게도 그건 그냥 지나가는 차였다.

"여기요! 도와주세요! 사람이 다쳤어요!"

일분일초가 다급했기에 애타게 외치며 손을 저었지만, 차는 횡하니 사고 현장을 지나쳤다.

"아, 너무해……."

해나의 손이 툭 떨어졌다.

분명히 봤을 텐데, 귀찮은 일에 말려들기 싫었던 걸까?

"안에 다른 사람도 있는데. 이 남자도 얼른 안으로 옮겨야 하는데."

이상하게 눈시울이 붉어졌다. 그냥, 죽을지도 모르는 사람이 그
것도 두 명이나 자신의 옆에 있다고 생각하니 그렇게 어깨가 무겁
고 겁날 수가 없었다.

"빨리 좀 와 줘요, 제발……."

얼마나 더 남자를 안고 있었을까? 다행히 멀리서 앰뷸런스 소리
가 들렸다.

"아……!"

해나의 고개가 번쩍 들렸다. 이번엔 정말로 구급차가 달려오고
있었다.

"이쪽이에요! 여기요!"

미친 듯 손과 우산을 흔들자 구급차가 앞까지 와서 섰다. 곧 문
이 열리며 구급대원들이 달려왔다.

"아, 감사합니다. 여기 이 사람 위험하구요, 운전석에 또 한 사
람이 있어요! 다른 사람이 더 있는지는 모르겠어요. 빨리 좀 옮겨
주세요. 체온이 막 내려가요!"

정신없이 외치는 해나를 진정시킨 구급대원들이 남자를 얼른 이
동침대로 옮겼다. 몇몇은 바로 밴의 문을 열어 안에 있는 남자를
구조했다.

차 안에 옮겨진 진의 몸에 담요가 덮이고 산소호흡기가 씌워지
는 등 바로 응급조치가 취해졌다. 바쁘게 돌아가는 구조 상황을 지
켜보며 해나는 그제야 안도의 한숨을 흘렸다.

"다행이다."

얼마나 걱정했었는지 눈꼬리엔 눈물까지 맺혀 있었다. 슬픈 것도
아니고, 단지 겁나서였는데도 눈물이 날 수 있단 게 신기했다.

"어? 근데 이 사람 가수 아냐? 그 왜, 엄청 유명한 연예인. 우리 딸이 연신 보던 얼굴 같은데."

"에이, 설마요. 우왁! 진짜 진이다!"

"진이 뭐야? 얼레? 진짜 텔레비전에서 많이 보던 얼굴인데?"

"어? 근데 신고했던 여자분은 어디 갔어? 안 보이는데?"

그때 한 구급대원이 주변을 둘러보며 말했다. 그 말처럼, 해나가 서 있던 자리가 텅 비어 있었다. 차가 있던 자리도 덩그러니 비어진 채 가늘어진 빗줄기만 추적추적 내리고 있었다.

✲❋✲

"네. 수제 케이크 전문점 '쁘띠푸 핸드 메이드 러브'입니다. 주문이요? 당연히 되죠. 사이즈는 1호와 3호……."

"으허엉! 울 오빠 팔에 깁스했대! 얼마나 아플까? 차라리 내 팔을 뽑아 가지! 흐어엉!"

"사, 사이즈는 1호와 3호 둘 중에 선택해 주시면 됩니다."

"아으윽! 영화 촬영도 취소했대. CF 촬영도! 어떡해애!"

"그럼요. 저흰 100% 우유 생크림으로 만드니 안심하시고 드셔도 돼요. 네? 자꾸 이상한 소리가 들린다구요? 아, 그게……. 죄송합니다. 잠시만요."

통화구를 막은 해나가 도끼눈을 치켜뜨며 작게 소리쳤다.

"최선미! 조용히 좀 안 해? 주문 전화 받잖아!"

아니나 다를까 선미가 인터넷을 폭풍 검색해 가며 남의 가게에 앉아 대성통곡 중이었다.

"어떡해! 이번 공연도 불투명하대!"

듣지도 않는다. 아니 들리지 않는 건가.

"못살아."

해나는 어쩔 수 없이 등으로 소음을 최대한 차단해 가며 겨우 전화 주문을 받았다.

"내가 미쳐."

휴대폰을 내리자마자 그녀가 살얼음이 낀 눈으로 선미를 노려보았다.

쿠키, 케이크, 마카롱 같은 한입 크기의 앙증맞은 디저트를 의미하는 예쁜 프랑스어 'Petit-four'. 그 단어가 참 마음에 들어 『'Petit-four' Handmade Love』라는 간판을 달고 영업을 시작한 지 3년째, 손님은 적당히 있었지만 대단히 잘 되는 정도는 아니었다. 점차 매출을 늘려 가야 하는데 친구가 영 안 도와준다.

"최선미! 너 왜 남의 가게 와서 영업 방해야? 너 때문에 지금 손님을 몇이나 놓친 줄 알아?"

"지금 영업이 문제야? 울 오빠가 다 죽게 생겼는데!"

"안 죽어."

"니가 어떻게 알아!"

그야, 당연히 알지.

구급차가 오기 전까지 맥박은 다행히 안정적으로 뛰고 있었다. 실제로도 무사히 회복한 모양이고.

사실 피치 못할 사정으로 현장을 떠났지만, 그렇게 떠나 와서도 내내 신경이 쓰였다. 다친 사람을 걱정하는 건 당연한 거였지만, 이상하게 낯설지가 않아서인가? 뭔가 가슴이 따끔하게 건드려진 느낌.

그야, 연예인이니 당연히 낯설지가 않겠지. 또 그토록 완벽하게 잘생긴 얼굴이니 어느 여자인들 가슴이 건드려지지 않겠는가.

까만 밤과 대조되어 더욱 희어 보이던 피부, 아찔할 정도로 시선을 끌던 붉은 입술이 계속해서 떠올랐다.

하아…….

자신도 별수 없는 여자인가. 아니면 선미에게 워낙 오랫동안 주입당해 부지불식간에 일종의 팬이 되어 버린 건지.

"말해 봐! 네가 어떻게 아는데?"

"그, 그냥…… TV에서 봤어. 회복했다고 하길래."

"웃기고 있어. TV도 안 보는 것이! 울 오빠 얘기하고 싶지 않으니까 화제 돌리는 거 봐. 네 오빠라도 그렇게 매정하게 굴었겠어, 엉?"

해나는 낮은 한숨을 흘렸다. 두 번 매정하게 굴었다간 가장 친한 친구에게 매장당하겠다. 실은 그날 현장에 있었고 무사히 구해 줬다는 얘긴 차마 못 하겠고…….

그날로부터 벌써 2주가 흘렀다. 그간의 정황을 얘기하자면 그야말로 난리가 났었다.

"엉엉! 울 오빠 교통사고 났대애! 죽을지도 모른대! 오빠 죽으면 나도 따라 죽을 거야!"

다짜고짜 가게로 쳐들어와서 대성통곡하는 선미. 아니나 다를까 인터넷은 온통 진의 사고 기사로 도배가 되었다.

한류 스타를 넘어 이제는 월드 스타, 톱 가수 겸 배우 J 교통사고!
지방 촬영장에서 급하게 올라오던 중 불운의 사고
J의 사고 현장, 흉물스럽게 구겨진 가드레일이 사고 당시의 급박한

상황을 말해 줘.

골절 중상 전치 12주 "경과 두고 봐야."

J가 입원한 병원 앞에 진을 친 팬들, 해외 팬들까지 몰려 장사진.

팬들 아우성에 병원 몸살.

기사 오보. 경미한 타박상일 뿐. 소속사, 중상 기사 낸 언론사에 소송 불사.

중상 오보에 팬들 뿔났다. 언론사 폭파시키겠다 협박 전화에 경찰 수사 나서.

J 무사히 회복. "걱정해 준 팬들에게 감사, 심려 끼쳐 죄송."

건강한 얼굴로 퇴원하는 J.

시시각각 뜨는 헤드라인. 하지만 인터넷을 잘 안 하는 해나에게 실시간 정보통은 따로 있었다. 바로 이분 최선미.

"내가 청와대에 글 올릴 거야. 영화 촬영 시간 법적으로 줄이라고!"

"너 같은 것들 때문에 극성팬이 욕먹는 거야. 올렸담 봐."

"그럼 어떡해! 울 오빠 귀하신 팔이 똑 부러졌는데. 얼마나 불편할까? 아, 내가 달려가서 그의 왼팔이 되어 주고 싶다."

"널 내 왼팔로 때려 주고 싶다."

"야!"

"후우, 그렇게 걱정돼?"

"그럼 넌 걱정 안 돼?"

"……나?"

해나가 멈칫했다

"아 참, 넌 울 오빠 팬 아니지? 다 동지라 생각하고 이럴 때야말로 팬심으로 대동단결해야 하거든. 아, 몰라. 울 오빠 뼈는 제대로 붙었겠지?"

해나는 남몰래 한숨을 돌렸다. 자신도 모르게 뜨끔하고 말았다. 혹시 선미가 뭔가 아는 건 아닌가 싶어서, 도둑이 제 발 저린 격이다.

"내 뼈를 좀 기증할까? 이런 미천한 뼈를 받아 주실까?"

저렇게 주책맞아도 실은 도저히 미워할 수 없는 친구.

부모님이 모두 돌아가시고 기댈 곳 하나 없었을 때 늘 곁에 있어 준 유일한 친구였다. 가족과도 같은 존재. 밝고 쾌활한 선미 옆에 있으면 곁불을 쬐는 것처럼 늘 따뜻했었다.

하지만 그 고마운 친구에게 해나는 비밀을 만들어야 했다.

'미안해, 선미야. 사실대로 말하지 못해서. 하지만 어차피 다시 만날 일도 없으니까.'

"근데 울 오빠 사고 현장 신고해 줬단 사람은 누굴까?"

뜨끔.

"구급대원의 증언에 의하면 여자였다는데."

"여, 여자였대? 혹시 CCTV 같은 데 찍힌 건…… 아니지?"

"당연히 아니지. 찍혔으면 이렇게 조용할 일 있어? 진작 신상 털렸지!"

해나는 당황했다. 얼굴이 하얘져선 주문받은 케이크를 만들러 가는 척 돌아섰다.

"내가 보기엔 그 여자, 사생팬이 아닐까 싶어."

하지만 그 순간 기가 차서 돌아보고 말았다.

"뭐, 뭐?"

"사생팬 중에서도 아주 극단적인 부류. 내 감은 확실해."

선미가 고개를 끄덕이자 방방 띄운 폭탄 펌 머리도 같이 흔들거렸다. 미용실이 폭발이라도 한 건지 참, 어쩌다 저런 헤어스타일을 선택해선.

"에이, 절대 아닐걸?"

"아냐, 일리 있어. 내가 기사를 종합해 보고, 직접 사고 현장 가서 조사해 보고 느낀 건데……."

"거기까지 갔었어?"

"일단 누가 뒤에서 박은 흔적은 없어. 그건 뒤차랑 박은 건 아니란 얘기지. 차의 파손된 부분이 앞면이란 점, 파손 부분이 가드레일의 우그러진 단면과 일치하는 점을 봐도 역시, 사고보다는 단순한 운전 부주의가 확실해."

"그, 그럼 운전자 과실인 게 밝혀졌네. 근데 무슨 사생팬이니 지레 짐작이야? 그냥 지나가다 도와준 걸 수도 있는데."

"근데 이상하단 말이지. 그녀는 왜 아무 말도 없이 사라졌을까? 게다가 하필이면 차 블랙박스까지 고장 났었고. 그게 과연 우연일까? 그녀가 손 댄 건 아닐까?"

"못살아. 그냥 우연히 고장 났겠지."

"야, 세상이 그렇게 단순한 줄 알아? 잘 생각해 봐. 수수께끼의 묘령의 여인. 그녀는 왜 거물급 연예인을 구해 주고 홀연히 사라졌는가? 끝까지 있었음 엄청난 보상을 받았을지도 모르고, 그게 아니라도 어쨌든 자기가 그 유명한 J를 살린 거잖아? 당연히 자랑할 일이지, 감추고 숨길 일은 아니지 않아?"

"뭔가, 말 못 할 사정이 있었겠지."

"아냐 아냐. 그녀는 자유로 귀신같은 그 지역에 출몰하는 귀신 아니면 사생팬이야. 끈질기게 따라붙다가 사고를 일으킨 거지. 마치 다이애나 황태자비가 지겹게 따라붙는 파파라치를 피하려다 사고가 난 것처럼."

"하아, 탐정 나섰구나."

"아무튼 지금 네티즌 수사대가 움직이고 있으니까 곧 덜미가 잡힐 거야. 너 알지? 네티즌 수사대가 FBI보다 낫단 거."

순간 해나의 눈동자가 눈에 띄게 흔들렸다. 손바닥에 땀이 찼다.

혹시 이런 일이 생길까 봐 그날 도망쳤던 거였다. 이래서 연예계 쪽 사람과는 얽히고 싶지 않았던 건데.

'동요하지 마. 나란 걸 본 사람은 아무도 없어.'

그렇게 믿고 있음에도 불구하고 그녀의 얼굴에선 핏기가 사라지고 있었다. 떠올리기 싫은 어떤 기억이 덮쳐 오자 마음속 나뭇가지들이 흔들흔들 불안하게 흔들리기 시작했다.

혹시 발견하지 못한 CCTV 같은 게 나타나기라도 한다면…….

'그럴 리 없어.'

해나는 애써 입술을 깨물고 고개를 저었다. 에이프런 속에 감추고 있는 손의 불안한 떨림을 선미가 알아차리지 못해 다행이었다.

"팬덤이란 게 무섭긴 무섭구나. 별 얘길 다 지어내는 걸 보면."

"나 참, 너야말로 왜 그렇게 계속 단정적인데? 꼭 그 현장에 있었던 사람처럼 실드 친다?"

"내, 내가 그럴 리가 있……."

"이래서 문외한이랑은 말하기 싫다니까? 에잇! 이래서 이런 얘긴 '진플라워' 들이랑 해야 되는데."

'진플라워'란 진의 공식 팬클럽 이름이다. 물론, 진을 사랑하는 꽃들이란 뜻이겠지만 해나가 보기엔 진을 사랑하는 무서운 여자들일 뿐이었다.

"물증은 없어도 심증은 확실해!"

"그래. 만약 본인 탓으로 사고가 났다고 쳐. 그럼 당연히 뒤도 안 돌아보고 도망가야지 신고는 왜 했겠니?"

✽✼✽

"양심이 켕긴 겁니다. 사고를 일으키고 도주하려 했으나, 절절한 팬심이 그녀의 발을 붙든 거죠."

J의 소속사, '엑스 엔터테인먼트'의 대표실.

걸 그룹, 아이돌 그룹, 연기자, 모델 등 국내 최정상급 스타들을 대거 거느린 대형 기획사.

중앙 소파엔 기획사 대표인 삼십 대의 젊은 사장 강우가 앉아 있고, 맞은편엔 다리를 꼰 진이, 그리고 나머지 자리에는 팀장, 실장급들이 쭉 앉아 있었다.

진은 팔에 깁스를 한 채, 그들에겐 관심도 없이 다른 쪽을 바라보고 있었다. 캐주얼한 블랙 슈트에 검은 티셔츠. 올 블랙 톤이 그의 이기적인 체형과 흰 피부를 더욱 돋보이게 했다.

"도저히 사랑하는 그를 저대로 두고 갈 수 없는, 양날의 검 같은 사생팬의 감정이랄까요?"

브리핑을 마친 이 팀장이 뿌듯한 표정으로 대표와 진을 번갈아 보았다.

나 칭찬해 줘, 라는 듯.

회색 스트라이프 슈트 차림의 강우가 천천히 입을 열었다.

"아무튼."

완벽한 무시. 강우가 핼쑥해진 이 팀장을 제외한 나머지 전원을 돌아보며 말을 이었다.

"신고 당시의 녹음 파일 외엔 이렇다 할 CCTV 영상이나 목격자도 없고, 하필이면 신고한 번호도 진의 휴대폰이었고. 어쨌거나 본인을 찾아 정중하게 인사를 하는 게 예의겠지. 방금 저 헛소리처럼 인터넷상에서 억측들이 떠돌고 있는 모양이니 그것부터 막아. 만에하나라도 사생팬일 가능성이 있다면……."

"잠깐."

모두의 시선이 진에게로 쏠렸다. 그때까지 묵묵히 듣고 있던 진이 처음으로 입을 연 것이다.

입가에 돌고 있는 낮은 조소. 그의 완벽한 입꼬리가 곡선을 그리며 비웃듯 위로 올라갔다.

"내가 웃겨서 듣고는 있었는데, 다들 닥쳐."

강우를 제외한 모두가 움찔했다.

"그 여잔 관계없어."

"……뭐?"

"사생팬도, 뺑소니도 아니니까 주변에 얼씬거리는 형사들 있으면 전부 떼어 내."

"그럼 뭐지?"

강우가 손깍지 끼고 진을 날카롭게 쏘아보며 물었다.

"동현이도 사고 당시 상황에 대해선 잘 생각이 안 난다고 횡설

수설하고 있고, 하필이면 때마침 블랙박스도 고장 났고…….”

“심동현.”

진이 나른하게 소파에 기댄 채 동현을 부르자, 바로 목 보호대를 한 동현이 쭈뼛거리며 모두의 앞에 나타났다.

“제가 실수로 가드레일을 들이받았습니다. 죄송합니다, 대표님! 너무 무서워서 제대로 말 못 했습니다.”

“하, 뭐?”

“빗길이라 안 그래도 앞이 잘 안 보이는데 갑자기 졸음이 와서, 진짜 정신 차리려고 했는데 고양이인지 다람쥐인지 뭔가가 휙 튀어나오는 바람에……. 아무튼 신고해 준 여성분은 우연히 발견하고 도와준 것뿐입니다.”

모두 경악해서 웅성거렸다.

왜 빨리 말하지 않았느냐, 너 때문에 혼선이 생기지 않았느냐부터 지금 인터넷에서 무슨 얘기가 돌고 있는지 아느냐, 왜 졸음운전을 했으며 이게 자백으로 그냥 넘어갈 일이냐까지.

그 사이에서 강우만 차분한 시선으로 동현을 응시했다. 그러고는 천천히 그 입이 열렸다.

“너 로드매니저 몇 년이야.”

“죄송합니다!”

“이 새끼가…….”

“거기까지.”

그때 진이 자리에서 일어났다. 위로 쑥 올라간 장신을 올려다보자 오만한 턱선이 더욱 두드려져 보였다. 말랐지만 탄탄한 몸에 휘어 감긴 검은 천으로 인해 더 음영 깊어 보이는 눈매.

"지루하니까 먼저 간다. 심동현 넌, 따라오고."

"태진!"

"내 매니저는 내가 알아서 처리해."

진의 표정 없던 눈빛에 날카로움이 담겼다.

건드리지 않으면 절대 먼저 폭발하진 않는 성격. 하지만 건드리는 순간 누구도 저 차갑고 싸늘한 본성을 막지 못한다. 그건 겉으로는 냉정한 척하면서도 본성은 부드러운 강우와는 비교할 수도 없는 것이었다.

"성격 유하면서 그러는 거 아니지, 형. 무서워서 차마 말 못 하고 있었다는데, 그 여린 마음은 가엾게 여겨 줘야 하는 거 아닌가?"

"……."

"오케이?"

"네가 죽을 뻔했어."

"살아 있잖아."

다들 혀를 내둘렀다.

누가 보면 되게 착하고 정 많은 줄 알겠다. 하지만 진은 절대 그런 성격이 아니다. 오히려 누가 죽어 나간대도 눈 하나 깜빡 안 할 사람이다.

다만, 그 정이나 배려가 발휘되는 데가 있었으니, 바로 자기 사람 챙길 때였다. 배신하거나 엄청난 죽을죄를 짓지 않는 한 그는 자기 사람을 끝까지 챙겼다. 바로 지금처럼.

"그럼 너, 다 알고서도 지금까지 입 다물어 주고 있었던 거냐?"

"그랬겠지?"

"왜."

"반성하고 자백할 기회는 줘야지. 결국 내 생각대로 됐잖아?"

못 말리겠다는 듯 강우가 고개를 절레절레 저었다.

얼핏, 저런 사랑을 받는 동현이 참 부러울 수도 있겠지만, 실제로 동현의 표정을 보니 엄청 감격한 표정이기도 했고, 하지만…….

'그게 과연 좋은 걸까?'

태진이라는 인간에 대해 누구보다 뼛속 깊은 곳까지 아는 강우였다. 그래서 되도록 건드리고 싶지 않은 것도 그였고.

진이 먼저 내 사람으로서 믿음과 신뢰를 보여 준 만큼, 동현은 앞으로 절대 저 녀석 외엔 누구에게도 가지 못한다. 한번 그가 자기 사람이라고 정하면, 상대는 영원히 그의 사람이어야 했다.

그걸 사람들은 소유욕, 혹은 집착이라고 말한다. 지금까지야 그 대상이 일에 한정되었지만 만약 누군가를 사랑하기라도 한다면 그 집착이 어떨지, 강우는 상상조차 되지 않았다.

✳✷✳

"휴대폰은 대체 어디서 고장 낸 거야? 전화를 몇 번이나 했는데."

"미안해. A/S 맡겼는데 생각보다 너무 비싸서 새로 사는 게 낫겠더라구."

"근데 왜 안 받아?"

"시간이 없어서 매장엘 못 간 거 있지. 헤헤."

"헤헤가 아니잖아. 그럼 가게 전화라도 받든가!"

"감기 기운 때문에 낮에 좀 쉬었어. 미안해, 죽을죄를 졌어."

"뭐, 뭘 또 그렇게까지. 아팠으면 아팠다고 말을 하지."

투덜투덜, 변명, 투덜투덜, 다독임을 반복하고 있는 두 사람은 해나와 선미였다.

정은 많아서 아픈 사람한테까지 잔소리하진 못하는 성격의 선미는 바로 목소기가 기어들어 갔다.

두 사람은 지금 J의 콘서트가 열리는 공연장으로 향하고 있었다. 결국 그날이 와 버렸다.

해나는 아침부터 웬지 으슬으슬 추워서 가게 문을 하루 닫았다. 웬만하면 그럴 일은 없었는데. 그날 비 맞은 게 뒤늦게 영향이 온 건가? 에이, 그게 언제 적 일인데. 벌써 한 달도 더 된 일을.

"몸도 안 좋은데 콘서트 가도 괜찮겠어?"

"그럼 나 안 가도 돼?"

"울 오빠 팔 깁스도 풀고 너무 다행이다, 그지? 이렇게 무사히 콘서트도 하고. 부적 쓴 보람이 있다니까? 아주 액운이 한 방에 날아가네!"

말 돌리는 거 봐라.

"그 돈 있음 학원이나 다녀. 취직 안 해?"

"당분간 백수 할래. 사회 경험은 지금까지 한 걸로도 충분. 앞으로 네 가게나 슬슬 도와주면서 신부 수업만 받으면 언젠가 오빠랑 결혼할 수 있지 않을까?"

절레절레.

"너도 싫다 싫다 해도 막상 오니까 좋지?"

"좋겠니?"

공연 관람도 별로 안 좋아하는데 하필이면 그 남자의 공연이라니, 할 수만 있다면 지금이라도 돌아가고 싶었다. 그러자니 앞으로 몇 년간은 선미한테 시달릴 게 뻔하고.

무대 위의 가수와 수천 명의 관객 중 한 명이었으니 마주칠 일도 없었지만, 그래도 왠지 마음이 불안했다. 아침부터 내내 속이 불편하더니, 결국 병이 났다.

"나 왜 아침부터 몸이 아팠는지 알았어."

"왜?"

"공연 오기 싫어서 몸이 거부한 거였나 봐."

"어랏? 줄 좀 봐! 벌써 저만큼 서 있잖아! 내가 이 스탠딩을 어떻게 확보했는데! 해나야, 뛰어!"

못살아.

해나는 그대로 선미에게 손이 휙 잡혀 끌려갔다.

✳❄✳

'여보세요! 여기 사고가 났는데요. 여기가 어디냐면요!'

'네! XX에서 XX로 가는 국도요. 정확한 위치는 모르겠지만 직선 도로니까 도중에 발견할 수 있으실 거예요. 빨리 좀 와 주세요, 부탁드려요!'

자신의 일이 아니었음에도 불구하고 다급하고 절박한 목소리. 뒤로는 빗소리가 들리고, 그녀의 음성에선 걱정과 안타까움이 묻어났다.

'여보세요! 여기 사고가 났는데요. 여기가 어디냐면요!'

진은 대기실에 앉아 헤드폰을 쓴 채 몇 번이나 그 목소리를 반복해서 듣고 있었다.

"여전하네, 넌."

중얼거리는 그의 입가에 도는 부드러운 미소. 싸늘함이 트레이드마크인 그의 얼굴에서 좀처럼 볼 수 없는 따뜻한 기색이었다.

약간의 불법적인 방법을 동원해 음성 파일을 입수했다. 또한 따로 사람을 사서 은밀히 주변 지역 CCTV를 조사하고 있었지만, 아직까지 결과는 없었다.

그 품에서 풍기던 달달한 냄새.

세찬 비에도 씻기지 않고, 몸 전체에서 풍기고 있던 설탕 같은 달콤한 향기.

오래전 그때와 하나도 다르지 않은.

"……케이크 냄새."

그 향기는 후각이 아닌 몸 전체에 남아 있어, 아무리 세찬 비가 내려도 아무리 시간이 흘러도 지워지질 않았다.

'먹어 봐. 맛있지?'

강제로 그의 입 속에 들어오던 플라스틱 소꿉놀이 스푼, 그리고 작은 딸기 롤 케이크 조각.

'거봐. 배고팠으면서 왜 아닌 척해?'

까르르.

꽃봉오리 터지듯 귓가에서 울리던 맑은 웃음소리. 동글동글 컬이 들어간 긴 갈색 머리카락을 하나로 묶고서 천사처럼 웃던 일곱 살의 너.

'정신이 들었어요? 제가 보여요?'

그날, 끊겼던 의식이 아주 잠깐 돌아오면서 희미하게 보이던 영상. 어쩌면 단지 몇 초, 하지만 그 몇 초조차 길었다. 그녀의 얼굴을 알아보는 데는…….

시간이 아무리 흘러도, 네가 아무리 변해도, 설령 할머니가 되어도.

"난 널 알아볼 수 있어."

그렇게 각인되었으니까.

"스탠바이 5분 전입니다."

스태프의 목소리에 진은 헤드폰을 벗고서 자리에서 일어났다.

✻❉✻

"세상에! 여기서 세 시간이나 이러고 있어야 해?"

"세 시간뿐이야? 열 시간도 끄떡없어!"

"무대가 너무 가까운 거 아냐?"

"뭔 소리야? 가까우니까 좋지!"

하아, 무슨 말을 해도 안 통한다. 선미는 좋아 죽었지만 해나는 입이 딱 벌어졌다.

결국 선미 덕에 무대 바로 앞 스탠딩 자리를 차지했다. 그것도 맨 앞자리. 그야말로 선미가 육탄전을 불사하며 사수한 최고의 황금석이었다. 지극히 선미 입장에선 말이다.

'아, 부담스러워. 어쩐지 오고 싶지 않더라니.'

"너무 좋지, 해나야?"

"싫거든?"

내 품에서 죽어 가던 남자를 이런 장소에서 다시 보게 될 줄은 몰랐다. 그것도 꺅꺅! 비명 지르는 팬들 사이에 섞여서.

하필이면 그날 사고 난 사람이 선미가 좋아하는 가수일 확률은 얼마나 될까? 이렇게 제 발로 콘서트장에 찾아오게 될 확률은 또 얼마고. 이게 무슨 운명의 장난인가 싶었다.

조금 전, 굳게 닫혀 있던 문이 열리고 입장이 시작되자 줄지어 있던 순한 양들은 바로 며칠 굶은 하이에나 떼로 돌변했다. 아니 무소.

드드드드!

상대를 제치며 좀비처럼 달려가는 그녀들에게 보이는 거라곤 없었다. 그야말로 우사인 볼트 빙의. 이렇게 뛸 거면 애초에 줄은 왜 섰는지. 신기록은 매초마다 갱신되었다. 엉덩이로 치고 몸으로 밀치고 가끔 연체동물인 양 몸을 변형하는 기행까지 보이며, 선미가 마침내 무대가 지척에 보이는 이곳에 깃발을 꽂았다.

덕분에 해나는 반쯤 정신이 나갔다.

"아, 힘들어."

"힘들긴 뭐가 힘들어? 기본이지."

"나 고등학교 때 체육 시간 이후로 이렇게 뛴 거 처음이란 말이야."

안 그래도 몸도 안 좋고 아직 열도 좀 있는데. 게다가 선미에게 잡혀서 어찌나 부딪치며 끌려 왔는지 몸 여기저기가 욱신거렸다.

"기절할 거 같아."

"꺄악! 기대돼! 잘하면 손도 만질 수 있다? 다리도 터치 가능해!"

"뭐? 잘 안 들려."

"울 오빠 만질 수 있다고! 전엔 손 붙잡고 한 달을 그 손 씻지도 않은 거 있지?"

"안 들린다구!"

"꺄아아악! 시작한다! 아아아악! 오빠! 어떡해애애애!"

머리는 어질어질, 다리도 아프고 귀도 멍멍한데, 하필이면 그 순간 공연이 시작되었나 보다.

전체적인 암전, 무대 어딘가에서 들려오는 아주 낮고도 자극적인 음성. 이 남자의 음성은 여자의 청각을, 아니 촉각을 건드리는 것만 같다. 귀에 들리는 게 아니라 피부에 스며드는 느낌. 타고나길 여자를 유혹하도록 태어난 치명적인 존재처럼······.

한곳에 내리쏘이는 핀 조명의 빛이 서서히 넓어지며 마침내 주인공이 등장하자 고막을 찢을 듯한 비명과 함성 소리가 공연장을 뒤흔들었다.

꺄아아아아아악!

"아, 기 딸려. 어, 어머! 으앗······."

순간 사랑하는 오빠를 조금이라도 더 가까이에서 보려는 여인들의 광기가 시작되었다. 뒤에서 우르르 압박하고.

"아앗! 선미야, 나 좀 잡아 줘!"

옆에서 우르르 밀어 대고.

"이 계집애야, 나 좀 잡아 달라구!"

사방팔방에서 도미노처럼 인간의 장벽이 압박해 대는 통에 살 수가 없었다. 이리저리 치이던 해나는 겨우 머리카락을 쓸어 올리고 숨을 몰아쉬었다. 그 와중에 최선미는 이미 제정신이 아니었다.

"꺄악! 오빠, 여기도 봐 줘요! 꺄악! 오빠아! 죽어 버릴래!"

그 외침이 일순 '죽여 버릴래!'로 들렸더라도 그건 제 탓이 아닐 것이다.

"아, 정말······ 이러다 내가 먼저 죽을 것 같네."

계속해서 이어지는 읊조리듯 매력적인 허스키한 보이스.

그 순간 조명이 관객석까지 넓게 비추자 다시 또 지구를 울릴 기세로 함성이 터지며, 무대 한가운데 스탠딩 마이크 앞에 선 남자의 모습이 눈에 확 들어왔다. 순간 이상하게 기분이 묘해졌다. 그리고 시작된 심장의 울림.

쿵쿵.

해나는 이게 과연 앰프의 울림인지 자신의 심장 소리인지 알 수가 없었다.

하지만 왜?

그날 그렇게 위태로워 보이던 남자가 저렇듯 건강하게 서 있단 것에 대한 안도인가?

해나는 당황스러웠다. 예전부터 느꼈었다. 그의 목소리를 들으면 이상하게 기분이 묘해진다. 마치 익숙한 어떤 걸 듣는 것처럼 심장이 먼저 움직인다.

흘러내린 짙은 검은 머리카락, 묘하게 빛을 발하는 그 남자의 눈동자. 내쏘아진 그의 존재감에 압사당할 것 같다.

"하…… 조명은 또 왜 이렇게 센 거야? 숨차……."

해나는 괜스레 조명 탓을 해 보았다.

"후우……."

몇 차례 깊게 숨을 뱉고 들이마셨더니 그나마 좀 나아지는 것 같았다.

그때 또다시 들리는 함성 소리.

앰프를 통해 증폭되는 쾅쾅! 심장을 때리는 것 같은 음악 소리.

마이크를 통해 울려 퍼지는 음성.

만약 색깔로 비유하자면, 회색과 검은색의 중간 톤. 그 무채색의 미세한 가루가 검은색 깃털에 묻어 공연장의 대기를 둥둥 떠다니고 있는 것 같았다.

얼마 전까지만 해도 상상도 못 했던 일. 두 번 다시 관계되지 않을 세상인 줄 알았는데.

쭈뼛거리게 되는 소심함. 몸을 말아 달팽이처럼 껍데기 속으로 쏙 숨고 싶다. 하필이면 군데군데 설치된 대형 스크린에 관객들의 광분 상태가 뜨자, 해나는 혹시라도 화면에 나올까 봐 반사적으로 어깨를 움츠렸다.

"꺄악! 해나야, 우리 나왔어! 우리!"

"집에 가고 싶어."

그때였다. 갑자기 심장을 직접 건드리는 듯한 진의 노랫소리가 뚝 끊긴 건.

웅성웅성.

'……뭐지?'

딴 데를 보고 있던 해나의 시선도 자연히 무대 쪽으로 돌아갔다. 노래가 아직 다 끝나지 않았음에도 불구하고 중간에 끊어 버린 남자. 수군거림이 더욱 커지는 그때, 해나의 눈동자가 의문으로 물들었다.

스탠딩 마이크를 양손으로 쥔 채, 진이 무대에 멈춰 서 있었다. 정확히 해나가 선 쪽을 쳐다보며.

두 조각

handmade
달콤 쌉싸름한 자몽 케이크

찾았다.

수천 명 사이에서도 발견할 수 있어.

아니, 숫자는 상관없어.

천만 명 속의 너.

진은 정지 화면처럼 움직이질 않았다. 오로지 모든 조명이 그녀
의 주변을 밝히고 있는 것 같은 환각.

팬텀(Phantom)?

아니, 그녀 본인이다.

대형 스크린에 잡힌 그녀의 모습. 아니, 그게 아니더라도 난 발
견할 수 있었을 거야.

네가 와 주기만 하면.

드디어, 찾아와 주었다.

넓은 공연장은 갑작스러운 상황에 술렁거렸다.

못 박힌 듯 움직이지 않는 가수. 그 시선은 어떤 한 장소에 날카롭게 박혀 움직이질 않았다. 무대 사고가 아닌가 싶을 일에 다들 웅성거렸지만, 그가 쳐다보고 있는 쪽의 반응은 사뭇 달랐다.

꺄아아아악!

직접적인 시선 어택을 받은 그곳에선 엄청난 소란이 일고 있었다.

"어떡해! 나 쳐다보나 봐!"

선미 역시 해나의 목을 끌어안고서 숨 넘어가듯 소리쳤다. 다른 팬들의 상태도 선미와 크게 다르지 않았다.

가끔 자신의 가수를 너무나도 사랑하는 팬들은 그 가수와 자신의 시선이 마주쳤다는 생각을 할 때가 종종 있다. 하지만 그건 소망이 너무 커서 일어난 착각. 실제로 그런 일이 일어날 가능성은 희박했다.

그러나 지금은 그 통설도 통하지 않았다. 바로 그 가수가 정확히 한곳을 쳐다보고 있었으므로. 대형 스크린에 속속 뜨는 클로즈업된 그의 영상, 눈빛, 표정……. 차갑지만 뜨거운 열망을 품은 그 눈빛에 다들 자지러졌다.

"꺄아악!"

그 사이에서 선미에게 끌어안겨 이리저리 몸이 흔들리면서도 해나는 불안하게 뛰는 심장을 애써 억눌렀다.

에이, 설마……. 그럴 리가 없는데도.

'조명 때문에 무대 위에선 관객석이 잘 안 보인다는데…….'

하지만 방향을 봤을 땐 이쪽을 쳐다보는 게 확실했다. 만약 그가 보는 게 정말 자신이라면…….

순간 눈이 마주친 것도 같았다.

해나는 바로 선미 뒤로 쏙 숨어선, 그대로 외면했다.

맙소사!

"말도 안 돼."

쿵쿵!

시끄럽게 뛰는 심장 소리가 저를 집어삼킬 것 같았다. 해나는 온몸의 땀구멍에서 땀이 퐁퐁 솟아났다. 손바닥에선 서늘한 땀이 축축힐 징도로 느껴지는데 얼굴에선 신기하게도 열이 났다.

피식.

눈을 가늘게 뜬 채 그런 해나의 행동을 지켜보던 진이 낮게 웃었다. 혼자 다른 곳을 보며 시들한 표정으로 내내 무관심하던 모습.

그러니까, 본인 의지로 온 건 아니다?

그거 알아? 인생은 놀람상자 같아서 어떻게 될지 아무도 모르거든.

Hope for the best.

그러니 최후까지 희망을 잃지 않길 잘 했어. 그렇지?

[기다렸어.]

그때 다시 공연장을 채우는 낮고도 낮은 음성. 그가 무반주로 노래를 부르기 시작했다. 시선을 거두어들이고서, 살며시 눈을 내리감은 채 기도하듯 이어지는 곡. 순간 관객석이 다시 들끓기 시작하고 팬들은 함성을 지르며 그의 목소리를 미친 듯 반겼다.

[아무리 멀리 있어도 알아볼 수 있어.]

공연은 다시 이어졌다. 때아닌 대형 사고에 당황하던 스태프들도 겨우 한시름 덜었다. 하지만 난데없이 무반주로 부르기 시작하는 노래에 또 허둥지둥했다. 저런 계획은 없었던 것이다.

어떻게 할까요? 뒤늦게라도 연주를 시작하려는 밴드를 스태프가 중지시켰다.

그냥 이대로 가.

[널 위해 가수가 되었어. 널 위해 배우가 되었어. 좀 더 큰 스크린에서 보이려고. 그럼 넌 날 찾을 수 있을까? 언제든 날 찾아와 줘. 널 알아보는 덴 1초도 기니까.]

허밍하듯 이어지는 음색, 신비로울 정도로 듣는 이의 귀를 유혹하는 고백과도 같은 분위기.

'모르핀[Morphine].'

몇 년 전 발표된 그의 자작곡으로, 한때 가사가 J 본인의 이야기가 아니냐며 팬들 사이에서 의견이 분분했던 그 히트 곡이었다.

유행가니 K-Pop이니 음악에 관심 없던 해나조차도 알던 곡. 듣는 순간 이상하게 마음이 이끌렸던 곡. 독백은 음원으로 듣던 것과는 또 다르게 느껴졌다. 심장이 처음 그 곡을 들었던 때처럼 터질 것 같았다.

[소꿉놀이 스푼으로 먹여 주던 딸기 케이크의 달콤함.]

이 노래가 이렇게나 애틋한 느낌이었던가.

[나타나. 소중한 널, 언제까지나 찾고 있어.]

"……."

어느새 모두가 숨죽인 채 조용히 노래를 따라 부르고 있었다.

이 노래가 이토록 가슴을 두근거리게 하는 노래였던가. 가사가 이렇게 달콤한 고백과도 같은 느낌이었던가. 아마도 모두가 같은 생각이었을 것이다,

그제야 해나가 천천히 선미의 뒤에서 나와, 물끄러미 무대를 바라보았다.

무반주로 멋지게 끝난 곡. 그리고 뒤이어 계속해서 그의 무대가 이어졌다. 그의 목소리는 저절로 귀를 기울이게 만들고, 비주얼은 시선을 빼앗는다. 내 모든 게 그에게로 강렬하게 빨려 들어가는 것만 같다.

대형 스크린에 비친 그의 얼굴. 다행히 상처는 없어 보였다. 그날처럼 아름답고, 그날만큼이나 강렬하고, 그날보다 더 치명적이다. 다른 가수들처럼 짙은 메이크업을 하지 않았음에도 눈빛 자체가 사람을 옭아맨다.

멋지긴 참 멋지다고, 해나는 생각했다.

짙은 눈매, 절제되고 파워 넘치는 댄스.

제복 차림의 군무.

땀에 젖은 모습으로 직접 연주하는 피아노.

기타 하나로 강한 허스키 보이스를 내뿜으며 군중을 사로잡는 힘.

자신도 모르게 빠져들듯 멍하니 무대를 바라보고 있단 걸 해나는 뒤늦게야 깨달았다.

✱ ❊ ✱

[무슨 일이야. 너답지 않게 사고를 내고.]

"나 참, 그게 벌써 거기까지 들어갔어?"

[혹시 그날 사고의 후유증일까 싶어 걱정돼서 그렇잖아.]

"그렇게 할 일 없으면 잠이나 자."

긴 공연 중간의 브레이크 타임. 대기실로 돌아온 진은 강우와의 통화를 일방적으로 끝내고서 휴대폰을 툭 던졌다. 땀에 젖은 얼굴에 타월을 툭 덮고서 의자에 몸을 내던졌다.

후유증은 그녀다. 영원히 자신을 옭아맬…….

쿵. 쿵. 쿵.

심장이 거세게 뛰고 있었다. 지금까지 해 왔던 그 어떤 대형 공연도 그의 심장을 이렇게 뛰게 한 적은 없었다. 하지만 지금은 온몸이 긴장과 떨림으로 터질 것 같았다.

"동현아."

"예!"

"스탠딩 101구역, 공연마다 따라오는 집요한 여자 하나 있을 거야."

"아, 네! 그런데 한둘이 아니라서…….'

"혼인신고서 보냈던 여자."

"아! 그 폭탄머리! 알죠, 잘 압니다. 그런데 그 여자가 왜요?"

"같이 온 여자가 한 명 있을 거야. 데리고 와."

✽❀✽

"후우……."

긴 공연이 끝나자, 해나는 그제야 해방된 것 같았다. 드디어 돌아갈 수 있다. 되도록 빨리 이 장소를 벗어나고 싶었다.

마치 쫓기는 것처럼, 심장이 불안하게 떨린다. 이상하게 초조하고 꼭 무슨 일이 일어날 것처럼 이유 없이 두렵다.

"몇 시지?"

6시에 시작된 공연이 세 시간 넘게 이어졌으니 벌써 9시가 넘었다. 손목시계를 들여다보던 해나가 천천히 팔을 내렸다.

"얜 화장실 간다더니 왜 이렇게 안 와. 빨리 와, 최선미."

그녀는 주차장 한쪽에서 선미를 기다리고 있었다. 백수님께서 차는 꼭 끌고 다니셔서 다행히 다른 팬들과 미어터지는 지하철에서 민족 대이동을 하지 않아도 되었다. 내부분 여승, 여고생들인 걸로 봐선 돌아가는 지하철이 지옥철일 게 뻔했다.

"진······."

그녀는 아직 미열이 남아 어지러운 머리를 누르며 문득 중얼거렸다.

이 열은 감기 때문이 아니다. 오로지 그 남자의 영향이다.

사실 예상보다 더 멋진 공연이었고, 일부러 연예계 쪽으로는 귀를 닫고 살았던 자신의 심장마저 헤집듯 마구 건드린 시간이었다. 그리고 그걸 가능하게 했던 남자.

무대 위의 그를 넋을 잃은 듯 바라보았었다. 정신을 차리고 나니, 긴 공연이 마치 5분처럼 빨리 지나가 있었다.

땀에 젖어 고개를 뒤로 젖힌 채로 한참이나 피아노 앞에 앉아 있던 그의 모습이 떠올랐다. 반짝거리는 짙은 흑발, 살짝 벌어진 입술, 오똑한 콧날부터 매끄러운 턱선에 이르기까지, 목울대로 이어지는 아름다운 선이 보는 사람을 황홀하게 만들었다.

순간 심장이 아릿해져 해나는 결국 고개를 돌려 버리고 말았다.

"후우, 대체 무슨 생각하는 거야."

천천히 고개를 돌렸다가, 공연장 위에 떠 있는 애드벌룬 아래로 펼쳐진 현수막에 프린트되어 있는 그의 모습을 발견하고서 깜짝 놀랐다. 마치 공연장에서 뚫어지듯 쳐다보던 그 강렬한 눈빛을 다시 마주한 것 같아서였다.

두근두근.

이건 뭘까? 왜 이렇게 심장이 떨리는 걸까?

"착각이야. 다른 사람들의 감정이 전이된 것뿐이야. 마치 야구장에 간 거랑 같은 거. 직접 보면 싫어하던 사람도 빠져들게 돼 있으니까. 단지 그것뿐이야."

바로 그때였다.

갑자기 뒤에서 다가온 무언가가 그녀의 입을 확 틀어막았다. 놀란 해나의 눈이 커다래지고, 몇 사람의 커다란 장정에 둘러싸여 그대로 차에 태워졌다.

✽❊✽

믿을 수 없었다.

그곳은 최고급 아파트의 맨 위 층 펜트하우스였다. 해나로서는 한 번도 와 본 적도, 발 디딜 일도 없으리라 생각했던 사치스러운 공간. 하지만 그것보다 더 놀란 건 따로 있었다.

온통 세련된 블랙으로 이루어진 고급스러운 인테리어. 그 한쪽의 넓은 창 앞에서, 반짝반짝 빛나는 도심의 야경을 내려다보고 있다가 천천히 돌아선 남자는…….

"진……?"

해나는 얼떨떨했다. 이 공간보다 더 믿을 수 없는 남자.

혹시 이건, 꿈인가? 별로 꾸고 싶지 않은 꿈.

"미안."

그가 쥐고 있던 커튼을 손에서 사르륵 놓고서, 다가왔다.

"설전을 벌이기 싫어서, 나쁜 방법을 썼어."

"왜……."

해나는 그가 다가오는 만큼 뒤로 물러났다. 도저히 이해가 안 돼서, 턱에 힘을 잔뜩 주곤 저 수상한 남자를 견제하듯 쏘아보았다.

"대체 왜 이런 짓을 벌인 거죠?"

처음 입이 막혀 남자들에게 둘러싸여 차에 태워졌을 땐 꼼짝없이 납치된 거라고 생각했다. 하지만 금세 이성을 찾았다. 냉정하게 생각해 보니, 겁나기보다는 미친 듯 화가 났다. 당신들 누구냐고, 어디로 가는 거냐고 미친 듯이 화를 냈을 때, 앞자리의 보조석에 있던 어떤 남자가 기어들어 가는 소리로 대답했다.

진에게 가는 거라고.

그리고 연신 이어지는 사과.

"미안합니다! 미안합니다! 정말 미안합니다!"

수도 없이 머리를 박으며 사과를 하는 바람에 뭐라고 더 다그칠 수도 없었다.

그리고 보니 범인은 그들이 아니라 따로 있었던 것이다. 정신 나간 장본인은 바로 눈앞의 이 남자였다.

"무슨 일인지 모르겠지만, 이건 사과로 해결될 일이 아니라 범죄예요. 이대로 돌아가게 해 주면 아무것도 문제 삼지 않을게요."

어쩌면…… 알아봤는지도 모른다. 그날 희미하게 자신을 봤던 건지도 모른다. 말도 안 된다고 생각했었지만 그것밖엔 이유를, 아니 더 이상의 연결 고리를 찾을 수가 없었다. 그게 이 말도 안 되는 납치의 이유라고.

물론 그렇다고 이런 방식이 이해되는 건 아니었다. 직접 말하면 될 것을 군이 납치할 이유가 있을까? 아무튼 이런 식으로 보답을 하리라곤 예상도 못 했기에 당황했다.

진이 천천히 해나의 눈앞에서 멈춰 섰다.

"왜 아무 말도 안 해요?"

"듣고 있어. 네 목소리를."

"무슨……."

"좀 더 말해 봐. 계속 들을 수 있게."

"좀…… 이상한 거 알아요? 정말 이유를 모르겠네요. 도대체 왜 내 앞에 당신처럼 유명한 사람이 있는지……요."

"찾았어."

진이 고개를 기울였다. 해나는 그 눈빛의 올가미에 갇힐 것 같아 바로 외면해 버렸다.

검은 유혹. 이 남자는 사람을 아찔하게 하는 색기의 덩어리다. 그의 눈동자를 바라보고 있으면 그 안으로 빨려 들어갈 것만 같다. 그리고 자연히 그런 상상을 하게 된다.

이 남자가 누군가를 진지하게 바라볼 땐 어떤 눈빛일까?

그리고 그의 입술을 바라보면…… 이 남자와 키스하면 어떤 기분일까?

창피하게도 공연 내내 들었던 생각. 기가 막히게도 절대 누구에게두 막하지 못할 성적인 생각을 해 버린 것이다.

'맙소사. 나 정말 어떻게 됐나 봐.'

그때 그의 손이 해나의 한쪽 뺨에 닿았다. 길고 섬세한 손가락의 유혹. 해나는 바로 그 손을 털어 냈다.

"그만하……."

그 순간 진이 해나의 뺨을 양손으로 감싸 쥔 채 천천히 몸을 숙였다. 단지 자신의 얼굴을 보게 하려는 행동인 줄 알았다. 하지만 진은 아래에서 위로 그녀의 입술을 물어 올리며 그대로 키스했다.

"읍!"

동그랗게 커진 해나의 눈동자가 충격으로 진동했다.

이건…… 도대체…….

잠깐 현실감이 사라졌다. 하지만 팔을 타고 내려가는 진의 손길은 현실이었다. 그의 숨결이 해나의 입술 틈을 파고들며 안으로 들어오려 했다. 미친 듯 화가 났다. 그대로 확 밀치려는 순간 그가 해나의 양팔을 꽉 쥔 채 얼굴의 각도를 틀며 더욱 깊이 입을 맞췄다. 입술 안으로 침범해 들어온 그의 혀가 그녀의 혀의 과즙을 빨아들였다.

순간 찌르르한 감각이 발끝까지 확 퍼졌다.

이게 대체…… 뭐야.

해나는 울상을 지었다. 믿을 수 없는 제 몸의 반응.

왜…….

루비색 자몽 알갱이가, 톡! 하고 터졌다. 향긋하고 상큼하고, 짜릿한 그 기운이 그녀의 온몸으로 쏴! 하고 번져 갔다.

쓰지만 달콤한 감각.

왜…….

해나의 손이 올라갔다. 하지만 금세 진의 손에 잡혔다. 저지된 그녀의 손이 바들바들 떨렸다.

대체 왜 이런 무례한 키스를 하는 걸까.

결국, 머릿속을 꽉 채우는 그 달콤 쌉싸름한 감각에 해나의 몸에서 서서히 힘이 빠졌다. 모든 경계가 흐릿해지고 있었다.

'아…… 나 지금 대체 뭘 하는 걸까?'

어쩌면 여기 들어와 그와 마주친 첫 순간부터 이런 일을 예감하고 있었을지도 모르겠다. 무언의 경고. 처음부터 꿰뚫듯이 쳐다보던 시선의 압박.

이 남자는 위험하다.

온몸의 잔털이 다 설 정도로 분명히 느끼고 있었는데도…….

이제 더 이상 외면할 수도, 부정할 수도 없는 사실. 공연장에서 그가 바라본 사람은 자신이 맞았다. 시선이 마주친 것도 맞았다. 믿을 수 없었지만 그게 사실이었다.

다만 그 이유를 알 수 없었다.

왜 이런 키스를 하는지조차.

어쩌면, 귀와 눈을 멀게 했던 그 세 시간이 부린 마법.

그 공연장의 열기, 심장을 직접적으로 때렸던 앰프의 울림. 그 잔상이 아직도 남아 그녀를 선동하고 있었다. 처음 그런 공연을 봤었고, 그 순간만큼은 적어도 다른 팬들과 같은 마음이었다. 이 남자에게 순간이나마 푹 빠졌었고 그를, 사랑하고 싶었다.

선망 혹은 동경.

무대 아래에 있는 사람이 무대 위의 사람에게 흔히 가질 수 있는 감정.

또 다른 이름은, 허상.

이 남자의 비현실적인 외모, 따가울 정도로 강렬하고 신비로운 진회색 눈동자, 심장으로 직접 와 닿는 것 같은 낮은 목소리. 그 모든 것에 지배당해 버린 것 같다. 아직까지 남아 있는 공연장이 열기가, 이 남자에게 한없이 닿아 있던 자신의 시선이, 아니 감기가 남긴 미열이…… 눈앞을 흐릿하게 만들었다.

이건 위험한 짓. 하지만 움직이고 싶진 않다.

두근두근 심장이 뛴다. 녹아내려 간다.

영혼이 빨릴 것 같은 깊은 키스. 심요하게 그녀의 얼굴을 훑는 날카로운 시선. 마치 거대한 거미줄에 걸린 연약한 먹이처럼, 움직일 수가 없다.

"첫 키스는 내가 했어."

오만한 미소.

"다음 번은 네가 해."

잠시 떨어진 입술. 제 타액으로 젖어 있는 그의 입술 끝이 위로 올라갔다.

마력을 가진 듯 오묘한 눈동자. 이가 딱딱 부딪칠 정도로 차갑기도, 화상을 입을 것처럼 뜨겁기도 하다. 극단적인 온도로 사람을 흔들어 놓는 그것. 그의 매력적인 오만함에 시선이 빼앗긴다.

"하아……."

숨 쉬는 것조차도 벅찼다.

이게 과연 현실일까? 아니면 꿈? 눈앞이 흐릿해져 갔다. 어지럽다.

다시 입술이 겹쳐졌다. 이번엔 그가 먼저 한 건지, 자신이 먼저 다가간 건지 알 수 없었다. 그저 그녀는, 그의 영혼을 느끼기 위해 눈을 감았다.

아아…….

기분 좋아.

촉촉해.

새빨간 자몽에 부드러운 아이스크림이 녹아든다. 심장은 차가운데 머릿속은 뜨겁다. 몸의 열이 점점 더 올라간다. 결국 그대로 툭! 쓰러졌다.

✱✲✱

몸이 타들어 가듯 뜨거웠다.

어두운 밤. 땅을 파헤칠 듯 세차게 내리는 비.

어둠을 헤치며 달리는 차.

흉물스럽게 구겨져 있던 커다란 밴.

비…….

피…….

그리고 그 남자.

자신은 그를 구해 준 인어공주가 아니다. 하필이면 당시 그곳을 지나가고 있었고, 그래서 도왔고, 그 자리를 떠났을 뿐이다. 자신은 인어공주가 아닌데, 그 남자는 인어공주가 살려 낸 왕자님처럼 누군가가 자신을 구해 준 것이라 생각하고 있었나 보다. 다만 인어공주의 왕자님은 전혀 기억하지 못했는데, 그는 기억하고 있었던 차이일까.

서늘한 무언가가 이마에 와 닿았다.

'이건 누구의 손?'

펄펄 끓는 몸에 닿은 그 온도는 너무도 시원해서 마음이 놓일 정
도였다. 해나는 천천히 눈을 떴다. 희미하게 들어오는 낯선 공간.
그리고 낯익은 얼굴.

"진······."

"그래, 나 맞아."

진이 그녀가 누운 침대에 걸터앉아 이마를 만져 주며 조용히 내
려다보고 있었다. 순식간에 밀려든 그간의 모든 상황. 어지러운 혼
란 속에서도 다행히 겨우 길을 찾을 수 있었다. 해나는 그 손을 밀
어내며 천천히 일어나 앉았다.

"괜찮아?"

"괜찮아요."

"열이 심해."

"그냥, 단순한 몸살감기예요."

"걱정했어."

고개를 숙이고 있던 해나의 눈동자가 흔들렸다. 도무지 납득할
수 없는 말과 행동을 하는 이 남자.

"그만해요."

고개를 들고서 싸늘하게 그를 쏘아보았다.

"뭐예요, 대체?"

"뭐가?"

모든 동화의 끝은 정해져 있다. 신데렐라의 마차는 시간이 되면
호박으로 돌아오고, 인어공주도 물거품이 되어 버리고 말았다. 오
래오래 행복하게 살았다는 건 평범한 사람들의 순진한 바람일 뿐,

동화에서 정말 집중해야 할 부분은 그것보다 좀 더 냉정한, 아니 지극히 현실적인 일면이다.

어차피 인어공주가 되고 싶지도 않았지만, 이렇게 인생이 동화틱하게 흘러가는 것또한 싫었다.

"너였지? 그날 날 구해 준 건."

"……."

"너였어."

"아뇨."

"너 맞아."

"무슨 말을 하는 건지 모르겠어요."

그 순간 진이 손에 쥐고 있던 무언가를 천천히 해나의 눈앞에서 흔들었다. 그걸 발견한 해나의 눈동자가 커졌다. 그녀가 얼른 자신의 텅 빈 목을 만지며 항의했다.

"왜 남의 목걸이를……. 내놔요!"

"안 돼. 도망칠 거 아냐. 호락호락 줄 순 없지."

그녀가 자고 있는 사이에 풀어 놓았었다.

"그날 잠깐 눈 떴을 때 본 것들. 우산은 노란색, 입고 있던 옷은 푸른색, 목걸이는 작은 케이크 모양, 얼굴은 너……."

해나는 심장이 조여지듯 갑갑해졌다.

두렵다.

"너 맞아."

도망치고 싶다.

불빛에 반사되던 찰랑거리는 목걸이. 모든 게 찰나에 본 것뿐이었지만, 그날 이후 꿈속에서 몇 번이고 반복된 장면. 그건 점점 선명해져서 후엔 사진을 찍어 놓은 것처럼 또렷해졌다.

진은 그때 안도했다.

'너…… 이해나?'

내가 모르는 곳에서 살고 있던 그녀가 내 앞으로 돌아왔다. 그것만으로도 내 세상은 환하게 밝아졌다. 내내 가슴속에서 내리던 비가, 이젠 그쳤다.

"만약 그렇다고 한들, 그게 뭐가 중요한데요? 그 상황이라면 누구라도 그렇게 했어요. 나뿐만 아니라. 괜히 환상을 품고서 특별한 의미를 가진 거라면, 잘못 생각한 거예요."

"그래?"

"그래요. 그쪽이 제 아무리 유명한 연예인이라도 내가 싫으면 싫은 거예요. 그런데 다짜고짜 키스부터 하고. 머리가 이상한 거 아니에요? 목숨을 구해 줬더니 이런 식으로 대갚음하나요? 미리 알았다면 절대 도와주지 않았을 거예요."

"마음에도 없는 소리."

"역시 대단한 사람이라 성격도 오만하네요. 하지만 이번엔 잘못 짚었어요. 뭔가 오해했나 본데, 공연장에 갔던 것도 친구를 따라갔던 것뿐이에요."

자신을 구해 주고 사라졌던 여자가 갑자기 자기 공연장에 나타났다. 그걸 이 남자는 운명이라고 확대 해석 한 건 아닐까?

시종일관 무미건조하게 해나의 말을 듣고 있던 진이 천천히 입을 열었다.

"보면 알아. 내 팬인지 아닌지 정돈. 네가 내 팬이란 착각은 안 해."

그녀의 눈동자가 흔들렸다.

"이제 그만 가고 싶어요."

도저히 남자가 자아내는 압박을 견딜 수 없어 그녀가 시트를 젖히는 순간이었다.

"내가 오해한 건 없어. 넌 그때와 전혀 변하지 않았어. 몇 번이고 넌 날 구해 줬을 거야."

해나가 정지했다.

"그게 무슨…… 뜻이에요?"

진이 웃었다. 그러다 웃음기를 지운 채 물끄러미 해나를 바라보았다.

"그건 네 몫이야. 그것까지 내가 말해 주면 억울하잖아. 잘 떠올려 봐. 생각날 테니까."

진이 부드러운 손길을 뻗었다. 하지만 해나는 고개를 틀어 버렸다.

혼란스러운 해나의 얼굴.

풍성한 머릿결, 촉촉한 눈동자, 빨간 입술. 남자를 설레게 하는 모든 걸 가진 여자. 하지만 진이 원하는 건 그런 외면적인 것보다 그녀의 마음이었다.

"넌, 날 두 번 구해 줬어."

"……."

"아니, 정확히 말하면 두 번 날 살렸지. 그때처럼, 이번에도 의식을 잃은 날 계속 안아 주었지."

그제야 해나가 진을 쳐다보았다. 하지만 전혀 알아듣지 못하는 얼굴.

"넌 그때와 하나도 변하지 않았어."

"내가 아니에요. 도대체 무슨 착각을 하는 거예요?"

"고집 세구나, 너."

해나는 난감했다. 하지만 진은 상관없었다. 초조해할 것 없다. 그녀가 떠올릴 때까지 기다려 주면 된다.

"다시 만나면 무슨 말을 할까. 어떤 표정을 할까. 수없이 반복했던 생각이었지. 하지만 다 소용없었어. 그냥, 안고 입 맞추고 싶었어."

빨려 들 것 같은 진회색의 눈동자가 그녀를 붙들고 놓아주질 않았다. 기까이에서 본 그 눈동자는 더욱 기묘했다. 사람의 눈동자 색이 어쩌면 저럴 수 있을까?

"기다렸어. 아무리 멀리 있어도 알아볼 수 있어. 널 위해 가수가 되고 널 위해 배우가 되었어. 좀 더 큰 스크린에서 보이려고. 그럼 넌 날…… 찾을 수 있을까?"

노래 가사를 그가 낮게 말했다.

해나의 심장이 쿵 아래로 떨어지는 듯했다.

공연장에서 들은 것과는 또 다른 충격.

설마…….

그 생각에 답하듯 진이 말을 이었다.

"너 때문에 노래를 부르고 춤을 추고 연기를 했어. 나를 보고 찾아오라고. 네가 찾아올 때까지 기다리고 있었어."

귀가 먹먹하도록 이어지는 놀라운 말들.

"한 번도 널 좋아하는 마음을 그친 적이 없어."

세 조각

handmade
강렬한 가토 쇼콜라 케이크

빠져들고 말았었다. 구속당한 것처럼. 미숙한 자신은 그날 아무 말도 못 하고 도망치듯 나오는 게 다였다.

부담스럽다. 가슴 안에 커다란 돌덩이 하나가 박힌 것처럼 마음이 무거웠다. 진심이라고밖에 생각할 수 없는 진의 눈빛이 어디를 가나 따라다닌다. 집요하게 숨도 쉬지 못하게끔…….

주문받은 케이크를 만들던 해나는 스페츌러를 든 채 멍하니 멈춰 서고 말았다.

며칠이 지났건만 해나의 가슴속엔 아직도 밀물이 밀려오고 나간 듯 커다란 자국이 남아 있었다. 바로 어제 일처럼 진의 목소리가 선명하게 귓가에서 맴돌았다.

'넌, 날 두 번 구해 줬어.'

'아니, 정확히 말하면 두 번 날 살렸지. 그때처럼, 이번에도 의식을 잃은 날 계속 안아 주었지.'

'한 번도 널 좋아하는 마음을 그친 적이 없어.'

해나는 귀를 확 막았다.

"안 돼, 이래선……."

그녀가 단호하게 고개를 저었다.

"착각이야. 난 생각나는 것도 없어. 지금이라도 제대로 말해야 해."

"뭘? 혼자서 뭘 연기하고 있는 거야?"

홀에서 수제 초콜릿 포장을 하고 있던 선미가 미친 여자 쳐다보듯 물었다.

"아, 아냐."

정신 차리자.

그때 해나가 앞에 놓인 케이크를 보고 깜짝 놀랐다.

"으앗! 이게 뭐야?"

아이싱을 하던 중이었는데, 생크림이 어떤 면은 높고 어떤 면은 낮고 그야말로 못난이가 되어 버렸다. 그야말로 초보도 울고 갈 솜씨.

"쯧쯧. 넌 계속 바보짓 해라. 난 울 오빠나 봐야지!"

선미가 노트북을 열었다. 순간 얼굴이 파리해진 해나가 막으려고 했지만 명분이 없어 주춤하는 사이, 선미가 어떤 영상 하나를 홀랑 켰다.

해나가 천천히 시선을 돌리자 진의 뮤직비디오가 재생되고 있었다. 그의 섬세하면서도 날카로운 분위기를 고스란히 담아낸 영상. 그 안에서 진이 어떤 여자에게 키스하고 있었다.

두근!

여자의 살짝 벌어진 붉은 입술에 그의 입술이 닿는다. 모델 출신의 여자는 영상 속에서 더없이 관능적이었다. 짧은 셔츠와 그레이 빛 스키니 진이 몸의 굴곡을 그대로 드러내고 있었다. 육감적인 가슴과 애플 힙.

그녀의 나른한 눈매, 구불구불한 머리카락 속으로 진의 손가락이 파고든다. 긴 머리카락 사이로 진의 반지에 새겨진 J라는 이니셜이 날카롭게 빛을 발했다. 여자의 유혹적인 빨간 입술, 고개를 엇갈린 진이 여자의 입술을 머금은 채 화면을 향해 싸늘하게 웃었다.

"으악! 저 여우 같은 년이 언제 오빠랑 뮤비 찍은 거야? 확 씹어 버릴까 보다!"

해나는 시선을 떨구고 말았다. 어쩌면 그날 자신은, 영상 속의 그녀보다 더 나른하고 황홀한 표정을 지었을지도 모르겠다.

자신의 머리카락 속으로 파고들던 그의 긴 손가락. 부드러우면서도 강렬했고, 한없이 배려하는 것 같으면서도 독선적이었다.

그의 키스는……

"부러운 년. 나라를 구했나. 아, 올 오빠랑 키스하면 어떤 기분일까? 궁금하다, 그치?"

"으, 선미야."

"응. 왜?"

"있잖아……"

"뭐가 있잖아?"

하지만 해나는 결국 그만두고 말았다. 도저히 말하지 못하겠다.

"아무것도 아니야."

"싱겁긴. 오늘따라 애가 왜 이렇게 멍해? 오라! 알바비도 안 주고 일 시켜서 찔렸구나?"

"아, 안 바빠?"

'미안해, 선미야. 사실대로 말해야 하는데.'

친구를 생각하면 완벽한 배신. 사실대로 말하는 게 맞는 건지, 어차피 더는 없을 것이기에 이대로 묻어 두는 게 맞는 건지 확신이 안 선다.

"당근 완전 안 바쁘지. 울 오빠 스케줄이 갑자기 텅 비어 버려서 쫓아다닐 데가 없거든. 아우! 맘 편하게 쫓아다니려고 면접 오라는 데도 안 갔건만."

선미의 마음은 과연 뭘까? 단지 연예인을 동경하는 걸까, 정말 남자로서 좋아하는 걸까? 섣불리 사실대로 말할 수 없는 자신의 마음이 슬펐다.

✻❅✻

선미가 가고 난 후, 해나는 가게를 정리했다. 문 닫을 시간이라 쟁반을 갖고 와 홀 테이블을 치우려는데, 데커레이션 하려고 꺼내 놓은 과일 조각 중에 한 가지가 보였다.

자몽.

루비처럼 강렬한 빛깔.

해나는 천천히 손을 뻗어 자몽 조각을 입 안에 넣어 보았다. 알 갱이가 톡 하고 혀끝에서 터졌다. 순간 기억이 순식간에 거슬러 올라가 진에게 안겨 있던 때로 되돌아갔다. 휘감기던 그의 뜨거움, 발끝까지 조이던 감각. 그날과 같은 감각에 온몸이 저릿해졌다.

"그만둬, 이해나."

끌렸다고 하더라도 그건 그냥 본능적인 욕구. 충동적으로 마음이 기울어진 것. 그걸 누구도 감정이라 부르지 않는다.

"현실을 똑바로 봐, 이해나. 네가 지금 하려는 게 얼마나 위험한 짓인지."

해나는 과일 접시를 들어 그대로 쓰레기통에 버려 버렸다.

딸랑!

그때 가게 문이 열렸다.

"죄송하지만 영업 끝났는데요."

해나는 문 닫을 시간이 다 되어 찾아온 좀 이상한 차림의 손님을 보며 말했다.

청바지에 스트라이프 니트와 셔츠, 받쳐 입은 긴 코트. 거기에 모자와 선글라스, 그것도 모자라 마스크까지 온몸을 꽁꽁 싸맨 남자가 등을 보인 채 케이크 진열대에 시선을 두고 있었다.

"저기……."

사실 가게가 번화가에서 좀 떨어진 곳이라 가끔 위험한 일도 있었다. 저렇게 꼼꼼하게 싸맬 정도로 오늘이 추운 날씨도 아니라 더욱 의심이 들었다.

설마, 나쁜 사람은 아니겠지?

해나는 약간의 거리를 유지한 채로 손님에게 다가갔다.

"혹시 찾으시는 케이크라도……."

그 순간 남자가 천천히 선글라스와 마스크를 벗고, 그녀를 돌아보았다.

"애먹게 하는구나, 너."

해나의 동공이 벌어졌다. 모자 아래 드러난 얼굴은 바로, 진이었다.

"여, 여긴 어떻게……."

너무 놀라 심장이 발등까지 떨어졌다. 순간 창밖으로 여학생들이 지나가는 게 보이자, 해나는 정신이 번쩍 들었다. 바로 달려가 문을 잠그고 블라인드를 전부 내렸다. 그제야 안심이 되면서 긴 한숨이 흘러나왔다.

휴우…… 어쩜 이렇게 태평한 사람이 다 있지?

그녀가 잠긴 문을 등 뒤로 꾹 누른 채 진을 노려보았다.

"도대체 뭐예요?"

"그렇게 날 세우지 마. 기다려도 안 오기에 내가 왔어. 그거뿐이야."

"그날 일은…… 잊었어요. 기억하더라도 어쩌다 일어난 사고 그 이상 그 이하도 아니에요. 그러니까 가세요."

"갈 수가 없잖아. 문 잠근 건 너면서."

해나의 안색이 순간 파르르해졌다. 진이 피식 웃었다.

"왜 그렇게 공격적인 건지 모르겠다."

모르다니. 해나는 그를 피해 두세 걸음 뒤로 물러나며 계속 그를 견제했다. 하지만 말과 달리 자신이 이 남자를 여전히 의식하고 있다는 걸 깨달았다. 정말이지 미치겠다.

"자각 없어요? 언제든 손님들이 오가는 가게예요. 누군가 볼 수 있단 생각 안 들어요?"

"보면 보는 거고."

"참 이기적이네요."

"그건, 미안해."

"부탁할게요. 문 열어 줄 테니 가 줘요."

"넌 정말 아무것도 모르는구나. 남자는, 그런 식으로 말하면 더 자극받아."

해나의 심장이 쿵 아래로 떨어지는 것 같았다.

"네가 아무리 사고였다고 해도, 일어났던 일이 사라지진 않아. 너와 나의 과거의 일도 똑같겠지."

진이 빨려 들어갈 것 같은 눈동자로 해나의 시선을 빼앗은 채 다가서서 손을 뻗었다. 해나는 순간 도망가고 싶었지만 몸이 움직여 주질 않았다. 잠깐 멈칫했던 그의 긴 손가락이 안심한 듯 해나의 머리카락에 닿았다. 천천히 어루만졌다.

"일곱 살의 널 처음 만났지."

가느다란 갈색 머리카락이 진의 손가락 사이를 사르륵 스치며 떨어졌다.

"기억 안 나? 그때부터 넌 줄곧 내 거였어."

진이 해나의 턱을 들어 올렸다. 해나의 반쯤 젖은 눈동자가 물결 쳤다.

"이제 그만 받아 줘, 내 마음을."

진의 손가락이 해나의 입술을 살짝 누르며 다가왔다. 향긋한 숨 결이 그녀의 입술 언저리를 자극했다.

"아⋯⋯."

움직일 수 없었다. 심장이 그의 색으로 물들어 가려 했다. 터질 것 같은 떨림. 그만큼의 두려움. 그에게 넋을 잃은 이 무방비 상태 가 노출될까 봐 겁난다. 반면, '그래서 뭐 어쩌라고.' 의 마음이 충 돌하고 있다.

결국 이긴 건 이끌림.

자신도 어쩔 수 없는 유혹에 그녀의 눈이 서서히 감겼다.

이건 매혹. 도저히 뿌리칠 수 없는 속삭임. 하지만 그 순간 그녀의 귓가에서 울리는 사람들의 목소리들, 비난, 눈꺼풀에 새겨진 조롱, 아빠의 마지막 모습…….

결국 해나가 눈을 번쩍 떴다.

"그, 그만!"

진의 가슴을 팍! 밀치며 물러섰다. 해나는 바들바들 떨며 천천히 고개를 들었다. 진은 자신의 가슴을 밀고 있는 그녀의 손을 내려다보고 있었다. 해나가 손을 거두어들였다. 진이 고개를 들었다. 차갑진 않다. 그냥 아주 많이 쓸쓸해 보였다.

그가 피식 웃었다.

"왜…… 안 되는 거지?"

"안 되니까요."

딱딱한 대답. 해나는 감정을 굳혔다. 더없이 건조한 눈으로 흔들리려는 자신을 애써 붙들었다.

"제대로 말해야 한다고, 계속 생각하고 있었어요."

"뭘?"

"세상에서 가장 믿을 수 없는 게 사람의 기억이에요. 도대체 무슨 일이 있었는지는 모르겠지만, 특히 어린 시절의 일은 더더욱 자기중심적으로 왜곡되고, 이상화되고, 합리화되기 쉽죠."

"하고 싶은 말이 뭐야?"

"그쪽 상상 속에 있는 여자애와 난 다른 여자예요. 예전 일은 기억도 안 나고."

그건 거짓말이 아니었다. 처음엔 자신이 기억을 못 하는 건가 싶었다. 하지만 아무리 해도 생각나지 않았다. 설사 그의 말이 사실이라고 하더라도, 그녀의 기억은 그 부분만 지우개로 싹싹 지워진 듯 깨끗하기만 했다.

아버지가 돌아가시고, 충격으로 이전 기억이 드문드문 사라졌다. 하지만 그중 무엇이 사라진 건지는 그녀 자신도 알 수 없었다. 그 안에 진과의 기억이 있었단 게 놀라울 뿐이었다.

진의 눈빛이 싸늘했다.

"요컨대, 기억나지 않을 정도로 너에겐 아무것도 아니었단 소리로군."

"미안해요."

"너뿐 아니라 지우고 싶은 시간 같은 건, 누구에게나 있어."

"그럼 그쪽도 지워요."

"지울 수 없어. 다…… 너니까."

아주 소량의 밀가루만을 넣어 진하게 만드는 100% 가토 쇼콜라 케이크. 브라우니의 묵직하게 짙은 초콜릿과 쉬폰 케이크의 폭신한 가벼움을 동시에 느낄 수 있다. 그래서 사람들은 그 케이크를 악마의 유혹이라고 부른다.

진한 다크 초콜릿의 강렬한 맛이 혀를 사로잡고 뇌의 판단을 마비시킨다. 급기야 해로움을 알면서도 마비된 뇌는 끊임없이 그 맛을 받아들이고 만다.

이끌림, 아니 그것보다 더한 종속.

종속보다 더한 중독.

중독보다 더 위험한 환각. 바로 이 남자처럼…….

아무렇지 않게 심장을 건드리는 말을 툭툭 한다. 이쪽의 흔들림

따윈 봐주질 않는다. 감당은 네가 하라는 듯.

벗어나는 방법은 중독되기 전에 도망치는 것뿐.

"여자의 거절을 남자는 자극이라고 해요? 남자의 앞뒤 안 가리는 고백이 여자에겐 부담이 되기도 해요. 좋아한다고 말했다고, 날 좋아하니까 나도 같이 좋아질 순 없어요."

도망칠 수 있다. 아직 이 정도라면 가능하다.

"사고당한 사람을 구해 준 것, 그 이상도 이하도 아니에요. 그쪽한텐 어떤 감정도 없어요. 그리고 난 연예계 사람과 연관될 생각 없어요. 그래서 그날도 도망친 거였구요."

"널 위해 연예인이 된 건데, 넌 내가 연예인이라서 도망치고 있구나."

그가 웃었다. 허무한 어조.

"하지만 그게 사실이에요. 그러니까 더 이상 얽히지 않았으면 좋겠어요. 부탁이에요. 이만 가 주세요."

해나는 등 뒤로 문의 잠금장치를 풀었다. 그리고 천천히 옆으로 비켜섰다.

이대로 나가 달라는 듯.

그 완벽한 거부에도 동요 없이 그녀를 바라보던 진이 입을 열었다.

"내가 좀 차가워질 수 있다면 좋겠다. 너한테 좀 더 냉정해질 수 있었으면 좋겠어. 나 그리 따뜻한 사람도 아닌데."

"죄책감 들게 하지 마세요."

"잊었다지만, 어릴 때의 넌 지금보단 더 밝게 잘 웃던 얼굴이었어."

해나의 눈동자가 흔들렸다.

"하지만 변하는 건 어쩌면 당연하겠지. 나도 변했듯이……."

"미안해요."

"사과하지 마. 그럼 정말 사실이 되잖아. 가슴 아파."

해나는 입술을 꾹 깨물었다.

일방적으로 상처 주는 자신이, 스스로도 마음에 안 들었다.

"받아."

해나가 고개를 들었다. 그의 손에 그녀의 목걸이가 들려 있었다. 며칠이 흘렀는데 목걸이가 없단 걸 이제야 깨닫다니. 어릴 때 엄마가 직접 목에 걸어 줬던 것, 이제 그게 유품이 되었다.

해나가 손을 뻗었다. 하지만 손이 닿기 직전 진이 목걸이를 거두어들였다.

"적어도 내가 걸어 주는 정돈 허락해 줘."

해나는 아무 말도 할 수 없었다. 화를 내는 게 오히려 적극적인 감정의 폭발 같아서. 뭐든 이 남자의 앞에선 자신이 지금껏 살아왔던 일상대로 되지 않는 것 같다.

그가 천천히 다가왔다.

마지막까지 거부하지 못했던 건, 어쩌면 자신의 약한 의지.

말로는 사납게 쳐 냈으면서도 마지막까지는 냉정하지 못했던 마음.

본능적으로 허락하고 싶었던 말랑한 마음 한 조각.

그의 넓은 어깨가 눈앞으로 성큼 다가왔다. 밀려드는 향기에 눈앞이 아찔해졌다. 자신도 모르게 붉게 상기된 얼굴을 숨기기 위해 해나는 얼른 고개를 숙였다.

진이 그런 해나의 뺨을 빤히 바라보았다. 그러다 살짝 상체를 숙였다.

목걸이가 눈앞에서 찰랑거렸다. 그의 손이 귓가를 스치고, 마치 포옹하듯 그녀의 목 뒤로 따뜻한 팔이 둘러졌다. 단정하게 하나로 묶어 놓은 머리카락 위에서 목걸이가 채워지는 감각을 느꼈다.

"……."

하지만 체온은 그 후에도 멀어질 줄 몰랐다.

진은 그녀를 내려다보았다. 이대로 힘만 주면 그녀를 안을 수 있다. 아슬아슬, 위험한 감각이 그를 건드렸다. 풍기는 달콤한 향기가 코끝을 건드린다. 청량함을 담뿍 머금은 하얀 뺨을 그대로 고개 숙여 베어 물고 싶다. 해나는 스커트를 꽉 움켜쥐었다. 그래도 멀어지지 않는 그의 향기.

숨 막히는 긴장.

그때 그녀의 귓불 바로 옆에서 떠돌던 그의 숨결이 천천히 멀어졌다.

"넌 정말, 내가 싫은 거구나."

안도.

"아니, 넌 내가 싫지 않아."

순간 해나의 고개가 확 들렸다. 그대로 진을 쏘아보았다. 파동치는 그녀의 눈동자를 응시하며 진이 탓하듯 말했다.

"흔들리고 있으면서."

"무, 무슨……. 흔들린 적 없어요. 잘못 본 거예요."

"솔직해지는 게 죄는 아닐 텐데, 대체 뭐가 널 그렇게 막고 있는 걸까?"

마음이 들켰다. 애초에 흔들림을 완벽하게 숨길 수 있다는 것 자체가 착각이었다.

"자만하지 마세요."

"자만은 네가 하는 거지. 내가 이렇게 너만을 보며 살아왔다는데, 넌 날 봐 주지도 않잖아. 금방 포기하지 않으리란 걸 아니까 그럴 수 있겠지. 그게 바로 자만이야. 넌 모르겠지만."

"절대 아니에요."

"아니? 그래서 넌 그렇게 냉정할 수 있는 거야."

"세상이 죄다 자신을 중심으로 돌아간다고 생각하는 거, 대체 무슨 오만이에요?"

"날 보면 눈동자가 흔들리면서, 밀어낼 수 있다고 생각하는 넌 무슨 오만인데?"

화난다. 대체 왜 이렇게 흘러가는 거지? 약 올라 속이 비틀릴 정도였다.

"그날의 키스가, 나 혼자 한 거라곤 생각되지 않아."

해나의 입술이 바르르 떨렸다. 그 기억이 떠오르자 심장이 미친 듯 고동쳤다. 이런 반응으로 대체 뭘 어떻게 숨길 수 있다고 생각했던 걸까?

"그래요. 끌렸어요."

해나가 차갑게 말했다.

"하지만 그건 충동적인 끌림일 뿐이에요. 처음 만나 나눈 키스에 어떻게 마음이 담길 수 있겠어요? 세상의 모든 흔들림이 전부 다 감정의 표현일까요?"

"아마, 아니겠지. 그러니까 그 흔들림이 순간적인 것인지 아닌지, 한 번 더 판단해 봐."

"뭘 어떻게요?"

"네가 나한테서 가져갈 게 한 가지가 더 있어. 우산……. 현장에 떨어져 있었지."

그날 현장에서 굴러다니던 노란 우산의 손잡이에 붙어 있던 이름표.

"이해나라고 적혀 있었지."

우산을 두고 왔던 긴 알았지만 설마 누군가 그걸 발견하더라도 무슨 일이 있겠나 싶어서 까맣게 잊고 있었다.

"가져다줄게."

"아뇨. 됐어요. 안 받을래요."

"15년을 기다려 왔어."

해나가 주춤했다. 진의 강한 눈빛.

"다음 주 이 날, 이 시간에 올게."

딸랑!

문이 닫혔다. 그 틈으로 밀려들어 온 차가운 바람이, 해나의 심장을 확 덮쳤다가 서서히 흩어졌다. 다리에 힘이 풀려 해나는 그대로 주저앉고 말았다.

✱❊✱

"누구야?"

회색의 반듯한 슈트. 고급스러운 시계에 구두와 벨트. 빈틈없는 차림이 꼼꼼하고 완벽한 그의 성격을 대변해 주고 있었다.

강우는 여유로운 표정으로 소파에 앉아 눈앞의 남자를 부드럽게 채근했다. 바로, 진의 로드 매니저 동현이었다.

강우는 한없이 편안한 표정인데 반해 동현은 좌불안석이었다. 그 상태를 체크하는 강우의 눈매가 매처럼 가늘어졌다.

"왜 이렇게 겁을 먹어. 단지 누구냐고 물었을 뿐인데."

"그, 그게……."

"제대로 대답해야지. 내가 묻고 있잖아."

"정말 드릴 말씀이 없습니다."

진은 성격상 곁에 사람을 붙여 두질 못했다. 덕분에 개인 스타일리스트, 메이크업 아티스트 같은 꼭 필요한 인력들마저도 다른 차로 이동해야 했다. 그 바람에 이번 사고도 신속하게 처리되질 못했다. 단둘만 인적 없는 지방 도로에서 사고를 당했으니, 발견이 그만큼 늦어진 것이었다.

물론 진의 그런 성향은 사고 이후로도 변하지 않았다.

"그 까다로운 녀석이 오로지 옆에 붙여 두는 건 너뿐이지. 하긴 그 녀석도 인간인 이상 일상생활은 해야 할 테니, 누군가의 도움은 필요하지 않겠어?"

"네……."

"처음 그 녀석한테 갈 때 내가 했던 말 기억나? 있는 듯 없는 듯 공기처럼 거스르지 말고 옆에 있으라고."

"그, 그럼요. 기억합니다."

"넌 아주 잘해 왔어. 곁을 안 내주는 녀석이 너만은 변함없이 옆에 두고 싶게끔 만들었지."

"가, 감사합니다. 앞으로도 열심히 옆에서 보필하겠습니다."

"그렇다고 날 이렇게 빡 치게 하면 안 되지."

동현의 고개가 번쩍 들렸다.

"대, 대표님……."

"어떤 여자야?"

동현의 동공이 정처 없이 흔들리는 걸 강우는 어렵지 않게 포착했다.

"내가 이 자리에 앉아 멍하니 놀고먹고만 있는 건 아니겠지?"

"그, 그럼요. 무슨 그런 말씀을……."

"그럼, 그 녀석이 사람을 시켜 그날 사고 현장에 있던 여자를 내내 찾고 있었단 것도, 녀석의 집에 여자가 왔었던 것도 당연히 알고 있었겠네. 바로 네가 거기까지 그 여자를 안내했단 사실까지도 말이야."

동현의 손이 마구 떨렸다. 결국 그가 콰당! 소리가 날 정도로 테이블에 머리를 박았다.

"죄, 죄송합니다! 형님 지시에 그만……."

"그래. 됐어. 지시를 했으니 움직였겠지."

"정말 죽을죄를 졌습니다. 아무 설명도 없이 무조건 동선만 알려 주고 데리고 오라고 하시는 바람에."

"……."

"하지만 그 뒤엔 전혀 다른 말씀이 없으셔서 다 끝난 줄 알았습니다. 믿어 주세요!"

이 새끼가…….

강우는 입 안이 썼다.

저도 이 바닥에서 구를 만큼 굴렀다 이건가? 감히 자신을 두고 안 돌아가는 머리를 굴리고 있다니. 추궁당해 궁지에 몰리느니 차라리 아무 정보도 담지 않은 말로 다 토설한 듯, 내 머리 위에서 춤을 추겠다?

"동현이 너 많이 컸구나."

"대, 대표님……."

"진이 요즘 대부분의 스케줄을 비우는 것, 몇 달을 공들인 영화도 취소, 공연도 취소. 서울을 조금만 벗어나는 일엔 관심도 없고. 그래, 괜찮아. 그런 건 관계없어. 그 녀석이야 손해 이상으로 벌어 주니까."

동현의 목울대가 꿀렁 했다.

"돈 문제가 아니지. 그 녀석은 그냥 이 회사의 상징적인 존재. 있어 주기만 해도 돼. CF 하나만 찍어 줘도 다른 애들 몇 달 돌리는 것보다 이득이 크니까."

"그, 그렇죠."

"내가 걱정하는 건 '태륜' 쪽이야."

그 말엔 동현도 움찔했다.

"그 녀석이 데뷔까지 했음에도 굳이 변호사 자격을 취득한 건, 단순히 스펙 쌓기도 심심해서도 아니겠지? 애초에 태륜과 그 녀석의 계약 조건이 그랬어. 그렇게 가수를 하고 싶으면 최소한 이 정도는 해라."

"모, 몰랐습니다."

"그리고 한 가지 더. 어쩌면 이게 더 중요한 조건이겠지. 혹시 연예계 생활하며 조금이라도 태륜의 이름에 먹칠할 추문이 일면, 그 즉시 은퇴한다."

"지, 진짜요?"

"녀석의 할아버지가 작고하지 않았다면 데뷔 자체가 불가능했었지. 그나마 자기 부친과 담판을 짓고 나온 모양이야. 하지만 난 태륜 쪽 인간들을 잘 알지. 특히 현재 대표 태윤, 진의 아버지, 아주 완고하고 냉철한 원칙주의자지. 겉으론 점잖은 법조계 인사인지 몰라도, 속은 독사처럼 교활하고 독하거든."

꿀꺽.

"그, 그렇게 무서운 사람이세요?"

"동현아. 난 사고를 사전에 방지하려는 거야. 진을 위한 거지. 그 녀석이 은퇴하길 바라냐?"

동현의 입이 바짝바짝 말라 갔다. 폭풍처럼 동요하는 게 보였다. 강우는 싱긋 웃었다. 이제 다 해결된 거나 마찬가지였다.

"제가 알기론…… 그날 집에 모셔 간 분은 사고 현장에서 신고해 준 여자분이 맞고요."

"그래."

"그날 그분이랑 어떤 보상 조건과 대화가 오갔는지는 모르겠지만, 이후 다시 얘기가 없는 걸 보면 원만하게 해결된 게 아닐까 하는 생각이 들었어요."

강우의 눈썹이 찌푸려졌다.

"하……. 동현아."

"저, 정말입니다! 그렇게 안 믿기시면 저한테 사람을 붙이세요! 정말 그 후론 그 어떤 접촉도 없었습니다. 제 목을 걸겠습니다!"

동현이 나간 후 강우는 식은 찻잔을 들었다.

"사람을 붙이란 건가? 그러니까 이후부턴 자기를 쫓아 봐야 건

질 건 없단 뜻이군."

아마도 지금 곧장 진에게 달려가 들은 대로 전하고, 안전하게 다닐 다른 길을 마련해 주겠지.

"의리로만 본다면 칭찬받을 만한데……. 기가 약한 놈이라 쉽게 설득할 수 있을 줄 알았더니 보기 좋게 펀치를 맞았군."

동현이 저렇게나 진을 따르는 이유는 여러 가지가 있겠지만, 아마 그 일이 가장 컸을 것이다. 동현의 어머니가 큰 수술을 받아야 했다. 그냥 두면 사망할 수도 있는. 그때 동현의 수중엔 그 큰 수술비와 입원비를 감당할 여력이 없었다. 그 거액을 진이 아무런 언급도, 조건도 없이 내주었다.

"자기 어머니를 살려 준 은인이라. 저렇게까지 충성을 다하는 것도 무리는 아니겠지. 아무튼 비인간적인 녀석이 묘한 곳에서 자기도 인간이라고 방점을 찍는단 말이야."

강우는 휴대폰을 꺼냈다.

"나야. 오늘부터 따라붙어. 아니, 로드 매니저 없이 혼자 행동할 때를 더 주의해."

강우의 눈빛이 빛났다. 한 번도 이런 일이 없던 진이었기에 더욱 위험하단 경고가 울리고 있었다.

＊＊＊

아침부터 일이 손에 안 잡혔다. 하루 종일 헛손질만 하고 있었다. 아니나 다를까 컵을 또 떨어뜨려서 해나는 얼른 주워 개수대에 넣었다.

"휴우……."

긴장.

참 간사하게도, 진이 오겠다고 한 날이 다가오자 이 모양이었다.

"절대 오지 말라고 해 놓고서."

바로 오늘이었다. 어떻게 하면 좋을지, 아직 결정하질 못했다. 피할 이유는 많았지만 자신이 그걸 정말 원하고 있는지 거기서 생각이 딱 막혔다. 그와 더 이상 만나면 안 되는 이유가 수백 가지가 넘는데, 단 한 가지 이유 때문에 망설이고 있다니.

바로, 내 마음…….

"흔들리고 있으면서."

그날 진이 한 말을 낮게 따라 했다. 자신의 마음 상태를 정확히 표현한 그 한 마디를.

"아우, 정말! 또 공연 취소했어?"

그때 선미의 목소리가 들렸다. 그녀는 노트북에 달라붙어 폭풍 검색 중이었다.

"울 오빠 요즘 완전 이상해! 공연 취소에 이번엔 글쎄, 몇 달을 공들인 할리웃 영화 출연도 고사했다잖아. 설마 아직 다 안 나은 거 아냐?"

해나는 더욱 마음이 무거워졌다. 아마 자신은 선미에게 마지막까지 거짓말쟁이가 되겠지.

"뭐야, 이건? 그런 기사는 없는데. 소속사 엑스 엔터테인먼트 관계자에 의하면 건강상 문제가 아닌 개인적인 사정으로 당분간……."

쨍그랑!

그 순간 뭔가가 떨어지는 소리에 기사를 읽고 있던 선미의 고개가 돌아갔다. 해나가 거품기를 바닥에 떨어뜨린 채 손을 바르르 떨고 있었다. 거품기에서 튄 계란이 바닥에 튀었다.

"야, 너 갑자기 왜 그래? 어디 아파?"

"지, 지금 소속사가 어디라고?"

해나의 눈동자가 충격으로 와들와들 떨리고 있었다. 그제야 그 이유를 깨달은 선미가 엄청 당황했다.

"아! 어, 어떡해. 미, 미안! 그러고 보니 여기가 거기였지? 내가 이렇게 눈치가 없어."

선미가 바로 자신의 입술을 탁탁 때렸다. 해나는 얼른 고개를 돌렸다. 어떻게든 떨림을 쫓아내려 애썼지만 진정하긴 그른 것 같았다.

쯧, 아직도 이 모양이라니.

"입이 방정이지. 근데 해나야, 나도 나중에야 알았어. 첨부터 진 오빠가 그 소속사인 거 알았으면 절대 안 좋아했을 거야! 근데 알았을 땐 이미 빠져 버린 후더라고. 내가 좀 더 조심했어야 하는 건데. 나가 죽어, 최선미!"

"아, 아냐, 그냥 좀 당황했나 봐. 네 잘못 아냐. 신경 쓰지 마."

해나는 웃으며 얼른 휴지통을 갖고 와 바닥에 쏟아진 걸 닦았다. 애써 괜찮은 척했지만 가슴은 쿵쿵 뛰고 있었다.

진의 소속사가…… 엑스 엔터였다. 어떻게 이런 악연이 있을 수 있을까? 영원히 끝나지 않을 터널에 갇힌 것처럼 아득해졌다. 다시는 생각하기 싫은 이름, 그 세계. 진이 연예인이니 혹시라도 연관될 수 있단 생각은 했지만, 이렇게 직접적으로 이어져 있으리라곤 차마 생각도 못했다.

경고인가. 넌 절대 네가 속한 지옥에서 벗어날 수 없다는……

그것이 아니라면 벌인가? 한 치 앞도 못 내다보고서 그에게 마음이 흔들릴 뻔한 자신을 향한 벌.

선미가 한 말은 자신이 할 말이었다. 그 남자가 엑스 엔터 소속인 걸 알았으면, 절대 연결되지 않았을 것이다.

하지만 알았을 땐 이미 이렇게 잔뜩 흔들려 버린 후였다.

그게 도저히 용납이 안 되어서 심장이 아주 아프게 깨물린 것 같았다. 잔인한 기억은 언제라도 손톱을 세운 채 할퀼 준비를 하고 있었는데.

그날 사고가 나지 않았더라면…….

현장을 자신이 지나가지 않았더라면…….

콘서트 장에 가지 않았더라면…….

그 키스를 받아들이지 않았더라면…….

이곳으로 찾아왔을 때 좀 더 확실하게 거절했더라면…….

아니, 그 모든 게 일어났더라도 자신이 그에게 끝끝내 흔들리지 않았더라면…….

모든 게 자신의 경솔함이 부른 화. 진은 자신에게 악몽을 떠올리게 하는 도화선과 다를 바 없었다. 그러니 폭약에 불이 붙기 전에 할 일은 단 하나였다. 불을 꺼 버려야 한다.

✸✸✸

그날 밤, 야구 모자를 푹 눌러쓴 진은 불 꺼진 해나의 가게 앞에서 있었다. 그의 손에 쓸쓸하게 우산이 들려 있었다. 잠긴 출입문. 그녀의 선택. 진의 눈동자에 짙은 상념이 어렸다.

"알게 해 줘라."

그녀의 마음은 생각보다 더 굳게 닫혀 있었다.

'사고당한 사람을 구해 준 것, 그 이상도 이하도 아니에요. 그쪽한텐 어떤 감정도 없어요. 그리고 난 연예계 사람과 연관될 생각 없어요. 그래서 그날도 도망친 거였구요.'

자신이 모르는 무언가가 있다.

'그래요. 끌렸어요. 하지만 그건 충동적인 끌림일 뿐이에요.'

그 말을 하던 그녀의 눈동자에 조각나서 흩어지던 수많은 감정의 파편들. 그녀도 흔들리고 있는 거라고 믿었다. 하지만 그녀는 그 흔들림을 결국 부정했다. 자꾸만 숨어든다. 마치 어딘가가 아픈 것처럼, 상처받은 사람처럼……

"부디, 많이 아프진 마라."

'좋아한다고 말했다고, 날 좋아하니까 나도 같이 좋아질 순 없어요.'

"알아, 그런 것 정돈……"

진이 낮게 웃었다.

"그래도 넌 도망칠 수 없어. 그냥, 그게 우리 운명이니까."

✳✳✳

해나는 손님 없는 가게에 홀로 앉아 있었다.

그날 가게 문을 닫고 다음 날 새벽에 왔을 때, 가게 앞엔 우산이 놓여 있었다. 그 우산 안쪽에 숨겨져 있던 쪽지.

그걸 펼쳐 보는 해나의 손이 떨렸다.

네 말처럼, 같이 좋아질 수 없는 거구나.

괜찮을 줄 알았는데, 나만 원하고 있는 이 사소한 감정이
참, 버겁다.

해나는 그 쪽지를 그냥 접어 버렸다.

'생각하지 마. 이제 끝났어.'

다행히 그가 더 찾아오는 일은 없었다. 이제 곧 모든 게 다 자연
스럽게 마무리될 것이다.

'조심해.'

누군가가 자신에게 해 주는 엄중한 경고. 여기서 멈추면 넌 과거
의 악몽을 떠올리지 않아도 돼.

'그때부터 넌, 줄곧 내 거였어.'

'이제 그만 받아 줘, 내 마음을.'

'왜…… 안 되는 거지?'

'지울 수 없어. 다…… 너니까.'

귀를 먹먹하게 하는 말들. 하지만 이제 생각하지 말아야 할 말
들.

딸랑! 선미가 들어왔다.

"나 왔어! 식객, 이 아니라 무료 알바생 최선미 등장이오!"

그러나 그 어수선한 소리에도 해나는 아무것도 들리지 않는 듯
멍했다. 선미가 갸웃하며 해나의 눈앞에 대고 손을 흔들어 댔다.

"이해나!"

깜짝!

"으, 응? 아…… 언제 왔어?"

"뭐야, 얘? 눈 뜨고 졸았어?"

"응, 그러게. 어젯밤에 잠을 잘 못 잤더니."

"뭐하느라고 잠도 못 자? 그럼 잠 깨는 의미로 밥이나 줘, 배고파."

해나가 의자에서 일어났다.

그래, 얼른 일상으로 돌아가자.

"배 많이 고파? 안 그래도 뭐 만들려던 중이니까 조금만 기다려."

"오늘은 모야? 나 이제 달달한 건 물리는데."

"걱정하지 마. 매콤한 덮밥이야. 나도 먹고 싶었거든."

"근데 이건 모야? 나 주는 거야?"

그때 선미가 테이블에 놓여 있던 장미 한 송이를 들고서 물었다. 해나가 피식 웃었다.

"유감이지만 아닐세. 아침에 문 여는데 가게 앞에 꽂혀 있더라. 누가 또 술 먹고 가다가 꽂아 놨나 봐."

"하여튼 이 동네에 또라이들 많다니까? 실연당했으면 그냥 쓰레기통에 버리지 꼭 남의 가게에 꽂아 놓고 나 실연당했다! 광고를 해야 속이 풀리지."

"그러게 말이야."

그렇게 대수롭지 않게 넘겼던 일.

하지만 해나의 예상은 틀렸다. 다음 날도, 또 그다음 날도 매일

같은 자리에 꽂혀 있는 장미꽃. 그것도 딱 한 송이씩.

문 닫을 때까진 없다가 다음 날 아침이면 어김없이 그 자리에 있었다. 새벽마다 하루에 한 송이씩, 그게 한 달을 계속 이어졌다.

차곡차곡 모여진 서른 송이의 장미꽃을 바라보는 해나의 마음이 울컥했다.

"왜 이러는 거예요, 대체……."

누군지 모를 수가 없었다.

찌르르. 명치가 아파 왔다.

남들 눈을 피해 그 시간에 홀로 꽃을 두고 갔을 그의 마음이 느껴져서……

그렇게 못된 방식으로 거절했는데도, 그는 다가오는 걸 멈추지 않았다. 오히려 직접적으로 다가오는 것보다 멀리서 자신의 진심을 전하는 걸 선택했다. 마치 그녀의 마음을 배려하듯…….

그게 아니라면, 이 소박하지만 너무도 큰 의미를 가진 장미를 어떻게 생각해야 할까? 더없이 간결하고 간접적이지만, 가슴을 치듯 직접적인 그의 언어.

끈질긴 고백.

"울 오빠 요즘 계속 진짜 이상하다? 스케줄 줄줄이 취소하더니 이제 웬만한 건 아예 하지도 않아. 여길 떠날 수 없는 일이 있다면서. 도대체 그게 뭐냐고."

속상해하는 선미.

하지만 해나도 속상하긴 마찬가지였다. 너무너무…….

그가 꼭꼭 걸어 둔 마음의 빗장을 자꾸만 건드린다. 이미 집어넣어 풀까지 붙여 꼭꼭 봉인해 둔 결심을 자꾸만 의미 없게 만든다.

손잡이를 움켜쥐고 있는 손에서 힘이 빠져 나갔다. 부질없는 용기를 내 보고 싶게 하다.

다 녹여 삼키고서도 한참을 혀끝에 남아 있는 진한 다크 초콜릿처럼, 그가 입 안에서 맴돈다.

두근두근.

가슴에 도저히 막을 수 없는 세찬 바람이 분다.

✻❀✻

"그동안 고생하셨습니다! 오늘이 마지막 촬영이시네요."

"추가 촬영은?"

"당연히 없습니다요! 그야말로 형님의 연기가 퍼펙트하다는……."

"심동현. 내가 싫어하는 게 뭐지?"

"아부입니다."

"그리고."

"수다입니다. 입 다물겠습니다."

동현이 입을 다물자 밴 안이 그제야 고요해졌다. 진은 마지막 촬영만을 남긴 영화 시나리오를 훑어보고 있었다. 촬영 도중에 빠질 수 없어 이것만은 마무리를 지었다.

그가 문득 생각난 듯 시나리오에 시선을 둔 채 말했다.

"도강우. 사람 붙였더군."

"그러니까 그럴 거라 말씀드렸잖아요! 조심하세요. 보통 독사눈이 아니었다니까요?"

"상관없어. 알든 말든."

시나리오를 탁 내려놓으며 나른하게 흘리는 소리. 정말 알건 말건 하나도 관계없단 모습이었다.

하긴. 뭐가 두렵겠는가, 이 남자가.

"그래도 귀찮긴 해."

"그렇죠. 대표님이 좀 사람을 귀찮게 하는 편이시죠."

"연애라도 하든지. 데려가는 여자도 없고."

"모르셨어요? 도 대표님 세기의 사랑? 8년 전인가, 9년 전인가? 도 대표님 처음 회사 시작할 때부터 연습생이었다는데. 아! 형님은 귀국 전이라 모르시겠다."

진이 피식 웃었다.

도강우가 사랑을?

"재미있네."

"소문으론 엄청 깊은 관계였다던데요? 그 뒤 여자도 안 만나고 거들떠도 안 보는 걸 보면 소문이 맞는 것 같기도 하고."

"별일이네."

"다들 쉬쉬해서 자세히는 모르지만 그때 아무튼 엄청 큰일이 있었다고 하더라구요. 제가 깡촌에서 친구랑 카센터 하느라 이쪽 일엔 통 문외한인지라 잘은 몰라도 뭐라더라? 그 연습생이 글쎄……."

"졸려. 좀 잘 테니까 나중에 깨워 줘."

"넵!"

동현은 얼른 입의 지퍼를 채우곤 조심조심 차에서 내렸다.

"숙면하시길."

그러고 보니 진은 가십이나 남의 일에 이러쿵저러쿵 떠드는 걸 아주 싫어했다. 애초에 관심도 없었고. 하지만 동현은 아쉬웠다. 해서 채 못다 한 수다를 떨고자 지나가는 코디를 붙들었다.

진은 눈을 감은 채 팔을 이마 위에 얹었다.

하루 한 송이씩 그녀의 가게 앞에 꽂아 두었던 장미. 하지만 오늘 새벽, 가게 앞에서 발견한 건 그녀의 거절이었다. 가게 앞이 셔터가 내려간 채로 막혀 있었다. 한 번도 내려와 있지 않았던 셔터가 말이다.

완곡한 거절이자 단절.

그때처럼.

우산을 돌려주려고 갔던 날, 꽁꽁 닫아 버린 가게 문처럼. 그녀는 차단을 선택했다.

그 마음을 열어 보이고 싶었다. 어떻게든 하고 싶었다. 무조건 밀어붙이는 게 그녀를 괴롭히는 거라면 조금은 여유를 갖고 싶었다. 그래서 선택한 방법.

진의 입꼬리가 위로 올라갔다.

"네가 싫어하더라도…… 문을 부숴서라도 들어갈 걸 그랬나? 그럼 네가 겁먹잖아."

쯧.

내가 모르는 곳에서 살고 있던 그녀가 내 앞으로 돌아왔다. 하지만 그녀가 살았던 그곳은 정말로 내가 모르던 곳이었나 보다.

"그 무지가 견딜 수 없을 정도로 답답하다."

잠깐 밝아졌던 그의 세상은 다시 어두워졌다. 비가 다시 내리는 것 같다.

스케줄이 모두 끝난 후 동현은 회사로 차를 몰았다. 진은 뒷좌석에서 잠들어 있었다. 이동 중에 자는 사람이 아니었는데, 요 근래에 부쩍 잠드는 일이 많아져 괜히 걱정되는 동현이었다.

분위기를 보아하니 새벽마다 혼자 어딜 나갔다 오는 것 같은데, 운동하러 가는 건 아닌 것 같고 그렇다고 괜히 미행할 수도 없고.

지이잉.

그때 휴대폰이 진동하자 동현은 진이 깰세라 얼른 블루투스 이어폰을 귀에 꽂았다.

"예, 대표님. 동현입니다."

[촬영 끝났지? 진은?]

"지금 곤하게 주무시고 계십니다."

[그럼 여기로 와. 밥 좀 먹일 생각이니까 녀석한텐 아무 말 하지 말고.]

곧 강우가 보낸 주소가 도착했다. 동현은 조용히 그쪽으로 차를 몰았다.

✳❄✳

투명한 와인글라스에 적색 와인이 채워졌다. 강우는 와인 잔 너머 윤서를 향해 부드러운 미소를 지어 보였다. 와인 빛깔과 그녀의 입술 색이 절묘한 조화를 이루었다.

윤서가 와인 잔을 들어 향을 음미하는가 싶더니 살짝 머금어 보곤 환하게 웃었다.

"아주 좋네요."

"마음에 든다니 다행이군."

"결국 다시 대표님 회사로 돌아오게 되었네요. 그때가 연습생 때 였으니까 근 8년 만인가요?"

"벌써 그렇게 됐나?"

"어머, 불만스럽게 들리는데요? 제가 다른 곳에서 데뷔한 거 서 운하신 거 아니죠?"

"그럴 리가 있나. 당시엔 나도 미숙했고, 마지막까지 밀어 주지 못 해 안타까웠는데. 어디서 데뷔했든 이렇게 성공했으니 잘된 거지."

"그렇게 말씀해 주시니 저도 한결 마음이 편해지네요."

"아무튼 톱 여배우가 우리 회사를 선택해 줬으니 난 그저 최고 의 대우를 해 주고 싶을 뿐이야."

그녀가 만족스럽다는 듯 화사하게 웃었다.

연습생때부터 꽤 예쁘장하긴 했었지만, 자신만의 개성이라거나 확 끄는 특징 같은 건 없었다. 굳이 표현하자면 향기 없는 꽃 정 도? 하지만 꾸준히 관리를 받아 그 아름다움은 확연히 예전과 차이 가 났다.

블랙과 민트 컬러가 매치된 재킷, 여성스러우면서도 고급스러움 을 잃지 않는 미니 원피스, 국내 톱클래스 스타일리스트의 손길을 받은 흔적이 여실했다. 모르긴 몰라도 수백에서 수천을 호가하는 제품들.

메이크업과 헤어 또한 유명 디자이너의 작품. 깊은 눈빛과 고급 스러운 립, 탐스러운 머릿결, 백조처럼 가녀린 목선은 모두 감쪽같 은 시술의 결과였다.

어찌 되었건 그녀는 현재 대한민국에서 가장 아름답다고 칭송받는 여자임에는 분명했다.

"대표님 회사에서 연습생 하던 시절이 좋았는데."

"그렇게 생각해 주면 나야 고맙지."

"정말이에요. 가끔 그때가 정말이지 그리운 걸요. 열여섯에 시작해서 열아홉까지, 근 4년을 대표님 회사에서 살다시피 했었잖아요."

연습생으로 시작해 걸 그룹으로 데뷔, 데뷔곡이 공전의 히트를 기록하면서 승승장구해 연기자로 전환. 이젠 걸 그룹 티를 완벽하게 벗어 던진, 명실상부 톱클래스였다.

"그땐 그냥 열심히만 하면 되는 줄 알았었지. 너희들만큼 나도 어렸으니까."

"우리가 대표님 첫 작품이었죠? 결국 데뷔까지 살아남은 애들은 몇 안 되지만."

"작품이라. 열정적이고 순수하던 시절, 가장 애착이 가고 사랑하던 대상이었지."

"우리도 그랬어요. 오빠 같은 대표님, 참 좋았거든요. 대표님 그때도 참 멋졌는데. 하긴, 당시 최고의 가수였잖아요. 특히 여대생들의 워너비였죠. 그립진 않으세요?"

"전혀."

강우가 고개를 저었다.

이전 회사와 계약이 만료되면서 그녀가 스스로 강우에게 소속사 이전을 제안했다. 물론 몸값이 세긴 했지만 마다할 이유가 없어 강우는 흔쾌히 받아들였다. 그녀와 자신 사이엔 아직 해결할 한 가지 문제가 남아 있었기에.

"그럼 슬슬 본론으로 들어가 볼까? 다들 어마어마한 조건을 내

걸며 모셔 가려고 혈안이었을 텐데, 굳이 그 경쟁에 뛰어들지도 않은 우리 회사로 마음을 정한 이유, 진 맞지?"

"어머, 무슨 말씀이세요?"

윤서가 아무런 표정의 동요 없이 딱딱거리며 되물었다.

"아니면 그 녀석 집안인가? 그 녀석이 가진 수많은 스펙, 재능, 외모, 그중 집안이 가장 무시 못 할 배경이지."

"대표님 참 당혹스럽네요. 어떻게 그런 말을 함부로 하시죠? 저 기분 나빠지려고 하는데."

"뭐, 일반론이지. 물론 부족할 게 없는 넌 예외겠지만."

"맞아요. 잘못 짚었어요. 전혀 관심 없으니까 앞으로 말조심하세요."

"오케이. 앞으론 조심하도록 하지. 열애설도 있었고, 혹시 귀찮은 기사라도 나는 거 아닌가 싶어 걱정됐을 뿐. 그럼 가장 골치 아파지는 건 나잖아?"

그러고 보니 그럴 수도 있겠다고 생각한 듯 윤서의 표정이 풀렸다.

"참 우습죠? 단지 영화에서 딱 한 번 연인으로 호흡 맞췄던 것뿐인데 열애설이라니."

"기자들이 그런 걸 좋아하잖아. 대중들도."

"무책임해요, 정말."

그녀가 정말 불쾌하다는 듯 진절머리 나는 표정을 했다.

노윤서, 정말 연기자가 되긴 했나 보군. 그녀가 노리는 것은 오로지 진. 그러니 그녀로서도 불편할 게 뻔한 강우의 회사에 이렇게 들어오겠다고 한 것이겠지.

불편할 수밖에 없는 이유.

그것에 대해선 그도, 그녀도 암묵적으로 입을 다물고 있었다. 어찌 보면 그녀와 자신, 양쪽 다 소름 돋는 연기력의 귀재인지도.

"아무튼 당신의 위치에 걸맞는 최고의 대우를 해 주도록 하지."

"어머, 그 호칭 좋네요. 저도 그만큼 성장한 건가요? 연습생 때만 해도 윤서야! 꼬마야! 그렇게 불렀었는데."

꼬마야.

그 말이 나온 순간, 강우의 표정이 움찔했다.

정확히 그가 그렇게 부른 건 윤서가 아니었다. 그 대상은 이 세상에 오로지 한 아이.

노윤서, 이젠 기억도 제멋대로 각색하는 건가? 영악이 심해지면 순진이 되기도 한다. 아예 모르는 것처럼 시침을 떼려다 보니 저렇게 스스로도 속일 만큼 뇌가 순결해진 건가.

그때 밀실의 문이 열리며 누군가가 들어서는 바람에 강우의 생각이 끊겼다.

"어머!"

그 얼굴을 본 윤서가 무척이나 놀라며 강우를 쳐다보았다.

"다른 사람 온단 소리는 안 하셨잖아요."

"진이 불청객은 아니니까. 어서 와. 밥이나 먹자."

다크 브라운의 슈트. 노타이셔츠로 군더더기 없이 슬림하게 떨어지는 실루엣, 시크하고 간결한 스타일을 좋아하는 진 특유의 섹시한 차림과 자세로 서 있었다. 좋게 표현하면 차갑고 오만하다. 나쁘게 표현하면 시건방지다.

"앉지 않고 뭐해?"

"밥 먹자더니, 소개팅하고 있었잖아."

"농담도 하냐?"

진이 일단 걸어와서 착석까진 했다. 어떻게 하면 이 녀석을 오래 붙들어 둘 수 있을지, 늘 그게 제일 큰 고민인 강우였다.

"요즘 얼굴 보기 어렵다."

"지금 보고 있잖아."

"툭하면 펑크 내는 날라리 가수한테 이런 말해도 되나 모르겠는데, 신곡 뮤직비디오 촬영 정돈 해 줄 거지?"

아무 말 없이 진이 뒷머리를 만지며 고개를 끄덕였다. 그나마 그 스케줄은 무사통과인 모양이다. 그건 다행인데 저 무미건조한 눈빛은 어떻게 할 수가 없었다.

도대체 저 녀석이 사람다운 눈빛을 할 때가 있기나 할까? 가끔은 숨결이라곤 없는 인형처럼 무섭기까지 하다.

"오랜만이에요."

윤서가 먼저 알은체했다. 그 목소리 안에 담긴 미세한 떨림을 강우는 읽을 수 있었다. 아마 자신을 떨리게 하는 상대를 눈앞에 둔 여자 특유의 긴장이리라.

긴 다리를 쭉 뻗은 채 앉은 진이 물끄러미 윤서를 봤다. 여전히 그 플라스틱 같은 시선.

반면 우아하고 고급스러운 그녀의 미소.

"밥이나 먹죠."

하지만 대답은 아주 간단했다. 아니 무안하기까지 했다.

강우는 지끈거리는 관자놀이를 눌렀다. 그래도 연인 연기까지 했으니 유하게 굴어 주리라 기대한 자신이 순진했다. 어지간히 당황했는지 고고한 윤서의 얼굴이 다 새빨개졌다. 하지만 연기자답게 그녀는 동요를 감출 줄 알았다.

"매너 없는 건 여전하네요."

차분하게 하지만 흘러나온 말은 독설. 어쩔 수 없이 강우가 나섰다.

"두 사람 생각보다 친해 보이는군."

"글쎄요, 저만 친한 느낌이네요."

"서운해하지 마. 이 녀석 특징이야."

"알죠, 아주 무례한 특징."

그 말에 진의 입꼬리가 위로 올라갔다.

그래도 여전히 묵묵부답. 사람 무시하는 건 도대체 어디서 강의를 듣는 건지.

"앞으로 회사를 대표할 두 사람이라 분위기 좀 좋아지라고 만든 자리였는데 괜한 오지랖이었던 것 같군."

"대표님 생각이 맞지 않나요? 곧 드라마에서도 만날 텐데, 멜로 연기하려면 사이가 좀 더 좋아야 하지 않겠어요?"

"아! 아직 못 들었군. 진, 그 드라마에서 하차했어. 오늘쯤 기사 뜰 건데, 내가 그 얘길 차마 못했군."

윤서의 얼굴에 채 감추지 못한 실망감이 역력했다. 그때 진이 꾹 다물고 있던 입을 열었다.

"먼저 간다. 맘 편히 밥 먹여 주겠다더니, 차라리 내 돈으로 사 먹는 게 낫겠잖아."

✽❋✽

장미꽃은 결국 버리지 못했다. 실은 한 번은 휴지통에 들어갔었던 것. 하지만 결국 꺼내서 지중해풍의 동그란 항아리에 줄기와 잎을 정돈해 꽂아 두었다. 아무리 자신이라도 그 마음까진 차마 버리지 못했다.

다행히 더 이상 늘어나는 장미꽃은 없었다. 한 번도 내리지 않았던 셔터를 내려놓은 날 이후론……. 그건 완곡하지도 않은 가장 직설적이고 매정한 거절. 더 이상 하지 말라는 금지의 표현. 진은 알아들은 듯 더 이상의 꽃을 두지 않았었다.

형편 좋게 그의 마음은 받고 내게 다가오진 말라고 하고, 그런 짓을 할 순 없지 않은가.

"이게 맞아. 더 이상 이어져 봐야 서로를 지옥으로 끌고 갈 화차일 뿐이야."

화차(火車).

지옥으로 가는 불수레, 그 화차에 한번 올라탄 사람은 두 번 다시 내릴 수 없다고 한다. 그렇게 되기 전에 멈춘 것이다. 다만 마지막 한 송이가 지금 그녀의 손에 들려 있었다.

그날 가게 앞에 떨어져 있던 애틋한 장미는, 누군가 밟아서 꽃잎이 반쯤 떨어져 있었다. 해나는 마음이 아픈 걸 애써 외면했다. 항아리에 그 마지막 장미를 꽂았다.

딸랑.

그때 문이 열리며 이십 대 초반의 아가씨들이 우르르 들어왔다. 해나가 다가갔다.

"어서 오세요."

"남친 생일이거든요. 직접 만든 것처럼 보이려면 이게 괜찮을까요?"

해나는 잠시 멍했다가 곧 웃었다. 뭔가 솔직해서 귀엽기도 하고.

"음, 그럼 이런 건 어떠세요?"

"어머! 귀엽다. 앙증맞아. 영아야, 이거 어때?"

"괜찮네. 근데 속아 넘어갈까?"

"속는다니까? 글자도 새겨 줄 수 있죠? 널 위해 천일 동안 만들었어, 뭐 이런 거?"

깔깔깔깔! 유치해!

다들 웃으며 떠드는 바람에 해나도 같이 웃고 말았다.

그때였다. 무리들의 뒤쪽에서 휴대폰을 보고 있던 다른 친구가 소리친 건.

"어머! 진 다쳤대! 촬영장에서 폭발 사고 났나 봐!"

순간 해나의 시선이 그대로 돌아갔다. 휴대폰을 든 여자의 주변으로 다른 친구들이 우르르 몰려들었다.

"헐, 대박. 진짜야? 진짜 폭발했대?"

"어, 뮤직비디오 촬영하다가 자동차 스턴트 하는데 차가 폭발했대."

"야, 그건 죽는 거 아냐? 나도 좀 봐!"

"와, 지랄. 감독 미친놈."

"근데 차가 왜 폭발해? 스턴트면 스턴트맨이 하는 거 아냐?"

"잠깐잠깐! 조용히 좀 해 봐. 폭발하려는 차에서 아슬아슬 탈출하는 신을 촬영 중이었는데 스턴트를 안 쓰고 자기가 직접 했대. 근데 타이밍이 좀 안 맞아 일어난 사고, 라고 나와 있네."

"와, 요즘 진 삼재 아냐? 왜 이렇게 사고가 많이 나?"

"그러게. 우리 과 애들 여럿 쓰러지겠다."

한바탕 기사에 대해 쏟아 내며 그녀들이 모두 나간 후, 해나는 말없이 그 자리에 서 있었다.

윙.

귓속에서 이명이 울렸다. 다리가 떨려 해나는 가까스로 카운터로 걸어가 털썩 주저앉았다.

"왜……."

눈앞에서 어른거리는 장미꽃이 일순 핏빛 같아 자신도 모르게 눈을 질끈 감아 버렸다.

마지막 장미. 누군가 밟아 버려 피처럼 흩어져 있던 빨간 꽃잎.

징조. 불길한 붉은색.

나 때문인가. 그냥 꽂아 두게 두었더라면.

"아냐, 그런 미신 같은 소리……."

그날 빗속에서 자신의 손에 묻었던 뜨거운 피. 그 남자의 검붉은 피.

"그럴 리 없어."

해나는 떨리는 손을 움직여 얼른 인터넷을 켰다. 몇 년 만에 처음으로 아무렇지 않게 인터넷을 열고 있단 사실도 알아차리지 못하고서.

역시 메인에 뜬 기사가 바로 보였다.

불운의 연속. 가수 진, 뮤직비디오 촬영 중 폭발 사고.

클릭하자, 사고 현장의 사진과 깔끔한 블랙 슈트로 정면을 쏘아 보는 그의 사진이 함께 실려 있었다. 사람의 깊은 곳을 건드리는 그 눈빛. 일순 그 눈동자가 빛을 잃어 가는 것처럼 보였다. 마치 그 날처럼…….

✲❀✲

해나는 아무렇지 않게 빵 반죽을 하고 주문 전화를 받았다.

"나랑은 상관없는 일이야."

스스로도 놀랄 정도로 냉정하고 무심하게 빵을 만들었다. 발효시킨 반죽을 냉장고에서 꺼냈다. 틀에 나누어 담아 오븐에 구웠다. 고소한 빵 냄새가 진동했다.

하지만 빵은 망쳤고, 주문 전화는 어떤 걸 받았는지 기억도 안 났다.

"뭐가 상관없어?"

태연한 척했지만, 자신은 동요하고 있었다. 그럼에도 아무것도 할 수 없단 게 화가 난단 걸.

"아!"

손까지 데이고 말았다. 정말 아무것도 할 수 없었다.

결국 가게 문을 일찍 닫았다. 조용한 동네의 단독주택 2층. 혼자 살고 있는 집으로 돌아온 해나는 옷도 갈아입지 않은 채 가만히 TV만 째려보고 있었다.

켜야 하는데, TV는 플러그를 뽑아둔 지 오래였다. 휴대폰을 몇 번이나 들었다가 내려놓았다. 선미에게 전화해 보려고 했다가 그만두는 걸 반복하고 있었다.

지이이잉.

그때 휴대폰이 울리고,

띠로리로.

동시에 현관 벨이 울렸다. 액정에 뜨는 이름은 선미였다.

"여, 여보세요!"

해나는 얼른 휴대폰을 귀에 대며 일어났다. 아마 기사를 접하자마자 진이 실려 간 병원이든 어디든 갔다가 여기로 달려온 것이리라. 어떻게든 경과를 알 수 있게 되어 미친 듯 안도가 되었다.

"으, 응! 나야. 지금 문 열어 줄게."

해나는 휴대폰을 턱에 받친 채 빠르게 현관문을 열었다. 순간 그녀의 몸이 주춤했다. 눈동자가 서서히 벌어졌다.

"어, 어떻게……."

[무슨 소리야? 문은 왜 열어? 나 지금 엑스 엔터 사옥 앞인데.]

한쪽 귀를 통해 흘러드는 선미의 목소리. 그리고 해나의 눈동자는 정지한 채 현관에 고정되어 있었다.

진이, 환자복 위에 긴 코트를 걸치고 현관 기둥에 이마를 툭 기댄 채 서 있었다.

"다행이다……. 집에 있었네."

땀에 젖은 얼굴을 살짝 들고서, 그가 아슬아슬하게 미소 지었다.

네 조각

handmade
감미로운 리얼 티라미수 케이크

비 오는 밤, 여기저기서 퀴퀴한 냄새가 나는 아주 좁고 오래된 단독주택. 마당이 훤히 들여다보이는 마루 한쪽에서 쿡 박힌 채 자루처럼 앉아 있는 소년.

입고 있는 옷은 값비싼 게 분명했지만 여기저기 진흙과 먼지가 묻어 있었다. 준수한 얼굴도 꼬질꼬질했다. 주눅 든 것 없이 시건 방진 눈으로 입을 꾹 다문 채 누구도 옆에 오지 말라는 듯 냉랭한 오라를 풍기고 있는 아이.

그런 소년을 안방에 숨어서 지켜보는 두 쌍의 눈이 있었다. 빠끔히 열린 문틈으로 소년을 보며 속닥거리는 목소리들.

"오빠가 씻지를 않는다. 해나야. 벌써 이틀째다?"

"진짜? 옷도 안 갈아입어?"

"응. 씻지도 않고 아무것도 먹지도 않네."

"그럼 해나가 한번 가 볼게."

"가면 얻어맞을 텐데?"

"여자를 때리면 남자가 아니지!"

다 들렸다.

오기만 해 봐. 확 날려 버릴 거다.

비가 주룩주룩 오던 그 밤, 진은 자신을 납치한 남자에게서 운 좋게 탈출했다. 하지만 온통 낯선 곳. 처음 보는 길, 처음 보는 건물. 무작정 걷고 걷다가 어느 길에서 쓰러졌다.

법무법인 태륜에 앙심을 품은 어떤 멍청한 놈이 가장 만만한 상대인 그 집 손자를 납치했다. 그 사실을 알고 집안에선 난리가 났지만, 혹시 일이 잘못돼 오히려 진에게 피해가 갈까 봐 극비리에 진을 찾았었다.

당시 진은 패닉에 빠져 잠시 말하는 방법을 잊었고, 자신이 누군지 밝히는 것도 싫어했다. 꼬마에겐 꽤 충격이었으리라. 그때 누군가에게 발견되어 경찰서에 맡겨졌고, 진을 맡은 담당 형사가 바로 해나의 아버지였다.

'이따위 불결한 집에 데리고 오다니.'

아무 말도 못 하고 아무런 감정도 안 보이는 진이 가여웠는지, 그 형사가 오지랖을 부리며 제집으로 데리고 온 것이다.

그때 씩씩거리고 있는 진의 앞에 어린 해나가 나타났다. 소꿉놀이용 분홍색 플라스틱 쟁반을 들고서. 진의 눈치를 흘끗흘끗 보며 쟁반을 가만히 내려놓자, 작은 소꿉놀이 접시와 찻잔 세트가 보였다. 그리고 접시에 담긴 딸기 롤 케이크 조각.

"오빠, 케이크 좋아해?"

"꺼져."

"걱정하지 마. 이 접시 안 더러워. 어제 잠깐 흙 담긴 했지만 깨끗하게 씻었어."

"확!"

진의 손이 올라갔다. 하지만 움찔하지도 않는 말똥말똥한 해나의 시선. 그 순간 떠오른 목소리, '여자를 때리면 남자가 아니지!'

"저리 가."

쓸데없이 그딴 말은 들어서.

진은 손을 내리곤 옆으로 돌아앉았다.

"먹어 봐, 오빠."

"꺼져."

"배 안 고파?"

"……."

"먹어!"

그 순간 스푼이 입 속으로 확 들어왔다.

꿀꺽.

반사적으로 케이크가 목으로 넘어가고 말았다.

뭐 이런…….

소년의 작은 목울대가 꿀렁! 움직이자 해나가 짝짝 손뼉을 쳤다.

"와, 먹었다!"

정말, 먹어 버렸다. 이 말괄량이 계집애 때문에…….

"너……."

"맛있지?"

생글생글.

"거봐. 배고팠으면서 왜 아닌 척해?"

"배…… 안 고파!"

"그럼 맛없어?"

"그, 그건…….."

맛있었다. 실은, 배고팠는데 꾹 버틴 거였다.

태륜의 후계자는 그 어떤 일에도 쉽게 흔들리지 말아야 한다. 어떤 위급한 상황에서도 품격을 지켜야 한다. 그게 할아버지와 아버지가 늘 주입시키던 가르침이었다.

무서워도 무섭다고 말한 적 없었고, 힘들어도 힘들다고, 아파도 아프다고 말한 적 없었다. 그래서 너무너무 무서웠는데도 안 무서운 척했고, 너무너무 배고팠는데도 안 배고픈 척, 너무너무 울고 싶었는데도 절대 울지 않았다.

"맛있지?"

"맛없어!"

"와, 진짜 고집 세다. 완전 맛있게 먹었으면서!"

윽!

아직까지 입 안에서 감돌고 있는 달달한 설탕과 부드러운 생크림의 질감, 상큼한 딸기 향. 괜히 입 안 침샘을 자극해 강렬한 허기만 부추겼다. 자신이 이따위 불량 식품을 입 안에 넣을 줄이야. 이게 다 이 버릇없는 못생긴 계집애 때문에…….

"더 줄까?"

"안 먹어! 안 먹는다고!"

꼬르륵.

그 순간 우렁차게 배 속을 울리며 터져 나온 민망한 소리.

진의 얼굴이 확 달아올랐다.

"꺄하하!"

그 순간 그 계집애가 미친 듯 웃기 시작했다. 진의 얼굴이 당황으로 더욱 뻘게졌다. 이럴 땐 상대방을 생각해 못 들은 척 넘어가 주는 게 예의란 것도 모르나? 그 어처구니없는 웃음소리는 또 뭐고. 꺄하하! 가 뭐냐? 꺄하하가.

"근본도 없는 것."

할아버지가 입버릇처럼 흘리던 말을 내뱉으며 진은 고개를 돌려 버렸다.

"꺄하아!"

"꺄하하!"

그런데 아직까지 웃고 있다. 아예 벌렁 누워서 다리를 사방팔방 흔들어 대기까지 했다. 동글동글 컬이 들어간 긴 갈색 머리카락이 양 갈래로 묶여 있다.

촌스럽기도⋯⋯.

꺄하하하! 뱅글뱅글 돌아가며 웃고 있는 그 애의 목에서 목걸이가 삐죽 흘러내려 반짝거렸다. 작은 케이크 모양의 펜던트.

"야!"

"꺄하하⋯⋯. 응? 왜, 오빠?"

"케이크 줘. 있으면."

"진짜? 알았어!"

소녀는 바로 케이크를 가지러 뛰어갔다. 그러곤 어느새 커다란 딸기 롤 케이크를 들고 눈앞에 나타났다. 그날 진은 딸기 롤 케이크를 배 터지게 먹고, 씻고 옷을 갈아입고 푹 잤다.

그리고 다음 날, 자신이 어디어디 아들인지 말하려 했다. 공포와

두려움은 어느새 사라져 있었다. 하지만 진은 그 집에서 며칠을 더 지냈다. 충분히 말할 수 있었지만 스스로 입을 꾹 다물었다.

할아버지의 불호령이 무서우면서도 당분간은 여기서 좀 더 지내고 싶었다. 어떤 말괄량이에 대한 알 수 없는 호기심 때문이었을까. 그 못난이를 좀 더 고찰하고 싶었다. 진은 그 며칠 동안 해나와 함께 케이크도 만들고 빵도 구웠다.

알고 보니 해나의 엄마가 빵집을 했다. 옆에서 엄마가 하는 걸 보고 따라 하는 게 귀여워 가르쳐 줬더니 생각보다 더 잘했다고 한다.

아무래도 어린애가 만든 것이라 모양은 좀 그랬지만 맛과 향만큼은 고급 제과점에 견주어도 손색없을 정도였다. 진은 연신 감탄했다. 베이킹계의 천재인지 조물조물 뚝딱뚝딱 잘도 만들어 냈다.

"달콤하지?"

하얀 밀가루를 코끝에 묻히고서 해나가 웃었다. 진은 괜히 얼굴이 빨개졌다.

"천방지축 말괄량이 같은 게……."

흥얼흥얼.

"난 빵 만드는 거랑 노래 부르는 게 젤 좋아."

"제일 좋은 건 한 가지야. 두 가지가 될 수 없어."

"진짜?"

"그래. 하나만 골라."

"음…… 그럼. 노래! 아니 아니 빵! 아니 아니 노래!"

혼자 광란의 착란을 보이다가 훌쩍훌쩍! 우는 게 아닌가.

"못살겠다. 이 찔찔이."

진이 허리를 숙여 눈물을 닦아 주자, 해나가 웃었다.

"헤."

입을 벙긋 벌리고서 웃는 그 얼굴이 그렇게 멍청해 보일 수 없었다.

그래도 뭐 좀 귀엽긴 하네.

왠지 진짜 여동생 같은 애착이 생겼다. 어디 가든 졸졸 따라다니며 눈만 마주치면 웃으니 더욱 그럴 수밖에. 여동생이라곤 가져본 적도 없었고, 제 또래의 아이와 이렇게 길게 놀아 본 일도 처음이었다.

"오빠, 조기 위에 엄마가 숨겨 놓은 사탕 있다?"

"그래서?"

"내려 줘, 얼른!"

"명령이냐?"

"내려 주세요."

"안 돼. 일부러 숨긴 걸 꺼내 먹는 건 절도야."

"절또? 절또 말고 사탕! 사탕 내려 주라. 응?"

반짝반짝 매달리며 애원하는 눈동자.

윽!

결국 진의 도덕심이 마시멜로처럼 말랑말랑해져 절도에 동참하고 말았다. 어른들이 하지 말라는 건 단 한 번도 거스른 적이 없었는데. 하여튼 해나와 있으면 뭐든 다 처음이 된다.

여덟 살인데도 또래보다 키가 커 진은 의자만 놓고도 어렵지 않게 사탕을 탈취했다. 건네주자 활짝 웃으며 좋아하는 해나를 보니 그렇게 뿌듯할 수 없었다. 그런데 잘못 내려오다가 그만 쿠당! 하고 넘어지고 말았다.

"오빠아!"

해나가 사탕도 내던지고 달려와 사탕을 움켜쥐고 있는 진의 팔을 잡았다. 호 하고 불어 준다.

"아프지? 해나가 미안해. 다신 사탕 꺼내 달라고 명령 안 할게."

"안 아파."

실은 되게 아팠는데 진은 어떻게든 참았다. 입술을 꼭 깨물고서 끝까지 신음 소리 하나 흘리지 않았다. 그렇게 배워 온 것이다.

"아프면서. 왜 안 아프다고 고집부려?"

"시끄러워."

"아프면 울어도 돼! 그래야 덜 아프댔어."

"안 울어."

"으아앙!"

난데없이 자기가 울음을 터뜨렸다. 진은 당황해서 저도 모르게 무릎 꿇는 자세가 되었다.

"왜, 왜?"

"으앙! 오빠가 아프면서도 안 우니까."

"아, 안 아프니까 안 울지."

"어떻게 안 아파? 엄청 아파 보이는데! 흐어엉! 내가 욕심부려서 오빠가 다 죽게 생겼잖아!"

"주, 죽긴 누가 죽어? 그, 그래. 울게. 엉엉. 아, 아프다! 엉엉. 됐지?"

그제야 해나가 퉁퉁 부은 눈으로 쳐다보았다.

"그러니까 오빠도 앞으로 아프면 참지 말고 나처럼 울어. 꼭. 알았지?"

왠지 코끝이 시큰했다. 뭘 알고나 하는 말인지, 하지만 진은 저 대신 울어 준 아이 때문에 가슴이 찡했다.

한시도 떨어져 있지 않았다. 이름을 가르쳐 줬더니, '진 오빠! 진 오빠!' 뭘 해도 병아리처럼 졸졸, 고양이처럼 나른하게 졸며 늘 옆에 붙어 있었다.

"귀찮은 게……."

말은 그렇게 하면서도 진은 해나의 손을 꼭 잡고 다녔다.

그리고 결국 돌아갈 날이 다가왔다. 아버지가 보낸 차가 집 앞에 도착하고, 해나는 자기 아버지의 손을 꼭 잡은 채 그에게 말했다.

"진 오빠, 또 와!"

손을 흔들며.

"케이크 또 만들어 줄게!"

까하하! 서운하면서도 아닌 척, 애써 웃는 그 얼굴이 햇살 아래에서 반짝거렸다. 말괄량이. 못생긴 게, 촌스럽고 귀찮고 떼만 쓰는 찔찔이.

두근두근.

그런데도 가슴에서 이상한 소리가 났다. 그건 한 번도 들어 본적 없는 소리였다.

"약속해야지! 또 올 거지?"

그냥 가려는 진을 해나가 꼭 붙잡고서 다그쳤다. 그 작은 손을 내려다보다가 진은 고개를 끄덕였다.

"……알았어. 또 올게."

하지만 그 약속은 지키지 못했다. 할아버지와 아버지의 판단에 의해 바로 유학길에 올랐다. 그렇게 서로의 길은 멀어졌다.

돌아왔을 땐 이미 15년 이상의 세월이 훌쩍 흘러 있었다. 그때 그 형사님도, 해나도 찾을 수 없었다. 그날 운전했던 기사의 기억을 강요해 그 집을 찾아가 봤지만 집터 자체가 사라져 있었다. 그럼에도 그 애가 먹여 주었던 작은 롤 케이크의 맛이 잊히질 않았다.

무드셀라 증후군(Moodcela Syndrome).

추억은 항상 아름답다고 생각하며, 좋은 기억만 남겨 두려고 하는 증후군. 그에게 다가왔던 '첫' 감정의 파도들. 그 '첫 번째'라는 의미에 온갖 색깔이 덧입혀져 강제로 아름다운 의미로 각색된 걸 수도 있다.

하지만 그 긴 시간이 지났음에도 아직까지도 지속되고 있는 향과 맛을, 그는 도저히 기억의 과장이라고 할 수 없었다.

✳ ✾ ✳

"그저 내 집착일 뿐이라고 생각해 봐도 네가 머릿속에서 떠나질 않아. 제발 그만 쳐 내라. 나 힘들어."

진이 힘겹게 말했다. 바라보던 해나의 얼굴이 서서히 찌푸려지다가 울상이 되었다. 그녀의 시선이 진을 하나씩 하나씩 훑었다.

땀이 배인 진의 하얀 얼굴, 환자복 사이로 보이는 가슴에 칭칭 감긴 압박붕대.

[해나야! 이해나! 듣고 있어?]

"으, 선미야…… 내가…… 나중에 다시 전화할게."

결국 해나가 울먹거리는 소리로 말했다. 그 순간 진의 몸이 휘청

하며 해나의 어깨 위로 쓰러졌다. 덮쳐 오는 커다란 그의 몸에 해나가 움찔했다.

언젠가 이와 똑같은 일이 있었다. 비가 내리던 칠흑같이 어둡던 밤. 다친 몸으로 그녀에게 기대 있던 자신의 몸. 다만 다른 건 그녀의 반응이었다.

그때와 달리 해나는 휴대폰을 꽉 쥔 채 그를 받아 주지 않았다. 그저 장작처럼 뻣뻣하게 버티고 서선, 산처럼 압박해 오는 그의 무게를 견뎌 낼 뿐이었다. 그녀가 휴대폰을 꽉 쥔 채, 바르르 떨리는 입술을 꽉 깨물었다.

"왜……. 대체 왜……."

그를 만날 때마다 들었던 의문.

"왜 이래요, 대체!"

참았던 눈물이 터지고 말았다.

해나는 괴로웠다. 태연한 척했지만 차마 막을 수 없었던 마음의 방황을, 아무리 차게 식혀도 도저히 차가워지지 않는 이 마음의 열을 어떻게 해야 할지 모르겠다.

✲❋✲

집 안에선 정적이 감돌았다.

주방과 방이 한 뼘 거리로 맞닿아 있는 작은 집에서, 해나는 식탁 의자에 앉고, 진은 거실의 벽에 기대앉아 있었다.

그녀의 눈물.

무엇이 그리도 서러운지 그녀는 그를 지탱하고 선 채 그렇게 한참을 소리도 없이 울었다.

처음으로 자신이 그녀를 많이 아프게 하는구나, 깨달았다.

으아앙!

어릴 때 자신 대신 울음을 터뜨렸던 그 소녀. 하지만 이제 그녀는 그때처럼 소리 내어 울지 않는다. 알겠다, 이제 더 이상 그녀는 그때의 어린 소녀가 아니다. 그러니 이쯤에서 물러나 주어야 한다. 그녀가 원하는 대로.

무엇 때문인지 몰라도 저토록 자신이 다가오는 걸 거부하고 있는데, 다 알고 있음에도…….

처음엔 기억 속에만 존재하던 그녀에 대한 모든 일들이 이젠 혈관까지 스며들어, 칼로 도려내려면 핏줄까지 도려내야 했다.

그때 해나가 천천히 의자에서 일어났다. 아무 일 없었다는 듯 단정한 얼굴로 겉옷을 챙기더니 그에게 다가왔다.

"일어나요. 병원 어디예요? 데려다줄게요."

"안 가."

"위험한 소리 하지 마요. 내가 부담스러워 그래요. 여긴 다친 사람이 있을 데가 아니에요."

"정말 냉정하구나. 그렇게 일부러 정떨어지게 행동하지 않아도 돼."

"……."

"필요한 치료는 다 받았어. 앞으로 필요한 건 절대 안정뿐."

"그걸 아는 사람이 여기로 와요?"

"절대 안정은 내가 원하는 곳에서 하는 거니까."

"그게 대체 무슨……."

"그렇게 서 있지 말고 앉아. 얼굴 좀 보자."

진이 해나의 팔을 끌어당겨 강제로 앉혔다. 그 바람에 상처가 건드려졌는지 살짝 인상을 썼다.

"거봐요. 아프면서! 대체 어딜 얼마나 다친 거예요?"

엄청 놀랐는지 상처를 확인하려고 성큼 다가온 해나의 팔을 진이 확 잡았다.

피식.

"넌 정말, 아픈 사람한텐 약하구나."

두 사람의 눈동자가 지척에서 마주쳤다. 하지만 즐거운 시간은 오래가지 못했다. 해나가 그의 손을 매정하게 쳐 내고서 뚝 떨어져서 앉았다.

이제 와서 결심이 무너질까 봐 해나는 겁이 났다. 자신에겐 이 남자를 쳐 낼 힘이 없다.

"설마 일부러 다친 거라면 당장 쫓아낼 거예요."

"그럴 리가. 그거였어. 단순한 사고."

폭발하기 전 차에서 몸을 날린 건 천운이었다. 갈비뼈에 금이 가긴 했지만 타박상 정도로 끝난 것도.

필요한 처치를 받고 절대안정을 취하라는 의사의 권유를 깨끗하게 무시하고서, 동현의 도움을 받아 병원을 빠져나왔다. 물론 동현에겐 적당히 지시해 두었다.

'편한 곳에서 쉬고 있다고 해. 네가 막아.'

말이 쉽지 너무 큰일을 맡겼나 싶기도 하고.

"만약 정말 죽었다면 넌 날 조금이라도 가엾게 생각해 줬을까?"

해나가 무섭게 노려보는 바람에 진은 반성했다.

"오고 싶어서 왔어. 널 보면 빨리 나을 것 같았거든."

"난 의사가 아니에요."

"아픈 사람을 매정하게 내치진 못하겠지, 그런 계산도 있었고."

해나는 힘들었다.

"나한테, 많은 거 바라지 마요."

"알아."

"난 여전히 그쪽도, 그쪽 세계와도 관여하고 싶지 않아요."

"그것도 알아. 하지만…… 쌀쌀맞구나."

그가 중얼거리며 천정을 올려다보았다. 그러다 문득 물었다.

"왜 울었어?"

"……울고 싶어서요."

"내가 걱정돼서 운 건 아니고?"

"여러 가지 복합적인 문제였겠죠."

"아쉽네. 단지 그래서라면 좋았을 텐데."

그가 낮게 웃었다. 아픈 탓에 더욱 창백해진 그의 얼굴은 실핏줄이 들여다보일 정도로 하얗게 변했다. 더욱더 현실 속의 사람 같지가 않았다.

언제나 비어 있던 자신의 집 한쪽 공간이 차 있다. 그것도 다른 사람도 아닌 진이라니. 그것부터가 지독하도록 비현실적이었다.

"형사님은 언제 돌아가셨어?"

진이 영정 사진에 시선을 두고서 물었다. 그 형사님이 돌아가셨단 걸 지금에야 알았다. 그건 너무도 큰 충격이었다.

사실 해나도 좀 놀랐다. 정말로 진이 아버지의 얼굴을, 직업을 알고 있다. 이 남자의 기억, 과거의 일은 사실이었다.

"8년 전에요."

"무슨 사고라도 당하셨나?"

"……."

"넌 왜 기억을 잃었지?"

"그 얘기는 하고 싶지 않아요."

날카로운 거절.

덕분에 분위기가 무거워졌지만 그는 간단하게 대답했다.

"알았어."

그건 그의 성격인 걸까? 분명 자신의 얼굴엔 불안함이 드러났을 텐데도 이 사람은 집요하게 묻진 않는다. 전부터 그랬다. 그건…… 편했다.

왜 그 세계와 연관되고 싶지 않은 건지. 왜 얘기를 하고 싶지 않은 건지. 몇 번이나 비슷한 소리를 들었으면 궁금해지는 게 인간이 가진 본능일 텐데. 적어도 호기심이라도 돌 텐데. 아니면 혹시 이미 아는 건가? 안다면 아는 대로 또 물어보는 게 정상이겠지. 자신이 알고 있는 게 사실인지 확인해 보기 위해서라도. 그게 일반적인 사람의 반응이었다.

"미안해요. 날카롭게 굴어서."

"내가 미안하지. 누구나 다 말하고 싶지 않은 것들은 있으니까. 간섭받기 싫으면 지금처럼 끊으면 돼."

냉정한 건지, 배려하는 건지 구분이 안 갈 정도의 신기한 말. 해나는 잠깐 마음이 움찔거렸다. 문득 속 시원히 얘기하고 싶은 충동이 일다니. 나도 참 수련이 덜 됐나 보다.

해나가 일어나려 하자 진이 물었다.

"어디 가?"

"온도라도 높이려구요. 추워 보여요."

"그냥 앉아 있어."

"하지만……."

"네 앞에 있으면 돼. 너만 보면 열이 나서 적당해."

해나의 얼굴이 당황으로 물들었다.

이 남자의 말하는 방식엔 확실히 문제가 있는 것 같다. 그녀는 얼른 말을 돌렸다.

"조심하는 게 좋아요. 요즘…… 사고가 많잖아요."

"그런 걱정하는 말은 눈을 보면서 해 주면 좋을 텐데."

"농담 아니에요. 진지하게 들어 줘요."

"그러게. 우연이 세 번 겹치면 운명이 된다고 하지? 불운이 세 번 연속되면, 뭘까?"

"그런 말 안 좋아요. 말이 씨가 된단 것도 몰라요?"

"세 번째 불운까지 올까 봐? 그럴 리 없어. 이미 세 번의 불운은 다 지나갔거든."

해나가 쳐다보았다.

"첫 번째 불운은, 네가 날 잊어버린 것. 그 이상의 불운은 없어."

해나는 입술을 꼭 깨물었다. 자신을 뿌리부터 뒤흔드는 이 남자가 밉다.

"내가, 대체 뭔데요?"

"내 심장."

✱❀✱

법무법인 '태륜'의 대표, 태윤의 사무실.

명패가 놓인 넓은 테이블 위에 서류가 흩어져 있었다. 그리고 그 가장 위에 놓인 건 해나의 사진.

"현재 도련님의 스케줄 조정 사항은 이상입니다."

윤은 창가에 서서 비서의 보고를 듣고 있었다.

"쯧."

장신에 중년의 중후한 분위기. 진은 윤을 많이 닮았다. 다만 진의 섬세함이 윤에게는 없었다. 그에게는 그저 송곳 같은 날카로움만 있을 뿐이었다.

"아들자식 하나 있는 게."

"어떻게 하실 생각이십니까?"

"어떻게 하긴. 뭐든 손에 잡히는 게 있으면 잡아끌고 와야지."

그가 역정을 냈다.

진이 데뷔했을 때부터 내내 사람을 심어 두고서 그 뒤를 감시했다. 뭔가 하나라도 잡히면 그걸 빌미로 굴복시킬 생각이었다. 하지만 한 번도 여지를 주지 않았고, 원하는 변호사 자격증까지 취득하곤 아무렇지 않게 저가 하고 싶은 바를 했다.

"겨우 한 가지가 잡혔는데 그게 여자 문제라니. 마음에 안 들어."

"도련님 나이도 나이이니 만큼 이제 그러실 때도 되었죠."

"하긴 내 마음엔 들지 않더라도 그것만큼 치명적인 것도 없겠지."

갑자기 대부분의 스케줄을 취소 혹은 연기할 정도로 아들이 마음을 준 여자가 있다니.

"그 여자, 조용히 조사해."

"혹 만나 보시고 싶으시면 자리를 한번 만들어 볼까요?"

윤이 어처구니없다는 듯 냉소를 흘렸다.

"내가 그 여자애를 만날 이유가 있나?"

✽❊✽

'내 심장.'

해나는 적막한 방 안에 누워 있었다. 문 하나를 사이에 두고 진은 거실에서, 해나는 방의 침대에서 잠을 청했다. 불을 꺼 놓은 방안으로 창문을 통해 희미한 가로등 빛이 흘러들었다.

요즘은 거리의 조명이 워낙 세서 은은한 달빛이 느껴지지 않는다고 한다. 가령 진은 달빛 같은 남자였다. 겉으로 보기엔 강렬하고 화려한 조명 같지만, 은은하게 스며들어 온몸을 물들이는 달빛같은 남자.

"반칙."

몸을 뒤척여 보았지만 해나는 도통 잠을 이루질 못했다.

그는 지금, '사랑'을 사랑하고 있다. 그녀는 기억하지 못하는 어린 시절의 어떤 기억을 사랑하고 있는 그 감정을 사랑하는 건 아닐까?

"그렇게 생각하면 마음 편해져?"

현실을 직시하면 진실이 보인다. 눈을 꼭 감고, 손으로 귀를 꽁꽁 막고 있어두 보이는 건 보이고, 들리는 건 결국 들린다. 마음으로 들리게끔 만드는 저 남자.

방문 쪽으로 고개를 틀었다. 바로 저 문 밖에 그가 있다.

두근두근.

자신도 어찌할 수 없었다. 아무리 밀어내고 거부해도 진심은 부정할 수 없다. 이 끌림만은, 무슨 짓을 해도 막아지지 않았다.

해나는 천천히 일어나 방문으로 다가갔다. 원피스 잠옷 아래로 드러난 맨발이 하얗다.

거실로 나가 스탠드를 켜고서 은은한 불빛에 비친 그를 찾아갔다. 조심스럽게 앉아 숨소리를 들어 보았다. 불규칙적으로 이어지는 숨소리. 아마도 열이 더 나는 것 같다. 수건을 물에 적셔 와 이마에 얹어 주고서 마른 천으로 얼굴의 식은땀을 닦아 주었다.

거실의 온도를 올리고 따뜻한 이불을 내어 주었는데도 식은땀이 자꾸만 그의 몸의 열을 앗아 가는 것만 같았다. 속상했다. 아주 많이 아픈 그의 모습을 두 번이나 지켜본다는 게 힘들었다.

"지금이라도 병원 가요."

낮게 중얼거리며 휴대폰을 가지러 가려는 해나의 손목이 그 순간 잡혀서 빙글 돌려졌다. 순식간에 진의 아래에 놓인 해나의 얼굴 위로 뜨거운 숨결이 확 쏟아졌다. 그녀의 얼굴 옆으로 방금 얹어 준 물수건이 툭 떨어졌다.

"네가, 온 거야."

열에 들뜬 눈빛은 무시무시할 정도로 아름다웠다. 식은땀으로 젖은 긴 속눈썹 너머 투명한 눈동자가 지독한 열기를 뿜어 내고 있었다.

해나는 그 눈썹을, 눈꺼풀을 그리고 속눈썹을 만지고 싶은 충동을 느꼈다. 그를 만난 후부터 늘 이런 충동에 시달리고 있다.

만지고 싶다. 느끼고 싶다. 단 한 번이라도 솔직하게 반응하고 싶다.

"간호하려던 것뿐이에요."

"알아……."

"난 두려운 게 많아요."

"그것도, 알아."

"아무것도 묻지 않으면서, 알긴 뭘 알아요?"

"실은, 몰라. 하지만 묻고 싶지 않아."

"겨우 그 정도의 마음 갖고……. 좋아하면 궁금해지는 거예요. 그리고 알고 나선 내가 왜 궁금해했을까 후회하고, 그게 흔한 순서죠."

"흔한 게 맞는 건 아니지. 네가 두려워하는 것. 피하고 싶은 것. 네가 말하기 싫다면 난 아무것도 궁금해하지 않을 수 있어."

해나가 입술을 깨물었다. 결국 그는 아무것도 모르고 있었다. 차라리 알고 있길 바랐던 걸까? 그렇게 해서 스스로 떨어져 나가게끔?

치사하구나, 이해나.

내 손으로 밀어내는 게 힘겨우니까 그가 스스로 도망가기를 원하고 있다니.

"내 입으로 진실을 말하진 못해요."

"상관없다고 말했어."

"피한다는 건, 좋은 일은 아니란 뜻이에요."

"암아. 나 바보가 아니야."

"바보는 나죠. 이렇게, 뻔히 시달릴 거 알면서 내 발로 여길 왔으니까."

"안고 싶어."

심장의 격통.

"안기면 난 후회할 거예요, 분명히."

"후회하게 만들지 않아."

당신 생각보다 더 복잡한 사람이라고, 감당하지 못할 거라고 말하고 싶었지만 해나는 말할 수 없었다. 아니 하고 싶지 않았다.

가슴 아플 정도의 이 이끌림. 이런 걸 '감정'이라고 하지 않으면 대체 무엇을 '감정'이라고 할까?

진이 손가락을 해나의 입술에 얹고서, 가만히 어루만졌다. 얇은 살갗에 와 닿은 촉감에 그녀의 몸 전체가 찌르르 울렸다. 그리고 뒤이어 다가오는 그의 입술. 정신이 아찔해질 정도의 강렬한 유혹. 하지만 해나는 그 입술을 손가락으로 막았다.

"이러지 마요."

제발.

더 이상 날 흔들지 마요.

그 순간 진의 붉은 혀가 그녀의 손가락을 핥았다. 해나의 머릿속이 하얘졌다.

"케이크, 줘."

막을 새도 없이 입술이 겹쳐졌다. 해나의 턱이 들렸다. 입술은 부딪치듯 다가와 몇 번이고 빨았다. 단맛을 느끼듯 그는 끊임없이 해나를 채근했다. 뜨거운 숨결이 그녀를 미치도록 자극했다. 결국 해나의 입술이 열렸다.

"아······."

혀끝이 치열을 훑었다. 구석구석 숨어 있는 달콤함을 모조리 찾아내겠다는. 손으론 그녀의 목덜미를 쓸었다. 하얀 목덜미가 욕망을 부추겼다. 턱을 잡은 채 더욱 깊이 입술을 겹쳤다.

가슴의 물리적인 통증은 사라진 지 오래였다. 오로지 심장만이 뻐근했다. 머리가 어지럽다. 자신에게 그녀의 체온은 역시나 치료제였다. 상처가 아무는 것처럼 마음이 아물었다.

무미건조한 눈으로 외면하던 그녀. 새벽마다 그녀의 가게 앞을 찾으며, 또 거부당하며 가졌던 그 모든 상념과 슬픔이 이 한 번의 입맞춤에 모두 치유되는 것 같았다.

아무리 상처받더라도, 또다시 사랑할 수 밖에 없는 이유.

그래서 넌 내 심장이라고.

녹아내린다. 치즈가 듬뿍 들어간 티라미수 케이크처럼. 그의 뜨거운 체온이 그녀의 몸 안으로 녹아드는 것 같았다. 키스만으로도 절정에 달할 수 있다는 그 말을 믿게 되었다.

해나의 손이 그의 머리카락을 어루만졌다. 그렇게 만져 보고 싶던 눈썹, 눈꺼풀을 그리고 속눈썹을 뺨을, 코를, 매끈한 턱을 만졌다. 손끝에 와 닿는 뜨거움.

이제야 마음이 놓인다.

눈물이 날 것 같다.

마치 소중한 뭔가를 드디어 찾아낸 것처럼. 기억난 건 아무것도 없는데도, 이 남자가 곁에 있으면 마음의 허기가 달래졌다.

진의 입술이 해나의 눈썹을, 눈꺼풀을, 그리고 속눈썹을 뺨을, 코를, 매끈한 턱을 다시 한 번 쓸었다. 그 부드러움. 그 연약함.

가슴이 뛰었다.

잠시 입술이 떨어졌다. 그녀의 머리를 쓰다듬어 주는 그의 손. 애정 가득한 눈. 하지만 열망을 꽉 채운 위험한 눈.

그녀의 뺨이 빨갛게 열이 올랐다. 가쁜 숨을 몰아쉬는 그 작은 입술에 다시 입을 맞췄다.

몸의 경계가 허물어지는 것은 순식간.

마음의 경계가 허물어진 건 대체 언제였을까?

땀에 젖은 그의 머리카락 끝까지 손가락을 찔러 넣었다. 손끝에 와 닿는 열의 온도만큼 마음이 충만해진다. 전해진 서른한 송이의 장미. 그 이상으로 전해졌던 마음의 향기. 그의 마음이 무엇이든, 진심이든 그 이상이든, 지금 이 순간 그녀의 심장에 닿는 이 열기만은 완벽하게 100%였다.

✳✳✳

강우는 팔짱을 낀 채 진의 펜트하우스에 서 있었다. 그의 싸늘한 시선이 닿는 곳. 진이 넓은 소파 위에 잠든 듯 누워 있었다.

"어젯밤엔 어디 있었던 거냐?"

"천국."

강우가 혀를 찼다. 그러고는 맞은편 소파에 앉아 다리를 꼬았다.

"자꾸 엇나가지 마. 네 아버지한테 빌미를 주는 행동이야."

"그 빌미, 형이 잡고 싶은 건 아니고?"

진이 벌떡 일어나서 한쪽으로 가 커피를 따랐다.

"마실래?"

"됐어. 넌 그거 내려놓고 약 먹어야 해."

진이 피식 웃곤 커피 잔을 들었다. 결국 강우가 성큼성큼 걸어가 커피 잔을 빼앗아 탁! 하고 놓았다.

"병원 다시 들어가."

"그거 명령 같다."

"명령이야."

"딱 세 시간만 잘 테니까 김 박사님 불러 줘. 병원은 지긋지긋하거든."

"태진."

"그리고 형, 명령은 좀 아니지. 형이 원하는 게 수직 관계였으면 애초에 날 두들겨 패서라도 길들여 놨어야지. 이미 머리 다 굵어졌는데 이제 와서 그러면 반항하라는 소리로밖에 안 들리잖아?"

그렇게 진은 사라졌다.

강우는 한숨을 내쉬며 고개를 돌렸다. 그는 속이 타 진이 따라 놓은 커피를 마셨다.

"골치 아프게 하네, 그 자식."

강우는 혀를 차고 펜트하우스를 나섰다. 문 앞에서 동현과, 강우가 데리고 온 경호업체 직원들이 서로를 째려보다가 얼른 자세를 바로 했다.

"제대로 감시해. 이 자식도 공범이거든."

"억울합니다! 제 죄는 충분히 반성하고 있는데요. 그래도 이건 좀……. 이렇게 강제로 하시면 형님 입장이……."

강우가 우뚝 멈춰 섰다.

"신동현, 잘 들어. 진이 한 번만 더 사고 치면, 네 목이 날아간다."

이 말을 남기고 그는 바로 회사로 돌아왔다. 사무실로 들어서는데 삼십 대 정도의 말쑥한 차림의 남자가 얼른 그를 따라붙었다.

강우는 책상에 앉자마자 보고받을 준비를 했다.

"어떻게 됐어?"

"우리 외에도 이미 태륜 쪽에서 움직이는 것 같았습니다."

남자가 파일 하나를 책상에 내려놓으며 대답했다.

"그랬겠지. 태륜뿐 아니라 파파라치, 기자, 온갖 승냥이 떼들이 냄새를 맡고 달려들고 있겠지."

시니컬하게 말하며 파일을 열던 강우의 시선이 멈춘 건 그때였다. 그가 천천히 사진 하나를 집어 들었다.

"설마……."

그의 눈동자가 사진 속의 여자에게 박혀 요동치고 있었다.

사진은 어떤 집의 현관이었다. 멀리서 찍은 그 사진 속에서 진이 한 여자의 어깨에 허물어지듯 이마를 묻고 있었다. 강우는 그대로 사진을 옆에 두고 다른 사진을 속속 봤다. 연이어지는 진과 그녀의 모습.

"이 여자……. 이 주소가 사진 속 여자가 있는 곳이 맞아?"

"네, 맞습니다. 작은 케이크 가게였습니다. 한 달 이상 새벽마다 그 가게에……."

말이 채 끝나지도 않았는데 강우가 벌떡 일어났다. 넋이 나간 사람처럼 사진을 재킷 주머니에 넣고선 정신없이 밖으로 달려 나갔다.

막 복도를 달려가는데 마침 맞은편에서 오던 윤서가 그를 발견하곤 활짝 웃었다.

"어딜 그렇게 급하게 가시는……."

하지만 강우는 그대로 윤서를 지나쳤다. 툭! 하고 부딪쳤는데도 뒤도 안 돌아봤다.

"하."

윤서가 황당한 얼굴로 머리카락을 쓸어 넘겼다. 옆에 있던 코디와 매니저가 고개를 갸웃했다.

"왜 저러시죠? 어딜 저렇게 급하게 가시지? 또 무슨 사고 났나?"

"그러게. 윤서야, 분명히 대표님이 너 봤었지?"

윤서는 이런 취급을 당한 게 너무 분했지만 애써 차분함을 가장했다.

"많이 바쁘셨나 봐."

그때 어색하게 미소 짓는 그녀의 시야 안으로 뭔가가 들어왔다. 그녀의 빨간 스틸레토 힐 앞쪽에 떨어져 있는 사진. 강우와 부딪쳤을 때 떨어진 건가?

"이게 뭐지?"

별생각 없이 주워 들었던 윤서의 눈동자가 흔들렸다.

"뭐, 뭐야…… 이건!"

"왜요? 뭔데요? 사진이에요?"

코디가 다가오려는 순간, 윤서는 바로 사진을 뒤로 감췄다.

"아, 아무것도 아냐."

"에이, 뭔데? 혹시 재밌는 거야?"

"아무것도 아니라니까! 꺼져!"

순간 코디와 매니저가 주춤했다. 하지만 윤서는 그런 것 따위 신경 쓸 여유가 없었다. 적어도 개방된 공간에선 가식을 떠는 그녀가 까칠한 성격을 그대로 드러내자, 코디와 매니저는 누구 본 사람이 없나 싶어 주변부터 살폈다.

'아우, 개 싸가지! 이번엔 오래간다 했다. 저 개차반이 어디 가겠어?'

'누가 아니래? 근데 쟤 왜 저래요? 한동안 안 저러더니 손톱을 다 물어뜯고.'

'미친병 도진 거지 뭐. 저 손톱 만들려고 얼마나 돈을 쏟아부었는데.'

곱게 손질한 손톱을 닥닥 물어뜯고 있는 윤서. 그건 요 몇 년 동안 도통 보이지 않던 윤서의 불안해하는 모습이었다.

✱❊✱

해나는 시장에 들러 구입해 온 신선한 과일을 하나하나 확인했다. 그런데 아까부터 계속 따끔따끔한 시선이 느껴져 쳐다보았더니.

휙!

시선의 주인공은 고개를 저쪽으로 돌리곤 딴청을 피우고 있다. 잘못 봤나 싶어 다시 과일을 보는데 또 뒤통수가 찌릿! 봤더니, 또 휙! 시치미를 떼며 콧노래를 흥얼흥얼.

"최선미, 다 보여. 나한테 무슨 할 말 있어?"

"왜애? 뭐가 찔려어?"

기다렸다는 듯 선미가 능글맞은 웃음을 흘리자 해나가 갸웃했다.

"무슨 소리야?"

"너 남자 있었잖아! 어제 다 들었거든? 누구야?"

"……뭐?"

"어제 휴대폰 끈 줄 알았지? 다 들렸거든? 마지막에 니가 막 소리치는 통에 놀라서 휙 끊었지만."

쿵!

해나의 얼굴이 창호지라도 된 양 창백해졌다.

"누구야? 집에도 막 드나들고 그러는 거야? 혹시 같이 잔 겨? 뜨거운 밤?"

어젯밤 일이 떠올랐다.

키스의 강도가 한계를 넘어가자 서로의 열망이 최고치까지 달했다. 언제부터 서로의 몸을 만지고 있었는지 알 수 없었다. 점점 더 손이 닿는 면적이 늘어나고 수위가 높아져 가면서 열망이 들불처럼 번졌다. 떨림은 주체할 수 없을 정도로 커지고 한계점에 다다른 심장은 터질 것만 같았다.

결국 멈춘 건 진이었다. 더 이상은 안 되겠다고 생각했는지 그가 해나를 품에 확 끌어안았다. 그리고 아주 조용히 자신을 가라앉혔다.

그 팔에서 전해지는 힘겨운 떨림. 쉽사리 내려가지 않는 열기를 해나도 느낄 수 있었다. 그녀의 몸에서도 따끈따끈 열이 나고 있었다.

그때 해나의 눈에 붕대가 들어왔다. 그게 이제야 보이다니. 대체 얼마나 눈이 멀었던 건지.

"화가 나요, 나한테……."

"후회해?"

"당신을 밀어낼 수 있을 거라 믿었던 나한테 화가 나요. 이렇게 함께 있는 내가 화가 나."

"내가 어떻게 해 주면 될까."

"안아 주지 마요. 내가, 안아 줄 수 있게."

그의 팔을 풀었다.

"적어도 내 의지로 함께 있고 싶으니까. 아픈 사람은 당신이니까."

그의 커다란 몸을 그녀가 안아 주었다. 제 가슴 안으로 그의 얼굴을 끌어당겼다. 그제야 마음이 좀 편안해졌다. 어차피 이렇게 함께 있는 게 화가 날 바에야 스스로 선택하는 게 낫다. 각오했다는 걸 자기 자신에게 보여 주듯. 난 괜찮다고, 겁나지 않는다고 최면이라도 걸 듯.

뭔가가 좀 당황스럽단 걸 깨달은 건 그때였다.

'아, 이걸 어쩌지?'

좀 많이 우쭐했나 보다. 그게 아니면 너무 용감했었나?

가슴이……. 진의 얼굴이 닿아 있는 곳이 바로 자신의 가슴이란 걸 그제야 깨달은 것이다. 세상에. 이런 아찔한 짓을 하다니. 28년 인생을 살아오면서 취한 가장 적극적인 유혹의 자세가 아니고 뭔가.

뒤늦게 자각이 든 해나의 뺨이 불을 지핀 아궁이처럼 달아올랐다. 심장으로 장작이 마구 던져지는 것 같았다.

어, 어쩌지?

다행히 그는 다른 움직임 없이 얌전했지만, 이 자세는 정말이지…….

그의 심장 소리. 아니 자신의 심장 소리에 잠도 안 왔다. 뒤늦게

깨달은 경거망동에 얼굴이 홍시가 되어 눈만 말똥말똥. 그러다 어
느 틈에 잠이 들었나 보다. 일어나니 이미 새벽. 그는 옆에 없었다.

그녀의 머리맡에 메모가 있었다.

사랑해.

✳✳✳

해나는 천천히 과일을 내려놓고서 조용히 선미를 바라보았다.

"선미야…… 너한테 말할 게 있어."

"응! 응! 경청할게!"

"일찍 말하지 못해서 정말 미안."

"괜찮다니까? 전주 빼고 본론으로!"

"진……. 그 사람을 만났어."

"응? 진 오빠? 울 진 오빠? 그게 무슨 소리야? 네가 울 오빠를
어떻게 만나? 어디서 만났는데? 어떻게? 응? 어떻게?"

선미가 호들갑을 떨어댔다. 그런 선미를 바라보는 해나의 눈시울
이 괜스레 붉어졌다. 속이려는 마음은 없었지만 결국 속였다. 뒤늦
게야 말하려니 그저 암담하기만 했다. 선미가 어떻게 받아들일지
상상조차 안 갔다.

"네가 통화상에서 들었던 사람, 진이야. J. 그 사람."

"뭐?"

"미안해."

어떤 변명도 할 수 없었다. 해나는 그저 미안함에 고개를 숙였다.

"야야, 너 지금 무슨 소릴 하는 거야? 그런 장난도 칠 줄 알았어? 하나도 재미없거든?"

선미가 하하 웃었다. 하지만 해나의 표정이 진지하다는 걸 깨달은 선미가 멍해졌다.

"너 지금, 진심이었어? 진지하게 말한 거야?"

"응. 미안해."

"아……."

벙…….

"아……."

벙…….

"나 잠깐 집에 좀 갔다 올게."

"선미야……."

해나가 뒤늦게 선미를 따라갔지만, 선미는 넋 나간 얼굴로 그냥 가게를 나갔다. 잡을 새도 없었다. 하지만 그때 다시 딸랑! 하고 문이 열렸다. 고개를 드니 선미가 다시 들어와 있었다.

그녀가 성큼성큼 걸어와 해나의 앞에 섰다. 해나는 뺨을 맞아도 싸다고 생각하고서 눈을 질끈 감았다. 하지만 선미는 해나의 손을 덥석 잡았다.

"이해나!"

해나의 눈동자가 흔들렸다.

"다 알아. 이해해. 다들 그래. 처음엔 나도 그랬어. 우리끼린 공연 후유증이라 그래. 직접 오빠 보고 나면 다들 그런 착각 한두 번씩은 하거든. 자기가 마치 여자 친구라도 된 것처럼. 오빠가 자기 남자가 된 거 처럼 꿈도 꾸고 막 난리거든."

"선미야……."

"괜찮아! 겁낼 거 없어. 너도 우리 세계에 들어왔단 증거일 뿐이니까. 이제 앞으로 같이 J 오덕질하면서 팬심으로 대동단결하자!"

선미가 믿지 않았다. 해나는 너무도 심란했다.

"선미야, 그럼 내가 널 또 속이게 되는 거야. 안 믿기겠지만……."

간절한 마음으로 어떻게든 선미를 설득하려던 해나의 시선이 그 순간 출입문 쪽으로 향했다.

딸랑!

문이 벌컥 열리며 안으로 뛰어 들어온 정장 차림의 남자.

숨을 몰아쉬며, 그가 해나를 귀신이라도 본 듯 뚫어져라 보고 있었다. 반가움과 원망, 질타, 온갖 감정을 퍼붓듯 눈 안에 담고서 그가 물었다.

"이해나. 너 정말, 이해나 맞니?"

경악.

해나의 손이 선미의 손에서 빠져나와 툭! 떨어졌다. 무슨 일인가 싶어 돌아본 선미의 눈이 순간 튀어나올 뻔했다.

"헉! 도강우? 엑스 엔터 대표!"

해나의 얼굴에서 핏기가 싹 가셨다.

다섯 조각

handmade
시큼한 블루베리 요거트 케이크

"이런 데서, 숨어 지내고 있었니?"

해나와 강우는 테이블에 앉아 있었다.

잠시 가게 문은 닫았다. 블라인드도 모두 내렸다. 가게 안에 이 남자가 앉아 있단 걸 누구에게도 알리고 싶지 않았다.

"그냥, 제 일상을 살았을 뿐이에요."

결국 이 순간이 왔다. 그렇게 두려워하던 순간이 닥친 기분은, 생각보다 덤덤했다. 스스로도 놀랄 정도로.

"참 이상하죠? 두려움의 대상은 두려움 그 자체라고 하더니, 이상하게 웃음이 나네요. 만나면 심장이 내려앉아서 기절이라도 할 줄 알았는데."

"해나야."

진을 더는 밀어내지 않겠다고 생각한 순간, 어쩌면 당연히 닥칠 수순. 진과 관계되면 어쩔 수 없이 접할 수밖에 없는 그를 포함한 주변의 세계. 자신이 과거에 한때 발 담았던 세계. 그리고 그 세계의 가장 한가운데에 있는 남자, 도강우.

다만, 그 시기가 생각보다 빠르단 것만은 당황스러웠다. 역시 쉬운 일은 세상에 하나도 없나 보다.

"왜 오셨어요?"

"계속 찾았었어. 얼마나 찾았는지 상상도 못 할 거야."

"그러니까 왜요. 분명히 끝이라고, 떠날 때 말했었잖아요."

애틋한 눈으로 해나의 차분한 말을 듣고 있던 강우가 따스하게 웃었다.

"넌 그대로구나. 다행이다."

"아뇨. 변했어요, 많이. 그러니까 그런 말 하지 마세요."

정신없이 달려왔다. 그렇게나 찾았던 그녀. 처음 사라지고 1, 2년은 반쯤 넋을 놓고 지냈었다. 아마 자신은 그때 이후로 많이 변했을 것이다.

하지만 8년의 세월이 무색하게 해나는 예전 그대로였다. 웃으면 한없이 환하지만, 화나면 더없이 냉정해지는 그 모습까지. 찰랑거리는 숱 많은 갈색 머리, 수많은 얘기를 담고 있는 듯 감성 풍부한 눈동자, 하얗고 부드러운 우윳빛 피부, 단물을 담뿍 담은 선 고운 입술.

"케이크 가게하고 있었구나."

"네."

"가게가 예쁘네. 잘되니?"

"네."

"갑자기 나타나서 놀랐겠다. 나도, 너만큼이나 놀랐어. 이렇게 가까운 곳에 있는 줄두 모르고."

"……."

"진이랑은, 무슨 관계니?"

순간 해나의 표정에서 처음으로 변화가 일었다. 잔잔한 호수에 마치 거센 물결이 이는 듯한 그녀의 눈동자에 강우는 묵직한 통증을 느꼈다.

잘못 본 것이기를 바랐건만.

처음 사진을 봤을 때부터 오로지 해나만 보였다. 그 사진 안에 있는 건 분명 진과 해나, 중요한 건 진이었어야 했는데. 단지 해나를 찾았다는 마음만 급했다.

하지만 서서히 이성이 돌아오자 이제야 중요한 게 뭔지 깨달았다. 바로, 진과 해나가 왜 같은 사진 속에 있는가.

"사귀니?"

"그런 거 아니에요."

"그럼 뭔데."

"그 사람이 말했나요?"

"진은 몰라. 내가 뒷조사를 했어."

해나가 멈칫했다.

"물론, 진의 뒷조사였어. 요즘 녀석이 좀 감당이 안 됐었거든. 사고도 잇따르고. 그런데 그 속에 네가 있더라. 이런 식으로 다시 만나게 될 줄은 몰랐다."

해나가 고개를 숙였다.

만약 그때의 그 시간이 없었다면, 연습생으로 이 사람 밑으로 들어갔던 그때가 없었다면 자신의 인생은 지금이랑 달라졌을까? 지금과는 전혀 다른 모습이 되었을까?

"그 사람과의 관계는 지극히 개인적인 일이라 답해드릴 수 없어요. 하지만 소속사 사장님으로서 계속 묻는다면, 아무 관계도 아니라고 답해 드릴 수밖에요. 그 세계의 방식대로."

"진은 아니? 네가 내 밑에서 연습생으로 있었던 것."

해나는 손이 떨리자 얼른 반대편 손으로 맞잡았다.

"아뇨, 몰라요. 모를 거라고 생각해요."

"그거면 되는 거니?"

"어떤 대답을 원하시는데요? 몰랐으면 좋겠어요. 하지만 꼭 알아야 한다면 알아야겠죠. 그래도 아직은 몰랐으면 좋겠어요."

그리고 입을 꾹 다무는 해나. 하지만 더 들을 것도 없었다. 그녀의 대답은 그 말 안에 다 담겨져 있었다.

'하필이면…… 왜 진이니?

강우는 자꾸만 뒤틀리려는 자신을 힘겹게 다독여야 했다.

"여기서 또 도망가진 않을 거지?"

"모르겠어요. 나도 모를 감정들이 또 등을 떠민다면 어떻게 될지."

"그러지 말고 이제 세상으로 나와. 언제까지 이렇게 숨어만 있을 생각이니?"

"그곳이 세상의 전부는 아니에요. 전 이미 세상에서 제 몫의 햇빛을 받으며 잘 살아가고 있었어요."

"정말 그렇게 생각하니?"

"더 이상 할 말 없어요. 그만 가 주세요."

해나가 일어나려는 순간 강우가 말했다.

"복귀해."

순간 그녀가 멈칫했다. 그리고 눈동자가 경악으로 커졌다.

"지금, 뭐라고 하셨어요?"

"언제든 널 만나면 길잡이를 해 주려고 준비하고 있었어. 내 8년은 그걸 위한 시간이었어. 헛소문은 오로지 당당함으로만 잠재울 수 있어. 세상으로 나와. 이건 널 위한 일이기도 하지만 또한 날 위한 일이기도 해. 그땐 미숙했지만 지금의 나한텐 힘이 있어. 군중은 절대적으로 더 힘 있는 소리를 믿게 돼 있어. 내가 도와줄게. 너만 각오한다면……."

"그만하세요!"

해나가 날카롭게 소리쳤다.

"제가 왜 각오를 해야 하는데요?"

그녀의 눈가가 바들바들 떨렸다.

"제 길은 제가 찾아요. 도와준다니, 내 인생을 어떻게 누가 도와 줘요?"

"그럼 평생 불명예를 끌어안고 살 거니? 널 위해서 하는 말이잖아!"

"절 위한다면 그냥 두세요. 그곳만 세상 아니에요. 제가 살아가는 여기도 세상이에요."

"진은?"

그 순간 해나가 다시 한 번 멈칫했다. 강우는 그 찰나의 기회를 놓치지 않았다.

이건 불공정하다는 걸 알았지만, 그도 어쩔 수 없었다.

왜 하필이면 진이냐, 해나야.

"이런 말하는 거 나도 괴롭지만, 진의 소속사 사장으로서 그리고 너의 전 소속사 사장으로서 말할게. 이 상태에서 너하고 진 열애설이라도 터진다면, 누가 가장 피해를 볼까? 만약 너와 진의 관계가 밝혀지기라도 하면 그 뒷감당 어떻게 할래?"

해나의 눈동자가 터질 것처럼 흔들렸다.

"기사가 먼저 터지게 놔두면 넌 절대적인 약자일 수밖에 없어. 그건 그대로 진에게도 통용되는 거고!"

와들와들 몸이 떨렸다. 뱀 같은 말들이, 언제라도 독사처럼 그녀를 집어삼키려 눈을 번뜩이고 있었다.

숨 막혀.

강우가 쓰리게 한숨을 삼켰다. 이건 겨우 사소한 질투. 하지만 해나를 위해서, 진을 위해서도 자신이 맞다. 그러니 네 아픔을 헤집어 꺼낼 수밖에 날 잠시만 용서해라. 상처가 나으려면 환부에 직접 소독약을 뿌릴 수밖에 없다.

"넌 아무것도 모르고 있어. 둘이 감당할 수 있는 수준으로 터질 거 같니? 상상할 수도 없을 만큼, 네가 한 번 겪었던 것과는 비교도 안 될 정도로 클 거다. 너흰 결국 서로한테 상처가 될 수밖에 없어."

"그래서 그게 뭐요?"

"뭐냐고? 진은 너 때문에 비난받을 거고, 너도 진 때문에 안 받아도 될 화살까지 곱절로 받겠지. 가장 만나지 말았어야 할 상대를 만난 거야. 알겠니? 진이 아니었다면, 네가 아니었다면 내가 이렇게 끼어들 일도 없었어."

바르르 떨리는 제 손을 해나가 꽉 틀어쥐었다. 눈시울이 뜨거워졌다. 이겨 낼 수 있을 거라 생각했었는데. 자신만 각오하면 될 거라고 믿었는데. 강우가 지금 그걸 여실히 비웃고 있었다.

"내 말 들어. 스스로 당당하게 나와서 누명을 벗는 길밖에는 방법이 없어."

"누명이라고, 누가 그래요?"

해나가 입술을 꽉 깨물었다.

"이젠 나조차도 뭐가 진실인지 헷갈리는데. 내 진심 따윈 믿어 주지도 않는데. 그 판단을 또 한 번 대중에게 맡기란 말이에요? 절 그 지옥에 떠밀어야 속이 시원하시겠어요?"

"내가 지켜. 모든 건 내가 보호해 준다. 날 믿고 나와 함께 다시 시작하자."

해나의 물처럼 맑은 눈동자와 마주치자, 강우의 가슴이 더욱 미어졌다. 어쩔 수 없는 아릿함. 언제나 자신을 슬프게 했던 여자. 미완으로 끝나 더더욱 완성시키고 싶은 여자.

그때 해나가 피식 웃었다. 강우의 표정이 세차게 흔들렸다.

"아무것도 부탁하지 마요. 그리고 아무것도 도와주지 마세요."

"해나야."

"아무 관계 아니에요!"

사랑은 떨림, 흥분, 부족, 온갖 불안정한 감정 상태의 집합. 그럼에도 사람들은 그 불안정함을 원한다. 갈구한다. 자신도 그랬었다. 잠시, 미치도록 눈이 멀었었다.

그 사람만 있으면 된다고 생각했던 순간이 분명 있었다. 하지만 그것만으론 해결되지 않는 게 있었구나. 나는 그 사람만 있으면 되는데, 그 사람은 내가 있으면 안 된다니…… 뭐가 이렇게 불공평해?

왜 이렇게 끊임없이 자신을 괴롭히는 건지. 내가 대체 당신들한테 무슨 큰 잘못을 저질렀길래!

"아무 관계도 아니에요. 서로 잠시 착각한 것뿐. 계속 연결될 생각도, 사랑할 생각 따위도 없어요."

울고 싶다.

"됐죠? 그럼 제가 아무도 상처 주지 않아도 되는 거죠?"

그녀가 피가 나도록 입술을 깨물었다. 커다란 눈동자에 금세 눈물이 차올랐다. 그 눈빛에서 느낄 수 있는 건, 비난이었다.

"그러니까 이제 그만하세요. 그냥 저, 죽은 사람이라고 생각하세요."

세상은 결코 자기편이 아니었다. 그걸 또 깜빡 잊었다. 그 얼음장처럼 삭막한 세상이 얼마나 잔인한지, 그 공포가 멀쩡한 사람을 죽일 정도란 것까지 잠시 잊고 있었다. 어리석게도…….

✽※✽

일어나려던 해나는 무릎이 툭 꺾여 다시 풀썩 주저앉고 말았다.

"하……. 뭐야, 아무렇지 않다더니."

긴장이 풀리자, 온몸을 팽팽하게 조이고 있던 나사가 툭툭 풀어져 튕겨 나가는 것 같았다.

"진정해."

강우가 나타난 것 자체로 이미 그녀의 마음은 반쯤 무너져 버렸다. 그런데 그가 한 말까지 휘몰아쳐 도저히 감당할 수 있을 것 같지가 않았다.

해나는 눈시울을 꾹 눌렀다. 그때 해나의 등을 누군가가 가만히 끌어안아 주었다.

토닥토닥.

픅신픅신 방방 띠운 머리카락이 해나의 뺨을 간질였다.

해나의 눈이 커졌다.

'서, 선미야……'

"어쩐지 잘 견딘다 했다, 내가. 무서웠지? 무슨 말을 그딴 식으로……. 미친."

"가, 간 거 아니었어?"

가슴이 저릿했다. 막을 새도 없이 눈물이 핑 돌아 흘러내렸다. 지금껏 주방에서 기다려 준 건가.

"야, 저딴 말 듣지 마. 그 새끼 확 인중을 때려 줄까 보다."

"나 너한테 위로받을 자격 없어."

"확실히 그렇지. 네 말이 사실이라면."

시큼한 요거트 향. 하지만 블루베리의 달달함이 시큼함을 중화해 주는 요거트 블루베리 케이크처럼. 강우가 나타나 시큼하게 파헤쳐진 그녀의 마음을 선미가 중화해 준다. 삭막하던 그녀의 가슴에 블루베리 향을 잔뜩 머금은 생크림을 듬뿍듬뿍 발라 준다.

"말 안 한 거 미안해, 너무너무 미안해."

"사과하지 마. 나 아직 절대 안 믿으니까."

"그럼 어쩌라구. 계속 속이라구?"

"몰라! 그걸 어떻게 단번에 믿어? 너라면 덥석 믿을 수 있겠어?"

사실 강우와 해나의 대화를 이미 들었기에, 진과 해나의 관계 그러니까 해나의 말이 사실이란 건 이미 입증이 되었다. 다만 믿기가 않을 뿐이었지. 소속사 대표가 와서 확인시켜 주고, 그 앞에서 대놓고 둘이 사랑하네 마네 그러는 걸 들었는데도 이 모양이었다.

"저기……."

'아무 관계도 아니에요. 서로 잠시 착각한 것뿐. 계속 연결될

생각도, 사랑할 생각 따위도 없었어요.'

선미는 아무래도 그 말이 신경 쓰여 묻고 싶었다. 도강우 미친놈이 그렇게 몰아대는 통에 빡 쳐서 즉흥적으로 대답한 건지, 아니면 정말 그럴 생각인 건지.

물론 아직까지 절대로! 믿지 않았지만.

"저기 말이야······."

지이이잉!

그때 테이블에 놓아 둔 해나의 휴대폰이 진동하는 바람에 선미가 깜짝 놀랐다. 하지만 해나는 넋이 나간 채 휴대폰 소리도 듣지 못하는 것 같았다.

"그래, 무슨 정신이 있겠어. 저렇게 버티는 것만도 대단하지."

결국 선미가 대신 휴대폰을 받았다.

"네 전화 네가 받아, 이년아. 주문 전화면 어쩌려고 그래? 옙떼여!"

그런데 저쪽이 조용했다.

"이 전화 왜 이래? 옙떼여? 전화 건 사람 시장 갔어요?"

[······너 누구야? 이해나는 어디 있어?]

"전 이해나 베프고 이해나 폰인 건 맞지만, 지금 이해나가 전화 받을 상황이 아니거든요."

[이해나 바꿔.]

순간 선미가 멈칫했다.

"가만······. 이 목소리."

독특한 음색. 자신이 어떻게 이 목소리를 모르겠는가! 몇 명의 가수가 콜라보를 하더라도 귀신같이 이 목소리만 딱 뽑아낼 수 있었다.

"호, 혹시 진 오빠? 마, 맞아요?"

[······맞아. 누군지 대충 알겠군. 이해나 바꿔.]

"컥!"

뚝!

자신도 모르게 끊어 버리고 말았다.

"으아아아!"

그리고 미친 사람처럼 경기를 일으켰다.

"지, 지지지지진······. 지지지지! 컥, 콜록콜록, 지지진! 우엑! 콜록콜록!"

뒤늦게 알아차린 해나가 놀라 선미의 등을 두드려 주었지만, 선미는 정신을 차리질 못했다.

"왜, 왜 그래, 응?"

"저, 전화····· 전화가 왔······."

"전화라니?"

순간 해나가 멈칫했다.

"설마······."

그가 전화한 일도 없었고, 자신의 전화번호를 알 거란 생각도 못했었다. 하지만 휴대폰엔 그의 번호로 추정되는 것이 찍혀 있었다. 설마 선미가 이 전화를 받은 건가.

"선미야······."

"으, 선미 없어. 난 몰라. 내가 나설 세계가 아냐. 나 그냥 갈래."

횡설수설 알 수 없는 말을 중얼거리며 선미가 도망가듯 가게를 나가 버렸다. 홀로 남은 해나는 절망적인 시선으로 닫힌 문을 바라보았다.

✤✲✤

꼬마야, 라고 불렀던 대상.

강우가 처음으로 자신의 이름을 걸고 키웠던 아이들. 이십 대 초반에 시작한 가수 활동, 한때 솔로 가수로서 큰 인기를 끌며 왕성한 활동을 했었다. 하지만 어느 순간 미련 없이 접고 기획자로 전향했다. 어릴 때부터 꾸어 온 꿈, 그건 가수보다는 프로듀서였다.

그런 그의 첫 번째 작품. 그만큼 소중했고 애착도 강했었다. 그중 가장 예뻐한 아이가 바로 해나였다.

자신을 웃게 해 주던 소녀, 참 예쁘고 예뻐서 사람을 설레게 하던 아이. 하얀 도화지처럼 무엇이든 잘 흡수하고 그리는 대로 예쁘게 표현되던 아이. 티끌 하나 안 묻은 하얀 물감처럼 순수했었다.

독특한 분위기과 눈에 띄는 외모로 연습생 때부터 팬클럽이 생길 정도로 모두의 기대를 한 몸에 받았었다. 그의 애정, 아니 애착도 더욱 커져 갔다. 아이에서 소녀로, 숙녀로 점차 성숙해 가면서…… 자연스러운 듯 마음이 커져 갔다.

회사 안에 파다하게 뒷소문이 날 정도로 편애했었다. 굳이 숨기지 않았다. 그러나 그 대가는 너무나도 컸다. 그게 그 애의 불행의 원인이 될 줄은 몰랐다.

"모든 게 내 잘못이었는데……. 그렇지, 해나야?"

차 뒷좌석에 앉아 착잡한 마음으로 재킷 안주머니에 손을 넣던 강우가 움찔했다. 나오기 전 안주머니에 넣었던 게 분명한 사진이 없었다.

"뭐야, 이거 제장! 당장 회사로 가!"

차에서 내리자마자 곧장 자신이 밟아 온 동선을 그대로 거슬러 올라갔다. 단지 해나뿐이 아니었다. 그건 해나와 진이 함께 찍힌 사진이었다. 그 사진이 유출되는 순간 덮쳐 올 파장은 상상을 불허했다.

"이런 한심한 인간을 봤나."

사무실로 직행해 다시 정신없이 찾아보았지만 없었다.

"젠장!"

감정을 견디지 못한 그가 책상 위를 확 쓸어 버렸다. 온갖 물건들이 날아가고 깨졌다. 자신이 이런 바보 같은 짓을 저지를 줄이야! 스스로에게 용납이 안 됐다.

쑥대밭이 된 사무실에서 눈에 핏발을 세우고 있는 그의 뒤로 문이 열렸다.

"아무도 들어오지 말라고 했지!"

버럭 소리치던 그가 멈칫했다. 천천히 들어오고 있는 여자의 하얀 귓불에서 귀걸이가 반짝거렸다. 노윤서. 그녀가 피식 웃으며 손에 든 사진을 보여 주었다.

"혹시 이거 찾으세요?"

고급스러운 트위드 재킷을 어깨에 걸치고서, 윤서가 사진을 든채 피식 웃고 있었다. 강우의 얼굴에서 핏기가 싹 가셨다. 그녀가 또각또각 소파로 와서 날씬한 다리를 꼬고 앉았다.

"사무실 풍경이 아주 대단하네요. 혼자 하신 건가요? 하긴, 그만큼 중요한 일이긴 하겠다."

"왜 네가 그걸 갖고 있어?"

"글쎄요. 누구한테 받은 걸까요? 회사 사람? 아니면 기자?"

"똑바로 말해!"

"왜요. 기사라도 터질까 봐 걱정되세요? 음, 걱정되는 게 남자 쪽? 아니면 여자 쪽?"

순간 강우가 피식 웃었다.

"그렇군. 아까 부딪쳤을 때였어."

그제야 정리가 되었다. 아까 윤서와 부딪쳤던 게 어렴풋이 기억났다. 바로 그때 주머니에서 빠졌던 건가. 강우가 돌연 여유로워진 표정으로 소파에 앉자 윤서가 눈썹을 끌어 올렸다.

"차라리 잘됐군. 네 수중만큼 안전한 장소도 없으니까."

"무슨 뜻이에요?"

"무슨 뜻일까?"

"지금 저하고 장난하잔 거예요?"

"왜 이렇게 날카롭게 굴지? 톱 여배우 노윤서답지 않게. 조심해. 감정이 얼굴에 다 드러나잖아."

"지금 저한테 그렇게 고자세로 나올 때가 아니실 텐데."

"너란 거, 내가 모를 줄 알았나?"

"뭐가요?"

"이해나를 이 세계에서 쫓아낸 장본인."

순간 윤서가 움찔했다.

"세상에 비밀은 없어."

"하…… 무슨 말 하는지 모르겠네요."

"하긴 이제 와서 어차피 더 쫓아낼 곳도 없겠지. 이미 서로 다른 길을 걷고 있으니까."

"정말 그렇게 생각해요?"

수세에 몰린 윤서의 눈빛이 맹독이라도 품은 듯 사나워졌다.

"다른 길을 걸어도, 숨을 쉬고 있는 한 그 애가 쫓겨날 자리 하나 정도 영원히 만들어 줄 수 있어요. 이 사진 말이에요. 내가 아주 잘 아는 남자 같거든요. 이 정도면 누구든 세상 끝까지 쫓아낼 수 있지 않겠어요?"

그녀가 사진을 팔랑팔랑 흔들어 대자 강우의 얼굴에서 웃음기가 완전히 사라졌다.

"이렇게 큰 무기를 저한테 쥐여 주다니, 아무래도 사장님은 제 편인가 봐요."

"네가 날 협박할 처지는 아닐 텐데."

"깔깔깔! 진짜 그렇게 생각해요? 난 전혀 모르겠는데."

"과거의 일이 밝혀지면, 대중 앞에 발가벗겨진 채로 세워질 건너야."

"정말요? 근데 어떻게 밝힐 수 있는데요? 그게 벌써 몇 년 전인데, 그까짓 계집애가 뭐라고? 대중에게 잊혀진, 아니 있었는지조차 모르는 일반인 계집애한테 내가 무슨 짓을 저질렀건 이제 와 대중이 무슨 상관이나 한 대요?"

"물론 이해나와 대중은 관계없지. 하지만 적어도 널 끌어내릴 순 있겠지."

"그러니까 무슨 수로요?"

"마약 파티, 남자관계, 탈세, 너 따위 한 방에 보낼 수도 있었지만, 굳이 거금 퍼부어 가며 수중에 둔 건 기회를 주기 위해서야. 결자해지. 매듭은 묶은 사람이 풀어야지."

"그까짓 가십들. 증거도 없는데."

"그럼 어떻게 할까? 천천히 이미지 하락시켜서 완전히 추락시켜 줄까?"

"내가 망하면 당신도 같이 망할 텐데."

"그러니까 너도 나도 조심해야지."

개새끼.

윤서의 안면 근육이 꿈틀거렸다. 그녀가 이를 갈 듯 말했다.

"이게 처음부터 당신 목적이었어요?"

"적어도 처음 널 이 바닥에 들인 건 나였으니까. 부모로서 일말의 책임 정도로 해 두지."

"가식 떨지 마요. 그 계집애 인생 끝낸 사람이 나란 거 다 알고 있었다면서. 근데 왜 지금 이해나가 그 꼴로 나가떨어져 있는 건데요? 왜 내가 이렇게 건재한 건데요? 사장님이야말로 그때 뒷짐 지고 뭘 한 건데요?"

강우가 움찔했다. 윤서가 기세를 잡은 듯 몰아붙였다.

"우린 공범이에요. 그 계집애가 다시 돌아오는 것도 싫지만, 진한테 붙어 있는 건 절대 못 봐요."

"노윤서, 적당히 해."

"어머, 감동적인 순애보? 8년 전에 그랬으면 얼마나 좋았을까?"

깔깔 웃어 젖힌 윤서가 벌떡 일어나 유유히 문으로 향했다. 순간 강우가 성큼성큼 걸어가 윤서의 팔을 확 잡아 돌려세웠다.

"기억해. 나한텐 너 따위 단번에 시궁창으로 떨어뜨릴 수 있는 힘이 있어."

순간 윤서는 속으로 움찔했지만 피식 웃으며 강우의 팔을 탁 쳐냈다.

"마음대로 해 보시죠."

그리고 사무실을 나섰다.

또각또각 걸어가는 윤서의 얼굴이 급속도로 굳어 갔다. 매니저가 그녀의 뒤로 얼른 따라붙었지만, 분위기상 말 붙일 엄두도 못 냈다. 오히려 뒤로 몇 발짝 성큼 물러나는 걸 선택했다.

부들부들.

"재수 없는 새끼."

"킥! 유, 윤서야. 말조심……. 여기 회사야."

"분해. 죽여 버리겠어! 감히 날 협박해?"

성질을 이기지 못해 깨문 입술에서 피가 맺혔다. 하지만 도강우가 맞았다. 찢어 죽이고 싶을 정도였지만 순간 반박하지 못했다. 이 회사에 들어온 이상 일단은 도강우와 한배를 탄 셈이다. 그게 이렇게 분할 수가 없었다.

"능구렁이 같은 자식."

계약서에 도장 찍을 때부터 이미 이럴 생각이었던 것이다. 뒤통수를 제대로 맞았다. 하지만 섣불리 움직일 수 없는 것도 사실이었다. 지금이라도 이 사진을 이용하면 되겠지만, 그럼 진과 해나의 관계를 세상에 공표하는 게 된다.

'아직 아냐. 그따위 계집애랑 엮인 남자를 내가 주울 수야 없잖아? 지켜 줘야지. 가치 떨어지지 않게.'

"폴라리스 쪽에 연락해!"

"응? 폴라리스? 거긴 왜? 너 설마 여기 계약 엎고 거기로 가려는 건 아니지?"

"왜 아니야? 접촉해 봐."

"뭐에 수틀렸는지 몰라도 진정해. 그러다 소송 걸리면 어쩌려고

148

그래? 게다가 너 여기서 받은 게 얼만데 그거 다 토해 내려고?"

"미쳤어? 그걸 왜 토해 내? 폴라리스한테 여기 거 엎어서 해결하라고 해. 그럼 내가 가 주겠다고."

"하지만 여기서 받은 게 애초에 폴라리스에서 제시한 금액보다 많은데 어떻게……."

"하라면 하지 왜 이렇게 말이 많아!"

'이해나 너랑 난 역시 같은 하늘 아래선 함께 살 수 없을 것 같다.'

❋❊❋

맨발에 청바지, 루스한 검정색 니트, 진은 소파에 모로 누워 자신의 펜트하우스로 찾아온 강우를 물끄러미 쳐다보았다.

빈틈없이 꼼꼼한 슈트 차림의 강우가 바에서 보드카 한 잔을 따라서 마셨다. 몇 잔을 연거푸 마시더니 잔을 들고 소파로 와서 앉았다.

"마실래?"

"안 마셔."

"난 그냥 한잔하고 싶네."

"감시할 게 남았나? 요즘은 착실하게 일하는 중인데."

"안 그래도 칭찬해 줘야지 싶었다. 다음 주 화보 촬영도 잘해 주겠지?"

"됐고. 꼭 말 안 듣는 애 달래는 선생 같아. 듣기 싫어."

강우가 피식 웃었다. 테이블에 빈 잔을 놓고서, 갖고 왔던 파일 하나를 열어 진의 앞에 내려놓았다.

"한번 봐."

"뭔데?"

"기획안. 파일럿 프로그램이야. 반응 좋으면 정규 편성 받을 거야."

진이 귀찮다는 듯 뚱한 얼굴로 기획안을 갖고 와 대충 넘겼다.

아이돌, 배우 등이 출연해 사연을 받아 신청자와 함께 케이크를 만들어 사연의 대상자에게 전달하며 감동과 웃음을 선사한다. 대충 그런 콘셉트의 예능 프로그램이었다.

"케이크라. 나더러 하라는 거야?"

"그럴 리가. 흥미로운지 봐라."

"마음대로 해."

툭!

관심 없다는 듯 진이 기획안을 테이블로 다시 던졌다.

"매정한 자식. 촉 같은 거 안 와?"

"몰라. PD도 아니고."

"아직 뒷부분 더 있어."

"안 봐. 귀찮아."

"내 얘기 하나 해 줄까? 내 생각엔 동화지만, 남들이 듣기엔 어떨지 모르겠는 그런 얘기."

진이 흘끗 강우를 봤다.

"해 봐. 엄청 하고 싶은 눈인데."

강우가 피식 웃었다.

"내가 처음에 키운 애들이 열두 명이었단 건 알고 있었지?"

"몰라."

"스물일곱에 처음 회사를 시작하면서 데리고 있던 애들이었지. 여자애 일곱 명, 남자애 다섯 명. 다들 재능도 뛰어나고 성실하고 순수했지. 누구는 연기를 잘하고, 누구는 노래를 잘하고, 누군 작곡 실력이 뛰어나고 누군 하얀 물감처럼 순수하고, 누구는 약간 끼가 있고, 누군 질투가 많고. 조금씩 달라도 다 사랑스러웠어. 열정이 넘치고 성공하고 싶어 하고."

"……."

"대부분이 오디션 통과자였지만 딱 한 명, 내가 직접 캐스팅한 여자아이가 있었지. 속칭 길거리 캐스팅."

"그래서?"

"그 애야. 열아홉, 데뷔하자마자 은퇴 아니 잠적한 아이."

진이 고개를 갸웃했다.

가만, 이건 어디선가 들은 적 있는 것도 같은데. 동현이가 뭐라고 했더라? 흠, 기억이 안 나는군. 아무튼 무슨 치정 관계였던가? 아니면 말고.

"처음 봤을 때 그 앤 공원에서 친구랑 케이크 조각을 나눠 먹고 있었어."

눈부시게 하얀 교복 상의, 빳빳하게 다린 단정한 스커트, 빨간 체크무늬 리본. 갈색 머리카락, 갈색 눈동자. 생크림이 묻은 얼굴로 연신 웃음을 터뜨리던 앳된 얼굴.

"그 애가 터뜨리는 말간 미소가 케이크보다 더 달콤했었다면, 믿어지겠니?"

"나 이거 계속 들어야 해? 뭔가 소름 돋는데."

"반한 것처럼 다가갔었어."

강우의 눈빛이 서늘했다. 진은 뭔가의 기묘함을 느꼈다. 그 표정은 단지 얘기를 해 주는 게 아니라, 마치 진에게 거는 싸움 같았다.

"그 아이가 연습생을 시작한 나이가 열여섯. 처음에 한 말이 있었지. 케이크 만드는 걸 좋아하지만 노래도 좋아한다. 하지만 제일 좋아하는 건 케이크 만들기다. 누가 그랬는데, 제일 좋아하는 건 한 가지만이라더라."

순간 진의 시선이 탁 정지했다. 그가 벌떡 일어나 앉아 똑바로 강우를 쏘아보았다.

"지금, 뭐라고?"

"열여섯부터 열아홉까지, 점점 성숙해 가는 그 아이를 보며 흐뭇하고 기뻤다. 두근거렸었다. 열 살이나 어린 여자아이를 보고 그런 감정을 가지다니. 그래도 그랬다. 오빠처럼, 보호자처럼 뿌듯했다. 하지만 결국 데뷔하자마자 일이 터졌지. 그 앤 사방에서 공격당했다."

"젠장……."

"그 애가 데뷔하지 않길 바랐다. 어쩌면 그 공간을 파고들어 내가 책임지고픈 욕심이었는지도. 그 욕심이 그 애를 낭떠러지로 밀었단 것도 모르고서."

"그만해."

"비열한 나 자신. 그래서 난 지난 8년 동안 단 한순간도 괴롭지 않은 적이 없었다."

"닥쳐."

"그게 해나다, 진아."

진이 테이블을 뛰어넘어 그대로 강우에게 주먹을 날렸다.

여섯 조각

handmade
촉촉한 두 번째 딸기 롤 케이크

카펫엔 싸움의 흔적인 듯 깨진 유리 파편들이 흩어져 있었다. 테이블에 놓인 기획안의 뒷장. 거기에 붙어 있는 사진, 섭외 장소인 케이크 가게의 간판.

'Petit-four' Handmade Love

해나의 가게였다.

진은 넓은 창틀 위에 앉아 길게 다리를 뻗은 채 등을 기대고 있었다. 맨발엔 붕대가 친친 감겨 있었다. 붉은 피가 스민 붕대를 보며 동현이 착잡한 얼굴로 진에게 말했다.

"괜찮으세요?"

그가 도착했을 땐 이미 사고가 터진 후였다.

동현이 막 현관으로 들어서는데, 입술 한쪽이 찢어져 피가 배어

나고 있는 강우와 마주쳤다. 동현을 흘끗 쳐다본 강우가 손수건으로 입술을 누르며 집을 나가자, 동현은 화들짝 놀라 아뿔싸 싶어 얼른 진에게 달려갔다.

혹시 다 들켰나? 그래서 헤어지라는 사장이랑 대판 한 건가? 설마 맞은 건 아니겠고.

그런 생각을 하며 달려가 봤더니 역시나 맞은 건 강우 쪽이고 진은 팬 쪽인 듯했다. 그건 다행이었지만, 진도 유리 파편을 밟아 바닥에 피가 흥건했다.

"자, 잠깐만 기다리세요!"

동현이 얼른 구급상자를 가져와 응급처치를 했다. 꽤 깊이 베였음에도 꿈쩍도 않고 거실 한가운데 못 박힌 듯 서 있던 진의 모습이 계속해서 떠올랐다. 뭔지는 모르겠지만 마치 비라도 흠뻑 맞은 듯 쓸쓸해 보이던 그의 모습.

"병원 가시는 게 좋을 거 같은데요."

"됐어. 그만 가."

"하지만……."

"가. 붕대는 고맙다."

"별말씀을요. 그럼 전 갈 테니…… 아 진짜 제가 옆에 있어야 하는데. 혹시 아프거나 하시면 바로 연락 주세요. 아셨죠?"

아무런 반응도 없다. 도대체 무슨 사달이 난 건지, 그 눈빛이 무서울 정도로 공허했다. 가끔 텅 빈 시선을 할 땐 많았지만, 지금처럼 허무해 보이는 건 처음인 것 같았다. 뭔가가 아주 힘든 듯.

'이 뱀 같은 사장놈! 도대체 또 무슨 소릴 지껄이고 간 거야?'

동현은 욕지거리를 하며 마지못해 그 집을 나갔다. 동현의 기척이 사라졌지만 진은 알아채지도 못했다.

'그게 해나다, 진아.'

그대로 주먹을 날렸었다.

강우의 몸이 날아갔고 쓰러진 강우의 멱살을 다시 확 잡아 세웠었다. 아마 그때 자신의 눈빛은 악귀였으리라. 강우도 맞고 있지만은 않았다. 이번엔 진이 날아가고, 진의 몸에 테이블이 밀리면서 위에 있던 유리잔이 떨어져 깨졌다. 버석! 유리 파편이 밟혔지만 통증도 느껴지지 않았다.

감각이 마비된 상태.

결국 진이 강우를 테이블에 밀어붙인 채 주먹을 휙 치켜들었다. 깔린 강우가 피식 웃었다. 찢어진 입술에선 피가 배어 나왔다. 진의 주먹이 허공에서 부들부들 떨렸다.

"왜 그렇게 화를 내는 거냐? 그 애가 그렇게 소중해? 근데, 나한테도 그래."

"언제부터 알았어?"

"네가 해나 집에 찾아간 그 날부터. 아니 그 이전부터 누군가를 찾고 있단 건 알았지. 우린 내내, 같은 공간에서 같은 여자를 찾고 있었던 거다."

"달라."

"고집부리지 마. 네 머릿속에 있는 여자가 해나라는 것 인정은 하마. 하지만 이제 접어."

"하, 뭐?"

"해나를 세상에 다시 나오게 할 거야. 그 애는 이겨 내야 해. 대중은 자주 잊지. 이미지를 새로 만들어 줄 거다. 언제까지 남들 눈에 띌까 봐 전전긍긍하며 살게 내버려 두지 않을 거야."

"집어치워."

"이제는 내가 보호해 줄 거야."

"닥쳐. 싫단 사람을 도살장에 끌고 가겠단 거야? 그녀는 두려워했어. 그녀가 싫어하는 건 하지 마."

"싫다고 누가 그래? 그건 네 생각일 뿐이야. 넌 어차피 그 애한테 일어난 일이 뭔지, 뭐가 그 애를 그렇게나 괴롭히고 있는지 알지도 못하잖아? 네가 한국에 들어오기도 전에 있었던 일이니까."

"상관없어."

"그런 마음으론 그 애의 상처를 치료할 수 없어."

"건들지 마."

"아니. 건드려야 해. 나로선 이게 최선의 방법이야. 내 모든 걸 걸고 그녀를 예전의 이해나로 돌려놓을 거다. 하지만 네가 옆에 있게 되면 공격은 고스란히 그 애한테로 가겠지. 그러니까 그 애 곁에서 떠나."

진이 헛웃음을 흘렸다.

"돌았군, 도강우. 정상이 아냐."

"그 애를 위한다면 앞으로는 그 애 근처에도 가지 마. 네 존재가 드러나는 순간, 넌 그 애를 공격할 무기를 네 팬들 손에 쥐여 주는 꼴밖에 안 되는 거야."

진이 주먹을 꽉 쥐었다.

"너 자신이 그녀를 찌르는 칼날이다."

쾅!

강우의 얼굴을 스치고 바닥에 내리꽂힌 주먹이 진동했다. 그 순간 주먹에 담겼던 건 분명한 살기. 한순간의 살기가 사람을 죽일 수도 있다. 그대로라면 무슨 짓을 저지를지 몰랐다.

피가 배어 나온 주먹엔 붕대가 감겨 있었다. 천천히 손을 들어 감긴 붕대를 쳐다보는 진의 눈빛은 소름 돋을 정도로 무심했다.

'너 자신이 그녀를 찌르는 칼날이다.'

피식.

붕대가 감긴 손으로 얼굴을 누르며 웃었다.

"그래서 뭐? 칼날은 자기였던 주제에."

무슨 일인지는 모르지만, 그녀는 과거에 상처를 입었다. 그리고 그 상처엔 강우도 관계되어 있다. 그 일로 그녀는 지금껏 마음을 닫았고 사람들의 눈을 피해 살아왔다. 형사님도 어쩌면 그 일과 관계되어 사망했을지도 모른다.

'그쪽 상상 속에 있는 여자와 난, 다른 여자예요. 예전 일은 기억도 안 나고.'

기억조차 잊었다.

그렇게 사람을 몰아붙여 놓고서 이제 와서 치료를 해 주겠다고? 자기가 죽여 놓고 자기가 살리겠다고?

"정신병자들."

큭큭.

'소문으론 엄청 깊은 관계였다던데요? 그 뒤 여자도 안 만나고 거들떠도 안 보는 걸 보면 소문이 맞는 것 같기도 하고.'

'다들 쉬쉬해서 자세히는 모르지만 그때 아무튼 엄청 큰일이 있었다고 하더라구요.'

명치가 아프다.

명백한 질투로 애타는 마음. 하지만 자신의 고통보다 더할 게 분명한 그녀의 상처. 이 통증 따윈 붕대로 대충 친친 감아 버리고 그녀의 상처를 돌봐 주고 싶다.

　'그쪽한텐 어떤 감정도 없어요. 그리고 난, 연예계 사람과 연관될 생각 없어요. 그래서 그날도 도망친 거였구요.'

　'더 이상 얽히지 않았으면 좋겠어요. 부탁이에요. 이만 가 주세요.'

　'나한테, 많은 거 바라지 마요.'

　'난 여전히 그쪽도, 그쪽 세계와도 관여하고 싶지 않아요.'

　처음부터 한결 같았던 그녀의 거절. 그 안엔 그런 두려움이 있었던 건가.

　'넌 어차피 그 애한테 일어난 일이 뭔지, 뭐가 그 애를 그렇게나 괴롭히고 있는지 알지도 못하잖아?'

　그래. 모른다. 지금이라도 알고자 하면 방법은 간단하다. 마우스 한 번 클릭하면 모든 게 주르륵 뜨는 세상. 하지만 알고 싶지 않다.

　'그 얘기는, 하고 싶지 않아요.'

　그녀가 알리고 싶어 하지 않으니까. 숨기고 싶어 하니까. 떠올리면 괴로워하니까.

　"그딴 거……."

　진은 휴대폰을 화면을 터치했다. 턱으로 받친 채 고개를 숙이고서 그녀의 목소리를 기다렸다. 하지만 전화기는 꺼져 있었다.

✱❊✱

매장엔 온통 제누아즈가 구워지는 고소한 냄새로 진동했다. 마스카포네 크림치즈가 다량으로 생겨 티라미수를 만들 생각이었다. 제누아즈가 오븐 안에서 봉긋봉긋 잘도 부풀어 올랐다.

한 개, 두 개, 세 개, 네 개.

한마디 말도 없이 해나는 뭔가에 홀린 사람처럼 계속해서 제누아즈를 구웠다.

산더미가 될 때까지.

그게 해나 식의 생각을 정리하는 의식이었다. 자신으로선 도저히 감당할 수 없는 일이 생기면 그녀는 늘 이렇게 고소한 냄새로 가게를 가득 채우곤 했다. 그걸 잘 알고 있는 선미는 애타는 심정으로 그런 해나를 묵묵히 쳐다볼 뿐이었다.

거리에 조금만 나가도 온통 진을 모델로 한 광고판, 음악, 영화 포스터. 보지 않으려고 해도 수없이 보이고 듣지 않으려고 해도 귀로 흘러 들어 왔다. 전엔 무심코 지나쳤던 그 모든 것들이 이젠 하나하나 다 예민하게 인식되었다. 그러고 나서 보니, 세상이 온통 그였다.

그래서 해나는 몹시도 힘들다. 번호는 바꿨다. 휴대폰도 다시 만들었다. 생각해 보면 처음부터 그와는 어긋났어야 하는 인연이었다.

'도와준 건 도와준 것으로 끝났어야 해.'

자신은 기억나지도 않는 어릴 적에도 그랬듯이.

'그때 우린 이미 헤어졌던 거야. 다시 만난 건 의미가 없어.'

그랬어야 했는데…… 왜 생각은 이다지도 괴롭게 그의 곁을 맴도는 걸까?

그나마 해나의 마음을 위로해 준 건 선미가 다시 가게로 와 준 것이었다. 선미가 나타났을 땐 마치 세상을 다 얻은 것 같았다.

"다시는 못 볼까 봐 얼마나 마음 졸였는지 몰라."

하지만 돌아온 선미는 냉정했다. 한마디 말도 없이 의자에 앉아 싸늘하게 침묵했다. 그 후 해나는 내내 제누아즈만 굽고 있었다.

"여기 와서 앉아 봐."

선미가 말하자 그제야 해나가 오븐에서 시선을 뗐다. 홀 밖으로 나와 앉자 선미가 사무적으로 말했다.

"난 깊은 배신감을 느꼈어."

"알아……."

"우리가 몇 년이야? 난 우리가 한 몸이라고 생각했는데 넌 날 철저하게 기만했어."

"그래."

"내가 질투 나서 이러는 게 아냐. 내가 화나는 건 진 오빠는 제쳐 두고, 너와 나의 관계에 대해서만 말하는 거야!"

"응. 알아."

"넌 날 속였고, 제때 말해 주지도 않았어. 그리고 내가 살아가는 가장 큰 의미인 존재까지 나한테서 빼앗아 갔어. 저 별나라 어딘가에서 사는 환상 속의 존재를 네가 현실 속 남자 사람으로 끌어내렸어."

각오는 하고 있었다. 선미가 원하는 대로 해 주는 것. 그게 친구로서 마지막으로 선미에게 보여 줄 신의였다.

"그러니까 나한테 증거를 보여 봐."

"응. ……응?"

"진 오빠 이 자리로 불러. 그럼 보고 판단할 테니까. 네가 말한 그 진이 정말 진 오빠인지 아니면 그냥 청바지인지 확인해 봐야겠어."

묵묵히 듣고 있던 해나는 속이 타들어 갔다.

"선미야, 그건……."

"왜? 불만 있어? 빨랑 전화해서 부르라니까?"

아예 휴대폰을 턱 밑으로 들이밀며 다그쳤다. 해나는 결국 천천히 휴대폰을 받아 들었다. 하지만 해나는 선미의 기대와는 달리 그걸 테이블에 가만히 엎었다.

"너, 너 지금 뭐하는 거야? 그걸 왜 엎어? 휴대폰이 술잔이야?"

"미안하지만 선미야, 나 그 사람이랑 이젠 관계될 일 없어."

선미가 멈칫했다.

혹시 그럴지도 모른다고 생각은 했었다. 그날 해나가 도강우한테 한 말이 너무 의미심장했기 때문이다. 그래서 설마 싶어 떠본 거였는데 진짜 그렇게 마음먹었을 줄이야.

"야 너…… 그렇게까지 나한테 진 오빠 보여 주는 게 싫어?"

애 때문에 정말 미치겠다. 물론 그 마음도 이해는 갔다. 도강우가 그 지랄을 떨었는데, 안 그래도 그때 일로 영혼이 작살나다시피 한 애가 어떻게 제정신일 수 있을까?

용기 따위 개나 주라 그래라. 다 떠나서, 선미는 해나가 다시 피폐해질까 봐 그게 가장 걱정이었다.

"선미야, 나 계속 생각해 봤어. 그랬더니…… 난 내 생각만 했더라."

"그래. 넌 지금 네 생각만 하고 있어. 친구 생각도 해 줘야지. 좋은 건 나눠서 좀 보자고."

"그런 뜻이 아니라……. 처음부터 그 사람 때문에 내가 드러날까 봐, 세상에 알려질까 봐 그것만 신경 쓰였어. 내 걱정만 했었어. 나 때문에 그 사람이 입게 될 피해 같은 건 생각해 보지도 않았어. 뒤늦게야 깨닫고 나니 난 정말 형편없는 인간이었더라. 그 사람은 나랑 있으면 안 돼."

"그치만 그건 사람이면 누구나 갖는 감정이잖아. 다들 자기만 생각……."

"그래. 누구나 다 자기 중심적이야. 하지만 좋아하는 사람한텐 그러지 말아야지."

선미가 멈칫했다.

"정말 좋아하는구나, 그것도 아주 많이."

해나가 고개를 숙였다.

"그러니까 더 힘을 내야지. 다 헛소문이었잖아. 진 오빠가 설마 그런 헛소문을 믿겠어? 물론 믿을 수도 있겠지. 하지만 그건 아직 모르는 일이잖아. 닥쳐 보면……."

"닥쳐 보면 뭐? 나 때문에 그가 피해 보고, 찢기고 뜯기고 너덜너덜해지는 거 다 지켜본 후에야 깨달을까? 공격받아 만신창이가 된 그 모습을 확인한 후에야…… 깨달을까?"

해나의 뺨을 타고 눈물이 흘러내렸다.

✽❊✽

해나는 집으로 돌아오고 있었다. 선미 앞에서 펑펑 운 덕분에 마음은 후련해졌다. 하지만 눈이 퉁퉁 부어 얼굴 꼴이 말이 아니었다.

시간이 늦어 가로등 하나만 켜진 밤거리는 어두웠다. 터덜터덜 계단을 밟아 올라가 열쇠를 꽂는데, 누군가 등 뒤에 선 기척이 느껴졌다. 소스라치게 놀란 해나가 열쇠를 꽉 움켜쥔 채 몸을 돌렸다. 강도나 도둑, 그 정도로 생각했었지만 그녀의 뒤에 있는 남자는 진이었다.

"아……."

언제부터 기다렸던 건지, 검은 가죽 재킷에 후드를 푹 눌러쓴 채 그가 천천히 고개를 들었다. 후드 안에서 그의 눈동자가 날카롭게 빛을 발했다.

"이해나."

적어도 강도나 도둑이 아니라 다행이란 마음은 전혀 들지 않았다. 상대가 진이란 게 하나도 더 나을 게 없었기에.

"왜 왔어요?"

해나는 최대한 무심하게 그를 대했다.

이미 번호를 바꾼 지도 일주일이 넘었다. 상대가 공인이라 운신이 자유롭지 못한 점을 이용하려 했다. 남들처럼 자유롭게 만나지 못하니, 어느새 자연스럽게 멀어져 있지 않을까?

"번호 바꿨어?"

"네."

"왜?"

"왜겠어요. 연락 끊으려는 거지. 그 정돈 눈치챌 줄 알았는데, 연애 한 번도 안 해 봤어요?"

"이해나, 그러지 마."

"뭐가요? 그쪽이나 정신 차려요. 이렇게 아무렇지 않게 돌아다닐 정도로 평범한 사람 아니잖아요."

"그렇게, 자유자재로 냉정하게 굴 수 있어서 넌 좋겠다."

"그러게요. 그러니까 많이 실망하고 돌아가세요."

"넌 정말, 아무것도 몰라."

"모르는 건 그쪽이에요."

"아니. 너야. 넌 정말 아무것도 몰라. 그래서 내가 가르쳐 주려해."

그 말과 함께 진이 다짜고짜 해나를 집 안으로 데리고 들어가자마자 키스했다. 아랫입술이 깨물리며 저절로 턱이 들렸다. 순간 해나는 있는 힘껏 진을 확 밀쳤다.

"그만해요!"

뒤로 떠밀린 진이 벽에 쿵 부딪쳤다.

해나는 숨이 막혔다. 아직도 그의 기운이 남아 있는 자신의 입술을 손등으로 닦으며 진을 원망스럽게 쏘아보았다.

"뭐든 멋대로 하지 마요. 내가 요구한 적도 없는데 내 인생에 마음대로 끼어들어서, 부탁한 적도 없는데 내 삶을 멋대로 휘젓고. 아무것도 모르면서 다 포용해 줄 듯, 그러다간 사기당해요. 나쁜 짓 당하기 딱 좋다구요. 지금보단 좀 더 이기적으로 살아요. 나같이 나쁜 여자한테 당하지 말고."

"넌 지금 네가 하고 있는 게 나쁜 짓인 거 같아?"

"그리고 변덕스럽기까지 하죠. 내가 경솔했어요. 그러니까 그냥 욕하고 가면 돼요."

"넌 그게 돼?"

"돼요."

"나쁜 사람들한테 당하고 내몰려서 나쁜 말을 하는 사람이 어떻게 나쁜 거야!"

진이 소리쳤다. 처음으로 그의 격한 감정을 본 해나의 가슴이 찌르르 울렸다.

심장이 터질 것 같았다.

이 남자는 정말…… 대체 뭘 안다고. 왜 이렇게 마음을 아프게 하는 거야!

"내가 몇 번을 말했잖아요. 그쪽 세상에 관여하고 싶지 않다고. 제발 날 그냥 버려둬요."

좋아하는 사람을 두 번 다시 잃고 싶지 않다.

아버지처럼…….

"날 그냥 내버려 둬요. 내 옆에 오지 마요."

풀색 카디건을 걸친 해나의 어깨가 한없이 작아 보였다.

그날 강우가 간 후 몇 주 동안이나 해나와 통화가 되지 않았다. 이미 정지된 번호라는 건조한 기계음만 흘러나왔다. 피하고 있단 건 알았다. 누구와 무슨 말을 나누었는지도.

"내가 공격당할까 봐?"

해나가 쓰리게 웃었다.

"그것도 이유 중 하나예요. 하지만 오로지 당신만을 위해선 아니에요. 나부터 생각했다구요. 정신 차려요. 나랑 관계되는 것만으로도 당신은 한순간에 모든 걸 잃을 수 있어요."

"그게 뭐가 문젠데?"

해나가 헛웃음을 흘렸다.

"뭐가 문제냐구요? 다 문제예요. 잃는다는 게 그저 잃는 것만으로 끝날 줄 알아요? 당해 보지 않은 사람은 몰라요. 특히 잃을 게 더 많은 당신 같은 사람은, 독이 자라기 가장 좋은 환경이겠죠."

"이해나, 지금 네가 하고 있는 생각 다 지워."

"그럴 수 있다면 나도 그러고 싶어요. 누구보다 내가 가장 간절해요. 하지만 그럴수록 더 선명하게 현실이 보여요. 현실은 이상과 달라요. 때론 더 끔찍하죠."

"그런 식으로 말하지 마. 내가 괜찮다는데 대체 무슨 상관이야?"

"그래서 더 싫은 거예요! 계속 내 생각만 했으니까. 당신의 상황을 무시했으니까. 더 빨리 도망쳤어야 했어요. 그러지 않은 건 당신의 희생을 내가 수긍했던 거예요."

"그만큼 지옥이었니?"

순간 해나의 심장이 고동쳤다.

자신의 마음을 처음으로 있는 그대로 봐 주는 말. 받았던 고통 그대로 수긍해 주는 말. 백 마디 위로보다 더 가슴을 치는 그 말.

"네가 네 생각만 한 게 뭐가 그렇게 잘못인데? 넌 날 행복하게 해 주고 싶은 마음은 없는 거니? 다른 사람이 날 공격할까 봐 그렇게 두렵다면서, 너 때문에 고통받는 난 아무렇지도 않은 거냐고!"

해나의 눈에 눈물이 맺혔다.

"난 네가 이러는 게 가장 불행해."

"내가 좋아하는 사람을 행복하게 해 주는 건, 모든 여자들의 마음이에요. 하지만 내 존재가 불행을 주는데 그 사랑을 왜 해요?"

"지금의 너 정말, 별로다."

해나의 심장이 쿵 했다.

"두려운 건 이해하지만, 자학하는 건 아니지 않아? 네가 날 위한다면, 다른 사람들이 아닌 내 입장에서의 날 봐야 해. 백 명, 천 명, 수천 명이 날 욕해도 좋아. 상관없어. 너 한 명이 날 외면하는 것에 비하면 그딴 건 아무것도 아냐. 날 사랑한다면, 너로 인해 내가 잃을 걸 생각할 게 아니라 내가 널 잃으면 어떻게 될지를 생각해야지!"

"어떻게!"

"그렇게 해! 나에 대한 네 감정이 뭔지, 네 욕심이 뭔지 그것만 생각해!"

"해나야!"

그때 갑자기 현관문이 벌컥 열리며 누군가가 안으로 들어섰다. 씩씩하게 들어오는 그 누군가는 선미였다.

"어? 누구 있었······."

순간 선미가 그대로 우뚝 멈춰 섰다. 눈앞에 서 있는 해나와, 그 옆의 진에게로 시선을 돌린 순간, 눈이 화등잔만 하게 벌어졌다. 입을 커다랗게 벌린 채로 선미가 어버버! 하다가 겨우 입을 열었다.

"아, 난······ 걱정돼서······."

선미가 올 줄은 몰랐다. 아마 아까 있었던 일 때문에 걱정돼서 찾아온 것이리라.

"선미야."

해나가 다가가려는 그때, 선미가 별안간 눈물을 뚝뚝 흘렸다. 진에게 못 박혀 있던 시선, 그 커다란 눈동자에 그렁그렁 눈물이 차올라 뚝뚝! 닭똥 같은 눈물을 떨어뜨리다가,

철퍼덕!

그대로 기절하고 말았다.

✽✽✽

"하아, 정말 쉽지 않다."

해나는 기절한 채 잠든 선미의 옆에 앉아 있었다. 침대에 이마를 툭 기댔다. 누군가를 아주 많이, 지극히 좋아해서 기절까지 하는 선미는 차라리 솔직한 것이다.

"이해나, 넌 지금 어떠니? 한 번만이라도 솔직해진 적 있니? 지금 네 모습을 봐."

기절한 선미를 침대로 옮겨 준 진이 해나를 물끄러미 바라보다가 말했다.

"한마디만 할 테니까 잘 들어. 너로 인해 내가 어떤 일을 겪든, 그건 내가 해결할 내 문제지 네가 상관할 바가 아니야. 그것까지 걱정했다면 넌 날 아주 나약하게 본 거겠지."

"그렇게 쉽게 말하지 마요."

"그래. 쉽지 않지? 힘들고 복잡할수록 가장 간단한 걸 선택해. 한 가지만 너 자신한테 물어봐. 넌, 내가 싫어?"

해나의 눈동자가 흔들렸다.

"잘 생각해 보고, 네 마음이 나한테 향하면 날 찾아와."

진은 그렇게 떠났다.

"가장 간단한 것."

그때 기척이 느껴졌다. 선미의 눈꺼풀이 움찔하더니 천천히 들려 올라갔다.

"괜찮아?"

해나가 물었지만 선미는 천정을 바라보며 멍했다. 그러다 조용히 입을 열었다.

"······오빠는?"

"갔어."

"오빠 맞았지?"

"응······."

핑글.

"흑. 꿈이 아니었어. 진짜 실물이었어. 흐어엉!"

해나는 왠지 미안해져 낮은 한숨을 삼키며 티슈를 뽑아 선미에게 건넸다.

"닦아."

"흑흑. 실물이 나한테 말을 걸어 줬어."

그랬던가? 두 사람이 말을 나눈 기억은 없었지만 굳이 정정해 줄 필요는 없을 것 같았다. 기절한 너를 직접 옮겨 줬단 소리까지 하면 다시 기절할 태세라, 친구의 정신 건강을 위해 그것도 그냥 넘어가기로 했다.

"날 똑바로 쳐다봤어. 같은 공간에서 숨을 쉬었어. 흐어엉. 해나야, 너도 봤지? 살다 살다 나한테 이런 날이 다 온다?"

"미안해."

"뭔 소리야? 네가 튕긴 덕분에 내가 실물을 본 건데. 지금 얼마나 고마운데."

잠시 후, 겨우 진정이 된 선미가 침대에 일어나 앉았다.

"이러고 있으니까 큰 병 치르고 일어난 기분인데? 죽 같은 거 먹어야 할 것 같은 분위기지?"

해나가 무겁게 웃었다. 자신을 생각해 일부러 밝게 웃는 친구의 따뜻한 마음이 새삼 고마웠다.

"그래서. 넌 계속 튕긴 거야? 그래서 울 오빠가 옥체를 끌고 여기까지 행차하시게 만든 거야?"

"튕긴 거 아냐."

"그게 튕긴 거지 아니긴. 복을 제 발로 걷어차는 것 같으니라고."

"너라면 나 같진 않았을 거야. 그치?"

"나라면…… . 아니, 네 입장이 안 되어 보곤 누구도 함부로 말할 수 없어. 그게 내 진심이야. 하지만, 그냥 연애도 못 해 본 친구 입장으로 말한다면…… 오빠가 처음으로 사랑한 사람이 너란 건 알겠어."

해나의 눈이 커졌다.

"하아. 후회돼라. 누구누구만 없었어도 속옷에 사인 받는 건데, 크."

"선미야…… ."

"왜? 생각도 못 하냐?"

"그게 아니라."

"하긴 지금 그게 중요한 게 아니지. 네가 날 속이고 울 오빠를 만나 왔던 거, 그게 가장 큰 문제였지."

"그건…… 맞아."

"이해나, 내가 왜 너 좋아했는지 알아? 진짜 예뻤거든."

"다, 당황스럽게 왜 그래?"

"진짜야. 별나라에서 온 것 같았어. 아, 참 예쁘다. 사람이 어쩜 저렇게 인형같이 생겼을까? 눈망울은 초롱초롱한 물방울 같고 얼굴은 하얗고 코는 빚어 놓은 것처럼 반듯하고 진짜 부러웠지. 별

나라에서 온 여자가 별나라에서 온 남자를 만난 거야. 자기 별 사
람들끼리 사랑에 빠진 건데 내가 뭐라고 하겠어?"

"선미야…… 민망하다."

"그러니까 내 말의 요점은, 안 그래도 복잡한데 내 걱정까진 하
지 말란 거야. 이 답답아, 말 좀 안 한 게 뭐가 대수라고 그래? 내
가 너라면 끝까지 말 안 했어."

"웃기고 있어. 그러지도 않았을 거면서."

"암튼, 내 걱정은 그게 아냐. 네 마음이지. 그 세계에서 받은 상
처가 아직 아물지도 않았는데, 또다시 마주해야 하는 거잖아. 이해
돼. 너무너무 이해돼."

오히려 걱정해 주는 친구. 그 마음이 벅차 해나는 아무 말도 못
하고, 그저 훌쩍거렸다.

"울지 마. 이 계집애야."

"그럼 울리지 마."

"전생에 나라를, 아니 우주를 구한 년같으니라고."

"흑. 풋! 진짜 너 때문에 웃기잖아."

"하긴. 전생에 나라를 구했는지 말아 먹었는지는 지금으로선 아
직 잘 모르겠다. 딱 종이 한 장 차이로 요렇게 뒤집으면 극치의 행
운이고, 또 반대로 뒤집으면 지옥의 시작이니까."

자신의 마음을 이렇게나 알아주는 사람이 있다.

"선미야, 이건 입장 차이가 아닐까? 난 그 사람 옆에 있으면 안
되고, 그 사람은 내 옆에 있으면 안 되고. 내 입장이, 그 사람의 입
장이 그래."

"입장이 감정보다 중요해?"

순간 해나가 멈칫했다. 마치 뭔가로 머리를 한 대 세게 얻어맞은 듯 얼얼했다.

"난 네가 아니라 다는 모르겠어. 하지만 오빠도 너도, 서로를 좋아한다는 건 알겠어. 아까 아주 잠깐 봤었지만 오빠 표정, 진짜 아파 보였거든."

마음이 울컥했다.

"넌 어때? 오빠가 싫어? 이대로 끝내도 돼? 안 봐도 돼? 네 마음은 뭐야?"

✱❊✱

선미가 가고 난 후, 해나는 아버지의 영정 사진을 바라보고 있었다.

'지금의 너, 정말 별로다.'

'두려운 건 이해하지만, 자학하는 건 아니지 않아?'

찔린 듯 괴로웠던 그 말. 아주 많은 걱정이 담겨 있어 오히려 공격적이던 조언.

'힘들고 복잡할수록 가장 간단한 걸 선택해. 한 가지만 너 자신한테 물어봐. 넌, 내가 싫어?'

'넌 어때? 오빠가 싫어? 이대로 끝내도 돼? 안 봐도 돼? 네 마음은 뭐야?'

그도, 선미도 단 한 가지만을 묻고 있었다.

"내 마음. 이기적……."

하지만 이기적인 게 뭐가 나빠? 어디선가 들었다. 이기적이란, 나쁘고 못되게 사는 게 아니라 자신의 마음이 가장 편한 방향으로 사는 것이라고.

"아빠 내가 어떻게 살았으면 좋겠어? 어떻게 사는 게 용감한 걸까? 용감한 게 정말 현명한 걸까?"

그 순간 아버지가 눈을 감던 순간의 기억이 희미하게 떠올랐다.

그리고 마지막 말.

'……하게 살아.'

뭐지? 뭐라고 한 거지? 잘 안 들려. 좀 더 크게 말해 줘, 아빠.

지옥 같았던 시간. 결국 아버지가 남긴 마지막 말까지 잊어버리고 말았다.

"아빠, 뭐라고 했던 거야? 난 왜 그 중요한 말까지 잊어버린 거야."

뭔가가 쪼아 대기라도 하듯 머리 전체가 아팠다. 해나는 욱신거리는 머리를 감싸 쥐며 풀썩 주저앉았다.

'……하게 살아, 해나야.'

자신 때문에 돌아가신 아빠. 너무도 큰 불효를 저질렀다. 모든 것에서 벗어나고 싶어서, 스스로 기억의 방에 갖가지 나쁜 기억을 몰아넣고서 자물쇠로 꽁꽁 잠가 버렸다. 어느 하나가 터지면 봇물처럼 모든 것이 터져 나와 도저히 살아가지 못할 것 같아서.

아빠가 돌아가신 순간, 그렇게 많은 걸 지워 버리고 말았다.

벗어나고 싶어서.

어떻게든 살아가고 싶어서.

그 당시 잠가 둔 기억에 섞여 들어가 함께 잊었던 아주 많은 소중한 기억들. 그중 하나가 바로 아버지의 마지막 말.

"아웃!"

극심한 통증에 해나가 무너지듯 엎어졌다. 그 순간 선명하게 어떤 목소리가 이명처럼 그녀의 귓가에서 울렸다.

'당당하게 살아, 해나야. 넌…… 잘못한 게 없어. 세상 모두가 널 등져도 아빠만은 네 편이야.'

✱✳✱

다음 날 아침, 해나는 옷을 갈아입자마자 집을 나섰다. 가게에 들러 뭔가를 만들어 포장을 마친 후 곧장 선미의 집으로 차를 몰았다.

"선미야, 나 좀 도와줘."

[엥? 나 지금 이 닦고 있는데?]

"그 사람 스케줄 알 수 있지? 어디 가면 만날 수 있어? 헉헉!"

[너 뭐 마라톤이라도 했어? 왜 이렇게 숨이 차서 난리야? 가만, 근데 엥? 스케줄이라면……. 헉! 만나려고? 너 각오한 거야?]

"몰라. 그런 거창한 말. 하지만 만나야 해. 꼭 만나야 할 일이 있어. 근데 나 번호도 모르고 그 사람 집도 함부로 찾아갈 수 없어. 그래서 어떻게 해야 할지 모르겠어서 너한테 전화한 거야."

[아퉤퉤! 거봐라. 나 같은 친구 사귀어 두길 정말 잘했지? 잠깐 기다려 봐. 입 헹구고!]

아르르르!

[오케이. 지금 접속. 오예. 잠깐만. 너 아주 제대로 전문가 만난 거야. 나중에 잘되면 사인 백만 개 받아 줘야 한다? 에 또 그러니까 오늘 스케줄이……. 헉! 야, 일 났다. 오빠 공연 있어서 오늘 출국한대. 일정이 2주가 넘는데?]

"……정말?"

[그래! 아, 오빠 공항 패션 스크랩해 둬야 하는데.]

"선미야!"

[아이고, 귀 따거. 알았어! 잠깐만 기다려 봐. 야야, 다행히 아직 출국 안 했다. 어디 보자. 지금 가면 얼추 비행기 뜨기 전에 볼 수도 있겠지만⋯⋯ 그건 또 좀 아니지? 보는 눈이 한둘이 아닐 텐데.]

해나의 눈동자에 힘이 들어갔다.

"갈 수 있어."

[뭐?]

"도와 줘."

[그러니까 뭘.]

"출국 전에, 팬으로서 본다면 아무도 모를 거야. 들키지만 않으면 되잖아. 그치? 그러니까 선미야, 나 좀 도와 줘. 꼭 전해 줄 게 있어."

선미의 대답은 명쾌했다. 잠시 후 선미의 집 앞에 차를 대자, 기다리고 있던 선미가 바로 올라탔다.

"고고!"

그녀의 외침과 함께 해나는 액셀을 쭉 밟았다. 미끄러지듯 달려 공항 도로로 접어든 차는 쾌속 질주했다.

"아슬아슬하게 도착하겠다. 하지만 쉽진 않을 거야. 공항 패션이니 뭐니 기자들 우글거릴 거고 당연히 팬들은 광분 상태일 거고."

"알아."

"도대체 무슨 생각인진 모르겠지만, 표정 보니까 대충은 알겠네. 마음 야무지게 먹었으면 화끈하게 밀고 나가. 역시 내 조언이 통한 거지?"

"응. 고마워."

선미의 말이 그녀의 마음에 물고를 터 준 건 사실이었다.

"근데 이건 뭐야?"

"선물."

"나 참. 선물 하나 주려고 아침부터 이렇게 생쇼를 해? 역시 공인이랑 사귀는 건 어렵구나."

"내가 더 어렵게 만든 면도 있지."

"아주 크지, 그게. 아무튼 남들 눈치 못 채게 조심 또 조심! 하긴, 니가 가장 잘 알겠지. 그 위험한 델 제 발로 걸어 들어가겠다고 한 거니까 뭐."

"그러니까."

"나도 모르겠다."

자신도 모르겠다. 이판사판 공사판. 될 대로 되라지. 하지만 한번 마음먹었으면 자신도 밀고 나간다. 애초에 그런 성격이었는데 언제부턴가 의기소침 몸을 말고 뒷걸음질 치는 소극적인 사람이 되고 말았다.

한번 세상의 비정한 공격을 당하면 누구나 그렇게 자신을 잃게 되지 않을까? 하지만 이젠 예전의 모습을 찾아야 할 때.

공항에 도착하자마자 두 사람은 진의 팬들이 우글우글 몰려 있는 곳으로 달려갔다.

"다행이다. 아직 안 도착했나 봐. 근데 여기로 지나갈까? 워낙 첩보전을 방불케 해서 허탕 친 적도 많았거든. 못 만나도 난 모른다?"

"응. 걱정하지 마."

해나의 표정은 생각보다 간결했다. 뭔가 큰 결심을 한 듯 일견

평안해 보이기까지 했다. 다행히 두 사람의 우려와 달리 진의 밴이 예측했던 장소에 도착했다.

문이 열리고 진이 내렸다. 회색 라운드 티에 좀 더 짙은 색의 카디건. 발목까지 오는 팬츠와 캐주얼한 갈색 로퍼. 비교적 편하지만 세련된 차림이 오히려 슬림한 몸에 아주 잘 어울렸다.

촬영하다 왔는지 여느 때와 다른 헤어스타일. 순수한 청년처럼, 눈을 덮을 듯 앞 머리카락이 길게 드리워진 채, 짙은 선글라스로 얼굴을 가리고 있었다.

팡팡! 터지는 플래시 세례. 밀물처럼 밀려오는 수많은 팬들. 경호원들이 진의 주변을 엄호하고. 현장은 그야말로 아수라장이었다. 그 속에서 진은 동현과 경호원들이 열어 준 길을 따라 앞만 보며 걸어갔다.

"역시 이래서야 가까이 가지도 못하겠다."

해나의 눈동자에도 어쩔 수 없이 걱정이 담겼다. 이대로 그를 놓칠까 봐 초조했다.

"아우, 비켜! 비켜! 우리도 좀 가자고! 급하다고!"

선미가 팔을 붕붕 휘두르며 어떻게든 앞으로 가고자 했지만 운집한 팬들의 기세엔 못 당했다. 도리어 환장 상태인 여고생들에게 치여 이리저리 부딪히고 앞 사람 사이로 파고들려다 도리어 뒤로 밀려나기 일쑤였다.

"어떡해. 해나야! 오빠! 진 오빠! 저예요, 혼인신고서! 저라고요! 여기 좀 봐 주세요!"

선미의 애타는 외침.

해나는 앞뒤로 밀리면서도 진에게서 시선을 떼지 않았다. 선글라스로 가려진 얼굴은 굳은 듯 싸늘했고, 시선은 앞만 보고 있었다.

어떻게 하면 여길 보게 할 수 있지? 이대로 보낼 수밖에 없어?

순간 해나가 외쳤다.

"태진!"

수많은 소리에 섞여 그에게 닿지 않을지라도.

"태진!"

닿을 수 있다고 생각하고서 정말로, 정말로 간절하게 외쳤다.

그 순간이었다.

거짓말처럼, 진이 걸음을 우뚝 멈췄다. 그 아비규환 속에서 설마…… 자신의 작은 목소리가 그에게 닿은 걸까?

울먹울먹.

눈시울이 뜨거워졌다. 진의 얼굴이 천천히 해나가 있는 곳으로 돌려졌다. 수많은 목소리 속에서 들린 단 하나의 목소리. 기적처럼 그의 귀에 닿은 외침. 선글라스 속에서 진의 눈동자가 가늘어졌다.

"이해나……."

작은 중얼거림.

스트라이프 니트에 화이트 진, 정말이지 평범하기 그지없는 차림. 그럼에도 난 널 알아볼 수 있다. 그날 무대에서 그랬던 것처럼.

"고마워요."

수많은 사람들이 둘을 가로막고 있을지라도, 마음으로 전해진다고 믿고서. 해나는 입술 모양으로 마음을 전했다. 적어도 한 번은 자신이 먼저 찾아와 주고 싶었다.

'네 마음이 나한테 향하면 날 찾아와.'

그 말이 아니었더라도, 한 번은 보여 주고 싶었던 마음.

이제야 내비친 솔직한 감정.

그를 위한다는 게 오히려 그를 상처 주는 극단적 선택을 하려 했다. 미안함과, 미안함과, 미안함을 담아 그를 바라보았다. 실제로는 아주 짧은 순간, 하지만 영원처럼 두 사람의 눈빛이 수많은 사람들을 뚫고서 하나로 얽혔다.

"이거 받아 줘요."

그녀가 손에 들고 있는 상자를 그가 보라고 위로 번쩍 들었다. 진의 뚫어질 것 같은 시선에 해나 쪽에 있는 팬들이 자지러졌다. 아직은 미숙하고 겁이 많아 앞으로 나서진 못하지만 그럼에도 꼭 전해 주고 싶은 게 있었다. 그래서 찾아왔다.

그 마음을 읽어 준 걸까? 이례적으로, 진이 걸음을 멈춘 채 팬들 쪽으로 다가갔다. 그리고 한 사람, 한 사람 선물을 받아 주었다.

오빠!

꺄아악!

선물이 전해지고, 채 팔이 닿지 않는 팬들은 아예 던지기까지 했다. 갑작스러운 진의 변덕에 가장 당황한 건 동현이었다. 그는 어떻게든 진을 보호하는 한편 선물을 받아 내느라 초주검이 되었다. 경호원들도 난데없는 돌발 상황에 긴장해서 달려드는 팬들을 최대한 막았다.

해나는 다른 팬들에 섞여 상자를 전했다.

진은 다른 팬들의 선물에 섞여 해나의 상자를 받았다.

스치듯 진이 해나의 손을 살짝 잡았다가, 놓았다.

'조심해서 가.'

'조심해서 다녀와요.'

진은 몇 개의 선물을 더 받은 후, 몸을 돌려 그 장소를 떠났다. 그 누구도 눈치채지 못하도록. 해나가 그 어떤 마음의 짐도 짊어지지 않아도 되도록.

'고마워요. 늘 말하지 않아도 마음을 읽어 줘서.'

팬들이 진을 따라 공항으로 우르르 몰려 들어가자 주변은 금세 한산해졌다. 해나는 그가 사라진 방향을 쳐다보고 있었다.

"휴우, 전쟁이다, 전쟁. 안에 끼어 있을 땐 몰랐는데 객관적으로 보니까 이건 뭐 난장판이 따로 없네. 근데 진짜 대박. 어떻게 너 여기 있는 걸 알았지? 나 완전 심장 터지는 줄 알았잖아. 텔레파시 같은 거라도 통했나?"

"정말로 그런 게 있었으면 좋겠다."

해나가 서글프게 웃었다. 그럼 그렇게 아프게 하지 않아도 되었을 텐데.

"가만! 그때…… 너랑 같이 콘서트 갔을 때, 분명히 지금처럼 갑작스러운 사고 있었지?"

"으, 응?"

"무대 사고 있었잖아, 이 계집애야! 난데없이 노래 뚝 멈추고서 우리가 있는 쪽 쳐다봤었던 거! 설마 그게…… 넌 아니었지?"

해나는 뭐라고 대답해야 할지 몰라 그냥 우물쭈물하다가 돌아섰다.

"으악! 저 계집애 도망가는 거 봐! 너였지? 너 맞지? 맞지?"

"몰라."

"맞잖아, 이 계집애야!"

"몰라, 정말."

"와, 이 계집애 보게. 딱 잡아떼는 거 봐. 완전 기막혀. 자, 잠깐.

으악! 그럼 그것도!"

"또, 또 뭐?"

"장미꽃도, 그거도 오빠였지?"

식은땀이 삐질 났다.

"완전 전생에 은하계를 구한 년! 악! 부러워. 배 아파!"

"뭔가, 팬클럽도 재미있는 것 같아. 가슴이 두근두근 막 뛰네."

"말 돌리지 마! 그래서 선물은 뭐였는데? 케이크?"

"응……."

"으악! 그런 흔해 빠진 선물을 주려고! 최소한 속옷 정도는 돼야
지."

"속옷? 속옷은 왜?"

"정말 몰라서 묻냐? 헐. 암튼 케이크는 갑자기 왜? 오빠가 케이
크 좋아해?"

"그렇다기보다, 만들어 주기로 했었거든."

반대쪽으로 고개를 돌리며 대답하는 해나의 눈가에서 눈물이 반
짝했다.

"어이없어! 난 또 뭐 대단한 거라고. 만날 만드는 케이크 진작
좀 만들어 주지 이 난리를 피우면서 줄 건 또 뭐야? 그리고 케이크
기내 반입 안 되거든?"

"안 되면 안 되는 대로 상관없어. 중요한 건 그게 아니거든."

"그럼 중요한 게 뭔데? 대체 무슨 소리야?"

선미가 투덜댔지만, 해나는 진심이었다. 안 되면 안 되는 대로
자신의 마음만 전하면 된다. 진이라면 알아줄 것이다.

전해 준 건, 딸기 롤 케이크.

생각났다.

'진 오빠, 또 와!'

손을 흔들며 그를 떠나보내던 날.

'케이크 또 만들어 줄게!'

그렇게 약속했었다.

아버지의 마지막 말이 떠오르면서, 함께 묻어 두었던 수많은 기억들이 기다렸다는 듯 한꺼번에 툭 터지기 시작했다. 그 기억의 파도 속에 숨어 있던 아주 소중한 기억 한 조각. 그가 바로 진이었다.

'오빠, 케이크 좋아해?'

'꺼져.'

'걱정하지 마. 이 접시 깨끗하게 씻은 거야.'

'확! 저리 가.'

'먹어 봐, 오빠.'

'꺼져.'

'먹어!'

이제야 떠오른 어린 시절의 이야기. 어째서 그 소중한 걸 잊어버렸던 걸까?

가장 지저분한 걸 잊기 위해 어쩌면 가장 깨끗한 걸 포기했던 건 아닐까? 생존 본능이 자신에게 그렇게 시켰던 건 아니었을지. 나한테 가장 소중한 이 기억을 내줄 테니, 제발 너무 괴로운 다른 기억을 지워 달라고.

'난 빵 만드는 거랑 노래 부르는 게 젤 좋아.'

'제일 좋은 건 한 가지야. 두 가지가 될 수 없어.'

'진짜?'

'그래. 하나만 골라.'

연습생이 되고도 버릇처럼 입에 달고 살았던 말. 누구한테든, 내가 가장 좋아하는 사람한테 들은 거라고 자신 있게 종알대던 바로 그 말.

'그래. 울게. 엉엉. 아, 아프다! 엉엉. 됐지?'

'그니까 오빠도 앞으로 아프면, 참지 말고 나처럼 울어. 꼭. 알았지?'

시리도록 순수했던 어린 시절의 추억.

'약속해야지! 또 올 거지?'

'알았어. 또 올게.'

앞에선 용케 안 울고 잘 참았지만, 가고 나선 한 달을 펑펑 울었었다. 얼마나 보고 싶던지, 얼마나 서운하던지 나중엔 눈가가 다 짓무를 정도였다. 내내 대문 앞에서 쪼그리고 앉아 기다렸었다. 하지만 그 오빠는 다시는 오지 않았었다.

'너 가수할래?'

어느 날 그녀의 앞에 나타난 도강우.

'할래요!'

두 번도 생각하지 않고서 바로 대답했던 이유는 오로지 하나.

유명한 사람이 되고 싶었다. 연예인이 되고 싶었다. 모두가 날 볼 수 있게. 그래서 그 오빠가 볼 수 있게. 보고서 날 찾아오라고. 너무너무 보고 싶은 어린 시절의 그 오빠에게 내 모습을 보여 주려고.

'너 때문에 노래를 부르고 춤을 추고 연기를 했어. 나를 보고 찾아오라고.'

바로, 진과 똑같은 이유로.

많이…… 정말 많이 좋아했었다. 잊어버리기엔 너무도 아까운, 가장 소중한 그때의 기억을 드디어 다시 찾았다.

그때 해나의 휴대폰이 울렸다.

두근두근.

얼굴이 상기된 채 울리는 전화를 차마 받지 못하고 있는 해나를 옆에서 선미가 쳐다보았다.

"뭐해? 전화 오잖아."

"응……."

해나는 천천히 휴대폰을 귀에 댔다. 케이크 상자 안에 메모를 넣어 두었다. 적어 둔 건 자신의 휴대폰 번호였다.

"여보세요."

그건 그가 케이크 상자를 열어 보았다는 뜻이었다.

"케이크…… 너무 늦었죠?"

[이해나…….]

긴말은 없었다. 다 기억났느냐고, 마음을 정했느냐고, 이제 망설이지 않겠느냐고, 서운했노라고, 그 어떤 확인의 말도, 추궁의 말도, 원망의 말마저 하나도 없었다.

단지 한마디.

[사랑한다.]

그날 더없이 촉촉하게 마음을 적셔 주었던 딸기 롤 케이크처럼, 설탕처럼 달달한 눈물이 해나의 뺨을 적셨다.

일곱 조각

handmade
톡 쏘는 레몬 타르트

"뭐야? 다시 말해 봐."

이동하는 밴 안에서 윤서가 다그치자, 매니저와 코디는 거북이인 양 목을 움츠린 채 서로에게 눈짓했다.

"그러니까, 폴라리스 쪽에서 정중하게 거절했어."

"거절이 아니라 능력 부족이겠지! 얻다 대고 거절이야?"

"그래서 나도 '정중하게'라고 덧붙였었는데. 네가 이쪽에서 받은 액수를 도저히 못 맞추겠나 봐."

"한심한 것들."

"근데 윤서야. 또 회사 법인카드로 수천만 원어치 쇼핑한 건 좀……. 아무리 도 대표랑 사이가 껄끄러워도 그렇지 그런 식으로 사고 치면 도 대표도 가만 안 있을 거야."

"시끄러워! 나 정도면 그 정돈 품위 유지비로 투자해야지! 수억 쓴 것도 아닌데. 약 좀 오를 거야. 싫으면 놔주든가. 감히 나한테 예능을 나가라고 해? 미친 새끼."

어차피 도강우 엿 먹이려고 한 짓이었다.

"저기, 윤서야. 내 말은 도 대표도 그렇지만 증권가 지라시도 그렇고 다들 조만간 터지겠구나 하는 눈치야. 당분간 조심 좀 하는 게……."

"뭐? 지금 그게 할 말이야?"

"미안해."

"짜증 나. 아…… 머리 아파."

"그럼 병원으로 갈까? 브랜드 행사라 대단히 급한 스케줄도 아닌데."

"도강우한테 압력 넣어. 이 브랜드 전속 모델 반드시 나로 하라고. 이미지 높이는 덴 명품만 한 게 없어. 아무나 근접하기 힘든 신비로운 이미지, 그게 나 노윤서야."

폴라리스에서 피눈물 흘리게 만들어 줄 것이다. 하지만 못내 불안한 듯 그녀가 곱게 손질된 손톱을 닥닥 물어뜯었다. 매니저와 코디는 한숨을 삼켰다.

윤서가 탄 밴은 곧 세계적인 명품 브랜드 G사의 플래그십 오픈 이벤트 행사장에 도착했다. 명품이 좋아하는 연예인은 따로 있다. 그들은 늘 최고의 개런티를 받는 스타를 선택한다. 그 브랜드의 모델이 된다는 건, 그 자체가 대중이 선망하는 정점에 서 있다는 증거였다. 또한 자신이 여전히 건재하다는 증거이기도 했다.

"도강우도, 누구도 날 떨어뜨릴 순 없어."

우아한 미소로 밴에서 내리는 윤서를 향해 플래시가 터졌다. 카메라 앞에서만은 최고로 빛나는 미소. 아직 자신은 아름답다.

쏟아지는 동경의 시선들. 그 속엔 이미 같은 여자로서의 질투조차 없었다. 무력하게 그녀의 아름다움을 찬양할 뿐. 그 시선을 즐기는 건 여전히 윤서의 심장을 뛰게 했다. 영원히 이 시선을 누리고 싶다.

그리고 또 하나. 그녀가 이 행사에 참석한 이유가 먼저 도착해서 포토존에 서 있었다.

터지는 플래시가 세상에서 가장 황홀한 남자의 자태를 놓칠 새라 담아냈다. 보일 듯 말 듯 무심한 미소를 습관적으로 짓곤 벌써 포토존을 훌쩍 지나치는 남자. 주어진 시간조차 채우지 않고 미련 없이 떠난다. 그는 벌써 몇 년째 이 브랜드의 전속 모델인 진이었다.

"잘난 척하긴. 하긴 그게 당신 매력이겠지."

그 오만함은 자기가 갖고 있는 것에 비례하는 것이다. 특별히 집착할 필요 따위 없다는 듯, 모든 것을 가진 자 특유의 방종. 누군 잠시라도 더 받고 싶어 하는 스포트라이트를 그는 늘 저렇듯 아무렇지 않게 버릴 수 있었다.

윤서가 입술을 질끈 깨물었다.

'난 할 수 없는 것. 아무리 노력해도 뛰어넘을 수 없는 것. 바로 타고난 차이. 그걸 내 것으로 하기 위해서라도 저 남자를 차지하고야 말겠어.'

포토존에 선 윤서는 자신이 지을 수 있는 가장 아름다운 미소를 입가에 담았다.

'당신이 필요해. 누구보다 내 허영을 채워 줄 수 있는 확실한 남자. 아니, 유일한 남자.'

윤서는 반짝이는 미소를 뿌리며 자리를 옮겼다. 온통 블랙에 휘어 감겨선, 귀찮은 얼굴로 무료하게 VVIP석에 앉아 있는 진을 노리며.

✳✳✳

해나와 선미는 손님이 뜸한 사이 늦은 저녁을 먹기 위해 준비하고 있었다. 메뉴는 콩나물 덮밥. 주방에서 양념을 준비하던 해나는 갑작스러운 소음에 홀 쪽으로 고개를 돌렸다.

한쪽에 덩그러니 차지하고만 있었지 전혀 안 틀었던 TV를 선미가 켰다. 까만 화면에 순간 역동적인 화면이 펼쳐지자 해나는 잠깐 움찔했다. 선미가 입을 헤 벌린 채 리모컨으로 채널을 획획 넘기다가 투덜거렸다.

"에잇! 볼 게 없네. 연예가 뉴스 나올 시간 안 됐지?"

"내가 어떻게 알아? 그것보다 콩나물이나 제대로 다듬어. 지금 머리 다 떼 내고 있잖아."

"아니거든? 제대로 다듬고 있거든? 아봐, 오늘 울 오빠 이벤트 행사장 참여했다는데 재깍재깍 안 보여 주고 뭐하는 거야? 너 G 브랜드 알지? 그 브랜드가 또 울 오빠 엄청 사랑하거든. 아…… 맞다. 이제 네 오빠지 참."

해나의 손이 삐끗했다.

"그, 그런 소리 하지 마."

"뭐가 어때서? 맞는 말인데."

"선미야, 근데 나 하나 물어볼 거 있는데."

"뭔데? 빨랑 물어."

"음, 계속 그 사람이 좋아?"

선미가 바로 콩나물을 확 팽개치고 해나를 쭉 째려보았다.

"뭐야, 이 개소린? 그럼 싫어? 가만, 이거 뭐야? 독점욕? 투기?"

"무, 무슨 소리야? 연예인을 직접 보면 환상이 깨지거나 그렇지 않을까 싶어서 물어본 거야. 하하⋯⋯."

"그게 뭐? 난 상관없이 그냥 좋은데? 드라마를 직접 보는 느낌이랄까? 주인공은 너랑 진 오빠. 잘하면 나도 출연할 수 있고. 큭큭."

해나가 고개를 설레설레 저었다. 혼자 진지했던 자신을 잠시 반성했다.

"앗! 오빠다!"

순간 해나가 선미의 외침을 따라 시선을 돌렸다. 화면에 진의 광고가 나오고 있었다. 그건 바로 선미가 언젠가 보여 주었던 그 청바지 화보 영상이었다. 상반신을 노출한 채 찍은 것. 그때였다. 해나의 눈동자가 멈춘 건. 싸늘하게 식어 가는 그녀의 눈빛.

"아⋯⋯ 네 오빠 진짜 치명적이다, 그치? 메이크업 안 할 때도 멋지지만 약간만 스모키로 터치해 주면 진짜⋯⋯. 아, 치명적이야! 잠식당하고 싶어!"

선미가 콩나물 대가리를 이젠 아예 똑똑 분지르며 환장했다.

"근데 하필이면 상대가 왜 저 계집애야? 재수 없게. 뚝 떨어져라, 이 요물!"

속속 지나가는 광고 특유의 속도감. 브랜드의 섹시한 이미지 탓에 수위가 높은 장면들이 이어졌다. 상의를 탈의한 채 청바지만 걸친 진, 그리고 브래지어만 한 상태로 미끈한 스키니 진을 착용하고 있는 한 여자.

구릿빛으로 적당히 태운 건강하고 섹시한 몸, 흐르듯 관능적인 엉덩이의 선, 드러날 듯 말 듯 아슬아슬한 골반, 탄탄한 가슴과 야윈 쇄골, 쏙 들어간 허리, 구불구불한 긴 머리카락이 허리 아래까지 늘어져 있다.

펼쳐지는 세련된 영상들, 곧 두 사람이 상체를 완전 밀착하고서 화면을 쳐다보았다. 브랜드의 전속 모델인 두 남녀. 진, 그리고…….

"하여튼 난 저년 뜬 거 이해가 안 간다니까? 얼굴도 완전 다 뜯어고쳤는데 쟤가 어떻게 최고 미인이야? 왕 짜증! 가식 덩어리. 그치, 해나야?"

신경질을 내며 해나를 돌아보았던 선미가 고개를 갸웃했다.

"너 왜 그래?"

안 그래도 이상하게 조용하다 싶더라니, 해나가 화면에 시선을 고정한 채 부르르 떨고 있었다. 분노와 슬픔이 온통 뒤섞인 눈동자가 화면에 못 박힌 채 움직일 줄 몰랐다.

"노윤서……."

아무리 TV를 안 보더라도 윤서가 최고의 여배우가 된 것 정도는 알고 있었다. 거리의 전광판이나 지하철의 광고, 우연히 들른 가게에 틀어져 있는 TV 영상, 보고 싶지 않아도 볼 수밖에 없었다. 그녀의 아픈 기억의 원인, 그 모든 고통의 시작이었던 애. 그런데 하필이면 진과 함께라니.

"야아…… 왜 그러냐니까? 에이, 설마 질투하는 거야? 야, 비즈

니스 한두 번 보냐? 그렇게 투기를 부려서야……."

"쟤였어, 선미야."

"응? 뭐가?"

해나의 눈시울이 붉어졌다.

"내 소문 낸 사람, 윤서였다고."

✽✻✽

"리슬링입니다. 메를로와 까베르네 소비뇽이 블랜딩 된 와인이 아주 훌륭하네요. 히히!"

와인, 칵테일, 탄산음료와 핑거 푸드가 고급스럽게 세팅된 행사장 한쪽에서 동현이 히죽거리며 말했다. 진이 물끄러미 동현을 보다가 간단하게 바로잡아 주었다.

"그거 칵테일이야."

"컥!"

조금 전에 두 셀럽들이 나누는 대화를 듣고서 용쓰며 외웠는데, 가장 중요한 병 모양을 놓쳤다.

"가자."

"벌써요?"

"어머, 벌써 가세요?"

그때 상냥한 여자의 목소리가 끼어들어서 보니 윤서였다. 진의 옆으로 온 윤서가 레몬차를 한 잔 들었다.

"진이 가면 다들 서운해할 걸요?"

"무슨 상관?"

"대표님한테 들었는데, 해나랑 잘 아신다면서요?"

무심하게 윤서를 지나치던 진의 걸음이 우뚝 멈췄다.

"뭐?"

윤서를 바라보는 진의 눈빛이 더없이 사나웠다.

어머, 무서워라.

"해나랑 저, 친구거든요. 정확히 말하면 연습생 동기죠. 정말이지, 어렸을 때 만나서 그런지 서로 비밀도 없고 허물없이 지냈었는데. 서로 처지가 달라지다 보니 자연스럽게 멀어지게 되더라고요."

"그래서?"

"그냥 오랜만에 들은 이름이라 반가웠을 뿐이에요. 진 씨는 해나랑 어떻게 아는 사이예요? 난 도 대표님한테 스치듯 듣기만 해서."

진은 아무 말도 하지 않았다. 말을 아끼는 건지 뭔지. 더럽게 비싸게 굴긴.

"아무튼 친구로서 말하는 건데, 우리 해나 잘 부탁해요."

피식.

"그래? 별로 둘이 함께 있는 장면이 잘 그려지진 않는데."

해나는 연예계에 연관되고 싶지 않아 했다. 그런 그녀가 노윤서 같은 친구가 있을 리 없었다. 혹 친구가 맞는다 하더라도 좋은 관계일 것 같진 않았다. 이건 그냥 직감이었다.

윤서의 눈썹이 위로 올라갔다.

"칭찬으론 안 들리는군요."

"잘 아네. 칭찬 아니야."

윤서의 얼굴이 부글부글 끓었다.

"사람 호의를 그렇게 무시하는 거 아니죠. 해나가 들었다면 기분

상했을 거예요."

"과연 그럴까? 내가 보기엔 안 그럴 거 같은데. 해나는 내가 가장 잘 알거든."

"어머, 그런 말을 나한테 함부로 해도 돼요? 날 믿나 보군요."

오싹할 정도로 표정 없는 눈. 하지만 나온 말은 전혀 진답지 않은 따뜻한 것이었다. 윤서는 속이 뒤틀리는 걸 티 내지 않기 위해 엄청난 노력을 해야 했다. 이 계집애는 늘 이렇게 자신의 앞길을 막는다.

"글쎄, 어떨까?"

"아무튼 다행이네요. 이렇게 편들어 주는 사람이 해나 옆에 있어서."

"슬슬 지루해지는데 가도 되지?"

"참 안타까운 애거든요. 덕분에 저도, 도 대표님도 마음고생 좀 했었죠. 하긴, 그래서 도 대표님이 해나한테 청혼했을 땐 제가 더 기뻤는지도 몰라요. 도 대표님 정도라면 해나를 행복하게 해 줄 수 있지 않겠어요?"

일순 진의 눈빛이 흔들리는 걸 유유히 넘긴 윤서가 입가를 잔으로 가렸다. 그렇게 통쾌할 수가 없었다. 덕분에 더없이 기분 좋게 샴페인을 마신 윤서가 잔을 내려놓았다.

"레몬 향이 좋네요. 다음에 또 보죠."

＊＊＊

해나는 홀로 걸어오고 있었다. 가게 문은 벌써 닫았지만 지금껏 선미와 함께 있느라 평상시보다 더 늦었다.

몇 분 전까지, 해나는 선미와 가게 홀에 앉아 있었다. 두 사람 사이에 놓여 있는 것은 작은 녹음기였다. 그 안에 녹음되어 있는 내용을 듣고서 선미는 충격에 넋을 놓았다.

"독한 년, 이걸 지금에야 말해? 어떻게 이 큰 얘길 감쪽같이 숨길 수 있어?"

선미는 코끝이 빨개져선 해나를 다그쳤다.

"너 진짜 날 친구로 생각하긴 하는 거야? 진 오빠 일은 그렇다고 쳐. 하지만 이건 다르잖아. 내가 너한테 친구이긴 했어? 아님 어떻게 이런 큰일을 몇 년 동안이나 숨길 수 있어? 진짜 꼴 보기도 싫은 년! 못된 년!"

모진 말을 쏟아 내던 선미가 결국 해나를 끌어안았다.

"엉엉. 이 나쁜 년아!"

"미안해."

"몰라. 사과하지도 마! 안 받아 줄 거야. 엉엉!"

"미안해."

그렇게 둘이 끌어안고 한참을 운 것 같다. 돌아오면서 길에 주차된 차의 사이드 미러에 얼굴을 비춰 보니 눈이고 얼굴이고 퉁퉁 부어 꼭 복어 같았다.

늘 머릿속 한곳을 차지하고 있던 이름, 지긋지긋한 그 이름. 그 애가 어떻게 살건 자신의 앞에만 나타나지 않길 바랐다.

"후우."

노윤서, 대체 너와 난 무슨 악연인 걸까?

대문 앞까지 다다르자, 그때 근처에 세워져 있던 차에서 헤드라이트가 쏟아졌다. 해나는 갑자기 쏟아진 빛을 막으려 한 손을 들어 눈을 가렸다. 차 문이 달칵 열리며 누군가가 안에서 내렸다.

혹시 하는 마음. 하지만 그는 강우였다. 뭔가, 이젠 화도 안 나고 오히려 힘없는 웃음만 나오는 해나였다.

"이제 오니?"

"어떻게 왔는지 물어볼 마음도 안 생기네요. 사람 뒤나 캐는 게 기획사 대표가 할 짓인가요?"

"그러게. 내가 흥신소가 된 기분이긴 하다."

그가 천천히 해나 쪽으로 다가왔다.

"잘 지내고 있었니?"

"안 볼 동안에는 잘 지냈는데, 그렇게 못 될까 봐 이제 또 초조해지네요."

"미안하다. 할 말이 있었어."

"가 주세요. 들어가 봐야 해요."

"차 한잔도 안 주는 거니?"

"네."

해나가 그를 지나쳐 가려고 했다.

"진이 도대체 너한테 뭐니?"

해나가 멈칫했다. 강우는 고개를 숙인 채 구두 끝을 보고 있다가 시선을 들었다.

"진도 알아. 내가 너 찾아간 거. 만난 거."

해나의 눈이 커졌다. 그 표정을 보고 강우가 웃었다.

"역시 모르고 있었던 얼굴이구나. 진이 그런 말 안 하지?"

"네, 안 했어요."

어쩌면 갑자기 자신이 차가워졌을 때, 그는 짐작했을지도 모르겠다. 강우와 자신이 관계가 되어 있다고. 하지만 그는 아무 말도 하지 않았었다. 어떤 추궁도, 의심도……. 오로지 그녀의 감정에만 집중해 주었었다.

"왜 말 안 했을까?"

"그게 그 사람이니까요."

"그래. 진은 그런 녀석이야. 무심하지. 무심한 건 무서움과 통해. 녀석의 감정은 늘 그렇게 어떤 일에도 관심 없이 고요하기만 해. 넌 결국 그런 녀석의 성격에 지칠 거다. 그 녀석이 네게 어떤 약속의 말을 했건, 그 녀석의 감정을 믿지 마. 그건 그저 달콤한 유혹일 뿐, 결국 상처받을 사람은 너야."

제발 이 말에 흔들려 주기를 바랐다.

"비겁한 거 아세요? 사람 뒤에서, 그런 말 하는 게 사장님은 옳다고 생각하세요?"

"사실을 사실대로 말한 것뿐이야."

"아뇨. 그 사람은 원래 그런 거 말 안 하는 사람이에요. 저보다 그 사람을 모르시네요."

둘을 떨어뜨리기 위해 진의 성격을 이용하고자 했다. 하지만 강우는 결국 부끄러워지고 말았다. 그렇게 말하는 해나의 표정에 아주 깊은 신뢰가 담겨 있었기 때문에. 누구보다 진을 잘 알고 있다는 듯.

두 사람은 결국 흔들리지 않았고 여전히 하나로 묶여 있었다. 오로지 자신만 유치한 방해 작전으로 스스로 망가지고 있을 뿐이었다.

"그렇게 진에 대해 잘 아니? 진을 믿을 수 있어? 이 세상 모든 여자들의 유혹을 받는 녀석이야. 그런 녀석이 하는 말을, 모든 걸 갖고 있는 그 녀석이, 절실함이란 것도 모르고, 필요란 것도 모르는 녀석이 순간적으로 꺼내 놓은 감정을 무작정 믿을 수 있냐고!"

해나의 표정이 어두워졌다. 왜 그와 이런 말을 하고 있어야 하는 걸까.

그때 지나가던 사람이 그녀의 어깨를 툭 치고 가는 바람에 해나의 몸이 강우 쪽으로 확 밀쳐졌다. 강우가 얼른 해나의 어깨를 잡아 주며 남자를 돌아보았다.

"저 사람이."

사과도 안 하고 가는 남자에게 화가 났다. 뚜벅뚜벅 걸어가는 그 뒷모습이 뭔가 걸리긴 했지만 강우는 그냥 넘어갔다. 해나가 천천히 그의 손을 밀어냈다.

"진에게 말한 건, 그래, 내가 성급했던 것 같다. 어떻게든 널 도와주고 싶었어. 그래서 경솔한 짓을 저질렀다. 진을 먼저 떨어뜨려 놓아야 한단 생각에……."

"사장님은 여전히 그대로시네요. 모든 걸 자기 손으로 조종해야 편하시죠? 하지만 전 이제 사장님 밑에 있는 연습생도 아니고, 연예인 지망생도 아니에요. 그냥 평범한 보통 사람이라구요. 평범하게 살아가게 해 주세요."

"해나야, 네가 얼마나 밝았었는지 넌 모르지? 지금의 네가 얼마나 그때와 다른지 모르겠니? 난 그때의 널 찾아 주고 싶을 뿐이야."

"거절할게요."

"꼴사납지만!"

지나치려는 해나의 팔을 강우가 틀어잡았다.

"난 아직도 널 소중하게 생각해. 누구보다도……."

해나가 강우를 돌아보았다.

담담한 시선.

"저 얼마 전까지 TV도 못 봤어요. TV는커녕 인터넷도 못 했죠. 내 일이 아닌데도 쏟아지는 댓글들이 무서워서. 무심코 클릭하게 될까 봐. 그래서 그 잔인한 말들을 봐 버릴까 봐. 근데 저 이제 조금씩 TV도 보고 라디오도 들어요. 인터넷도 하고 있구요. 그렇게 하게 해 준 사람이 누구일 거 같아요?"

"말하지 마. 듣고 싶지 않아."

"그 사람이에요. 사장님이, 아니에요."

강우의 눈빛이 흐려졌다.

그날 전화했을 때 진은 다른 말을 하지 않았었다.

'사랑한다.'

단 한 마디. 그 말로 모든 걸 전해 주었다.

사람이 어떻게 그럴 수 있을까? 불가능하단 고정관념을 그는 아무렇지 않게 깨 버린다. 그래서 해나도 그에게 서운하게 만들어 미안하단 말도, 냉정하게 한 걸 용서하란 말도 하지 않았다. 할 필요가 없었다. 그건 그녀에게 엄청난 위안과 용기를 주었기 때문이다.

그게 그의 방식.

그는 그런 사람.

너무도 갖고 싶은 사람.

"저도 빼앗기고 싶지 않은 사람 하나 정돈 있어요. 모두가 허락하지 않아도 내 마음이 허락한다면, 그 사람을 가지고 싶어요."

이제 자신이 전해 줄 차례. 비록 그가 직접 듣지 않더라도 자신이 진심을 다할 차례.

"넌 너무 위험한 길을 가고 있어. 진은 너한테 반드시 상처가 될 거야. 너도 진에게 마찬가지고."

뭔가가 어렴풋이 달라진 걸 강우는 느끼고 있었다. 그녀의 눈동자. 뭐라고 콕 집어 말할 순 없었지만, 예전과는 확연히 다른 그녀의 눈빛.

"전 그 사람이 옆에 없어도 세상에 나설 수 없는 존재고 그 사람이 옆에 있어도 마찬가지라면, 저 때문에 그 사람이 피해 입는 거 모르는 척할래요."

그저 맑기만 했던 그녀의 눈동자. 연약하고 상처받기 쉽고 안쓰럽기만 하던 어린 눈동자가 지금 서서히 변해 가고 있었다. 성숙한 빛으로.

"뻔뻔하게, 이기적으로 살래요. 뭘 해도 똑같은 결과라면, 내 존재로 그 사람을 다치게 하는 걸 피할 수 없다면…… 그냥 내가 좀 더 괴롭고 죽도록 아플래요."

그저 무섭고 두려워서 피하기만 했던 소녀, 겁나서 도망가 버렸던 소녀. 그래서 스스로를 망쳤던 아이. 그 어떤 것도 감당할 용기가 없었던 툭 치면 쓰러질 것 같았던 존재. 그 소녀가 어느덧 완연한 여자가 되어 있었다.

한 번도 본 적 없는 서늘하고 강한 눈빛으로.

"얼굴이 다시 노출되고 공격받아 몇 번이고 욕을 먹는다 해도 기꺼이 바닥을 구를래요."

뒷좌석엔 해나와 선미, 앞자리에서 운전하는 사람은 동현.

뭔가 멤버 구성이 독특했다. 세 사람은 현재 두 시간째 고속도로를 달리고 있었다.

"괜찮으세요? 앞으로 30분만 더 가면 되니까 조금만 참으세요."

"괜찮아요. 저흰 신경 쓰지 마시고 편하게 운전하세요."

"편하게 운전하세요오, 매니저님."

선미가 해나의 말을 따라 하며 오버스럽게 머리를 조아렸다. 해나가 풋 웃고 동현도 허허 웃었다.

갑자기 동현에게서 연락이 온 건 어젯밤이었다. 진이 지방 촬영이나 공연이 있을 때 이용하는 별장으로 해나를 초대했다. 괜찮다면 친구도 함께 오라고 했다는 말을 하자마자.

"절대로 갈 거야!"

선미가 으름장을 놓았다.

"이 계집애야! 너 사심 채웠으면 내 사심도 좀 채워 줘라! 이런 기회가 아니면 언제 또 실물을 눈앞에서 보겠어? 아, 그날 잠깐 본 건데 이렇게 날 기억해 주시다니, 은혜로워라. 절대로 가겠다고 전해라!"

그렇게 해서 지금 이렇게 다소 수상한 조합이 만들어진 것이었다.

긴장된다.

해나는 애써 평온을 가장하며 창밖을 바라보았다. 선미가 해나에게 작은 소리로 물었다.

"괜찮아?"

"응? 아…… 그냥 좀……."

"아, 누가 얼굴 붉히래? 그거 말고 노윤…… 그녀……언 일 말이야."

"괜찮아. 걱정 끼쳐서 미안."

해나가 아무렇지 않은 듯 웃었다.

물론 아직도 윤서가 트라우마인 건 부정할 수 없었지만, 지나간 건 지나간 일. 그것과 진을 연결시키기 않기로 했다. 이 만남을 지키겠다고 각오했으니까. 각오는 믿음으로써만 지켜질 수 있다.

두 사람 사이에 열애설이 있었던 것도 선미를 통해 들었다.

"당근 그 또라이 계집애가 자작나무 막 태운 거지. 아무도 안 믿었어."

선미의 말처럼 열애설은 결국 근거 없는 가십이라 판명 났고, 해나도 그걸 믿었다.

그날 강우를 만난 건 어찌 보면 다행이었다. 그 덕분에 자신의 마음을 온전히 솔직하게 들여다볼 수 있었으니까.

"정말로 이제 괜찮아."

"그럼 진작 말해 주지! 괜히 눈치 봤잖아! 오빠도 보고, 놀러도 가고 얼마나 신났는데 티도 못 내서 얼마나 고생했는데!"

정신없이 비비크림을 두드려 가며, 립밤을 바르며 난리를 치는 절친.

"이제부터 막 티 팍팍 나게 좋아해야지! 완전 두근두근!"

그야말로 신나서 콧노래를 부르는 선미였다. 하지만 해나도 다르지 않았다.

얼른 보고 싶다.

"근데요 매니저님, 저 완전 예전부터 오빠 팬이었는데 혹시 오빠가 저 알지 않나요?"

"아! 당연히 아시죠."

"헉! 그냥 찔러 본 건데. 진짜요?"

"네, 처음에 해나 씨 모셔 오라고 하셨을 때 해나 씨 친구분 먼저 거론하시면서 옆에 있는 사람 잡아 오라고 하셨던 게 기억나네요."

잡아 오라던 당사자였던 해나가 움찔했다. 다시 생각해 보니 참, 미숙한 납치였다. 그래도 당하는 사람은 꽤 놀랐었지만.

"와…… 대박. 가만있어 봐. 그러니까 정말 절 알고 있었단 거네요? 다이렉트로 이해나가 아니라, 내 옆에 있는 이해나를 잡아 와라, 그랬단 거죠?"

"그럼요. 당연히 알죠. 저도 알고 있었는데."

갸웃.

"어떻게요?"

"그야 당연히 폭탄머리…… 눈에 띄는 외모를 가진 팬을 어떻게 몰라보겠습니까?"

"어머어머! 어머어머어머머!"

"그리고 혼인신고서 보내셨잖아요. 그게 결정적이었죠."

"헉! 그, 그게 정말 도착했어요? 와, 안 볼 줄 알고 보냈는데."

혼인신고서까지 보냈었구나, 이 주책바가지가.

해나가 한숨을 흘렸다.

"왜요? 한동안 미저리 출현했다고 사무실 전체가 벌벌 떨었는데. 납치하는 건 아닌가. 집에 몰래 들어와 있으면 어쩌나. 경호 강화하고 완전 장난 아니었죠. 진짜 공포의 5월이었죠, 그때가. 하하하!"

"아……. 하하……. 그랬었구나."

젠장…….

어째 분위기가…….

선미가 감정 상해 입을 꾹 다물고, 해나는 고개를 설레설레 저었다.

"갑자기 왜 조용해졌지? 이상하네."

오로지 동현만 분위기를 파악 못 했다. 덕분에 도착할 때까지 분위기는 매우 수상쩍었다.

아무튼 조용한 분위기 속에서 세 사람은 진의 별장에 도착했다.

차에서 내리니 그곳은 동현이 미리 귀띔해 준 것처럼 외딴 곳에 뚝 떨어진 별장이었다. 외관은 흰색으로 매우 예쁘고, 뒤론 자작나무 숲이 끝없이 펼쳐져 있었다. 그 때문인가, 묘하게 신비하고 몽환적인 느낌이었다.

하얀 니트에 스커트, 검은 패도라를 쓴 해나는 운동화로 잔디를 밟아 보았다. 갈색이 군데군데 있었지만 아직까지 폭신폭신하게 잘 견뎌 주고 있는 녹색 풀이 마음까지 맑게 해 주는 것 같았다.

"공기 참 맑다. 그치, 해나야?"

"응. 조용하고 좋아."

언제 다운 됐었냐는 듯 블루종에 청바지 차림의 선미도 신나서 싱글벙글했다.

"엇! 차 있다!"

선미의 손가락 끝이 가리키는 방향에 고급 스포츠카가 한 대 세워져 있었다.

"울 오빠 먼저 와 있나 봐! 보러 가자!"

방방 뛰며 해나의 손목을 잡고 안으로 뛰어들려는 찰나, 동현이 선미의 팔을 슬쩍 잡아당겼다.

"친구분은 저랑 장 보러 가셔야 하는데."

"에? 난 싫은데?"

"그럼 그 무거운 걸 저 혼자 들고 오라고요?"

"그럼 저도 같이 갈게요."

"아니요! 친구분만 있으면 돼요. 얼른 가요. 빨리요!"

얼렁뚱땅 동현이 선미를 끌고 갔다.

"NO!"

선미가 몸부림치며 외쳤지만 두 사람이 탄 차는 어느새 사라진 후였다. 해나는 도무지 경황이 없어 우왕좌왕하다가 한숨을 폭 내쉬었다. 어쩐지 동현의 의도가 눈에 빤히 보였다.

"그렇게 티 다 내면서 가 버리면 난 긴장돼서 어쩌라구요."

해나가 천천히 별장을 돌아보았다.

쏴아!

기분 좋은 바람이 해나의 머리카락을 흩트리며 지나갔다.

두근두근.

바람이 흩트린 건 머리카락만이 아니었다. 심장도 기분 좋게 뛰었다. 이제 그를 만날 수 있다.

열려진 문을 지나 천천히 안으로 들어섰다. 다행히 오래 찾지 않아도 되었다. 뒤쪽으로 난 테라스에서 그가 고요하게 잠들어 있었다. 흔들의자에 몸을 푹 파묻은 채, 읽던 책은 바닥에 툭 떨어져 있고, 피곤한 듯 한쪽 팔이 옆으로 길게 늘어뜨려져 있었다.

다가간 해나가 떨어진 책을 주워 하얀 철제 테이블 위에 올려놓았다.

"많이 피곤했나 보다."

그녀가 아주 낮은 소리로 말했다.

"나 왔어요."

혼자서 하는 말.

살랑살랑 부는 바람. 나부끼는 새하얀 커튼. 눈부시도록 하얀 셔츠, 하얀 그의 얼굴.

해나는 그의 옆에 무릎을 꿇고 앉아 의자를 살짝 잡은 채 그의 얼굴을 바라보았다. 그러다 천천히 손을 옮겨 너무도 부드러워 보이는 그의 머리카락을 조심스레 쓸었다. 그 순간 진이 천천히 눈을 떴다. 아직 졸음이 묻은 진회색의 눈동자.

그 눈동자에 해나의 얼굴이 비쳤다.

"이해나……."

두근!

"보고 싶었어."

해나가 엷게 웃었다. 진이 그런 해나의 팔을 끌어당기곤 말했다.

"모자, 잘 어울린다."

해나는 쑥스러워 자신의 모자를 양손으로 살짝 눌렀다. 나름 멋을 부린 거였다. 이것저것 걸쳐 보고 입어 보고 그중 가장 마음에 드는 차림으로 나왔다. 데이트라곤 난생처음이라서, 어젯밤부터 내

내 긴장했었다. 한숨도 못 자고서 밤새 뒤척이다가 겨우 한두 시간이나 잤나 싶다.

그때 진의 손가락이 해나의 뺨을 쓸면서.

"기억…… 났구나."

낮게 읊조렸다. 해나가 고개를 끄덕였다.

"다행이다."

"미안해요. 너무 늦게 기억해 내서."

"상관없어. 계속 기억 못 했어도 난 괜찮아. 내가 기억하고 있으니까."

"그날, 내 목소리 들렸어요?"

"응."

"어떻게?"

"글쎄. 사랑하면 알게 되고, 알면 보인다잖아."

해나의 가슴이 찌르르 울렸다.

"칭찬 정돈 해 줘."

"고마워요."

"말로 말고, 입술로."

그대로 해나의 뒷머리를 살짝 끌어당기며 입술을 포개려는 순간, 해나가 손가락으로 그의 입술을 꾹 눌렀다.

"아무 때나 색기 좀 흘리지 마요. 유혹하지도 말고."

순간 진이 그야말로 빵 터졌다.

"하하!"

그가 저렇게 크게 웃는 건 정말이지 처음 본 것 같았다.

"뭐가 그렇게 웃겨요?"

"내가 색기를 흘린다니까."

"몰랐어요? 유명한데."

그가 낮게 웃었다. 하지만 이상하게 그 미소 끝이 씁쓸하다고 느껴진 건 자신만의 착각일까? 그렇게 크게 웃는 모습을 보여 주었는데도, 알 수 없는 서늘함이 긴 눈매 안에 스며들어 있는 것 같다.

바스락.

그때 해나가 어깨에 메고 있던 작은 가방 안에서 포장한 걸 꺼냈다. 리본을 풀고 투명한 비닐을 벗기자 한입에 먹을 수 있는 작은 레몬 타르트가 나왔다.

"맛있겠죠? 만들어 왔어요."

"음. 달 거 같아."

"달아요."

"난 다른 단 거."

그리고 또 호시탐탐 입술을 빼앗을 기회를 노리는 색기 가득한 진의 입 속으로 해나가 타르트를 쏙 넣어 주었다. 그가 피식 웃었다. 타르트 조각을 혀끝으로 살짝 녹이며.

"상큼하다."

"고마워요. 그리고 미안해요. 계속 속상하게 해서……."

단지 그 두 단어로 설명하기엔 부족하지만.

"그 얘긴 더 이상 필요 없어. 네가 와 준 걸로 다 설명됐어."

해나는 가슴이 시큰했다.

사과라고 하긴 뭐하지만, 해나는 살짝 몸을 세워, 쪽! 그의 입술에 가볍게 입을 맞췄다. 진이 놀란 듯 멈칫했다.

"내 마음이에요."

"……너무 박해."

"안 박해요."

"맛있는 건 같이 먹어야지."

진이 조용히 그녀를 끌어당겨선, 말없이 한참을 물끄러미 바라보다가 감미롭게 입술을 겹쳤다. 미세한 움직임까지 느껴지는 조심스럽고도 부드러운 키스에 해나의 눈이 서서히 감겼다. 가만히 눈을 감고서, 자신의 입술 위에서 느껴지는 그의 입술의 부드러움을 느꼈다. 그러다 점점 깊어지자 해나는 그의 목을 끌어안았다. 적극적으로 그의 뜨거움을 받아들였다.

머릿속에서 떠도는 나쁜 생각들. 윤서의 옆에 있는 진. 진의 옆에 있는 윤서. 그 순간 들었던 건 윤서에 대한 아주 커다란 두려움. 그리고 그만큼이나 강렬했던 질투심.

이건 어쩌면 소유욕일까? 몸이 타는 듯 반응했었다. 노윤서의 옆에서 이 남자를 떨어뜨리고 싶어. 이 사람 옆에 있지 마. 쳐다보지 마. 조금이라도 만지지 마.

톡 쏘는 레몬 타르트처럼 자신은 지금 이 남자를 유혹하고 있다. 타오르는 질투심과 강렬한 소유욕으로 이 남자를 탐내고 있다.

갖고 싶어, 나만이.

누구한테도 주고 싶지 않아.

'선미야, 믿어져? 이렇게 커다란 욕망 덩어리가 내 안에 있더라.'

보기만 해도 강렬한 신맛이 나 입 안에 침이 저절로 고이게 만드는 레몬처럼, 이 남자를 아주 강렬하게 자극시키고 싶다.

✳✳✳

장보러 갔던 선미와 동현이 돌아오자 바비큐 파티가 시작되었다.

시원하게 펼쳐진 자작나무 숲 앞에 테이블을 펼치고서 하얀 천을 덮어 접시를 세팅했다. 한쪽에선 동현이 고기와 야채를 구우며 선미와 티격태격했다. 덕분에 진과 해나만 둘이 덩그러니 테이블 앞에…….

선미에게 이쪽으로 오라고 해도 펄쩍 뛰며 숯불 옆에서 떨어지질 않았다. 그럼에도 얼굴을 붉히는 건 진과 마주하기 힘들어서이리라.

"내 앞에 진 오빠가 있어."

그렇게 신나서 오더니 진이 막상 눈앞에 있자 선미는 쉽게 다가오지 못하고 오히려 동현의 옆에 딱 붙어 있었다. 함께 장을 보러 다녀온 후 두 사람은 부쩍 친해진 티가 났다. 어쩐지 보기 좋아 둘을 보고 있다가 고개를 돌리면 늘 진의 시선이 거기에 있었다.

음영 진 그 깊은 눈동자.

또다.

웃고 있는 것 같지만 오늘의 그는 어딘가 좀 가라앉아 보였다. 워낙 말이 없는 사람이긴 했지만 오늘따라 말수도 더 적었다. 아까 둘만 있을 때 느꼈던 그 알 수 없는 서늘함이 생각나서 더욱 신경 쓰였다.

그때 선미가 동현의 뒤에 숨다시피 한 채로 말했다.

"우리 삼행시 짓기 놀이 할래요?"

"유치하게 삼행시는. 우리 형님은 그런 거 안 하십니다."

"삼행시가 뭐가 유치해요? 머리를 얼마나 써야 하는데?"

"아, 우리 형님한테 모양 빠지는 거 시키지 말라니까요?"

두 사람 때문에 해나는 웃음을 터뜨리고 말았다.

바람이 살랑살랑 불고, 주변은 금세 어둑해졌다. 정원에 군데군데 밝혀진 조명 덕에 어둡진 않았다. 오랜만에 갖는 여유로운 시간.

미소 짓던 해나가 진을 바라본 순간 입가에 다시 미소가 지어졌다. 생각에 빠진 채 불길을 바라보는 그. 해나의 시선도 의식하지 못한 채 다른 곳에 있는 것 같은 사람. 불길이 그의 얼굴 위에서 일렁거렸다.

곧 그가 천천히 일어나더니 아무 말 없이 안으로 들어갔다.

"거봐요! 삼행시 짓는다니까 열 받아서 들어가잖아요!"

"뭐가 열 받아서 들어가요? 댁 때문에 짜증 나서 그러지!"

"내가 뭐? 내가 뭘요?"

"고기를 이따위로 구우니까 먹을 맛이 나나? 새까맣네. 아주 새까매!"

"우리 형님이 댁인 줄 알아요? 이딴 거에 집착하게?"

"지금 말 다 했어요? 고기도 이따위로밖에 못 굽는 주제에?"

"저기…… 나 좀 들어가 볼게, 선미야."

"내 고기가 뭐가 어때서! 볼이 미어터지게 먹던 게 누군데?"

"뭐가 어쩌고 어째요?"

"후우……. 듣지도 않는구나."

해나는 고개를 설레설레 젓곤 가만히 일어나서 안으로 향했다. 그녀가 사라지자 그제야 동현과 선미가 동작을 딱 멈추고 별장 쪽을 살폈다.

"들어갔죠?"

"응응!"

"우린 빠져 줘야 해요. 얼마나 같이 있고 싶겠어요? 몇 주 만에 보는 건데."

"응응! 당연하죠! 나도 눈치는 있다구요."

"한국 돌아오자마자 아주 진지한 얼굴로, 놀러갈 스케줄부터 빼는 형님을 보고 아, 이 사람도 남자였구나 싶은 게. 사람들 눈에, 시간 압박에 하긴 데이트다운 데이트를 할 수가 있나."

"보고 싶어도 자유롭게 찾아가지도 못하고."

"누가 아니래요."

"근데 그럼 우린 뭐 해요?"

"그러게요? 뭐 할까요?"

"하긴 뭘 해요? 내가 왜 댁이랑 뭘 할지 생각해야 하는데?"

"허 참! 누군 뭐 좋은 줄 아나?"

"안 좋으면 어쩔 건데요? 놀아 달라고 사정사정해도 모자랄 판에 튕기기는."

"해나 씨 친구분! 자꾸 사람 띄엄띄엄 보는데 내가 이래 봬도 김태히랑!"

"헉! 뭐요? 뭐요? 무슨 사인데요?"

"아는 사이죠."

"지랄……."

✶✷✶

"하아. 왜 이렇게 빨갛지?"

겨우 맥주 한 잔 홀짝거렸는데 얼굴이 홍당무였다. 해나는 욕실에서 거울에 비친 얼굴을 바라보다가 열을 식히기 위해 가볍게 씻고서 밖으로 나갔다.

진은 아까 그 테라스에 홀로 앉아 있었다. 여전히 생각이 많은 사람처럼 눈은 먼 데를 바라보고 있다. 해나가 다가가자 진이 갑작스러운 인기척에 고개를 돌렸다.

"무슨 생각해요?"

"아무것도."

"……"

"그냥, 둘만 있고 싶었어."

그가 일어났다. 해나를 끌어안고 커튼을 확 쳤다. 안에선 잘 안 보이는 구석으로 그녀를 몰아세운 채 갑자기 키스했다.

알 수 없는 새소리가, 바람에 나뭇가지가 쓸리는 소리가 들렸다.

농밀한 키스. 그의 입술이 해나의 턱을 타고 내려가 쇄골까지 닿았다. 마치 화가 난 사람처럼, 초초하게 느껴지는 그의 행동에 해나도 함께 초조해졌다. 목에서 뜨거운 입김이 느껴졌다. 어느새 니트 안으로 들어온 손이 가슴으로 올라오는 순간.

"아! 잠깐만요."

해나가 자신도 모르게 그의 손을 잡으며 낮은 소리를 내자 진이 그제야 멈추었다.

"미안해."

밖의 어둠보다 더 깊은 그의 눈동자. 그리고 눈물이 날 정도로 다정하게 그녀를 안아 주었다. 머리를 쓰다듬어 주고, 등을 토닥토닥 다독여 준다.

'진도 알아. 내가 너 찾아간 거. 만난 거.'

어쩌면 그 말과 관계가 있는 걸까?

그는 결코 먼저 묻지 않는다. 자신이 힘들지언정 말하지 않는다. 아니, 못하는 것 같다.

그게 그의 성격.

하지만 말하지 않는다고 속상하지 않은 건 아니리라.

다만, 혹시라도 말을 해서 생기는 균열 혹은 오해. 그로 인한 어떤 아픔도 원하지 않기에 오롯이 혼자서만 감당하는 것 같았다. 때로 말하지 않아서 생기는 오해보다 말해서 생기는 오해가 더 클 때가 있기에, 특히 캐내는 걸 싫어하는 그녀의 입장을 보살펴 주느라 그러리라.

그 마음이 안타까워서.

"말해도 돼요."

"응?"

"혼자 속상해하는 거 싫어요. 뭐든 다 대답해 줄 수 있을지는 모르겠지만, 물어보는 건 괜찮은 거잖아요. 되도록 대답해 보려고 애써 볼게요. 그러니까 우리 앞으론 궁금한 게 있으면 서로에게 물어 봐요. 꼭 그래 줘요. 알았죠?"

'그니까 오빠도 앞으로 아프면 나처럼 울어. 꼭. 알았지?'

진이 결국 웃음을 흘렸다.

그건 그가 갖고 있는 아주 소중한 기억.

"내가 속상해 보였어?"

"짐작이지만."

"앞으론 그렇게. 물어볼게."

"그래 줘요."

가식 덩어리. 자기도 윤서를 신경 쓰고 있으면서. 그걸 묻지 못하면서.

하지만 그가 날 믿어 주고 아무것도 묻지 않는 것처럼, 나도 똑같다. 윤서에 대한 건 더 이상 생각하지 않겠다고 해나는 다짐했다.

그런 해나를 바라보며 진이 씁쓸하게 웃었다. 윤서가 했던 말이 떠올라서였다.

강우가 했다는 청혼. 또한 해나에게 집착하고 있는 강우의 모습. 확실히 그 모든 것들 때문에 신경이 날카로워져 있었다.

궁금한 게 있으면 서로에게 물어보자고 해나는 말했지만, 진은 그럴 수 없었다. 그건 그녀에게 묻고 말고 할 문제가 아니었기에. 그녀가 해결해 줄 문제가 아니라 그냥 자신이 화나는 것이었기에 말을 꺼내지 않았다.

진의 손가락이 해나의 뺨에 닿았다. 간질이듯 뺨을 건드리는 긴 손가락. 해나가 그 손을 감싸 쥐자, 진이 해나의 이마에 자신의 이마를 콩 기댔다.

"좀 무서운 짓, 해도 돼?"

해나의 심장이 쿵 했다.

"안고 싶어."

강렬한 눈빛이 끈질기게 그녀를 옭아맸다. 그의 더운 숨결이 볼을 타고 내려갔다. 긴장된 공기에 가슴이 터질 것 같았다. 뜨거운 입술은 유영하듯 하얀 목선을 따라 배회하다가 턱을 살짝 깨물었다.

아…….

심장이 무섭게 뛴다.

"갖고 싶어."

몸이 떨렸다. 해나는 천천히 손을 뻗어 그의 등을 확 끌어안았다. 숨 막히는 긴장, 그에게 안기기 전에 자신이 먼저 숨이 차 기절할 것 같았다.

고개를 끄덕였다.

연한 갈색의 눈동자가 그의 갈망을 허락했다. 진은 도톰한 입술에 입 맞추며 그대로 그녀를 덜컥 안아 들었다. 안으로 향하는 도중에도 입술을 한없이 탐했다. 해나도 그의 얼굴을 어루만지며 입술에 진한 키스의 비를 퍼부었다. 진의 허리를 해나가 다리로 감았다.

이윽고 침대로 해나의 몸이 눕혀졌다. 하얀 시트 위에서 손가락과 손가락이 겹쳐졌다. 발이 닿고 가슴이 닿고 얼굴이 닿았다. 그의 몸 전체가 해나의 몸을 덮었다.

"……."

해나의 옷이 벗겨져 나갔다. 진의 옷가지도 바닥으로 떨어졌다.

그 와중에도 서로를 갈구하는 입술.

수줍게 열이 오른 해나의 하얀 몸을 진이 끌어안았다. 실오라기 하나 걸치지 않은 두 사람의 가슴이 맞닿고 곧 천천히 하나가 되었다.

"아!"

그의 눈은 밤처럼 깊다.

"하…….

몸은 태양처럼 뜨겁다.

"윽."

밀려드는 격통. 미지의 안에서 체리처럼 툭! 하고 터진 무언가가 선명한 붉은색으로 어른거렸다.

선홍색, 핏빛.

첫 남자.

첫 관계.

두려움. 통증. 하지만 그만큼 밀려드는 기쁨, 심장을 꽉 채우는 만족감.

이 사람을, 내가 안고 있다.

그의 열기가 그녀의 몸을 파헤치고 다그치고 아프게 한다. 그에 반해 진의 온기는 그녀의 몸을 감싸 주고 위로해 준다.

천천히 움직이는 그의 단단한 몸. 숨이 꽉 막힐 정도로 압박해 오는 힘. 그 무게에 왜인지 눈물이 날 것 같았다. 야윈 팔로 그의 넓은 등을 꽉 끌어안았다. 흘러내린 눈물이 그의 혀끝에 닿았다. 뜨거운 숨결. 어떻게 이 남자를 만나 이렇게 사랑하게 되었을까? 견디기 힘든 자극과 감각. 황홀경이 가까워진다.

기쁘고, 기쁘고, 아팠다.

아프고, 아프고, 기뻤다.

✽✾✽

밤이 새도록 진은 해나를 안았다. 새벽이 올 때까지 그가 강하게 감싼 팔에선 힘이 풀리지 않았다. 그 품이 몹시도 따스해서 자신도 모르게 까무룩 잠들었던 해나가 깨어났을 때까지도 진은 똑같이 그

216

녀를 안아 주고 있었다.

많은 말을 나누진 않았다. 그도 말이 많은 사람이 아니었고 해나도 비슷했다. 하지만 천 마디를 나눈 것보다 마음은 더 충만했다. 아무 말도 하지 않고 있음에도 편안했다.

새벽이 오자 그는 해나의 이마에 키스해 주고서 떠날 준비를 했다. 그리고 해나와 선미가 탄 차가 출발할 때까지 한자리에 서서 내내 바라보았다. 차는 동현이 갖고 내려온 그 차였다. 아무래도 따로 가는 게 좋을 것 같아 진이 처음부터 개인 차량을 갖고 온 것 같았다. 사이드미러로 비치는 그의 모습이 사라질 때까지 해나의 두근거림은 사라지지 않았다.

어젯밤 사랑을 나눌 때의 짙은 눈빛.

그리고 떠나는 자신을 바라보고 선 아련한 시선.

아마도 앞으로 내내 자신의 머릿속을 채운 채 영영 떠나지 않으리라. 만나면 시간이 너무나 빨리 흐르고, 헤어지면 또 한없이 더디게 가는 시간이 기다리고 있겠지.

사랑은 단지 감정의 교류인 줄만 알았는데, 모르고 있던 것들을 하나둘씩 깨우쳐 주기도 한다. 기쁨보단 아픔이, 평안보단 불안이 더 커지는 게 사랑이란 걸 해나는 조용히 깨닫고 있었다.

"아!"

고속도로에 접어들자 해나는 생각에서 깨어났다. 잘못하다 중앙선을 벗어날 뻔했다. 그러고 보니 혼자 생각에 빠져 있느라 선미를 못 챙겼다. 시선을 옆으로 돌려 선미를 바라봤다. 그런데 선미가 평소와 다르게 어딘가 좀 이상했다. 한마디 말도 없이 창밖만 바라보고 있었다.

"선미야?"

멍.

"선미야!"

"으, 응?"

"깜짝이야. 왜 그렇게 놀라?"

"노, 놀라긴 누가 놀랐다고."

"멍 때리지 마. 멍 때리면 얼굴 커진대."

"머, 멍 때리긴 누가. 그냥 구경하고 있었구면."

말은 그렇게 하면서도 선미는 당황한 듯 옆으로 얼굴을 스윽 돌렸다. 그러고 보니 아침에 동현과 마주쳤을 때도 이것과 비슷한 반응이었다. 동현이 인사하려고 했지만 고개를 휙 돌린 채 후다닥! 차에 올라타는 거 같던데.

"혹시 동현 씨랑 싸웠어?"

"싸, 싸우긴 그런 남자랑 내가 왜 싸워? 그 남자가 나랑 싸울 군번이나 돼?"

싸웠구나…….

좀 더 자세히 알고 싶었지만 선미가 동현의 '동' 자도 못 꺼내게 몸을 파르르 떨었다. 이거 원 무서워서 말을 붙일 수가 있나.

아무튼 길이 안 막혀 수월하게 도착한 해나는 가게 근처에 차를 세우고 선미와 함께 가게로 향했다.

"오늘도 가게 문 열 거야? 피곤하지도 않아?"

"그래도 열어야지. 넌 집에 가서 좀 쉬어."

"피, 피곤하긴 내가 왜 피곤해? 왜? 네 눈엔 내가 피곤할 일이라도 있어 보여?"

218

"응? 너 왜, 왜 그래? 갑자기 오버하고."

"오, 오버는. 안 피곤한데 피곤하다고 하니까 억울해서 그렇지. 아, 암튼 장도 볼 거야?"

"음……."

대답하려던 해나가 그때 뭔가를 발견하곤 그곳을 빤히 쳐다보았다.

"무슨 사람들이지?"

"그러게. 사람들이 왜 저렇게 모여 있어? 해나야, 너 가게 앞이잖아. 무슨 일 났나?"

선미도 수상한 뭔가를 눈치챘는지 갸웃하며 말했다.

뭔가 좀 이상했다. 가게 앞에 사람들이 잔뜩 몰려 있었다. 뒷모습을 보이며 웅성웅성 모여 선 사람들. 전부 다 가게 안쪽을 들여다보려고 혈안이 된 것 같았다.

순간 해나가 걸음을 우뚝 멈췄다.

"서, 선미야……."

그녀의 시선이 어딘가에 박혔다. 그리고 눈동자가 서서히 공포로 벌어졌다. 모여 선 사람들, 그들의 어깨와 손에 하나씩 들려 있는 그건…… 카메라였다.

그때 누군가가 이쪽을 돌아보곤 외쳤다.

"왔다!"

동시에 카메라 플래시가 사방에서 터졌다.

handmade
차가운 눈꽃 빙수

"기사가 사실인가요?"

"두 사람 무슨 관계예요? 현재 열애 중인 게 맞는가요?"

"복귀를 준비하는 건가요?"

"항간에 떠도는 소문은 어디까지가 진실인가요?"

"말 좀 해 주세요!"

해나는 한꺼번에 몰려드는 질문 공세에 굳은 듯 서서 움직이질 못했다. 사방에서 터지는 플래시, 번뜩이는 눈들, 득달같이 달려드는 그 악귀 같은 얼굴들.

질문. 추궁. 협박. 비난.

눈앞이 새하얘졌다. 그때도 지금과 똑같았다.

단정. 조소. 추궁. 비난.

혈관이 막힌 듯 온몸이 저렸다.

"그만들 좀 해요! 신고할 거예요! 아, 찍지 말라니까요!"

선미가 마구 화를 내며 사람들을 떠밀었다. 해나는 비밀번호를 누르는 손이 떨려 자꾸만 헛손질을 했다. 비밀번호가 뭐였는지 잘 생각이 안 났다. 결국 선미가 대신 눌러 해나를 안으로 확 집어넣고 문을 잠갔다. 기자와 리포터들이 창문에 내려진 블라인드 틈새로 카메라를 대고 플래시를 터뜨리며 소리를 질렀다.

패닉.

해나는 휘청거렸다.

이 악몽은 도대체 언제쯤에야 날 놓아줄까?

"괜찮아?"

선미의 눈에서 눈물이 핑 돌았다.

"괜찮아야 하는데……."

친구의 안쓰러운 눈을 보자, 해나는 이래선 안 되겠단 생각에 어떻게든 힘내려고 애썼다.

"좀 놀라서 그래. 금방 괜찮아질 거야."

시리도록 차가운 눈꽃빙수. 무엇이 토핑 되느냐에 따라 차갑다는 느낌보다는 달콤함이 더한데, 지금은 그냥 차가운 빙수만 있는 것 같다.

춥다.

"그나저나 여기도 이 모양인데 진 오빠 쪽은 난리 났겠다. 전화 안 해 봐도 될까? 아 정말! 소리 소문도 없이 대체 언제 들킨 거야? 파파라치가 따라붙었나?"

해나가 휴대폰을 꺼내고, 선미는 노트북을 열어 마구 검색하기 시작했다. 해나는 천천히 가게 밖을 돌아보았다. 선미의 말이 맞았다. 자신이 이 정도면 진에게는 아마 훨씬 더 많은 기자들이 따라붙었을 것이다.

'일단은 내가 할 걸 하자. 의연하게 대처해. 정신 똑바로 차려, 이해나.'

각오했다지만, 그 사람까지 이 지옥에 끌어들이는 건 역시나 마음이 아팠다. 만지작거리던 휴대폰을 다시 주머니에 넣었다. 당장에라도 전화해 보고 싶었지만 혹시라도 불에 기름을 붓는 게 될까 봐 신중하기로 했다.

"내가 볼게."

해나가 다부진 표정으로 선미에게 다가갔다. 그때 선미가 천천히 고개를 돌렸다. 넋이 빠진 듯 멍한 눈으로 말했다.

"진 오빠가…… 아냐."

"……응? 무슨 소리야?"

해나가 의아한 얼굴로 다가갔다. 왠지 불길한 예감에 거세게 뛰는 심장을 가라앉히며 모니터를 쳐다보았다. 순간 해나의 눈동자가 파동 쳤다.

온통 도배가 된 열애 추측 기사. 그 밑으로 이어지는 수많은 기사와 댓글들. 그 주인공은.

"너랑 엑스 엔터, 도강우 대표야."

✱✼✱

"하아, 개운해. 정말 볼 만하지 않아?"

섹시한 블랙 튜브톱 드레스에 가죽 재킷을 어깨에 걸친 윤서가 샴페인 잔을 들고서 나른하게 웃었다. 아주 재미있는 장난이라도 친 듯 눈동자가 반들거렸다.

"도강우, 날 건드리면 이렇게 되는 거야. 이해나랑 같이 지옥으로 떨어져."

"무서워라."

그때 소파에 기대앉아 있던 남자가 손에 들고 있던 사진을 들여다보며 말했다.

"이해나가 목적이었다면 차라리 이 사진을 내는 게 빨랐을 텐데."

윤서가 남자의 손에서 사진을 바로 확 낚아챘다.

"그건 안 되지. 이 남잔 내가 가질 거거든."

"아아, 그러셔?"

"그래. 그러니까 절대 건드리지 마."

윤서의 말에 남자가 비릿하게 웃었다.

진과 해나가 함께 찍힌, 예의 강우가 흘렸던 그 사진. 윤서는 그걸 바로 박박 찢어 버렸다.

"쯧. 성깔하곤."

"이래야 당신이 내 뒤통수 칠 일이 없지. 돈만 되면 뭐든 기사로 내는 인간인데."

"말 좀 곱게 해라. 인간이 뭐야, 인간이? 어차피 건드릴 생각도 없었어. J 뒤에 있는 게 태륜인데, 내가 미쳤다고 태륜을 건드려?"

"주제 파악 하난 잘하네. 앞으로도 연예인 신변잡기나 파는 삼류 인터넷 기자는 그냥 주는 거나 잘 받아먹어."

"핫! 너 갈수록 말 기분 나쁘게 한다. 그래도 우리 한때는 연인 사이였는데."

"헛소리하지 마. 아무것도 모르는 어린애 꼬드겨서 데리고 논 주제에."

"뜨기만 하면 뭐든 하겠다고 몸부터 들이민 게 누군데? 하여튼 예뻐서 봐준다, 내가."

"닥쳐."

"크큭. 암튼 난 네 말대로 했다. 도강우가 명예훼손으로 걸고넘어지면 네가 알아서 처리해."

"내가 왜 해? 이해나가 다 해 줄 건데. 그런 열애 기사 따위 단번에 쏙 들어갈 정도로 세상이 시끄러워질 거야. 나머진 우리 박복한 이해나 양이 다 떠안아 주겠지. 후훗."

남자가 피식 웃으며 일어나 윤서에게 다가갔다. 그녀의 긴 머리카락을 유혹하듯 살살 만졌다.

"나 어제 신차 전시장 취재 갔었는데 내 마음에 쏙 드는 모델이 있더라고."

뱀 같은 새끼.

"사 줄게. 대신 이번 일은 무덤까지 가져가."

"여부가 있겠어?"

차에 대한 확답을 듣자마자 윤서의 머리카락에서 바로 손을 뗀 남자가 돌아섰다. 미련 없이 손을 휘휘 흔들며.

"그나저나 걔도 참 안됐다. 얼굴은 솔직히 너보다 더 낫던데. 데뷔해서 스캔들 없이 잘 컸더라면 혹시 알아? 내가 팬 했을지?"

남자가 사라졌다.

모멸감으로 윤서의 턱이 파르르 떨렸다.

✽ ❋ ✽

"뭐야, 이거."

바로 어제, 강우는 부들부들 떨며 기사를 보고 있었다.

열애설과 함께 게재된 몇 장의 사진들. 몰래 촬영된 듯 포커스가 먼 첫 번째 사진 속에 있는 건 해나와 강우의 모습. 분명 두 사람이 으슥한 거리에서 안고 있는 모습이었다.

그리고 이번엔 좀 더 가까이 찍힌 몇 장의 사진들. 누가 봐도 밀애의 현장이고, 해나를 아는 사람이 본다면 바로 알아볼 그녀의 얼굴이었다.

쾅!

강우는 테이블이 흔들릴 정도로 주먹을 내리쳤다.

"제기랄!"

사진은 해나의 집 근처에서 촬영된 것이었다. 그날 해나를 찾아갔을 때 누군가가 툭 치고 지나간 직후 두 사람의 모습. 해나를 밀치는 바람에 자신이 잡아 줄 수밖에 없었던⋯⋯.

그때 알아차렸어야 했다. 뭔가 이상하다 했었는데 어쩌자고 주의를 기울이지 못했을까!

"당장 사진 내리라고 해!"

불같이 화를 내며 기사를 내리고 인터넷 신문사를 상대로 초상권 침해, 명예훼손 등 공격적인 대응을 했다. 불안한 마음에 왔다 갔다 하며 해나에게 전화 했지만 전화는 연결되지 않았다.

"젠장!"

그는 휴대폰을 집어 던졌다. 그러다 문득 뭔가가 걸려 기자의 이름을 확인했다. 강우의 안면 근육이 부들부들 떨렸다.

"조용진, 이 새끼……."

기자가 조용진이라면 얘기가 달라진다. 조용진, 돈 되는 일이면 뭐든 달려드는 하이에나 같은 자식. 바로 윤서의 전 남자 친구. 그제야 모든 퍼즐이 맞춰졌다.

강우는 곧바로 윤서에게 전화했다. 하지만 역시나 그 여우는 호락호락 전화를 받아 주지 않았다. 결국 매니저에게 전화한 강우가 소리쳤다.

"노윤서 어디 있어! 당장 데리고 들어와!"

그는 수화기를 내던졌다. 분이 안 풀려 부들부들 떨다가 책상을 확 쓸어버렸다.

"감히 날 엿 먹여?"

안일했다. 윤서가 결코 진은 건드리지 못할 거라고. 그러니 옆에 있는 해나도 안전할 거라고, 그런 계산에 너무 쉽게 마음을 놓은 게 패착이었다. 설마 해나와 자신을 엮을 줄이야.

"머리를 썼다 이건가?"

제대로 당했다. 다행히 기사는 모두 내렸지만, 해나의 사진이 강우의 팬카페에 파다하게 퍼지기 시작한 건 그로선 전혀 모르고 있었다.

도대체 이 여자 누구야? 어떤 년이야?

근데 왠지 눈에 익지 않음?

ㅇㅇ 어디서 봤는데.

일반인 같지?

나 이 여자 알 것 같아!

이전에 워낙 인기 스타였기 때문에 아직 강우의 팬들이 존재했
다. 기획자로 전향했지만 예전 못지않은 인기를 구가하며 팬카페도
왕성하게 활동 중이었다. 그만큼 아직 그의 열애설은 파급력이 있
다는 뜻이었다.

팬카페에서 먼저 돌기 시작한 의문들은 점차 의심으로 증폭되다
가 곧 확신으로 변했다. 어딘지 낯이 익는 얼굴이다. 아는 얼굴 같
다. 그리고 몇 시간 후 기사가 먼저 터졌다.

걸 그룹 'XXX'의 전 멤버 해나, 이전 소속사 대표와의 회동. 복귀
신호탄?

폭풍의 핵, 해나. 데뷔하자마자 은퇴한 이유는?

8년 전 데뷔와 함께 잠적한 해나, 열애설과 함께 대중 앞에 다시 등
장.

과연 과거 속에 묻힌 소문의 진실은? 그녀는 트러블 메이커?

마치 기다렸다는 듯 자극적인 헤드라인을 앞세우며 기사가 앞다
투어 뜨자 그 아래로 댓글들이 좌르르 달렸다.

맞아! 개야, 개! 데뷔하자마자 사건 터뜨리고 잠적한 그 걸 그룹 멤
버!

완전 걸레였다지? 장난 아니었잖아. 근데 또야?

남자 없인 못 사나?

근데 그거 무혐의 판결 나지 않았음? 헛소문이었다던데.

그래도 뭔가 있으니까 그런 소문난 거 아니겠어?

소문은 삽시간에 퍼져 갔고 대중의 호기심과 흥미는 더욱 증폭되었다. 그야말로 기름종이에 불이 붙듯 악플과 저주의 글들이 스스로 몸집을 불렸다. 차마 입에 담기 어려운 폭력적인 표현들. 기다렸다는 듯 파헤쳐지는 과거의 일들. 자극적인 주제에 미친 듯 좋아하며 몰려드는 사람들.

인간의 본성. 평상시엔 깊은 곳에 숨겨져 있던 가학성과 잔인한 본성, 공격성이 인터넷상이라는 익명의 공간에서 일시에 터져 나왔다.

그리고 시작된 신상 털기.

해나의 이름, 나이, 사진, 과거 이력, 현재 케이크 가게의 위치까지. 결국 정확한 확인 따위는 생략된 채 바로 기사로 재탄생되어 여기저기 뿌려졌다. 그녀에 대한 의혹. 소문과 진실. 이란 그럴듯한 타이틀로.

"이거였냐."

허탈한 얼굴로 중얼거리는 강우의 안면 근육이 일그러졌다.

방법이 없었다. 회사 출입을 통제하고 모든 연락을 차단하고 입장이 정리되기 전까진 당분간 어떤 인터뷰도 거절했다. 반면 윤서는 여유롭게 호텔에서 머무르며 수영과 와인을 즐겼다.

"후후, 애 좀 타겠지, 도강우? 자아, 만나면 뭘 협상책으로 내걸까? 천천히 골라 볼까?"

그 모든 일이, 해나가 서울에 없던 겨우 이틀간 휘몰아치듯 일어난 일이었다.

✱✲✱

해나는 차분하게 앉아 모니터를 응시하고 있었다. 모니터에 뜬 건 해나와 강우가 마치 끌어안고 있는 것처럼 찍힌 사진.

생각났다. 그날 갑자기 뒤에서 어깨를 치고 지나간 남자.

"이게 목적이었구나."

해나의 표정은 생각보다 침착했다. 오히려 선미가 울상을 하며 안절부절못했다.

"야…… 이 사진 도대체 뭐야? 너랑 도 대표 맞아?"

"매스컴은, 8년 전이나 지금이나 똑같네."

"지금이 그런 소리나 할 때야? 이 사진 이거 어떡하냐고. 물론 난 널 믿지만 이건 아무리 봐도 조작 아니잖아. 제대로 찍힌 거 같은데 어쩌다가 이런 사진을 찍힌 거냐고! 울 오빠가 보면 얼마나……."

"집 앞에서 찍힌 거야. 누가 내 어깨를 밀었어. 그걸 사장님이 받아 준 것뿐이고. 사장님이 집 앞까지 찾아왔었어. 돌려보낸 죄밖에 없는데, 못 찾아오게 다리라도 묶어 둘 걸 그랬나?"

진이 오해할 수 있다. 자신도 속 쓰리고 겁났다. 하지만 이런 악의적인 공격을 자신이 미리 막을 수 있었던 것도 아니고, 머릿속이 지끈거렸다. 마치 운명이라는 거대한 수레바퀴 아래서 미약하게 발버둥 치는 기분.

후, 정말 한심하구나.

델 대로 데여서 화상 자국이 크게 남은 상처는, 감각 세포가 죄다 그을려 신경이 마비되었나 보다. 그래서 이젠 고통조차 느끼지 못하는 건가. 분명 공포도 두려움도 선명한데, 어쩐지 냉소적으로 사고가 흘러가는 것 같다.

"그치? 그런 거였지? 아! 다행이다. 난 또 잠깐 동안이지만 얼마나 놀랐는지. 그치만 오빠가 보면 오해할 수도……. 속상하지 않을까?"

"선미야, 너도 날 믿는데도 의심이 가지?"

"그, 그야……. 서운했어?"

"아니. 걱정해 준 말을 의심하진 않아. 그냥, 그런 거야. 매스컴이란 게 그렇더라. 아무리 결백을 주장해도 아무도 믿어 주지 않아. 내 말을 들으려고도 하지 않아. 자기들이 더 재미있고 즐거운 방향으로 몰아갈 뿐이야. 내가 그 소문 속의 여자가 아니면, 마치 자기들의 가장 큰 즐거움이 사라지기라도 하는 것처럼, 기를 쓰고 쫓아와서 불구덩이로 던져 넣어."

"해나야……."

"모두 그 가십만 믿었어."

상상할 수 없을 정도로 공격적으로 자신의 가슴을 갈기갈기 찢어 놓았던 말들. 나중엔 아예 생각이란 것 자체를 하기 싫었었다.

"그래서 사람들이 자살하는구나 싶었지."

"야아!"

"이런 식으로 연결이 될진 상상도 못 했어. 사장님이라니. 도대체 내가 뭘 그렇게 그 사람들한테 잘못한 걸까?"

한동안 묻어 두었던 사람에 대한 원망, 슬픔, 실망감. 두려움보다 더 큰 허무.

그게 다시 슬슬 기어 나오고 있었다.

불신.

고독.

대체 왜 내가 이런 감정과 싸워야 하는 걸까? 내가 인간의 본질에 대해 미치도록 알고 싶어 하는 철학자도 사람도 아니고. 누가 저들에게 그 잔인한 창을 쥐어도 좋다고 허락했는가.

"그 사람이라면 믿어 주겠지. 어쩌면, 그 사람도 믿어 주지 않을 수도 있겠지만 둘 중 하나겠지."

"야아, 너 왜 그래? 다 포기한 사람처럼."

"지금 생각해 보니까 내가 가장 두려웠던 건, 누가 누굴 상처 줄까? 그런 게 아니었어. 그 사람도 결국 똑같은 시선을 할까 봐. 아닐 거란 걸 믿으면서도 그래도 그도 사람이니까. 사실을 알고서 다른 사람들처럼 소문을 믿어 버릴까 봐."

해나의 볼을 타고 한줄기 눈물이 흘러내렸다. 선미도 같이 훌쩍거렸다.

"내가 뭐라고 그 사람한테 그렇게 무리한 걸 요구해? 끈질기게, 일방적으로 내 입장만 알아 달라 요구하겠어. 그래서 끝까지 이대로 몰랐으면 했었는데."

"해나야, 미안……. 내가 괜히 쓸데없는 소리를 해서……."

해나가 눈물을 닦았다.

"그냥 난 지금, 어쩌면 잘된 건지도 모르겠다고 생각해. 그 사람이랑 터진 게 아니란 사실에 안도하고 있어. 그나마 그게 내가 그 사람한테 해 줄 수 있는 유일한 거니까."

"그건…… 사실 그래. 상대가 진 오빠였다면 진짜 더 힘들었을 거야. 기자보다 더 무서운 게 앙심 품은 팬들이잖아."

"선미야, 있잖아. 난 그냥, 그 사람은 이런 고통을 받지 않았으면 좋겠어. 공격은 나만 받고 그 사람은 그냥 조용히 지나갔으면 좋겠다."

선미가 훌쩍거렸다.

"내가 얼마나 내 생각만 했었는지, 이렇게 일이 터지니까 선명하게 보여. 얼마나 나 자신만 감싸고 보호했는지. 하지만 막상 이렇게 되고 보니까, 그 사람 때문에 내가 받을 상처보다 나 때문에 그 사람이 받을 상처가 더 신경 쓰여. 그래서 이 기사에 뜬 사람이 그가 아니란 게 미친 듯 안심돼."

선미가 안타까운 얼굴로 눈물을 줄줄 흘리다가 코를 팽 풀었다. 그때 해나의 휴대폰이 울렸다.

해나는 얼른 전화를 받았다.

하지만 바라던 사람이 아니었다. 휴대폰 너머 들리는 목소리는 강우의 것이었다.

[괜찮니?]

"이거, 사장님이 벌인 일인가요?"

[오해하지 마. 그럴 리 없잖아.]

"그럼, 사장님이 아니라면 누군가요?"

그 순간이었다. 왜 그 이름이 떠오른 건지는 모르겠지만, 어떤 이름 하나가 해나의 머릿속을 스치고 지나갔다. 하지만…… 그럴 이유가 없지 않은가.

해나는 가까스로 입술을 축이며 물었다. 도저히 꺼내고 싶지 않은 말.

"혹시…… 노윤서예요?"

[짐작은, 그렇게 하고 있어.]

심장이, 아주 서서히 차가운 얼음 물속으로 가라앉는 기분.

"도대체 왜……. 몇 년이나 지났는데, 내가 저와 어떤 관계가 있다고……."

[통화상으론 길게 말 할 수 없어. 널 만나야 해.]

"오지 마세요. 아니, 절대 오면 안 되는 이유는 사장님이 더 잘 아시죠?"

[미안하다.]

"그래서 그렇게 부탁했는데, 관심 끊어 달라고 했는데. 아는 척도 말고 관계되지도 않겠다고 했는데. 저도 사람이에요. 찌르고 할퀴면 아픈 사람이라구요!"

끝끝내 감정을 터뜨리고 말았다.

"대체 얼마나 더 이런 시간을 견뎌야 해요? 어디까지 도망가야 해요? 더 이상 갈 데도 없는데. 숨 쉴 수도 없는데. 내가 뭘 그렇게까지 당신들한테 잘못했어요? 이 악몽은 공소시효도 없어. 윤서와 사장님 사이의 일은 두 사람이 해결하세요. 저 끌어들이지 말고."

마치 살아서 꿈틀거리는 뱀처럼 원망은 증오가 되고 증오는 살기로 변해 간다. 스스로 살아서 날뛴다. 징그러운 현실이 목을 친친 휘어 감아 숨을 쉬지 못하게 조른다.

"노윤서도, 사장님도 제 옆에서 장난치지 마요."

해나는 전화를 끊었다. 흘러내린 눈물을 닦으려는데, 입을 벌린 채 쳐다보고 있던 선미가 얼른 티슈를 건넸다.

"혹시 지금 도 대표? 아니아니, 이게 다 노윤서 짓이었어?"

해나는 아무 대답도 하지 않았지만 이미 다 들은 선미가 가슴을 쳤다.

"와, 진짜 그년 왜 그런다니? 미친 거 아냐? 제정신이야?"

"모르겠다. 왜 제정신이 아닌 짓을 나한테 하는지."

"전생에 원수를 졌나? 인연인지 악연인지 보통은 아니다, 증말! 진짜 노윤서 이걸 어떡하지? 넌 어떻게 할래?"

"천천히 생각해 봐야지. 나한테 유감이 있으면 연락해 오겠지. 저렇게까지 건드린단 건 나랑 해결해야 할 일이 있단 거 아니겠어? 하지만 이번엔 나도 그냥 당하고 있지만은 않을 거야."

"그래! 그 녹음한 거 그거 확 풀어 버려! 아주 그냥 자기가 매장 당해 봐야 정신 차리지."

최악의 경우엔 윤서와 밑바닥까지 보이며 싸울 수밖에 없다. 각오는 되어 있다.

"근데 해나야. 도 대표 아직 널 좋아하나 봐. 그치?"

해나는 대답하지 않았다.

밖이 점점 어두워지고 있었다. 그럼에도 불구하고 아직도 기자와 리포터들이 진을 치고 있는 것 같았다. 동네 사람들도 기웃거리고 있을 테고, 선미도 계속 여기에 붙잡아 둘 수는 없었다.

"너도 이제 집에 가야지."

"됐어. 지금 집이 문제야? 너 혼자 두고 내가 어떻게 가냐?"

"난 괜찮으니까 걱정 말고 가. 그래야 내 마음이 편해."

"싫다니까? 그럼 너도 나랑 같이 가."

"내가 간다고, 뭐가 해결돼? 어차피 내일 와도 지옥은 눈앞에 있을 텐데."

해나가 눈동자를 바로 했다.

"최선미, 넌 따라 나오지 마."

"야……. 너, 너 지금 어디 가려고? 설마 저길 나가려는 거야?"

"응."

"미쳤어? 그러다 진짜 깔려 죽어. 이상한 소리라도 해서 기사에 뜨면 어쩌려고! 너도 알잖아. 지금 죄다 네 적들뿐이야. 뭐라고 해도 오해한다고!"

"그걸 내가 모르겠어?"

선미가 멈칫했다. 당해 본 사람만이 지을 수 있는 처절한 표정. 그 처연한 얼굴로도 해나는 힘을 내려 하고 있었다. 8년 전과는 달리……

그래서 선미는 아무 말도 할 수 없었다.

"아무도 안 들어 주겠지. 한마디를 하면 전혀 의도하지 않은 열 마디로 기사를 내겠지. 그렇다고 동네 사람들한테까지 계속 피해 줄 순 없잖아. 더 이상 숨는 것도 지긋지긋해."

"그건 그렇지만……."

"걱정하지 마. 아닌 걸 아니라고만 할게. 그 이상 내가 할 수 있는 게 뭐가 있겠어?"

선미가 걱정하는 게 뭔지는 알았다. 하지만 계속 이대로 숨어 있을 수만은 없었다. 무섭다고 덮어 두기만 하면 뭐가 해결되겠는가.

"괜찮아."

선미에게 하는 말인지, 스스로에게 하는 말인지 모를 말을 중얼 거리며 해나가 손을 뻗었다. 잠금장치를 여는 손이 떨렸지만 마음을 단단히 먹었다.

'꼴사납게 여기서 지진 않을 거야. 특히 노윤서 네 앞에선!'

문을 확 열자, 예상대로 여기저기 흩어져 있던 기자들이 삽시간에 몰려들었다.

"해나 씨! 여기 좀 봐 주세요!"

"하실 말씀 있으면 해 주세요!"

해나가 차분한 목소리로 입을 열었다.

"다들 가세요. 주변 사람들에게 피해 주지 마세요."

"열애설이 사실인가요?"

"은퇴한 후에도 계속 만나 온 겁니까? 복귀할 계획인가요?"

"도강우 대표와 무슨 사이입니까?"

해나가 그 기자를 바라보았다.

"도강우 씨와는 아무 사이도 아닙니다. 그저 옛 소속사 대표님으로 한 번 만났을 뿐, 거기에 대해선 할 말이 아무것도 없습니다."

"그럼 사진 속 장면은 뭔가요? 증거가 있는데도 발뺌하는 건가요?"

"사진은 예전 일로 한 번 만났을 때 지나가는 사람에게 밀쳐진 저를 사장님이 잡아 주셨을 뿐입니다."

변명이라고 생각한 듯 어이없다는 조소가 여기저기서 터졌다. 해나는 등을 곧게 세운 채로 그 모욕을 애써 견뎠다.

"그럼 예전 스캔들에 대해선요? 하고 싶은 말 있나요? 왜 잠적했나요? 전부 다 사실이란 걸 인정하는 건가요?"

"해나야, 그만해!"

결국 선미가 튀어나와 해나를 막았다. 기자들이 그런 두 사람을 향해 우르르 몰려들었다. 선미가 이리저리 치이면서도 끝까지 해나를 감쌌다.

"할 말 다 했잖아! 뭘 저런 말들까지 다 들어 주고 있어?"

해나는 눈물이 날 것 같았지만 선미의 앞으로 나섰다. 차가운 눈으로 질문을 한 기자를 쏘아보았다.

"내가 아니라고 하면 믿어 줄 건가요?"

순간 기자들이 웅성거렸다. '뭐라는 거야?' 라는 듯 혀를 차며. 처음부터 이미 답을 정해 놓고서 공격하기만을 바라는 그들. 너무도 익숙한 그 눈초리들.

가슴이 시큰하다.

이 사람들처럼, 혹시라도 진이 똑같은 눈을 한다면? 아무리 목이 터져라 외쳐도 믿어 주지 않는다면. 한번 시작된 의심에서 헤어나지 못한다면. 그게 참 많이 아플 것 같아서, 생살을 도려내는 것처럼 아플 것만 같아서…….

하지만 당신은 그럴 리 없다. 당신은 절대 그럴 사람이 아니니까. 당신은 누구와도 다른 사람이니까. 당신만은 백 퍼센트 믿을 수 있어. 그러니까 나 싸워 볼래요.

"어차피 내 말 같은 건 들어 줄 마음도 없으면서. 왜 내가 당신들한테 사실도 아닌 일을 두고 계속 설득해야 해? 당신들이 뭐라고 내 삶을……."

그 순간 뭔가가 해나의 머리 위로 푹 덮어씌워졌다. 그건 그대로 해나의 얼굴 전체를 가렸다. 멈칫한 해나가 자신을 덮고 있는 코트를 손으로 잡으며 천천히 고개를 들었다.

누구?

설마……

눈앞에 서 있는 남자. 가슴이 보이고, 턱이 보이고, 드디어 얼굴이 보였다. 순간 해나의 눈동자가 파동 쳤다.

어떻게……

공연 중에 달려왔는지, 온통 강렬한 검은색에 휩싸여 숨을 몰아쉬고 있는 그 사람.

"미안. 늦었지?"

결국, 외투 안에서 눈물이 훅 터졌다.

믿어…… 주는 건가?

의심하지 않는 건가?

"진이다!"

"제이다!"

"진 맞아?"

"특종이다! 찍어!"

갑작스러운 사태에 잠깐 굳어 있던 기자들이 벌떼처럼 달려들었다.

"두 사람 무슨 관곈가요?"

"아는 사이인가요?"

"말 좀 해 주세요! 왜 진이 여기 나타난 거죠?"

"다들 닥쳐!"

순간 모두가 멈칫했다. 그 거친 말에 놀라고 경악한 분위기. 지금 우리보고 한 말인가? 해나도 당황해서 진을 쳐다보았다.

진이 앞으로 나섰다.

"당신들은 겁먹고 있는 사람이 안 보여? 울고 있는 게 안 보여?

기사만 내면 다야!"

그가 분노했다. 해나는 저렇게 화난 그의 모습을 본 적이 없었다. 그의 주먹이 부들부들 떨리고 있었다.

적막.

무서울 정도의 고요.

"대중의 알 권리를 무시하는 겁니까?"

그때 진의 앞에 선 기자가 차갑게 말하자 진이 천천히 그를 향해 다가갔다. 순간 모두가 놀랄 일이 일어났다. 그 누구도 짐작하지 못한 일. 진이 그대로 달려들어 기자의 얼굴에 주먹을 날렸다.

퍽!

순간 해나의 눈이 터질 듯 진동했다. 그대로 달려가 진을 말렸지만, 진은 아무것도 보이지 않는 것 같았다. 오히려 기자의 카메라를 빼앗아 박살 냈다. 살기로 번뜩거리는 그의 눈빛. 오싹했다. 미친 듯 플래시가 터지고 날뛰는 그의 모습이 그대로 영상에 담겼다.

분노한 기자들. 잡아먹을 듯 으르렁거리는 플래시 세례. 돌아가는 방송국 카메라들.

"그만해요. 이러면 안 돼요!"

해나가 진의 팔을 꽉 잡았다. 분노로 이성을 잃은 진의 모습. 그가 기자들을 하나하나 노려보았다. 상처 입은 짐승처럼 음울한 눈동자로.

"알고 싶은 게 있으면 나한테 달려와. 도강우가 아니라 이해나를 사랑하는 건 나니까, 두 번 다시 이 여자 건드리지 마."

해나가 멈칫했다. 기자들도 모두 패닉. 진의 입에서 나온 사실과 표 그 태도까지 전부 핵폭탄 급이었다

그때 진이 고개를 돌려 해나를 바라보았다. 천천히 해나의 손을 잡았다.

"가자."

해나는 눈시울이 붉어졌다.

어쩌자고…….

마음이 너무 아팠다. 기자들이 절대 놓치지 않겠다는 듯 달라붙었다. 하지만 진은 그 어떤 흔들림도 없이 그대로 해나를 감싸 안은 채 기자들을 헤치고서 그 지옥 같은 아비규환 속을 빠져나갔다.

✼ ❅ ✼

차에 타자마자 진은 해나를 확 끌어안았다. 코트에 감싸인 그녀의 몸을 느끼자 그제야 호흡이 정상으로 돌아왔다. 반쯤 나갔던 이성도 이제야 제자리를 찾았다.

"미안하다. 머리가 확 뜨거워져서, 앞이 안 보였어."

해나는 아무 말도 할 수 없었다. 자신이 어떻게 그를 탓할 수 있겠는가. 그저 타들어 가듯 마음만 아플 뿐. 눈물을 주체할 수 없었다.

그의 거친 행동, 분노한 모습, 모든 것이 삽시간에 온 나라에 퍼질 것이다. 자신 때문에 진의 이미지에 돌이킬 수 없는 흠이 생겨버렸다. 치명적인 타격. 도대체 앞으로 어떤 일이 일어날지 상상이 안 됐다.

당신은 거길 오면 안 되는 거였다. 그렇게 날 위해 자신을 망가뜨려선 안 되는 거였다. 스스로 지옥 불에 뛰어드는 것과 다를 바

없었다. 그를 그런 상황에 처하게 한 자신의 불운이 너무도 기막혔다. 나도 당신을 지켜 주고 싶었는데, 그 마지막 소망마저도 사람들은 허락하지 않았다.

너무도 미안한데……. 괴로운데…….

이율배반적으로 전혀 다른 감정이 든다. 너무도 미운 기자들에게 앙갚음을 한 것 같았다. 차라리 통쾌하단 생각이 들다니, 나 참 이 기적이구나.

하아.

이런 상황에도 안도해도 되나? 안심해도 되나?

굳어 있던 온몸에서 힘이 풀렸다.

진이 모든 걸 알게 된 건 잠시 전이었다. 공연이 시작되기 직전, 동현이 헐레벌떡 달려와서 보여 준 온갖 쓰레기 같은 기사들. 아마 동현은 급한 마음에 기사를 보여 주긴 했겠지만, 설마 진이 공연을 펑크 낼까 싶었을 것이다. 하지만 동현의 예상은 틀렸다.

진은 뒤도 안 돌아보고 해나를 향해 달려갔다.

"왜 그랬어요? 공격받을 거예요. 미친 듯 물어뜯길 거예요."

"알아."

"너무 아플 거예요. 어쩌자고…….''

"상관없어. 내 선택이야. 내가 책임져."

"그리고 나 때문이죠."

"그런 말 지금 전혀 도움 안 돼."

"그 기사, 사실 아니에요."

진이 멈칫했다. 해나가 핏기가 가신 손으로 진의 가슴께를 천천히 그러쥐었다. 이미 그렇게 모든 게 헝클어졌다면 가장 악독한 거짓말만은 정리하고 싶었다. 진이 해나의 손을 찾아 꽉 움켜쥐었다.

"알아."

"절대 그런 거 아니에요. 믿어요. 의심하지 마요."

"그래. 알았으니까. 더 이상 아무 말 하지 않아도 돼."

해나는 가슴이 쓰렸다.

"네가 아니라고 했으니까, 난 그걸로 됐어."

또.

아무것도 물어보지 않고 모든 걸 믿어 준다. 의심할 명백한 증거가 있는데도 추궁의 말 한마디 안 한다. 오해하지 않고 오히려 걱정돼 달려와 주었다.

과거엔 절대 불가능하리라 생각했던 것. 사람에 대한 신뢰가 생긴다. 나도 이제 사람을 믿을 수 있다. 이 사람은…… 이 사람만은 다르다. 단지 사랑해 준 게 아니다. 그는 조각난 마음을 치유해 주었다. 한 번 더 사람에 대한 희망을 품게 해 주었다.

당신이 오기 전엔 풀 한 포기 자랄 데 없는 척박한 땅이었는데 당신이 오고 나서 풀이 꽃이 나무가 자라게 됐다. 내 안은 지금 선명한 녹색이다. 비록 우리 앞에 처한 현실이 지옥일지라도 당신과 함께라면 그 지옥도 견딜 만한 곳이 되리라.

"내가 강철 멘탈이었음 좋겠어요. 이런 유리 멘탈이 아니라."

"자책하지 마. 그런 상황에선 누구나 괴로워. 지금껏 너 혼자 그걸 견디게 했단 게, 못 견디게 화 나."

몇 번이고 이어지는 마음을 어루만져 주는 말. 지금은 그 말 외에 다른 건 생각할 수가 없었다. 잠시만이라도 모든 걸 잊으련다.

단지, 강해지고 싶다. 정말로 강해지고 싶다.

오로지 한 가지 소원을 빌며 해나가 눈을 감았다. 스르륵, 진의 가슴에 기대 있던 해나의 몸이 아래로 미끄러졌다. 진은 그런 해나를 받쳐 안고서 안은 팔에 더욱 힘을 주었다. 마치 세상 전부에 싸움을 걸기라도 하듯, 그의 날카로운 진회색의 눈동자가 사납게 번뜩였다.

❋❋❋

"하아……."

동현은 자신의 집 앞 계단에 쪼그리고 앉아 한숨을 내뱉었다.

"하아……."

옆에 앉은 선미도 마찬가지였다.

"그렇게 해서 땅이 꺼지겠어요?"

"매니저님은요? 사돈 남 말 하네."

네 사람이 도착한 곳은 동현의 집이었다. 사람들 눈이 있어 호텔은 위험하고, 그렇다고 기자들이 진을 치고 있을 진의 집은 더 위험하고, 결국 미봉책으로 동현이 자신의 집을 제안했다.

어차피 산동네라 주변 눈이라고 해 봐야 진이 누군지도 모르는 할머니 할아버지들밖에 없었다. 집도 구석진 연립이라 그야말로 안성맞춤이었다.

진과 해나는 집 안에 있었고, 동현과 선미는 지금 이렇듯 나와 앉아 박자 맞춰 한숨을 내뱉는 중이었다.

"해나 씨는 아직 안 깨어났겠죠?"

"보통 충격이 아니었을 테니까요."

"형님이 옆에서 잘 지켜 줄 거예요."

"하긴, 울 오빠 때문에 지금 내 충격도 만만치 않지만."

"그러니 제 충격은 오죽하겠어요? 형님도 참…… 적당히 좀 하시지. 이건 뭐, 연예계 생활 접겠단 거지. 그렇게까지 했는데 여론이 가만있겠어요?"

"내 말이요. 솔직히 난 뭐 되게 멋졌지만, 폭행이니 뭐니 난리 나겠죠."

"저도 뭐 솔직히 남자답고 시원하긴 했지만, 욕설 막말 폭행 이거 나가면 연예계 생명 끝이거든요."

"내 말이요. 젠틀맨, 지적인 이미지의 대명사인 울 오빠가 어쩌자고 깡패가 됐는지. 어쩜 이렇게 하루하루가 불안하냐? 미치겠다, 정말."

"나만 하겠어요?"

동현이 들고 있던 휴대폰을 내려다보았다. 회사에선 미친 듯 전화가 오고 있고, 기사는 기사대로 속속 뜨고 난리였다. 동현이 기사를 읊었다.

"공연 스탠바이 중 갑자기 사라진 진. 초유의 펑크 사태. 뿔난 팬들의 환불 요구. 엑스 엔터의 요지경."

"어머, 그거뿐이에요? 아직 폭행 기산 안 나갔나 보다!"

"아직 끝이 아니에요. 공연 펑크 기사는 뭐 일도 아니에요. 진, 본인의 입을 통해 열애 인정. 현장에서 보인 비매너, 기자들에게 욕설과 폭행 일파만파. 진의 비행과 타락. H양을 감싼 채 밴으로 이동하는 진. 그녀는 누구인가. H양을 둘러싼 회사 대표와 소속 톱스타와의 삼각관계. 희대의 스캔들. 사상 최악의 가십. 후우……

난리 났다."

"그야말로 세상이 들끓네요."

"그래도 그렇지 타락이라니. 안 그래도 콧대 높고 싸가지 없다고 벼르고 있던 기자들이 이번 기회에 아주 작정하고 죽이려고 달려드네요. 참, 앞날이 깜깜해요."

"저만 하겠어요?"

이번엔 선미가 자신의 휴대폰을 보았다.

진과 해나의 사건이 터지기 직전, 강우는 회사 홈페이지에 입장 표명을 했다.

먼저 심려를 끼친 점에 대한 사과와, 연예인도 아닌 한 개인의 사생활이 노출되어 기사화되고 사람들의 입에 오르내리는 것에 대한 유감을 표명했다.

그 사진은 조작이 아니다. 하지만 정황이 악의적으로 조작되었다. 단지 옛 소속사 사장과 한때 연습생의 인연으로 만난 것이며, 그 이상 어떤 관계도 없으니 더 이상의 추측이나 악의적 억측은 자제를 부탁한다.

그런 내용들이었지만, 이미 늦었다.

"도 대표가 기껏 입장 표명을 했는데, 진 오빠의 등장으로 말짱 다 황이 돼 버렸네요."

"하긴, 핵폭탄이 터졌는데 수류탄 따위가……. 할 거면 진작 좀 하든가, 이건 뭐 거의 묻혔네."

"우리 해나만 양다리, 문어 다리 걸치는 나쁜 년으로 굳히기 들어갔고. 게다가 스캔들 한 번 없던 청정구역 천연 암반수 같던 울 오빠를 망쳐 놓은 죽일 년 될 건 불 보듯 뻔하고. 도 대표도 문제고, 노윤서는 대박 미친년이고."

"노윤서? 배우 노윤서는 갑자기 왜요?"

"어, 어머. 내가 지금 노윤서라고 했어요?"

"그랬던 거 같은데⋯⋯."

"잘못 들은 거예요. 암튼 뭐, 어차피 이렇게 돼 버린 거 어쩌겠어요? 도 대표와는 사실 아니었으니까 어차피 정정됐어야 했고, 오빠랑은 사실이니까 사실대로 나간 거고."

"근데 진짜 대표님이랑 해나 씨, 아무 관계도 아니에요? 그게 사진 분위기가⋯⋯. 난 솔직히 형님이 그 사진 본 순간 해나 씨랑 형님이랑 작살날 줄 알았거든요."

"어휴, 봉황의 마음을 참새가 어찌 알리오."

"뭐, 뭐요?"

그때 둘의 시선이 마주쳤다. 그 순간 갑자기 분위기가 아리송해지더니 바로 쭈뼛거리며 시선을 피했다.

그, 그러고 보니⋯⋯.

그제야 떠오른 어젯밤, 아니 오늘 새벽의 일.

해나와 진을 안으로 들여보낸 후 두 사람은 막상 갈 곳이 없어졌다.

'근데 우린 어디 가죠?'

그렇게 묻는 동현의 얼굴이 왠지 발그레했다.

'허 참, 웃기고 있네. 지금 설마 긴장 타는 거예요? 아, 가긴 어딜 가요?'

하지만 둘은 어느새 지하실에 들어가 술을 마시고 있었다. 부어라 마셔라, 미친 듯이 낄낄거리며 폭주하다 보니 둘 다 코가 삐뚤

어지게 취했다.

'야! 너 폭탄머리 진짜 웃겨. 갤갤갤.'

'넌 뭐 잘생겼는지 알아? 내가 폭탄머리면 넌 그냥 폭탄이거든? 갤갤갤.'

'근데 실은 쫌 이뻐.'

'너도 쫌 괜찮긴 해.'

'널 위해 매니저가 됐어. 널 위해 로드가 됐어. 한몫 잡아 보려고. 그럼 넌 나랑 썸을 타 줄까?'

진지하게 진의 흉내를 내며 갤갤갤. 하지만 이미 잔뜩 취한 선미에겐 동현의 얼굴이 진짜 진으로 보였다. 아, 황홀경.

'옵빠……'

'선미야……'

무르익어 가는 분위기. 둘은 부둥켜안은 채 옆으로 픽 쓰러졌다.

"으악!"

왜 그 일이 생각나는 거야? 에비! 사라져라! 사라져!

"저기…… 선미 씨."

"왜, 왜요?"

"나 말이에요. 실은……"

꼴깍. 선미가 침을 삼켰다. 쿵쾅쿵쾅. 심장이 미친 듯 발작하기 시작했다.

"나 실은 선미 씨를!"

끼익.

그때 두 사람의 뒤로 문이 열렸다. 돌아보자, 진이 문틀에 툭 기대서 야울한 눈으로 선미를 쳐다보고 있었다. 흘러내린 검은 머리카락 너머로 쏘듯이 날카로운 눈빛. 보는 이의 가슴을 무너지게 하는 그 슬프고도 서러운 빛.

아, 저것은 소리 없는 아우성. 여심을 홀릭시키는 미치도록 아름다운 노스텔지어여.

"해나 친구? 나하고 할 얘기가 좀 있어."

"네? 아, 네, 넵!"

"서, 선미 씨? 내 말 아직 안 끝났⋯⋯."

"아, 좀 비켜 봐요! 거치적거리게 눈앞에서 알짱거리고 있어! 그, 금방 갈게요!"

언제 그랬냐는 듯 동현을 버려둔 채 바람처럼 안으로 사라지는 선미였다.

✱❊✱

"그게⋯⋯ 사, 사실은요."

선미는 동현의 집 거실에서 진과 독대 중이었다. 집 안이 조용한 걸 보면 해나는 아직 깨어나지 않은 것 같았다.

'최선미, 뭐하는 거야? 바보처럼 버벅거리고!'

선미는 식은땀이 났다. 5년이나 미친 듯 좋아해 온 환상 속의 남자를 지척에서 마주하고 있자니 말이 입으로 나가는지 코로 나가는지 모르겠다.

정신 차려, 최선미! 해나를 구해 줄 사람은 너밖에 없어!

"기사는 보보보 보셨죠?"

"대충. 하지만 기사로 해나의 일을 알고 싶진 않아. 그건 그녀의 입장이 아니니까. 내가 원하는 건 기사에 적힌 게 아니야. 진실이지. 다들 그녀의 반대 입장이니, 나는 적어도 해나의 입장을 들어야지. 그래야 공평하잖아."

어쩜……. 미치도록 멋지잖아!

선미는 기절할 것 같았다. 하지만 이럴 때가 아니잖아.

"그럼 오빠 뜻에 따라 제가 알고 있는 대로, 해나와 가장 가까운 사람으로서 진실에 가장 근접한 얘기를 해 드릴게요."

"그래."

"해나가 열여섯에 연습생 시작해서 열아홉 살에 데뷔한 건 알고 계시죠?"

"몰라."

"아……. 그러시구나. 하하……. 암튼 그랬거든요. 좀 더 일찍 하려고 했지만 회사 사정인지 뭔지 계속 미뤄졌대요. 암튼 저도 얼마 전에 알았어요. 이게 다 질투로 시작된 일이란 걸."

"……질투?"

선미가 고개를 끄덕였다.

"그때 같이 시작한 연습생 동기들이 열두 명인가 그랬어요. 그중에서 해나가 특히 사랑받았거든요. 도 대표한테……."

진의 반응을 살짝 살폈지만 그는 고요했다. 선미가 말을 이었다.

"그러니 안에선 오죽했겠어요? 차별이다. 해나가 꼬리 친다. 암튼 제가 봐도 그때, 도 대표 눈이 단순히 소속 연습생을 보는 눈은 아니었어요. 해나는 뭐, 그저 어른이고 사장님이니까 잘 따르는 거였죠. 실은 걔가 어릴 때부터 좋아하던 첫사랑이……. 합!"

"계속 말해. 그 첫사랑이 나니까."

"아, 네……. 네에?"

"계속!"

선미는 도대체 무슨 소린지 머리가 핑글핑글 했지만 아무튼 말을 이었다.

"그러니까 이상한 소문들이 조금씩 회사 안에 번지고, 같이 연습생 하던 동기 년……, 동기 애 하나가 엄청 질투했어요. 해나를."

진은 여전히 그 어떤 감정도 느껴지지 않는 무기질의 눈으로 그녀의 설명을 들었다.

"어찌어찌 데뷔를 했고, 근데 그때 하필이면 연예계 성상납 파문이 있었어요. 아주 크게 기사가 나고 세상이 들썩거렸었죠. 여배우 누구랑, 가수 누구랑, 갓 데뷔한 걸 그룹 누가 연관 됐다더라 하는 카더라 통신이었는데, 거기에 해나가 관계될 줄은 상상도 못 했어요."

진의 눈동자가 서서히 커졌다.

이게 무슨.

생각지도 못한 방향에 그는 할 말을 모조리 잃고 말았다.

"해나랑 비슷한 신상. 비슷한 이력. H라는 이니셜도 같고, 나이와 연습생 생활한 햇수도 같고 하필이면 아버지 직업까지 같았어요. 진짜 어쩜 그런 일이 있는지."

수많은 기획사들, 또한 청춘을 반납하고서 열심히 땀 흘리며 가수의 길을 준비하고 있는 수많은 연습생들. 그 안에 해나와 비슷한 이력, 신상을 가진 누군가가 또 있는 건 그리 신기할 일은 아니었다. 다만 그렇게 겹친다는 건 그야말로 악연. 아니 불운.

삽시간에 그 H가 해나가 아니냐는 소리들이 퍼져 갔다.

성접대, 스폰서. 타고나길 색기가 있다. 사생활 문란, 겉보기엔 한없이 청순하고 깨끗하게 생겼지만 이미지랑 완전히 다르다. 대표가 차별할 정도로 꼬리를 친다.

"그러다가 소문이 점점 누가 들어도 해나라고 생각될 정도로 구체적이 돼 갔어요. 근데 일이 그렇게 되려고 그랬는지, 당시에 해나한테 실제로 후견인이 있었거든요. 해나 아버지랑 연결된 중견기업 회장님이었는데…… 고등학교 때부터 해나 학비를 지원해 주셨어요."

선미는 눈시울이 붉어져 잠깐 말을 끊었다가 곧 이어 갔다.

"해나네 엄마가 중학교 때 돌아가셔서 그 뒤로 집안이 많이 기울었거든요. 아저씨도 범인 잡다가 다쳐서 수술을 받았는데 잘못돼서 몸이 많이 안 좋아지셨고. 그때 해나 학비도 후원해 주시고 가끔 용돈도 주고 그러셨죠."

선미가 얼른 말을 덧붙였다.

"근데 진짜 하늘에 맹세코 사람들이 말하는 그런 쪽은 아니었어요! 해나가 그럴 애도 아니고. 아저씨가 그 회장님 아들의 목숨을 구해 준 일이 있어서, 회장님도 해나를 딸처럼 생각하고 도와준 거였는데……."

"그런데?"

"회장님이 저랑 해나랑 같이 불러서 밥 사 주고 집에 보내 주는데, 어깨 감싸고 차에 태워 준 게 사진에 찍혔어요. 옆에 저도 있었는데 교묘하게 편집 돼서…… 마치 정말로 스캔들이 사실인 양. 물론 회장님이 아주 노발대발 소송 걸어서 무혐의 기사가 나긴 했어요. 그치만 그땐 이미 해나가 떠난 후라서, 다들 까맣게 잊어버린 거죠."

선미가 훌쩍거렸다.

"문제는 그 모든 게 다 완전히 사실처럼 보도됐다는 거예요. 그
땐 도 대표도 지금만큼 힘은 없을 때라서 속수무책으로 당했고요."

진은 가슴이 타들어 갔다.

뭔가, 사건의 양상이 이번 일과 비슷하게 흘러가는 것 같았다.
먼저 추문에 빠뜨리고, 교묘하게 편집된 사진을 터뜨려 추문을 사
실로 확정한다. 그리고 나머지는 대중에게 맡긴다.

"그때까지만 해도 해나는 이겨 낼 생각이었어요. 자기가 떳떳하
니까. 아저씨가 그렇게 갑자기 돌아가시지만 않았다면."

추문에 휩싸여 만신창이가 된 딸. 아무리 결백을 주장해도 딸을
믿어 주지 않는 사람들.

동료 형사와 후배들까지 앞에선 쉬쉬해도 뒤에선 그 얘기를 하
고 다녔다. 세상 사람들의 안줏거리가 된 딸. 귀하게 키운 소중한
딸이 그런 추문에 휩싸였는데 제정신일 수 있는 아버지가 몇이나
될까?

점점 술에 기대게 되고, 취하면 해나를 끌어안고 펑펑 울었다.
결국 병이 악화되어 허무하게 세상을 떠나고 말았다.

"패혈증이 악화돼서 돌아가신 거지만, 해나도 저도 그렇게 생각
하지 않았어요. 화병 때문이에요. 아저씨 마지막 유언도 당당하게
살라고, 그 말이었으니까……."

진의 심장이 울렁거렸다. 그렇게 된 거였다.

집 한쪽에 놓여 있던 형사님의 영정 사진.

속이 쓰렸다.

"해나는 자기 때문이라고 했어요. 자기가 가수가 되려고 했기 때

문에 아버지가 돌아가셨다고. 가수가 되겠단 생각만 안 했어도 아버지를 죽게 하지 않았을 거라고."

"젠장……."

"그래서 결국 떠나기로 한 거예요. 누가 그런 소문을 퍼뜨렸는지, 누가 자신을 공격한 건지 알면서도 해나는 그냥 떠났어요. 그냥 거기서 사라지고 싶었나 봐요. 그 후로 TV도 안 보고, 인터넷도 못 보고, 사람들 눈을 피해 숨어서 산 거예요."

진이 천천히 고개를 숙였다.

"하……."

허탈한 듯.

과거를 잊고 싶단 게 이런 의미였었나? 기억을 잃었던 게 이런 이유였었나? 그 정도로 넌, 그렇게 힘들었구나.

'그쪽도, 그쪽 세계와도 관여하고 싶지 않아요.'

'피한다는 건, 좋은 일은 아니란 뜻이에요.'

'당신에게 안기면 난 후회할 거예요, 분명히.'

가슴이 시큰했다.

"해나한테 그 세계 자체가 공포였어요. 근데 해나 앞에 오빠가 나타난 거예요. 그렇게 무서워했었는데, 오빠를 받아들이기로 한 순간 각오했을 거예요. 하지만 그 화살이 자기가 아닌 오빠한테 향할지 모른다고 생각하면 또 견딜 수 없었을 거예요. 대중은 언제라도 악마가 될 수 있단 걸 해나가 가장 잘 아니까."

"……."

"그러니까, 해나 좀 지켜 주세요."

진이 빤히 선미를 쳐다보았다.

"고맙다."

"네?"

"네가 있어서 해나가 덜 힘들었을 것 같아."

"아, 아니에요. 무슨 그런……. 그러니까 제가 꼭 무슨 천사라도 되는 거 같잖아요. 천사 정도는 아닌데."

갑자기 몸을 배배 꼬며 혼자 감동해서 황홀해하는 선미였다.

"그래서. 누군지 넌, 알고 있지?"

"……네?"

"누군가 고의적으로 각색한 소문. 희생양을 정해 놓고서, 그 정보에 이해나의 정보를 조금씩 덧입혀 하나로 합친 그 연습생."

진의 소름 끼치도록 건조한 목소리가 방 안으로 흘러들었다. 문손잡이를 쥔 해나의 손가락이 바르르 떨렸다.

해나는 조금 전 깨어났다. 눈을 떠 보니 낯선 장소, 낯선 방 안. 어디인지는 알 순 없었지만, 의식을 잃기 전까지의 상황은 선명하게 떠올랐다. 진이 사람들의 눈을 피해 온 곳이리라.

힘겹게 일어나 밖으로 나가려던 순간, 해나는 멈칫하고 말았다. 밖에서 들려오는 목소리, 그건 선미의 것이었다. 그리고 친구가 하고 있는 말.

차마 밖으로 나갈 수 없었다. 문에 이마를 툭 기댄 채, 해나는 선미의 목소리를 들었다. 진에게 하고 있을 게 분명한 말.

"미안해, 선미야. 네 입으로 그런 말들을 하게 해서."

곧 아버지 얘기가 나오자 해나는 소리 없이 울었다.

나 때문에 아빠가 죽었다. 마지막까지 심장에 눈물을 품고서 눈을 감은 아빠. 그리고 아빠가 남긴 마지막 말. 가슴에 사무치는 그 말.

딸이 걱정되어 아빠는 편히 눈도 못 감았을 것이다. 그래서 세상 사람들이 원망스러웠다. 독한 혀를 가진 그들을 증오했다. 노윤서, 그 애를 증오하는 만큼 세상 전부를 증오했다. 증오하는 만큼 두려웠다.

"단지 세상에서 사라지고 싶었어. 감당할 수 없었어. 아무것도……."

잠시라도 혼자 있고 싶었다. 누구와 싸우고 싶지도 않고, 잘잘못을 따지고 싶지도 않았다. 화내는 것도, 누명을 밝히는 것도 다 싫었다. 의미가 없었다. 아빠는 이미 돌아가셨으니까. 뭘 해도 다시 돌아올 수 없으니까.

마지막까지 강우가 붙잡았을 때, 해나는 그 손을 매몰차게 뿌리쳤다.

"누군지 넌, 알고 있지?"

진의 목소리가 들린 건 그때였다. 해나의 고개가 번쩍 들렸다. 바로 문손잡이를 돌렸다. 그 순간 진의 목소리가 이어졌다.

"엑스 엔터 연습생 출신. 노윤서……. 아니야?"

해나가 멈칫했다.

충격!

진이, 알고 있었다.

아홉 조각

handmade
당신을 위한 달콤한 초대, 크레페 케이크

"사진 잘 나왔다, 그치?"

"허…… 드디어 돌았구나, 이것이."

"내가 이쪽 각도가 좀 낫거든. 알아서 예쁘게 잘 찍어 줬네. 옷은 흰색으로 입을 걸."

"점점……."

진과 동현은 어디 갔는지 없고, 선미는 해나와 함께 동현의 집 거실에 앉아 심란한 기사를 보고 있었다. 그런데 그 쑥대밭의 상황에서 해나는 자기 얼굴 잘 나왔다고 헛소리나 하고 있으니 선미가 어이없어 혀를 내둘렀다.

"증명사진 찍었냐? 증명사진 찍었어?"

"대인배 흉내 내기 타임."

마음이 너무 아파서, 태연한 척 연기라도 하지 않으면 진의 얼굴을 볼 수 없을 것 같았다. 연기라도 좋으니 어떻게든 의연하게 보이고 싶었다.

진은 모든 걸 보여 주었다. 이젠 자신이 보답할 때였다.

진심이 통하려면 상대방도 나랑 같은 진심을 갖고 있어야 한다. 지금까지는 그러지 못했지만, 진 덕에 앞으로는 자신도 진심을 가질 수 있을 것 같았다. 불신과 견제만이 가득했던 자신의 세상에 그는 믿음이란 따뜻한 불을 지펴 주었다.

그래서 두 사람이 나눈 이야기도 다 들었지만 일부러 모른 척했다. 다들 이렇게 자기 일도 마다하고 옆에 있어 주는데 자신이 흔들릴 수는 없었다.

"고마워, 선미야. 그 사람한테도……. 대단히 잘해 준 것도 없는데, 자기들 입을 피해 같은 건 생각하지도 않고 내 편만 들어 주고. 그렇게 보면 난 정말 행운아야. 이 이상의 행복이 또 어디에 있겠어?"

"얼씨구. 아주 스캔들의 여왕이 적성이었냐? 이 와중에 행복이란 소리가 나와?"

"응. 스캔들 덩어리로 태어났나 봐. 생각해 봐. 누가 평범한 케이크 가게 하면서 실검 1위에 오르겠어? 이거도 나름 능력이라면 능력이지."

"잘났다!"

해나의 머리를 쥐어박는 선미. 겉으론 구박하는 척하지만 속마음은 달랐다.

친구가 단단한 모습을 보여 주어서 다행이었다. 속이 썩어 들어갈지언정, 다른 사람들을 위해 아무렇지 않은 척 노력하고 있다. 애처롭긴 했지만 그렇게라도 버텨 주는 게 고마웠다.

'해나야, 너 알아? 전에 그냥 모든 게 다 싫다고, 버리려고만 하던 네가 지금은 어떻게든 지키려 하고 있다는 거. 이번엔 버리고 싶지 않은 거지? 그래서 이렇게 노력하는 거지?

그때 해나의 등 뒤에서 뻗어 온 손이 노트북을 탁 덮었다.

"이제 보지 마."

언제 들어왔는지 진이 두 사람 뒤에 서 있었다. 해나가 아무렇지 않게 진을 보며 웃었다. 진의 눈동자가 살짝 가늘어지더니 낮은 한숨을 흘렸다.

마주보는 두 사람의 시선. 요상한 분위기.

마치 세상 한가운데 두 사람만 있는 듯, 꽃밭보다 더 핑크핑크하고 적도보다 더 뜨거운 열기가 두 사람 사이를 떠돌았다. 그건 바로 연인의 온도.

진을 따라 들어섰던 동현과 선미 사이에 일종의 텔레파시가 오갔다. 지금은 우리가 빠져 줘야 할 시간.

"아, 맞다! 매니저님, 우리 그거 사러 가야죠!"

"아, 그거! 그거 꼭 필요하죠. 사러 가요, 선미 씨!"

"그니까요. 그게 없어서 진짜 얼마나 당황했는지."

마음을 맞춰 후다닥 나가려는 순간.

"선미야! 동현 씨, 괜찮아요. 나가지 마요. 그러면 더 불편해요."

"그, 그게 우리가 더 불편해서……."

선미가 바로 마다했다. 동현도 동감.

"우, 우린 우리끼리 놀게요. 형님, 그래도 되죠?"

"응."

진이 기다렸다는 듯 바로 깔끔하게 처리했다.

✳✳✳

진은 정면 벽에 기대 서 있었다. 반대편에 앉아 있던 해나가 일어나 그에게 다가갔다.

손을 뻗어 그의 머리카락을 살짝 걷어 올렸다. 길게 드리워진 앞머리 때문에 얼굴이 잘 안 보였다.

"아파요?"

"……."

"아프죠?"

진의 목에 팔을 두르고서 가만히 그의 얼굴을 들여다보았다. 그러다 조용히 끌어안자, 진의 얼굴이 해나의 목덜미를 파고들었다. 부드러운 그의 머리카락이 뺨과 목덜미를 간질였다. 그 감각에 살아 있다는 게 느껴졌다.

"아픈 건 너면서."

"나도 아프고, 당신도 아프고."

"내가 가서, 널 더 아프게 한 것 같다."

안 그래도 진이 관계된 이상 그녀는 이제 결코 여론의 공격으로부터 벗어날 수 없다. 그런데 그렇게 사고를 쳐 놨으니. 파장은 상상 이상일 것이다.

"아닌데. 난 그냥 다 고마운데. 콧대 확 세우고, 봐! 당신들이 막 공격하고 있지만 나도 나 편들어 주는 사람 있어! 잘난 척해서 어찌나 속이 시원하던지."

한번 마음먹으니, 이상하게 겁도 나지 않았다. 걱정되는 건 오로지 그의 입장, 얼마나 비난의 중심에 서게 될지.

자신은 괜찮다. 얼굴이 노출되고, 공격받고, 몇 번이나 욕을 먹고 바닥을 구르겠다. 이미 각오한 사실. 이제 실행에 옮길 일만 남았다.

"고마워요. 와 줘서……."

"떠나자."

해나의 눈이 살짝 커졌다.

"나와 함께 떠나. 이곳이 아니라면 어디든 좋겠지. 불안해. 널 더 이상 무방비하게 둘 순 없어. 며칠은 피할 수 있지만 결국은 돌아가야 한단 게 초조해."

오로지 그녀를 위해 내린 최선의 결정.

"아뇨."

하지만 해나는 거절했다.

"또 도망가는 건 아빠도 원하지 않을 거예요. 그럼 전이랑 뭐가 달라. 똑같은 거잖아요."

내가 당당하게 서지 않으면, 그 어떤 사람도 지킬 수 없다.

"쓸데없는 고집일지라도, 미래가 빤히 보이는 어리석은 길일지라도 이번만은 도망가고 싶지 않아요. 한 번은 도망쳤지만 두 번은 아니잖아요. 어려운 요구겠지만, 내가 버텨 내는 걸 지켜봐 줘요. 흔들리지 않고 이겨 낼 수 있도록 지켜 주면 더 좋고요."

"네가 상처받는 건 싫어."

"받을 만큼 받아서 이제 내성이 좀 생겼나 봐요."

"생각한 것만큼 간단하지 않아."

"지금껏 경험한 것만큼 복잡하겠어요?"

"이해나……."

"쇠는 두드리면 두드릴수록 단단해진다잖아요. 나도, 얼마나 두드려 대는지 이제 맷집이 좀 생겼어요. 심장에도 굳은살이 박이는 건지, 점점 충격도 덜해지고 무뎌지고 용감해지고……."

"용감해서 될 일 아냐."

"알아요. 그래도, 당신이 날 열아홉 살이 아니라 스물일곱에 만나 다행이에요. 나이를 그냥 먹은 것만은 아닌가 봐요. 달달 떨기만 했었는데, 이젠 욕도 좀 해 줄 수 있을 것 같거든요."

"……."

"왜 그렇게 봐요?"

해나가 웃으며 진에게 물었다. 마치 살피듯, 탐색하듯 진의 시선이 예리하게 해나를 훑고 있었기 때문이었다.

"네 마음을 읽고 싶어. 정말 안심해도 되는지. 속으론 구해 줘, 도와줘, 외치고 있는데 내가 그 사인을 읽지 못하고 넘길까 봐. 네 표면적인 말만 믿고서, 정작 해 줘야 할 걸 놓쳐 버리는 건 아닐지. 내가 해 줄 수 있는 건 다 해 주고 싶은데."

"나 애 아니에요."

"무리하지 마. 그럴 필요 없어."

"무리는 당신이 했죠. 아까 그렇게 날 보호해 주는 바람에."

"그래서 널 더 절벽으로 밀었지."

진은 아주 많이 고민하는 것 같았다.

진퇴양난. 나서지 않아도 이해나는 괴롭고, 나서면 이해나는 더 괴롭고. 그러니까 그 이해나 본인이 똑바로 설명할 방법뿐.

"내가 하지도 않은 일을 변명하고, 나와 관계없는 사람에 대해 설명해야 하는 건 힘들어요. 그런 걸로 공격받는 건 너무 아파요.

하지만…… 내가 함께하고 싶은 사람과 함께하기 위해서 받는 고통은 얼마든지 감수할 수 있어요. 하나도 아프지 않아요."

해나에게 그건 차라리 행복이었다.

지금까지 얼마나 뜬소문에 괴로웠나. 지킬 거 하나 없이, 오로지 자기 자신 하나 지키려고 아등바등 증오하며 사람들의 혀를 피해 살았었다. 그 고독 속으로 두 번 다시 되돌아 가고 싶지 않았다. 아버지가 돌아가시면서 소중한 건 하나도 없었다. 하지만 이제 생겼다.

"난…… 이렇게 해도 저렇게 해도 당신을 힘들게만 하는 거 같아요."

"내가 아무렇지 않다고 하면?"

해나의 심장이 젖어 들었다.

"나도 괜찮아요."

삭막하게 말라 있던 자신을 촉촉하게 적셔 주는 사람. 불행에 찌들어 있던 자신을 깨끗하게 치료해 주는 사람.

힘내야지.

"지켜 줄게."

적 따위 되어 주겠다. 하고 싶으면 얼마든지 하라고 진은 생각했다.

해나가 입술을 꼭 깨물고서 고개를 끄덕였다. 몇 번이고 경험했지만 늘 놀라고 만다. 아무것도 계산하지 않고 보듬어 주기만 하는 게 어떻게 가능할까? 그렇게까지 믿다니, 정말 큰일 날 남자.

"표정이 왜 그래?"

진이 해나의 턱을 살짝 누르며 물었다.

"그냥 사장님하고 같이 찍힌 사진이 생각나서."

"신경 쓰지 마. 내가 있는데 다른 놈을 좋아할 이유가 없잖아."

"아……."

그건 그런 자신감의 결과였군.

"그런 사소한 선동질에 흔들릴 정도면 애초에 시작하지도 않았어. 한번 선택한 여자는 끝까지 지켜라. 그럼 그 여자가 널 지켜 줄 거다. 우리 어머니 말씀."

해나가 눈동자를 빛냈다. 멋진 분이다. 궁극적으론 자신도 그 말처럼 되고 싶었다.

"도강우도 나만큼 널 좋아할 뿐이겠지. 하지만 내가 더 좋아하니 괜찮아."

"……."

"아무것도 변하지 않을지라도, 내가 변하면 모든 것이 변한다."

길고 섬세한 손으로 해나의 볼을 만지며.

"발자크."

그녀의 머리를 가슴에 끌어당겼다. 해나의 눈이 서서히 감겼다.

내가 변하면, 모든 것이 변한다. 그래. 그때와는 아마 많은 게 다를 거야. 내가 그때와 다르게 변하기로 했으니까.

"당분간 아주 많이 시끄러울 거야. 잠시만 여길 떠나 있자."

해나가 고개를 끄덕였다. 진이 해나의 뺨을 감싸 고개를 들게 했다. 그의 눈빛이 많은 말을 속삭였다. 뜨거운 눈길로 유혹한다. 입술이 겹쳐지려는 그때, 현관문이 벌컥 열렸다.

"헉! 죄, 죄송합……."

동현이 사색이 되어 허둥지둥했다. 진의 서늘한 눈매가 바로 찢어 죽일 듯 향하고, 해나는 민망해서 진의 뒤로 숨고 말았다.

쯧. 저 눈치 없는 자식…….

진의 따가운 시선이 내리꽂히자, 동현이 얼굴이 벌게져선 공손히 휴대폰을 내밀었다.

"실은 대표님이…… 도저히 안 받을 수가 없어서……."

✸ ✸ ✸

엑스 엔터, 트래픽 폭주로 홈페이지 마비.

사옥 앞은 진실을 알고 싶어 하는 성난 팬들로 인산인해.

소속사의 단속에도 점점 퍼져 가는 진의 폭행 영상.

소속사 무 대응이 혼란 더 키워.

강우는 태블릿 PC를 던져 버렸다. 이동하는 차 안에서 그의 표정이 시시각각 어두워졌다. 일이 점점 더 커져 갔다. 예상이야 했었지만 상상했던 것 이상의 파장.

진 오빠한테 실망! 겨우 그런 여자한테 맛이 가서 폭행까지 하다니, 눈이 의심스럽다. 여자 보는 안목 완전 낮음! 미친년! 걸레! 도를 더해 가는 인신공격.

하지만 더한 건 진에 대한 분노와 실망이었다.

누구보다 단단하고 충성스러운 팬덤을 자랑하던 팬층이 급속도로 와해되었다. 팬클럽은 하루에도 몇 백 명씩 탈퇴하고 진이 전속모델로 있는 광고 제품의 보이콧, 비방, 공격으로 광고주들이 몸살을 앓았다. 개봉한 영화는 고전을 면치 못했고, 새 앨범은 발표 시기를 무기한으로 늦췄다.

여론이 심상치 않게 흘러가고 있었다.

"충성스러운 팬덤이었던 만큼 일부라도 이성적으로 대처해 자정 작용을 거쳐 주기를 기대했건만……. 애정이 깊었던 만큼 분노도 크단 건가."

물론 해나를 생각한다면 분노가 진의 쪽으로 흘러가 주는 게 좋을지 몰랐지만 그거야말로 얕은 판단. 진에 대한 공격성이 커지면 커질수록 둘 모두가 위태로워질 건 자명한 사실이었다.

무엇보다 윤서의 소재가 전혀 파악이 안 됐다. 집엔 안 들어온 지 오래고, 매니저와 코디도 완전히 잠수 탄 상태인 데다 호텔을 다 뒤져 봐도 머리카락 한 올조차 나오지 않았다.

"조용진, 그 새끼랑 둘만 아는 곳에 짱 박혀 있는 게 분명한데."

이렇게 가선 노윤서를 잡을 수 없다. 아무래도 방향을 틀어야겠다고 생각하는데 휴대폰이 울렸다. 진이었다. 강우는 얼른 전화를 받았다.

"그래, 나다."

진, 충격의 등장. H양과의 관계는?
기자의 카메라를 부수는 진의 모습.
팬들 폭발. 무너지는 팬덤.
톱스타 J의 사상 최악의 일탈, 그 결말은?
미운털 박힌 진, 모든 활동 중단, 데뷔 후 최대의 위기!

기사를 보고 있는 윤서의 안면 근육이 부들부들 떨렸다. 해나를 지키려 분노하는 진의 모습, 세상 모든 것으로부터 보호하듯 감싼 채 기자들 사이를 빠져나가는 모습까지.

"짜증 나!"

자기 입으로 온 세상에 공표했다. 그것도 그렇게 화를 내며. 누가 봐도 진심이었다. 모든 게 틀어졌다. 이렇게 흘러가면 안 되는 거였는데.

"다 망쳤어."

손톱을 닥닥 물어뜯고 있는 윤서의 옆에서 용진이 피식 웃었다.

"어쨌거나 두 남자랑 휘말렸으니까 그 여잔 이제 끝났다고 봐야지. 그 정도로 만족하지그래?"

"시끄러워! 지금 그딴 게 중요한 게 아니야."

"그럼 뭐가 중요한데?"

"내가 바라던 방향이 아니야."

"과연 공주님께서 바라시던 방향은 대체 뭐였을까?"

"모르면 입 다물고 당장 꺼져. 들키면 어쩌려고 자기 집처럼 들락거려?"

"차가 아직 안 왔잖아. 결제 안 한 거 같던데?"

"할 거야. 바로 키 넘겨줄 테니까 조용히 틀어박혀서 기다리고 있어."

"노윤서, 말이 점점 더 거칠어진다? 내가 입이 없어서 이렇게 조용히 있는 게 아니거든."

윤서의 표정이 멈칫했다.

양아치 새끼.

"너는 이미 나랑 너무 많은 걸 공유했거든. 아름다운 노윤서 양."

용진이 킥킥 웃었다. 용진이 그럴수록 윤서는 더욱 몸에 더러운 진흙이 묻는 것 같았다. 어쩌자고 이런 수준 낮은 남자와 엮였는지. 자신은 지금 진과 있어야 했다. 이런 저급한 인간이 아니라. 진도 나와 있어야 한다. 이해나 같은 박복한 계집애가 아니라!

사실 용진도 예전엔 꽤 댄디했었다. 그야 어린 나이에 사람 보는 눈이 없었다지만, 그 번지르르한 말발에 속아서 몸 주고 마음 주고 한때 그렇게 속앓이를 했었단 게 믿어지지 않았다. 진과 비교하니 그야말로 시궁창이었다.

문제는 바로 그 진이었다.

'그까짓 계집애가 뭐라고 이렇게까지 하는 거야? 내가 그 계집 애보다 못한 게 뭔데?'

무슨 일이 있어도 진만은 건드리지 않을 생각이었다. 나름 생각해 줘서 일부러 진이 아닌 도강우랑 해나를 엮었다.

'그런데 그런 내 배려를 무시하고 자기가 나서서 그 스캔들의 중심으로 뛰어들어?'

해나를 도강우와 연결시켜 진과의 사이에 불신을 만들어 놓는다. 그리고 해나의 과거를 터뜨리면 다 끝날 줄 알았다. 그렇게 만신창이가 된 여자를 누가 좋아하겠는가?

진의 집안도 있으니 그런 여자 따위 금세 털어 버릴 줄 알았는데. 상관없다는 듯 마치 흑기사처럼 나서서 온몸으로 막아 가며 해나를 구해 주다니. 목적이 상실되었다.

아니 오히려 모든 포커스가 진에게로 집중되었다. 해나의 예전 스캔들이 묻힐 만큼, 진의 등장과 그가 일으킨 사고가 남긴 충격은 그야말로 어마어마했다. 마치 해나의 결점까지 자기가 다 흡수하는 것처럼.

"부러운 거 같네?"

"뭐?"

"이해나 말이야."

"그 말 취소해."

"하긴, 그렇게 욕심내는 남자가 딴 여자한테 지독한 애정을 표현했는데 속이 왜 안 뒤집히겠어? 진도 참 무심하지. 일부러 똑같은 반지 낀 셀카 퍼뜨려 열애설까지 내 줬는데 눈도 깜빡 안 하더니. 톱 여배우를 버리고 케이크 가게 주인이라니."

"닥쳐!"

"어찌 보면 대단하기도 하고. 참 수상한 남자야. 어떻게 저 정도로 너덜너덜하게 소문이 안 좋은 여자랑 자기 스스로 엮일 수 있지? 나라면 못 그럴 거 같은데."

"닥치라고!"

"노윤서, 네 생각도 그랬겠지. 진도 어차피 인간, 폭풍이 지나갈 때까지 조용히 몸 사리며 기다릴 거다. 너 남자 아는 거 맞아?"

윤서의 몸이 부들부들 떨렸다. 미친 듯 화가 났지만 그 말을 부정할 수 없었다.

"이건 뭐 올인이구면? 자기가 가진 걸 다 버리겠단 각오를 하지 않고서야. 이 바닥 생리를 모르는 것도 아니고, 오래 살아남으려면 여론을 의식하지 않을 수 없을 텐데. 그래서 다 가식 떨고 이미지 관리하는 거 아니겠어? 하긴, 워낙 잘나서 그러나?"

"듣기 싫어. 그만하라고 했지?"

"듣기 싫으라고 하는 소린데? 아무튼 네가 진 거야, 노윤서. 인정해."

윤서의 안면 근육이 파들파들 떨렸다. 그 말에 화내는 것 말곤 아무것도 할 수 없단 게 너무도 억울했다.

그때 윤서의 휴대폰에 문자가 도착했다. 확인한 윤서의 눈동자가 살짝 커졌다.

[좋다. 진도 저렇게 사고 치고, 더 이상 일이 복잡해지길 바라지 않는다. 서로 여기서 더 일 키우지 않는다는 전제 하에 전속 계약 조정하자. 연락해라.]

강우였다.

피식.

윤서의 입술 끝이 위로 올라갔다. 하나를 잃으면 하나는 얻는다는 건가? 휴대폰을 살살 흔들며 그녀가 중얼거렸다.

"이거 믿어도 되려나?"

✱❀✱

윤서는 선택받은 VVIP만이 출입할 수 있는 철저히 통제된 고급 사교 클럽의 밀실로 들어섰다. 소속사 대표 가수와 한 여자를 두고 열애설에 휩싸였으니, 강우도 장소 선택에 신중할 수밖에 없었으리라.

일단 도강우를 만나 보기로 했다. 물론 그 문자를 100% 믿진 않았지만, 생각해 보니 강우의 입장에선 그 방법밖에 없을 것 같기도 했다.

"하긴 시한폭탄 둘을 모조리 떠안고 있을 수야 없겠지."

그녀가 피식 웃었다.

강우도 지금은 약자다. 그녀가 더 사고 치기 전에 어르고 달래기 위해서라도 뭐든 조건을 들어줄 수밖에 없을 것이다. 당장 진을 어쩔 수 없다면, 일단 도강우에게서 벗어나는 건 관철시켜야 한다. 두 마리 토끼 중 일단 하나라도 먼저 잡는다. 그리고 기회를 봐서 마지막 토끼까지 낚아채면 된다. 결국 그게 승자다.

"아직 끝난 건 아니야."

또각또각.

블랙 트렌치코트에 그레이 컬러의 월스트리트 백을 멘 윤서가 당당하게 걸어갔다.

하지만 약속 장소로 들어섰을 때, 윤서는 돌처럼 굳고 말았다. 얼마나 놀랐는지 목에서 작은 소리조차 나오질 않았다.

강우가 기다리고 있을 거라 생각한 그곳엔, 진이 벽에 기댄 채 서 있었다.

그가 천천히 고개를 들었다.

"아, 노윤서."

뼛속까지 얼릴 것 같은 그 냉기와 마주한 순간, 온몸에서 핏기가 싹 가셨다.

속았다.

설마, 둘이 짜고서?

"내 덫에 걸려든 걸 환영해."

진이 피식 웃으며 말했다. 결국 윤서는 확신했다.

도강우와 진이 자신을 끌어들이기 위해 뭔가의 대화를 주고받았다.

하지만 어디까지?

진이 뭘 어떻게 알고 있는지부터 알아야 했다. 그래야 제대로 대처할 수 있다. 불리한 싸움을 싫어하는 윤서로선 이 상황이 미치도록 답답했다.

그렇다고 여기서 질 내가 아니지.

"무슨 덫이란 건가요? 내가 덫에 걸릴 이유가 있나요?"

매끈한 그녀의 미소.

진이 걸어왔다.

"옛 애인과의 콤비 플레이는 잘 봤어. 노윤서와 조용진, 아주 제대로 대중을 뒤흔들어 놨더군."

"무슨 소리예요?"

"그래서 나도 도강우와 콤비 플레이 좀 했지. 이렇게 덥석 물어줘서 고마워. 역시 전속 계약 미끼가 목구멍 속까지 파고들 바늘이었군."

"도대체 무슨 소릴 하는 거냐구요? 도 대표는 어디 있나요? 내가 왜 당신한테 이런 말을 듣고 있어야 하죠? 아! 기사 잘 봤어요. 그런데 참 이상하네요. 당신은 지금 해나 옆에 있어 줘야 할 때가 아닌가요?"

진이 피식 웃었다. 그리고 똑바로 쳐다보는 눈.

순간 윤서의 팔에 잔털이 사악 일어났다. 소름 끼치는 진의 눈빛, 벼른 칼날처럼 날카로운 그 빛이 섬뜩할 정도였다. 티 내지 않으려 했지만 윤서는 불안했다. 강우와 해나를 엮은 게 자신이란 걸 파악했단 건가? 거기까지만 아는 건지, 아니면 그 이상인지. 설마 8년 전의 일까지 들은 건가?

솔직히 진이 직접 나설 줄은 몰랐다. 그렇기에 그에 대한 대비는 전혀 하지 못했다.

"감히 그 입에 이해나를 올리다니 너 정말 못 쓰겠구나."

윤서가 멈칫했다.

"이게 대체 무슨 소리야? 기분 나빠. 가야겠어요!"

"아마, 넌 좀 힘들어질 거야."

윤서는 아연실색했다. 흔들리지 않는 바위를 상대하는 기분.

"정말 어이가 없군요. 도 대표랑 말하겠어요."

윤서는 곧장 돌아서려 했다. 하지만 진이 빨랐다. 진로를 탁 막
아서자 윤서는 주춤거리며 그를 쏘아보았다.

이 남잔, 모든 걸 알고 있다. 자신의 감이 맞는다면, 8년 전의
일까지도.

진은 주머니에 한 손을 찌른 채 특별히 큰 움직임을 보이지도 않
았다. 그저 서늘한 눈으로 쏘아보는 것뿐인데도 엄청난 부담을 주
었다. 주변의 공기가 몇 도는 내려가는 것 같았다.

"내 손이 널 붙잡게끔 하지 마. 손대기도 싫거든."

윤서의 눈동자가 파들파들 떨렸다.

"이……."

이런 모욕은 처음이었다.

"그 얼굴도 직접 보고 싶지 않았지만, 상황이 상황이니 사소한
건 포기해야지."

그가 곧 돌아섰다. 소파에 아무렇게나 툭 앉아서 다리를 꼰 채
윤서를 쳐다보았다.

"앉아."

"내가 왜요? 난 당신이랑 할 말 없는데. 그런 모욕까지 받으면서

내가 앉아 있을 거라 생각했어요? 날 대체 뭘로 보는 거야? 안 그
래도 여론도 안 좋던데 고소당하고 싶지 않으면 자중하시죠?"

"말귀 참 못 알아듣네. 원래 그렇게 성가신 성격인가?"

윤서가 피식 웃었다.

"내 걱정해 줄 때가 아닐 텐데. 자신이 저지른 일 때문에 세상이
들썩거리고 있는데 이렇게 여배우를 만날 시간은 있나 봐요? 도 대
표한테 무슨 말을 어떻게 들었는지는 모르겠지만, 사람 더 화나게
하지 말고 자신이 저지른 일이나 처리해요."

"앉아."

"다음에 또 봐요. 아! 무사히 이 바닥에 돌아올 수 있다면 말이죠."

"어차피 그 문 안 열려."

윤서가 문에 손을 뻗는 순간 진이 툭 던지듯 한 말이었다. 설마
싶어 바로 문을 흔들어 봤지만 꿈쩍도 하지 않았다.

"예전에 말이지, 가끔 이곳이 그런 데로 쓰였다더군. 돈 많으신
분들이 2대 1, 혹은 그 이상으로 어린 여자애랑 아주 즐겁고 고급
스럽게…… 나쁜 짓을 하던 곳. 보안은 당연히 철저하겠지."

윤서가 부들부들 떨었다.

"네 발로 찾아온 이상 어차피 우린 대화할 수밖에 없어. 조용히
앉지?"

결국 선택해야 한단 걸 깨달았다. 실은 생각을 정리할 시간이 필
요했지만 어쩔 수 없었다. 그녀는 곧 고개를 빳빳이 들고서 진의
앞으로 가서 앉았다. 백을 옆에 내려놓고서 다리를 꼬았다.

누가 뭐라고 해도 자신은 노윤서다. 현재 최고의 대우를 받는 도
도하고 아름다운 여배우. 그 품위만은 절대 잃지 않겠다. 그리고

자신을 함부로 대한 이 건방진 남자에게 언젠가 대가를 치르게 해주겠다.

"할 말이 뭔가요? 한번 들어나 보죠."

"몇 가지 질문만 하지."

"해 봐요."

"첫 번째, 악귀들이 득시글거리는 소굴에 무방비 상태의 한 여자를 던져 놓은 기분이 어때?"

"그건 무슨 스토린가요? 전혀 못 알아듣겠군요."

"두 번째, 도강우와 그녀를 엮은 이유는 뭐지?"

"그걸 왜 저한테 묻죠?"

"세 번째, 욕심내던 남자가 제 발로 걸어가 네가 가장 싫어하는 여자를 감싸서 사라지는 걸 본 기분은 어때? 속이 좀 뒤집히던가?"

결국 그 말엔 윤서의 눈동자가 흔들렸다.

자존심 상해 미칠 것 같다.

"누가 누굴 욕심낸단 거예요?"

"그렇게 그녀의 것이 탐나나? 예전에도 그랬다더니, 거지도 아니고 왜 자꾸 남의 걸 주워 먹으려고 그래?"

윤서의 얼굴이 모멸감으로 새빨개졌다.

"지금 그 말 당장 취소해요!"

"그러니까 적당히 좀 하지 그랬어? 자꾸 헛짓을 하니까 이렇게 내가 직접 나섰잖아."

"태진!"

"하긴, 주변에 조용진 같은 인간들밖에 없으니 내가 탐나는 것도 이해는 가. 하지만 송충이는 솔잎을 먹어야. 너한텐 조용진 정도가 딱 좋아."

"이!"

결국 윤서가 벌떡 일어났다.

"내가 대체 왜 이런 모욕을 받아야 해? 당신, 고소하겠어. 날 모독한 대가는 반드시 치를 거야!"

생각 같아선 저 남자를 찢어발기고 싶었다. 그의 배경을 탐낸 건 사실이었다. 하지만 배경도 그의 것이다. 배경을 포함한 태진의 모든 것을 갖고 싶었다. 그를 원했다. 그런데 그 보상이 겨우 이거라니.

역시 진은 모든 걸 알고 있었다. 도강우? 아니, 이해나 그 계집애인가? 상관없어. 셋 다 절대 용서 못 해!

윤서가 문을 쾅쾅 쳐 댔다. 하지만 아무리 해도 열리지 않는 문. 그때 뒤쪽에서 인기척이 나더니, 긴 팔이 그녀의 머리 위로 지나가 주먹으로 문을 쾅 쳤다.

태진.

윤서의 몸이 바들바들 떨렸다. 진이 피식 웃었다.

윤서는 휙 돌아섰다. 턱을 똑바로 들고서 그를 노려보았다. 절대 만만하게 보일 순 없다. 하지만 마주한 진의 눈빛은 정상적인 상태가 아니었다. 고요하게 벼른 분노, 그게 더 위험하다는 걸…….

살기.

지금 이대로 자신의 목을 조른대도 하나도 이상하지 않을 냉혹한 기운. 발끝부터 서서히 얼어붙어 가는 것 같았다.

"8년 전에 왜 그랬어? 왜 해나를 지옥으로 떨어뜨렸어? 그때 그랬으면 됐지, 왜 또 도강우와 연결시켰어? 아니, 이유 따윈 다 알아. 내가 궁금한 건 왜 그렇게 그녀를 가만두질 않느냐는 거야."

윤서의 눈에도 불꽃이 튀었다.

"왜 그랬을까요? 그땐 그 계집애가 도강우를 차지했고, 지금은 당신을 차지했죠. 내가 갖고 싶은 걸 자꾸만 훔쳐 가니까. 그래요. 나 당신 탐냈어! 그래서 내가 우스워요?"

"하······."

진이 웃었다.

"뭐?"

"내 욕망대로 행동한 게 그렇게 잘못이에요?"

"욕망대로 행동한다. 참 재미있네."

"내가 좋아한다니까 자신감이 하늘을 찌르나 본데, 그렇게 즐거운 일만은 아닐 걸요? 당신이 언제까지 잘난 척할 수 있을 것 같아? 내가 당신한테 이런 취급당할 여자야? 내 판단이 경솔했어. 이 정도밖에 안 되는 줄도 모르고 당신에게 너무 값을 높게 쳐 줬어. 명심해요. 내 감정을 쓰레기통에 처넣은 대가는 고스란히 돌려받게 해 줄 테니까."

피식.

"노윤서. 일단, 좋아한다는 단어는 함부로 쓰는 게 아니야. 듣는 사람 입장도 생각해 줘야지."

"뭐, 뭐예요?"

"내 심장을 후벼 판 여자와 내 짜증을 후벼 판 여잔 전혀 다르거든. 아무한테나 고백하지 마. 짜증 나니까. 그리고 남을 효과적으로 공격하고 싶으면 쓰레기통 같은 격렬한 단어는 쓰지 않는 게 좋아."

그가 살짝 허리를 숙였다.

"약해 보이거든."

싸늘하게 거두어지는 시선.

좋아한다고 하면, 그래도 흔들려 줄 줄 알았다. 이 남자도 부족한 것 따위 없겠지만, 자신 역시 뭇 남자들의 맹목적인 사랑을 받은 여자다. 여신처럼 추앙받으며 언제나 동경의 대상이었다. 어떤 남자도 자신에게 흔들리지 않은 적 없었다. 그래서 그에게도 언젠가는 통할 줄 알았다. 어느 정도는 자신감도 있었다.

그런데 이 남자에게만은 안 통한다. 그게 너무 분했다.

"좋아요. 지금 내 감정에 장례식을 치르죠. 당신 따위 내가 먼저 버려 주겠어. 미련 없이. 세상이 당신 위주로 돌아간다고 생각하지 마."

"저런. 그렇게 금세 감정을 드러내며 파르르 떨어서야. 맥 빠지게. 기왕 악녀가 되려면 장희빈 정돈 돼야지. 이건 뭐 그냥 밉상 팥쥐도 아니고."

"사람 띄엄띄엄 보지 마요. 나도 운으로 여기까지 올라온 건 아냐."

"좋은 자세야. 그 정도는 독해 줘야 싸울 맛이 나지. 앞으로도 계속 그 텐션 유지해. 난 이제 시동 걸렸거든."

진이 짚고 있던 문에서 손을 확 뗐다. 그의 눈빛이 번뜩였다. 윤서는 그 차가움에 금방이라도 다리가 풀릴 것 같았다. 진이 피식 웃곤 그녀를 지나쳤다. 문득 멈춰 서선 그대로 등을 보이며 말했다.

"되도록 내 눈에 띄지 마. 한 번만 더 해나 건드리면, 죽여 버릴 거니까."

윤서의 시선이 정면에 도도하게 박힌 채 움직이지 않았다.

"나라면 차라리 도망갈 테지만, 아무 데도 가지 마. 아주 재미있는 일이 많을 것 같거든."

진이 휴대폰으로 뭔가를 조작하자 문이 열렸다. 그는 그대로 사라졌다.

순간 윤서가 휘청거렸다. 억눌린 호흡이 한꺼번에 토해져 나왔다. 부들부들 떠는 윤서의 눈시울이 붉어졌다.

"까아아악! 태진!"

✱❊✱

체에 쳐서 내린 하얀 밀가루가 고왔다.

"베이킹의 기본은 밀가루 고르기부터예요. 부드러운 크레페는 체랑 거품기에 달렸다고 해도 과언이 아니죠."

해나와 진은 자작나무 숲이 펼쳐진 그 별장에 다시 내려와 있었다. 두 사람만의 여행. 아니 잠시간의 도피. 세상 사람들의 눈을 피해 두 사람이 택한 장소. 마주해야 할 현실은 지옥이지만, 이 순간만은 천국처럼. 두 사람은 적어도 겉으론 슬픔을 드러내지 않으려는 듯 애써 웃고 있었다.

동현의 집에서 떠나기 전 몇 시간 동안, 진은 몇 가지 조율할 게 있다며 잠깐 외출했다. 그리고 돌아오자마자 함께 이 별장으로 내려왔다. 진이 그 사이 윤서를 만났으리라곤 해나는 생각지도 못했다.

진이 윤서를 만난 이유는 경고하기 위해서였다. 자신이 모든 걸 알고 있단 걸 노윤서에게 알리기 위해서였다. 아마도 그녀는 앞으로, 언제 터질지 모를 시한폭탄을 끌어안고서 불안해하겠지.

공포의 쐐기를 박는 것.

하지만 아직 멀었다. 그녀가 지금까지 해나에게 한 짓에 비하면 이건 아무것도 아니었다. 조금씩 조여 오는 공포를 더 두려워하라고, 더 몸부림치라고. 그리고 즐겨 주겠다. 다만 마지막 선택만은, 해나에게 맡기고 싶었다.

"이제 생크림을 휘핑할 차례예요."

해나의 말에 진의 생각이 현실로 돌아왔다. 해나가 선택한 건 크레페 케이크였다. 언젠가 한 약속. 그에게 몇 번이고 케이크를 만들어 주고 싶다.

"그건 내가 할 수 있어."

"정말요? 그럼 해 봐요. 쉽지 않을 텐데."

"망치진 않을 거야."

진이 특유의 자신만만한 표정으로 거품기를 들었다. 단언한 대로 결과는 좋았다.

"어때?"

"뭐 그런대로."

"칭찬에 인색하면 좋은 선생님이 아니지."

해나가 얼굴을 붉혔다. 잠깐 인정해 주지 않으려고 했던 마음이 들켜서 민망했다.

"음, 접시가……."

"있어 봐."

까치발을 세워 위쪽 싱크대 문을 열려는 해나의 등을 감싼 채 진이 손을 뻗었다. 그 바람에 완전히 갇힌 모양이 된 해나의 몸이 긴장으로 굳었다. 뺨의 열을 식히기 위해 고개를 숙여야 했다.

사실 별장에 내려온 뒤로 계속 이런 상황이었다. 가까운 물건을 집을 때도 괜히 어깨를 감싸고, 뭘 하든 진은 그녀를 만졌다. 말할 때도 머리카락을 쓰다듬고, 그러는 바람에 중간에서 할 말이 흩어져 생각이 꽉 막혀 버리곤 했다.

지금도 그랬다. 접시 하나 꺼내는데 거리가 너무 가까워 안절부절. 이제 와서 옆으로 빠져나갈 수도 없고, 등에선 그의 가슴이 느껴지고, 어깨 한쪽엔 그의 손이 올려져 있었다.

"이해나."

"네, 네?"

"접시."

정신을 차리고 보니 접시가 눈앞에 있었다.

"아……."

당황스러워 해나는 얼른 접시를 받아들고서 몸을 돌리려 했다. 하지만 어깨가 잡힌 채 빙글 되돌려져서 턱이 잡혔다. 살짝 입술이 부딪쳤다가 떨어졌다. 부드러운 생크림처럼 달콤한 그의 입술. 몇 번을 살짝살짝 건드렸다가 떨어지길 반복하던 입술이 어느새 깊이 그녀의 입술을 탐했다.

"아……."

해나의 입술이 열렸다. 촉촉하게 혀가 하나로 섞여 들었다.

반죽은 랩 안에서 숙성되어 가고 있었다. 더 맛있어지는 시간. 부드러운 크레페를 얻기 위해 꼭 필요한 시간.

두 사람의 감정도 서로를 확인해 가며 더 숙성되어 갔다. 더 맛있어져 간다. 해나의 얼굴을 감싸 쥔 진의 손에 더욱 힘이 들어갔다. 반대로 해나의 몸에선 힘이 풀렸다. 하중을 견디다 못한 해나의 몸이 뒷걸음질 쳐 싱크대에 쿵 부딪쳤다. 그의 뜨거워진 욕망이 그녀의 허벅지 부근에서 느껴졌다. 얼굴이 확 달아올랐다.

진의 손이 해나의 허리에 닿고 등을 쓸고 목덜미를 어루만졌다. 머리가, 어떻게 될 것 같았다.

처음 이곳에 내려왔을 때부터 진은 모든 정보를 차단시켰다. 휴대폰도, 인터넷도, 기사를 체크할 수 있는 그 어떤 장치도 모조리 다 숨겨 버렸다.

"어차피 일어난 일은 어쩔 수 없어. 걱정하지 마. 내가 해결해."

모든 걸 떠안으려고 하는 그. 하지만 그걸 마음 편히 받고 있을 수만은 없는 해나. 여전히 두 사람의 입장은 달랐다. 가라앉기를 기다리는 것이었지만, 쉽지 않을 거란 건 두 사람이 더 잘 알았다. 그저, 잠시만이라도 숨을 쉬고 싶을 뿐이었다.

지옥으로 가기 전의 마지막 휴식, 해나는 그렇게 스스로 이름을 붙였다.

만들어 낸 크레페를 놓고서 접시를 돌리면서 휘핑한 생크림을 얇게 발라 층층이 몇 장을 쌓았다. 드디어 달콤하고 풍성한 크림의 풍미가 느껴지는 크레페 케이크가 완성되었다. 몇 장을 겹쳐서 쌓아 놓으면 케이크와 다를 바 없지만, 그럼에도 케이크보다는 두께가 얇다.

지금 이 시간처럼······. 살얼음판을 걷는 것 같은 불안감을 생크림으로 덮어 감춘다.

"완성됐어요. 당신을 위한 달콤한 초대."

해나가 미소 지었다.

"어서 와요."

진이 그런 해나를 끌어안았다.

✳✳✳

바람이 자작나무 사이를 스치는 소리. 마치 별이 숨 쉬는 소리까지 들릴 것 같았다.

고요, 정적, 적막.

세상에서 뚝 떨어진 그 섬 같은 곳에서, 밤이 내려앉자 두 사람은 약속한 듯 서로를 원했다. 깊은 밤의 장막에 숨어서 두 사람은 서로를 열렬히 안았다. 마치 이 사랑만이 두 사람을 지켜 줄 수 있다는 듯, 밤의 까만 커튼 뒤에서 두 사람은 애틋하게 사랑을 나누었다.

아직은 어둠 속에서만 당신을 사랑할 수 있어. 환한 빛 같은 건 애초에 자신에게 주어지지 않았던 건지도 모르겠다. 그럼에도 그를 받아들이고 사랑하게 되었다.

처음 만났을 때부터 퍼붓던 비, 까만 어둠이 그와 자신을 가려 주고 있었다. 세상 사람들의 눈을 피해 몰래 시작해서 몰래 키워 온 사랑. 그 커튼을 확 열었더니, 나도 당신도 서로에게 아픔을 주는 존재.

내일이 오면 어떨까?

마음먹은 대로 담담하게 헤쳐 나갈 수 있으면 좋으련만.

당신이 나 때문에 제발 조금이라도 덜 아팠으면. 내가 당신을 찌르는 칼이 되지 않았으면. 하지만 세상은 원하는 대로만 되지는 않기에, 세상이다.

진이 해나의 온몸에 키스했다. 열정적이면서도 부드러운 그의 손길. 마치 몸의 모든 감각을 아는 것처럼, 그는 끊임없이 해나의 기분 좋은 곳을 건드리고 다녔다. 눈동자가 희미해진다. 머릿속이 안개가 낀 것처럼 아득해져 갔다.

가슴이 깨물렸다. 해나의 하얀 몸이 휘어졌다.

손의 모든 감각으로 그녀를 느꼈다. 감당할 수 없으리만치 세차게 펌프질하는 심장, 그럴수록 더욱 예민해지는 몸의 감각. 마치 태곳적의 숭고함으로 그녀를 안는다. 사랑을 나누는 행위. 그 가장 단순한 육체 행위로 자신의 모든 것을 그녀에게 쏟아붓는다. 소나기처럼 쏟아지는 감정의 비. 흠뻑 젖어 갈수록 파괴적으로 변해 가는 거친 욕망이 그녀에게 미안하다.

어느 순간, 그가 그녀의 안으로 들어왔다. 예견된 통증. 하지만 그 이상의 기쁨. 눈물이 터졌다. 희뿌연 시야로 그의 얼굴이 보였다. 눈물로 얼룩진 사랑하는 사람.

해나는 팔을 열어 열렬히 그를 끌어안았다. 이 사람을 보면 언제나 숨이 턱 막혔다. 자극에 지배되어 갔다. 얼굴을 가린 채 울다가 더듬어 그의 목을 끌어안고서 가장 깊은 곳까지 그를 받아들였다. 공중으로 흩어져 가는 의식, 하지만 그걸 붙잡아 준 사람은 마지막까지 그였다.

태진.

아무리 현실이 고통 일색이더라도, 마지막까지 땅에 발을 딛고 서게 해 준 사람. 그를 사랑한다. 심장이 터질 정도로…….

잠시 후, 두 사람은 시트에 감싸인 채 서로에게 기대앉아 있었다. 아득해질 때까지 사랑을 나누고서, 해나는 땀이 맺힌 따끈한 몸을 진의 가슴에 기댔다. 진은 해나의 어깨를 끌어당겨 시트로 폭 여며 주었다.

"만약 그때의 시간이 없었다면, 연습생을 하지 않았다면 내 삶이 지금이랑 달라졌을까요? 지금이랑 전혀 다른 모습이었을까요?"

언젠가 강우를 만났을 때 스스로에게 했던 질문.

진이 해나의 목에 입을 맞췄다.

"넌 어때? 후회해?"

"아뇨……. 그 길의 연속선상에 지금 내가 서 있는 거니까."

"뭐가 어떻게 변했든, 전부가 다 변했어도 내가 널 찾아내서 이렇게 함께 있는 건 변하지 않을 거야."

또다시 그는 무너지려는 자신을 받쳐 준다. 아무리 괴로워도, 땅에 발을 붙이고 서 있으라고 똑바른 말로 자신을 다그쳐 준다.

시간을 거슬러 올라간다고 하더라도, 그래서 어떤 다른 선택을 한다고 하더라도, 몇 번을 돌고 돌아 비록 사소한 이정표는 조금씩 달라진다 하더라도, 지금 이 장소에 이 사람과 내가 함께 있는 건 변하지 않으리라.

내가 태진을 만나기 위해 연습생이 되었듯.

그가 이해나를 만나기 위해 가수가 되었듯.

"슬퍼하지 마. 위태로운 눈도 하지 마."

"그런 눈 안 했는데. 그냥 내가 좀 처량맞게 생겨서인가 봐요."

"그럼 처량맞게 생기지 마."

해나가 웃음 짓고 말았다.

"그건 마음대로 될 수 있는 게 아닌데."

"……."

"이렇게 계속 나랑 연결되면 당신은 모든 걸 잃을 거예요."

"이해나."

"하지만 나는 당신을 놓아줄 수 없어요."

진이 멈칫했다.

"그냥 나만 생각할래요."

진이 뒤에서 안은 채 해나의 턱을 돌려 입을 맞췄다.

"그 말이면 됐어."

입술이 목으로 내려갔다.

"가수는 그만둬도 살 수 있지만, 널 그만두면 죽어."

시트에 다시 눕혀져 아득해질 때까지 입맞춤을 받았다.

눈물이 핑글 돌았다.

가능하면 그가 나도, 가수도 그만두지 말았으면 좋겠다. 하지만 그 말을 해 버리는 순간 혹시라도 그를 묶어 버릴 족쇄가 될까 봐. 그래서 다만 마음속으로, 아무것도 변하지 말기를 빌었다. 그가 아무것도 잃지 않기를 바랐다. 그게 이기적인 욕심이지 않기를.

"괜한 걱정하지 마. 경솔한 행동은 안 할 테니까."

그의 입술이 다시 올라와 턱 끝을 깨물곤 확인하듯 다시 말해 주었다. 해나는 그와 눈을 맞춘 채 고개를 끄덕였다.

"고마워요."

그와 함께 있으면 세상 사람들이 다 날 배척해도 괄호 안에 묶여 있는 느낌. 그건 괄호 밖으로 밀려났던 사람만이 느낄 수 있는 소속감. 감동. 어딘가에 내가 속했다는 아주 커다란 위안. 그걸 스스로 박차고 나갈 수 있는 용기가 있는 사람이 과연 몇이나 될까?

그럼에도 그가 한 말이 어쩔 수 없이 목에 걸린 가시처럼 툭툭 걸린다. 그가 가수를 그만둔다면, 내가 그의 삶의 한 부분을 빼앗는 사람이 되면 난 제대로 살 수 있을까? 아버지를 잃은 것처럼, 그를 또 잃는다면 난 과연 버틸 수 있을까?

✽❉✽

새벽이 오자 해나는 진의 품속에서 빠져나왔다. 진은 깊이 잠들어 있었다. 그래 봐야 한 시간 정도 잤을까? 잠든 그의 조각 같은 얼굴이 달빛을 받아 더욱 신비롭게 보였다.

"잠깐만 갔다 올게요."

기사를 봐야 했다. 자신이 아닌 그가 불안해서, 그가 잠깐 자는 사이에 휴대폰을 켜 볼 생각이었다.

모르고 있으면 아무것도 해 줄 수 없다. 대비하고 싶었다. 미래는 언젠가 다가오지 없어지진 않는다. 이렇게 멍하니 아무것도 모르고 있는 게 더 불안했다.

그런 한 조각 마음의 방황. 그걸 읽은 것일까? 혹시라도 깨울까 봐 조심스럽게 침대를 내려서려던 순간, 해나는 발목에 뭔가가 걸려 멈추고 말았다.

뭐지?

천천히 내려다본 해나의 눈동자가 세차게 흔들렸다. 두 사람의 발목이 긴 천으로 함께 묶여 있었다.

"이건……."

그 의도를 알기에…… 해나는 마음이 무너지는 것 같았다.

그때 해나의 머리 위로 따뜻한 손이 와 닿았다. 고개를 들자, 진이 말없이 물끄러미 그녀를 바라보고 있었다. 금방 깬 사람 같지 않게 또렷한 눈동자.

"왜 일어났어?"

"이거, 좀 무서워요."

해나는 눈물이 날 것 같아 오히려 다른 말을 했다.

"걱정하지 마. SM 같은 건 아니니까."

"비슷해질 뻔했어요."

"그런 건 아니지만, 이상하게 발목이 손목보다 예민해. 그래서 바로 알아채려고 묶어 놨지."

진이 일어나 앉았다.

"도망갈 생각한 건 아니지?"

"안 했는데, 지금 막 그런 생각해야 하나 했어요."

진이 큭 웃었다.

"그럼 안 되는데."

"그럼 이런 거 하지 마요. 처음에도 납치 같은 거나 하고. 좀 정상적인 방법은 없어요?"

"미안."

"이러지 않아도 도망가지 않아요. 안 믿어 주면 서운해요."

"응."

진의 손이 계속해서 해나의 머리를 매만졌다.

"돌아가면, 아주 많은 게 바뀌어져 있을 거야."

"알아요."

"그걸 걱정하는 마음은 이해해. 네 성격을 모르는 것도 아니고. 하지만 그래서 난 정말 불안해. 널 믿어 주고 싶지만 그래도 그래. 날 떠날까 봐……. 또 숨어 버릴까 봐……."

해나의 눈동자가 흔들렸다.

"도강우가 8년 만에 널 만난 것처럼, 내 8년도 널 찾아 헤매는 시간이 될까 봐."

진이 해나의 손목을 끌어당겼다. 그대로 쓰러뜨려 내려다보았다.

"그래서, 나 없이는 살 수 없게 만들어 줄 거야."

다시 키스가 시작되었다. 해나는 다독이듯 그의 입술을 품어 주었다. 불안하게 만든 걸 사과하듯, 진심을 담아서.

화난 사람처럼 두 번째의 침입은 조금 거칠었다. 채 몸이 다 열리기도 전에 그를 받아들여야 했기에 몹시도 아팠다. 초조한 눈빛, 다급한 숨결. 좁은 내벽을 비집고 들어오느라 그도 고통스러운 듯 미간이 찌푸려져 있었다.

"괜찮아요."

해나는 그를 다독였다.

"걱정하지 마요."

코끝이 빨개져 그의 등을 어루만져 주었다. 따스한 기운을 퍼뜨리듯, 몇 번이고 그의 등을 쓸었다. 그 다독임에 진의 기세가 조금이나마 늦춰졌다. 하지만 여전히 그녀의 입술을 찾는 그의 입술은 초조했다.

그런 그가 너무 안타까웠다.

짙은 섹스.

벽찰 정도의 다그침.

도망치고 싶어질 때마다 이 온도를 기억해.

눈 돌리고 싶어질 때마다 이 뜨거움을 기억해.

모든 걸 포기하고 싶어질 때마다 이 무게를 기억해.

기꺼이 받아들이는 심장의 통증. 또 한 번 갈 길을 잃고 방황하려던 발을 세상 위에 붙여 두려고, 그가 격렬한 애정을 쏟아부었다.

어스름한 달빛밖에 없었다.

신음 소리, 숨결 소리. 바스락 나뭇잎 소리. 자작나무를 스치는 바람 소리. 이름 모를 동물 소리. 세상에 두 사람밖에 없는 것처럼…… 시간이 멈춘 것 같았다.

가느다랗고 예쁜 해나의 몸. 그 몸이 달빛에 비친 야윈 나뭇가지처럼 떨린다.

내 노래엔 네가 묻혀 준 달콤한 설탕이 묻어 있어, 항상 너를 위해 불러 주고 싶어. 네 피부에선 늘 달콤한 냄새가 나. 퍼붓는 비에도 씻겨 내려가지 않고서 뇌에 박힌 듯 남아 있던 너의 향기. 자장가에 감싸이듯, 널 안고 있으면 영원히 편안한 잠을 잘 수 있을 것 같아. 그래서 이대로 널 그 무자비한 세상으로 도저히 보내고 싶지가 않다.

며칠이 지났는지 모르겠다. 세상이 어떻게 변해 가고, 얼마의 시간이 흘렀는지 분간이 가지 않을 정도의 까마득한 시간의 흐름. 그저 서로의 몸속으로 침몰하며 세상으로부터 단절되어 아무것도 하지 않고서 서로를 안고 있던 시간.

그리고 결국 돌아갈 때가 왔다.

해나는 웃었다. 꿈이 아무리 길어져도 언젠가는 반드시 깨어나는 것.

살아 있는 한.

"이제, 가야죠."

그런 두 사람의 앞에 강우가 나타났다.

열 조각

handmade
진하고 은은한 시나몬 레이즌 머핀

강우와 진은 1층 테라스에서 마주 앉아 있었다.

"동현이가 끝까지 입을 다물어서 꽤 고전했어. 더듬어 보니까 네가 올 만한 데가 여기더라고. 너 이곳 좋아했잖아. 내 예감이 맞았네."

"잘 왔어."

전혀 환영하지 않는 시큰둥한 표정으로 진은 그런 말을 잘도 했다.

그 대형 사고를 치고서도 녀석의 얼굴은 세상 무서울 게 없다는 듯 차분했다. 늘 진의 이런 침착함이 부러웠다. 보고 있으면 안달하는 자신이 더 이상한 인간이 되는 기분.

인간이면 누구나 약간의 불안에도 흔들리게 마련인데, 뭐 그렇게 큰일이라고 아등바등 복닥대느냐는 듯. 하긴 타고나길 망설일 게 없는 인간으로 태어났으니. 처음부터 이 녀석에게 경쟁의식 같은 거 가지지도 않았지만, 만약 그랬었다면 꽤 자존감에 스크래치를 입었을 것이다.

"회사 문 닫았어? 대표가 자리 안 지키고 돌아다녀도 되나?"

"하……. 비꼴 자격이 있냐? 이게 누구 때문인데?"

"나 때문이지."

"알긴 아는구나."

"그리고 형 때문이지."

강우가 멈칫했다.

"애초에 8년 전에 교통정리를 잘했어야지."

노윤서에 대한 것이리라. 아무튼 아무렇지 않은 얼굴로 정곡은 잘 찔렀다. 이쪽이야 할 말이 없었다.

"해나는, 어때?"

"어때 보여?"

"미안하다."

"사과는 나한테가 아니라 본인한테 해야지. 두 사람 다, 무릎 꿇고 진실되게 해야지. 한 사람 영혼을 파괴하고도 8년이나 뻔뻔하게 잘 살아왔다는 게 이해가 안 가."

독설가.

"변명처럼 들리겠지만 나도 지켜 주고 싶었다. 어떻게든."

"확실히 변명처럼 들려."

"치사하고 싶진 않으니까 사실대로 말하마. 그래, 어린애한테 추파나 던지는 내가 추하게 보일지 몰라도…… 해나가 떠나기 전에 그 애한테 청혼했었다."

진의 표정이 잠깐 흔들렸다.

"물론 아직 미성년자, 말도 안 되는 소리였지만 내 마음은 진심이었다. 난 그때 해나랑 결혼해도 상관없었어. 아니 그렇게 해서라도 내가 지켜 줄 수 있다면 좋겠다 생각했어. 그때 그 애는 모든 게 파괴된 상태였으니까. 돌아가신 아버지 대신 내가 그 애 옆에 있어 주고 싶었다. 하지만 단칼에 거절당했어. 그럼 자기가 스폰서가 뒤에 있다는 소문이랑 뭐가 다르냐며, 뒤도 안 돌아보고 가더군."

강우가 고개를 숙였다.

"노윤서가 범인이었단 걸 안 건 해나가 떠나고 난 뒤였어. 그땐 이미 세상 사람들은 차츰 해나를 잊어 가고 있었지. 그래서 차마, 그 일을 다시 거론할 수 없었다. 어쩌면 겨우 편안해졌을 텐데, 어디에 살고 있는지도 모르는 애를 다시 그 지옥으로 부를 수가 없었다. 하지만 그게 내 실수였지. 무리해서라도 그때 깨끗하게 해결했어야 하는 건데."

"……."

"내가 할 수 있었던 건 기껏, 언제든 해나가 다시 돌아올 때를 대비해서, 노윤서를 내 옆에 잡아 두는 것뿐이었지. 내가 생각해도 가장 소극적인 해결 방식이었다."

"형은 형대로 괴로웠던 걸로 들리긴 하니까, 믿는 줄게."

강우가 피식 웃었다.

"고맙구나."

"그리고 노윤서는 음, 좀 두고 보자고."

"섣불리 행동하지 마. 이건 형으로서 충고다. 한 번은 네 마음 생각해서 협력해 줬지만, 감정적으로 치달아서 좋을 거 없어."

"참고는 할게."

"아무튼 해나는 나랑 올라간다."

"그건 또 무슨 소리?"

"시기가 안 좋아. 두 사람이 같이 있는 건 여러모로 위험해. 지금은 이성적으로 생각해야 할 때다."

진이 피식 웃더니 손가락으로 뺨을 받치곤 되물었다.

"그럼 형은 안전하냐, 라는 질문은 차치하고라도, 내가 형한테 해나를 맡길 거 같아? 형이라면 그러겠어?"

택도 없다는 듯 선명한 조소. 강우가 낮은 한숨을 흘렸다.

"내가 지금 뭘 할 수 있을 거 같으냐?"

두 사람이 함께 별장에 있다는 걸 확인하는 것만으로도 속이 타들어 갔다. 하지만 이제 어쩔 수 없단 것도 깨달았다. 저 둘 사이엔 자신이 비집고 들어갈 틈이 없다는 걸.

이미 진이 그 아비규환의 현장에 나타나 해나를 데리고 갔을 때부터, 자신은 진에게 패배했다. 그 어떤 시선도 신경 쓰지 않은 진에 비해 자신은 남들 눈이 끝까지 가장 큰 장애물이었다. 그녀의 무고를 벗기는 데에만 급급했었다.

더 이상 해나를 좋아한다고 말할 수 없다.

"난 이제 아무것도 할 수 있는 게 없다. 자격도 없어. 다만 적어도 나 때문에 일어났던 일, 조금이라도 해나를 도와줄 수 있게 기회를 줘라."

진은 물끄러미 강우를 보았다. 마치 탐색하듯, 살피듯. 그 진심을 가늠하듯.

결론은, 강우의 마음도 나름 이해가 갔다. 또한 그 말이 틀린 것도 아니었으니까. 지금은 되도록 해나를 자신과 떨어뜨려 놓는 게 옳다. 하지만 혼자 둘 순 없었다. 그렇다면 믿을 수 있는 사람이 강우 외에 누가 더 있겠는가.

"머리카락 하나라도 다치게 하면 다시는 형 안 봐."

"전 안 갈래요."

그때 해나의 목소리가 들렸다. 진과 강우가 쳐다보자, 해나가 커튼을 살짝 밀면서 테라스로 나왔다.

"미안해요. 엿들어서. 하지만 거절할게요. 전 사장님이랑 같이 안 가요."

"감정적으로 나올 때 아니야."

"지금은 사장님이랑 같이 있는 것도 위험한 건 마찬가지예요. 제가 진의 옆에 있는 게 안전하겠어요? 도강우 대표의 옆에 있는 게 안전하겠어요?"

강우는 대답하지 못했다.

"어디든 안전한 곳은 없어요."

"그걸 몰라서 하는 말이 아니잖아."

"워낙 능력이 출중해 두 남자와 동시에 스캔들이 터졌는데, 진과 함께 있지 않는다고 해서 미움이 덜해질까요? 이리저리 옮겨 다니는 여자, 그 다음 기사 헤드라인이겠네요."

강우가 결국 입을 다물었다. 뭐라고 반박할 말이 없었다. 반면 진은 손가락으로 뺨을 받친 채 피식 웃었다. 마치 되게 즐거운 무언가라도 보듯.

"그냥 제가 알아서 할게요."

하지만 해나의 그 말에 진의 얼굴에서 서서히 웃음기가 사라졌다. 그가 뺨에서 손을 떨어뜨렸다. 혼자 둔다는 게 아무래도 내키지 않았기 때문에. 마치 그 우려를 불식시키려는 듯 해나가 야무지게 말을 이었다.

"돌 몇 개 맞아 주는 걸로 끝났으면 싶지만, 그렇게 낙천적인 상황은 아니겠죠. 바위라도 날아오면 진 씨랑 얘기할게요. 사장님은 그만 모르는 척하세요."

✳✽✳

잠시 후, 해나는 강우와 별장 앞에 서 있었다. 그녀의 앞엔 동현이 남몰래 가져다 둔 차가 있었다. 이제 이걸 타고 혼자 서울로 올라가면 모든 게 시작이다.

"정말 괜찮겠니?"

"괜찮아요. 제 일이에요."

"그 말이 참 따갑다, 난."

"원망 아니에요. 회사는 계속하셔야 하잖아요. 다른 연습생들 미래도 걸린 일이니까. 사장님이 계속 연관되면 모두가 흔들릴 거예요."

나름 강우를 걱정하는 말이었다.

"진이 널 그렇게 담담하게 만들었니?"

"전혀 담담하지 않은데. 안 그래요. 겁나요, 지금도."

"예전의 넌 울기만 했었어."

"어렸으니까요. 아직 그때의 울보가 내 속 어딘가에 숨어 있을지도 모르지만……."

강우의 눈동자가 흐려졌다.

"힘에 부쳐서 상처가 남는 것까진 막을 수 없더라도, 적어도 후회는 안 남기려고요."

강우를 뒤로하고 해나는 차에 올랐다. 천천히 차를 뒤로 빼는데 그때 진이 별장에서 나왔다. 차가 가는 방향으로 오자, 해나는 차를 빼서 그의 옆에서 잠시 섰다.

차창을 내리자 잠시 해나를 보던 그가 낮게 말했다.

"기죽지 마."

해나가 고개를 끄덕였다.

"힘들거나 견디기 힘들 정도로 아프면 바로 말하고."

"네."

핸들을 돌리려던 해나가 문득 진을 다시 돌아보았다.

"한 가지 묻고 싶은 거 있는데."

"뭔데?"

해나는 잠깐 망설였다. 아까 엿들었던 진과 강우의 대화 중에 걸리는 게 있었다.

'섣불리 행동하지 마. 이건 형으로서 충고다. 한 번은 네 마음 생각해서 협력해 줬지만, 감정적으로 치달아서 좋을 거 없어.'

뭘 협력해 줬다는 걸까? 그건 분명 윤서와 관계된 일이었다.

"아니에요."

결국 해나는 묻지 못했다. 그녀가 모르는 척 웃었다.

만에 하나 진이 윤서를 만났더라도, 그래서 무슨 일이 있었더라도 자신이 안다고 뭐가 달라질까? 진의 마음만 불편하게 만들진 않을까?

캐물을 시간에 난 내가 할 걸 하자.

"뭐가 아니야? 이상하게 들리는데."

진의 눈빛이 날카로웠다. 아무튼 귀신같은 남자. 해나가 결국 둘러댔다.

"혹시 나 기자들이나 당신 팬들이랑 부딪쳤을 때 육두문자 써도 돼요?"

"뭐?"

진이 큭 웃었다. 말없이 한참을 물끄러미 보다가 말했다.

"퍼부어, 욕쟁이."

해나가 싱긋 웃었다. '적당히 써.' 라고 덧붙이는 그를 뒤로하고 별장을 빠져나왔다. 그때처럼, 차가 보이지 않을 때까지 그 자리에서 있었다. 사이드미러에 담긴 진의 모습이 작아지다가 완전히 사라졌다.

꿈은 언제든 깨어난다. 이제 현실에 다가가야 할 때.

해나는 성큼 걸음을 내디뎠다.

늦은 저녁이 되어서야 도착해 차를 세워 두고 가게 앞으로 가자, 예상했던 대로 기자들이 진을 치고 있었다. 전보다는 수가 줄었지만 그 줄어든 자리를 팬들이 메꾸고 있었으니 결국 그대로였다.

운전하고 올라오면서 많은 생각을 정리했다. 여기저기 단풍이 든 풍경들을 보니 마음이 자연스레 차분해졌다. 가끔은 우울하기도 하고 속상하기도 했지만, 결국 내린 결론은 한 가지였다. 그건 바로 너무도 단순하지만 단순한 만큼 정답인, 내 인생은 나의 것.

결국 내 삶을 세워야 할 사람은 나였다. 모든 사람을 다 사랑할 수 없듯이 모든 사람에게 다 사랑받을 수도 없다. 어느 정도의 미움과 증오는 맞서지 말고 품고 가자고. 아주 잠깐 여장부 흉내를 내 보련다.

'더는 다른 사람들의 눈치는 보지 않아.'

그녀를 발견한 기자들이 바로 우르르 몰려들었다. 여전히 똑같은 질문들. 해나는 그들을 쏘아보다가 천천히 가게로 걸음을 옮겼다. 기자들이 그 눈빛에 잠깐 주춤했지만 그것도 오래가진 않았다. 또 아우성치는 입들.

해나는 가게 바로 앞에서 우뚝 멈춰 섰다. 천천히 돌아보자 기자들을 둘러싼 공기가 팽팽해졌다.

"모두 가세요. 더 이상 주변을 시끄럽게 하면 사생활 침해로 대응하겠어요. 주변 상권에 피해 주지 마세요."

"피해 주는 건 해나 씨가 아닌가요?"

그때 누군가가 뒤쪽에서 소리쳤다.

"본인의 이미지가 진의 팬인 청소년들이나 주변 사람들에게 피해를 준다는 건 고려하지 않나 봐요? 떳떳하다면 말 좀 해 주시죠?"

"열애설에 대한 입장은 뭡니까?"

"기자님들, 저랑 줄다리기 좀 하실래요?"

기자들이 멈칫했다.

"제 지극히 사적인 일을 기자님들한테 설명해야 할 이유도, 의무도 못 찾겠거든요. 전 연예인도 아니고 공인도 아니에요. 일반인을 괴롭히는 거, 기자로서의 본분을 망각한 거 아닌가요?"

해나가 돌아섰다. 그때 가게 문 앞에서 진을 치고 있던 여중생들과 시선이 마주쳤다. 아무 말 없이 그들을 지나쳐 가려는 순간 여중생 하나가 해나에게 침을 탁 뱉었다.

"……."

해나의 눈이 커졌다. 해나와 그 여중생의 시선이 마주쳤다. 플래시가 마구 터졌다.

금세라도 무슨 일이라도 터질 듯 긴장된 공기.

하지만 해나는 조용히 가방을 열어 손수건을 꺼내 뺨을 닦았다. 그리고 아무 말 없이 안으로 들어갔다. 그 차분함에 오히려 주변이 고요해졌다. 여중생은 얼굴이 찍힐세라 민망함을 감추며 그대로 도망갔다.

가게 안으로 들어온 해나는 낮은 한숨을 흘렸다. 손수건을 내려다보다가 카운터 위에 두었다. 전원을 꺼 두었던 휴대폰을 꺼내 다시 켰다.

몇 통의 부재중 전화와 문자.

그중에는 연락 한 번 없었던 친구도 있고, 남보다 더 멀었던 친척의 전화번호도 끼어 있었다. 모두 승냥이 떼들과 다르지 않은.

해나는 그중 동현의 번호를 찾았다.

"동현 씨? 저 이해나예요. 차 빌려준 거 고마웠어요. 그리고 미안하지만, 부탁 하나만 할게요."

✻❀✻

법무법인 '태륜.'

진은 지방에서 올라오던 중 윤의 호출을 받았다. 그래서 도중에 윤의 사무실로 들렀지만 벌써 10분째, 윤은 한마디도 없이 아들을 쏘아보고만 있었다.

진은 슬슬 그 침묵이 지겨워졌다. 언젠가 이와 같은 양상을 했던 적이 딱 한 번 있었다. 바로 그가 가수가 되겠다고 선언했을 때.

귀찮은데 그만 갈까?

"네 신변잡기는 기사를 통해 잘 보았다. 고맙구나. 아들 소식을 뉴스를 통해 알게 해 줘서."

지루해져서 슬슬 일어나려고 하는데 윤이 10분 만에 입을 열었다. 그것도 적절하게 비꼬며.

"사과는?"

"별로요."

"이 뻔뻔하고 모자란 놈. 욕설? 폭행? 아주 제정신이 아니야. 얼굴도 못 들고 다니게 만든 주제에 겨우 그게 대답이냐? 재능, 머리, 외모 전부 다 물려줬더니 집안에 먹칠이나 하고 돌아다니고. 너 같은 녀석은 여기 발 들일 자격도 없어!"

"그럼 갈게요."

"앉아 있어!"

일어나지도 않았는데 윤이 역정을 내서 진은 참 피곤했다. 어차피 부딪쳐야 할 일이기에 오긴 했지만 벌써부터 피로가 쌓이는 기분.

"박 의원 딸이 널 두고 상사병에 걸렸다더구나. 뉴욕대 출신 재원이다. 현재 부산지방법원 판사고 외모도 그 정도면 아주 출중하지."

"그래서요?"

"그런 스캔들이 났는데도 네가 좋다고 하는 걸 보니 심성이 보살 혹은 천사다. 당장 결혼해."

"부른 이유가 그겁니까?"

"그래."

"갑니다, 저."

"앉아 있어!"

윤이 또 한 번 역정을 내곤 독사처럼 진을 쏘아보았다. 하지만 진은 그런 윤을 전혀 신경 쓰지 않았다. 어릴 때야 세상에서 가장 무서운 아버지였지만, 머리가 굵어지고 나선 그렇지 않았다.

"창피한 줄도 모르고 그 정도로 정신 팔린 짓을 한 걸 보니 진심 같긴 한데, 정확히 말해서 어느 쪽이냐? 진심이야, 뭐야?"

"진심이에요."

"뭐?"

"사랑하니까요."

윤의 눈썹이 꿈틀거렸다.

"가수가 된 것도 그녀 때문이고, 이렇게 잘 살아 있는 이유도 그녀 때문이고, 아버지와 앞으로 싸울 이유도 그녀 때문이겠죠."

"하."

윤이 고개를 설레설레 저었다.

"판사보다도 그 애가 좋다고?"

"네."

"판사가 불만이라면 의사도 있다. 아주 미인이지. 착하고 똑똑하고……."

"필요 없어요. 내가 잘생기고 착하고 똑똑하니까. 그리고 해나도 미인에 착하고 똑똑해요."

"허."

"전 그냥 해나만 있으면 돼요."

"겨우 그까짓 사랑 때문에?"

"네. 겨우 그까짓 사랑 때문에요."

"안 된단 건 알고 있지?"

"안 들을래요."

"그 애의 누명 벗겨 주마."

시선을 줄곧 피하고 있던 진이 그제야 처음으로 윤과 시선을 마
추쳤다. 윤은 아들과 담판을 지어야 했다. 더 이상의 방종은 허락
할 수 없었다.

"우선 조용진이라는 기자부터 처리해 주지. 그 여자애는 법원에
소장만 접수시키면 돼. 나머진 다 태륜이 맡을 거다. 악의적인 네
티즌 몇 명도 추려 놨고, 8년 전 성상납 사건에 대한 무혐의 판결
도 확보해 놨다. 증언도 받을 수 있지. 언론사 몇 군데에 대대적으
로 기사 풀면 여론 잠잠해지는 건 시간문제야. 무엇보다 뒤에 태륜
이 받치고 있는데 누가 감히 날 거슬러? 깨끗하게 처리해 주마."

"그게 아버지가 생각한 미끼예요?"

"그 애는 깨끗하게 살 수 있어. 지키고 보호하고 싶다는 것만으
론 불가능하다. 그게 세상이야. 그런 아마추어적인 마음 여기선 소
용없다. 여긴 피 튀기는 전쟁터야."

진이 웃었다.

"그 피, 제 걸로 튀게 하겠단 겁니다."

"이놈이 아비 앞에서 그걸 말이라고! 내 말 안 들으면 강제적으
로 나올 수밖에 없어."

"협박할수록 제 마음은 더 간절해질 뿐이에요. 긁어 부스럼 만들지 마세요."

"그래서. 네가 할 수 있는 게 뭔데? 증거라도 있냐? 그저 끌어안고 다독여 주면 돼? 그 앤 죄책감 없이 널 받아들일 수 있다더냐? 웃으며 살아갈 수 있대?"

진이 멈칫했다.

해나의 얼굴이 떠올랐다. 어떻게든 단단해지려고 애써 용기 내던 모습.

진이 잠시 아무 말도 없자 윤은 이때다 싶어 밀어붙였다.

"그 애를 사랑한다면, 네가 남자로서 해 줘야 할 게 뭔지부터 깨달아. 그 애한테 가장 필요한 것, 8년의 악몽을 씻어 주는 거다. 복수하게 해 줘라. 그래야 벗어 던질 수 있는 상처야. 정말 그 애를 생각한다면, 진실을 밝히고 제 아버지를 맘 편히 볼 수 있게 해 줘."

진이 멈칫했다. 그가 천천히 입을 열었다.

"조건은요?"

"박 의원 딸과 결혼해. 그리고 은퇴하고 돌아와. 내가 도와줄 수 있다. 대신 그 애도, 연예계 생활도 끊어."

✦※✦

"꼴좋다."

VIP 병동에 입원한 윤서는 노트북으로 기사를 보고 있다가 피식 웃었다.

사진 속에서 해나가 진의 팬에게 수모를 당하고 있었다. 침을 뱉는 여중생, 그리고 해나. 딱 그 장면이 아주 뚜렷하게 실렸다.

"아하하!"

보면 볼수록 재미있어 윤서는 오랜만에 배꼽을 잡을 정도로 웃었다. 댓글들은 여중생 옹호 일색이었다. 그만큼 해나가 불특정 다수에게 미움받고 있다는 증거이리라.

윤서는 체중이 내려앉는 기분으로 노트북을 탁 덮었다.

"이런 즐거움이라도 있어야지."

방금 본 게 어제 날짜 기사. 하지만 해나가 당하는 걸 눈으로 봤는데도 속이 안 풀린다.

"태진."

살기로 번뜩이던 그날의 그 시선. 마치 벌레라도 보듯……. 그렇게 분할 수가 없었다.

"거만한 자식. 넌 결국 그 성격 때문에 망할 거야."

이대로만 흘러간다면 진의 이미지는 더 이상 회복할 수 없을 정도로 망가진다. 자신은 추이를 지켜보며 기다리기만 하면 되었다.

"하지만 그렇게 둘 수야 없지. 그 정도로 퇴장이라니, 너무 섭섭하잖아?"

'거지도 아니고 왜 자꾸 남의 걸 주워 먹으려고 그러지?'

'그러니까 적당히 좀 하지 그랬어? 자꾸 헛짓을 하니까 이렇게 내가 직접 나섰잖아.'

'송충이는 솔잎을 먹어야지. 너한텐 조용진 정도가 딱 좋아.'

시트를 움켜쥔 윤서의 손이 부르르 떨렸다.

그녀가 꾀병까지 부리며 입원한 이유는 보험 같은 거였다. 도강우뿐 아니라 진까지 모든 걸 알고 있었다. 언제 8년 전의 일을 걸

고넘어질지 모른다.

당하기 전에 먼저 쳐야 한다.

"밝혀질 때 밝혀지더라도 기왕 이렇게 된 것, 확실한 피해자가 돼야지."

잠깐 생각하던 윤서는 용진에게 전화를 걸었다. 그런데 늘 신호음이 두 번 울리기도 전에 재깍 받던 용진이 조용했다.

"뭐 하는 거야?"

끊으려던 그때 용진이 전화를 받았다.

"왜 이렇게 늦게 받아?"

그녀가 신경질적으로 소리쳤지만 용진은 내내 조용했다.

한심한 인간, 술이라도 퍼 마셨겠지.

"차 보냈어. 마지막이니까 두 번 다시 징징대지 마. 그리고 한 가지만 더 해. 진 뒤 좀 밟아 봐. 혹시 이해나랑 동거 같은 거라도 하고 있다면 써먹을 가치가 있을 거야. 아주 제대로 더럽혀 줄 거야. 듣고 있어? 왜 아무 말 없어?"

[진이야.]

순간 용진의 목소리가 들려왔다. 난데없는 말에 윤서는 확 짜증이 일었다.

"무슨 소리야?"

[진, 그 새끼가 틀림없어.]

그런데 그 목소리가 이상했다. 왠지 혀도 좀 어눌한 것 같고, 목소리도 부들부들 마치 잔뜩 겁먹은 것처럼 떨려 왔다.

"뭐야? 알아듣게 말해!"

[당했어. 나한테서 자백받아 갔어. 도강우는 이런 짓 못해. 분명

히 진 그 새끼야.]

그제야 상황이 심상치 않단 걸 깨달은 윤서의 표정이 굳어 갔다.

자신을 섬뜩하게 협박하던 진의 모습.

윤서가 휴대폰을 반대편으로 옮겨 쥐며 물었다.

"……자백이라니?"

[열 명 정도가 갑자기 나타났어. 진 그 새끼는 코빼기도 안 보였지만, 내가 도강우랑 이해나 사진 찍은 거, 기사 터뜨린 거, 네가 시켰단 거, 차를 미끼로 거래한 거까지……, 다 알고 있었…… 쿨럭!]

순간 용진이 쿨럭쿨럭 심하게 기침을 해 댔다. 피를 토하는 것처럼 심상치 않은 소리가 이어졌다.

"조용진! 똑바로 말해!"

어차피 진은 그간의 모든 게 자신의 소행이란 걸 이미 알고 있었다. 그런데 굳이 용진에게까지 자백을 받아갔다?

"설마 증거를 모으고 있단 거야?"

[그, 그 새끼들, 제대로 말 안 하면 진짜 죽일 생각이었어. 돈 받고 움직이는 놈들이야. 무서워. 쥐도 새도 모르게 사람 하나 병신 만들 새끼들이야.]

용진이 횡설수설했다.

[너랑 연결되면 재수가 없어. 다시는 나한테 연락하지 마.]

그렇게 용진의 전화는 끊겼다. 윤서는 바위처럼 굳은 채 휴대폰을 떨어뜨렸다. 손이 사시나무처럼 떨렸다.

'진, 그 새끼가 틀림없어.'

용진은 진이라고 했지만 도강우일지도 모른다.

"그, 그래. 도강우일 거야. 설마……. 그래도 보는 눈들이 있는데."

하지만 진이라면, 그럴 수도 있다. 어차피 타인의 시선 같은 거 신경 쓰지 않는 거야 유명하다. 알고 보면 가장 무서운 사람. 정말 진이라면!

'한 번만 더 해나 건드리면, 죽여 버릴 거니까.'

'아무 데도 가지 마. 아주 재미있는 일이 많을 것 같거든.'

온몸의 뼈가 다 부딪칠 것처럼 오한이 일었다. 와들와들 떨려서 시트를 끌어당기는 그때 누군가가 병실 문을 두드렸다.

똑똑.

"꺄악!"

자신도 모르게 비명을 지르는 그때 병실 문이 열렸다.

"누, 누구야! 누가 멋대로 들어오라고 했……."

신경쇠약처럼 소리를 내지르던 윤서의 두 눈이 휘둥그레졌다. 천천히 열린 병실 문 너머로 조용히 모습을 드러내는 어떤 여자.

그건 분명…….

'해, 해나? 어떻게 저게…….'

윤서는 자신도 모르게 해나의 뒤쪽부터 살폈다. 혹시라도 진이 있을지도 몰라서. 공포가 자신을 집어삼킬 것만 같았다.

하지만 안으로 들어선 건 해나 혼자였다. 그녀의 뒤로 문이 닫히고, 해나가 윤서의 침대로 걸어왔다. 감정이 느껴지지 않으리만치 차분한 분위기가 더 윤서를 다그치는 것 같았다.

'노윤서, 정신 차려! 네가 벌써부터 기죽을 이윤 하나도 없어. 그까짓 자백이 뭐? 어차피 8년 전 일은 증거도 없어. 누명이라고

하면 아무도 안 믿어 줄 거야. 이해나의 말도, 진의 말도 어차피 비난만 살 거라구.'

"너 설마…… 해나니? 해나 맞는 거지?"

얼른 얼굴에 놀란 기색을 흘렸다. 정말 오랜만에 반가운 친구를 만난 듯 기꺼운 표정으로.

"어떻게 알고 여길 온 거야? 이렇게 갑자기 나타나니까 놀랐잖아."

해나가 침대 앞에 섰다.

"오랜만이다."

살짝 내리깐 눈. 여전히 깨끗하고 맑은 피부와 눈동자. 그 모든 게 윤서의 속을 뒤집었다. 실은 저 얼굴을 찢어발기고, 머리채를 뒤흔들고 뺨을 날려 버리고 싶었다. 진에게 당했던 모욕 그대로 되돌려 주고 싶었다.

하지만 단순하게 굴 수야 없지. 네가 무슨 냄새를 맡고 여기까지 기어들어 왔는지 모르겠지만, 세상이 그렇게 호락호락하진 않단다. 어차피 저와 자신은 이미 하늘과 땅 차이다. 자신은 부와 명예를 모두 움켜쥔 여배우, 저따위 평범한 일반인과는 비교조차 되지 않는다.

'아직 다 끝난 건 아냐. 네가 완전히 이긴 거라고 생각하면 오산이야.'

"그래. 정말 오랜만이다. 근데 너 사람 놀라게 하는 재주 있다. 여긴 어떻게 들어온 거야?"

"실은 좀 고전했어. 아무나 들여보내 주지 않아서 사장님 이름 좀 빌렸어."

동현에게 부탁한 건 윤서를 만나게 해 달라는 것이었다. 물론 진도, 강우도 모른다는 조건하에서.

결국 동현의 도움을 받아 여기까지 왔다. 강우의 이름도 좀 빌리고, 윤서의 매니저가 해나의 얼굴을 알아보고 놀라 멍해진 사이에 해나는 그냥 병실로 들어왔다.

'매니저 이 병신 같은 새끼, 나 물 먹이는 짓만 골고루 하고 다니지.'

윤서는 입술을 잘근잘근 깨물다가 해나와 시선이 마주치자 얼른 웃었다.

"그랬구나. 그냥 너라고 말하지 그랬어? 그럼 굳이 그렇게까지 고생할 필요 없었을 텐데."

"그러니? 미리 알았으면 좋았을 걸 그랬다."

"도대체 이게 얼마 만이니? 좀 앉아."

"아냐. 이대로가 좋아."

"너 근데 얼굴이 안 좋다? 입원은 내가 했는데 네가 금방이라도 쓰러질 것 같아."

"그런가? 나름 꾸미고 온 건데."

"어머, 계집애. 그냥 혈색이 안 좋단 소리였어. 아! 내 정신 좀 봐. 기사 봤어. 그것 때문이구나. 많이 힘들었지?"

"응."

해나가 바로 수긍하자 윤서는 당황했다.

"그런데 가, 갑자기 찾아온 이유가 뭐야?"

"만나고 싶었거든."

"아……. 그랬구나. 나도 만나고 싶었어."

"그랬었니?"

"그럼. 늘 생각했었는데. 우리 4년을 울고 웃고 함께했었잖아. 그런 일로 너 떠나고, 나도 정말 마음이 안 좋았어. 무조건 마녀 사냥하는 이 바닥에 염증이 일더라. 그래서 너 떠나고 나도 그만두려고 했었어. 전 소속사 사장님이 잡아 주지 않았다면 아마 나도 너처럼 그냥 일반인으로 살고 있었을 거야."

"그렇구나."

"근데 어쩌다가 또 도 대표랑 연관된 거야? 그 기사 보고 정말 놀랐어."

"그렇구나. 사장님은 네가 쓴 기사라고 하던데?"

윤서가 멈칫했다. 그러다 갑자기 호호 웃기 시작했다.

"어머, 무슨 소리야. 하여튼 장난기 많은 건 여전하구나, 너."

"아니면 사장님이 장난친 거겠지. 그것도 아니면 네가 다 잊었거나. 뻔뻔하게."

해나가 주머니 속에서 작은 녹음기 하나를 꺼내 버튼을 꾹 눌렀다. 아주 예전에 사용했을 법한 꽤 구식의 녹음기. 거기서 윤서의 목소리가 흘러나왔다.

[그래. 내가 했어. 스폰서, 성상납, 그 소문 다 내가 낸 거야. 다들 바로 믿던데? 사진도 내가 찍었어. 늙다리랑 같이 나오니까 진짜 잘 어울리더라?]

[왜냐고? 몰라서 물어? 밟아 주려고. 완전히 죽이려고. 내 앞에서 치워 버리려고. 난 네가 진짜 꼴 보기 싫거든. 왜? 뭐가 잘못됐어?]

윤서의 얼굴에서 핏기가 싹 가셨다.

"너 머리가 나쁜 거니? 아니면 나빠진 거니? 이거 네가 나한테 직접 했던 말이야. 그런데 뭐? 내가 떠나고 마음이 안 좋았었다고? 염증이 일어서 그만두려고 했었다고? 울고 웃고 함께 했었다고? 그런 말 하면서 소름 돋지도 않니? 사람이 아니었구나, 너."

"그, 그걸 언제……. 너 녹음했었어?"

"정확히 말하면, 아빠가 해 주신 거야."

"무…… 뭐?"

"이런 식의 누명은 가까운 사람의 원한일 가능성이 크다고, 형사의 감이 발동하셨겠지. 나도 모르는 사이에 내 주머니에 녹음기를 넣어 두셨나 봐. 그대로 아빠의 유품이 되었지만."

윤서의 손이 바들바들 떨렸다.

"발견한 건 아빠가 돌아가시기 직전이었어. 아빠 병세가 악화된 건 너한텐 천운이었을 거야. 돌아가시곤 다 귀찮아서 아무것도 하고 싶지 않았으니까. 그래서 그대로 떠났어. 널 벌주는 것조차 그 때의 나한텐 사치였으니까. 그 덕에 넌 그렇게 미워하던 날 쫓아내고 지금 이 자리에 있는 거고."

"깔보지 마! 네가 있었더라도 난 이 자리에 있었어!"

"그럴 수도 있겠지. 하지만 적어도 한 번은 사람들 사이에 내던져졌을 거야. 나처럼. 내가 반드시 이 목소리를 세상에 퍼뜨렸을 테니까. 내가 당한 걸, 너도 당해 봤어야 하는 건데. 그게 어떤 기분인지 너도 느껴 봤어야 하는 건데."

윤서는 소름이 돋았다. 해나의 얼굴에선 그 어떤 흥분 상태도 느껴지지 않았다. 그게 더 오싹했다. 문득 화내는 모습까지 진과 꼭 닮았단 생각이 들자 속이 확 뒤집혔다.

끔찍한 계집애, 모든 걸 다 알고서도 자신을 차분하게 지켜보고 있었던 것이다. 처음으로 해나가 무섭게 느껴졌다.

"그, 그건…… 이미 8년 전 일이야."

"8년 전이면 면죄부가 주어지니?"

"그런 말이 아냐! 내 말은…… 내 진심이 아니었어. 그냥 철없는 시절에 했던 실수였어. 너도 실수는 하잖아."

"아, 실수였구나. 실수로 사람을 죽이기도 하는구나."

"나도 무서웠어. 믿어 줘, 해나야. 그렇게까지 일이 커질 줄 몰랐어. 나중에 되돌릴 수 없단 걸 깨달았을 땐 정말 죽도록 후회했어. 너만 지옥이었는지 알아? 나도 지옥이었어! 네 아버지 돌아가셨단 말 듣곤 정말 너무 힘들어서 수면제도 먹었었어. 근데 깨어나 보니 죽지 않고 살아 있더라. 나 자신을 얼마나 원망했는지 넌 몰라. 너만 힘들었던 건 아니라구."

윤서가 침대에서 쓰러지듯 내려와 해나의 팔에 매달렸다.

"믿어 줘, 해나야."

윤서가 눈물을 쏟아 냈다. 지금은 이 방법밖에 없었다. 눈물 같은 건 언제든지 필요로 만들어 낼 수 있었다. 어떻게 해서든 해나를 속여야 했다.

지금까지 자신 있었던 이유는 증거가 없어서였다. 그런데 진이 증거를 수집했다. 거기까지는 아직 빠져나갈 구멍이 있었지만 해나에게 녹음된 테이프가 있으면 말이 달라진다. 이대로 가면 자신은 정말 끝이다. 해나가 직접 찾아오리라곤 생각지 못했지만 어쩌면 이게 더 나은지도 모르겠다. 지금이 바로 하늘이 준 기회였다.

"날 용서하지 않아도 좋아. 얼마든지 화내고 비난해. 하지만 내 마음만은 알아줘."

"사장님이랑 내 사진은 왜 터뜨린 거니?"

"무, 무슨 소리야? 내가 왜 그런 짓을 해?"

"너 아냐?"

"그, 그래! 내가 아니라 조용진, 그 새끼가 한 거야. 나도 억울해! 스토커 같은 자식. 한때 잠깐 사귄 것뿐인데 내가 도 대표 회사에 들어가니까 도 대표랑 내 사이를 의심했어. 도 대표한테 앙심을 품고 쫓다가 너랑 도 대표를 봤대. 예전에 네 일을 기억해 내고서 일부러 도 대표를 궁지에 빠뜨리려고 저지른 거야. 정말이야. 그 기자가 쓴 거야."

윤서가 눈물로 얼룩진 얼굴을 들었다.

"사과받고 싶다면 조용진 그 새끼 당장 끌고 올게. 다 실토할 거야."

"난 좀 이상하네. 이렇게까지 변명하는 이유가 뭘까? 8년 전의 당당한 태도랑 너무 다르잖아. 넌 어차피 내가 의심하든 말든 상관없는 사람 아니었니? 그런데 왜 달라졌을까? 더욱이, 난 이미 너와 같은 세계에 있지도 않은데. 그렇게까지 자세하게 설명하는 이유가 뭘까?"

"무, 무슨 말이야. 서운한 소리 하지 마. 그땐 너무 어리고 무서워서 오히려 독하게 나갔던 것뿐이야. 지금은 너한텐 과거의 빚이 있으니까 오해받고 싶지 않은 거고. 너한테 또 마음의 빚지는 게 싫어서……."

"그래?"

"그, 그래. 해나야, 그때의 날 이해해 줘. 네가 나였대도 똑같았을 거야. 안 그러니? 넌 늘 사랑받고 집중받고, 도 대표는 늘 너만 감쌌어. 넌 아버지한테도 사랑받고 행복했고 친구들도 많았지만 난 늘 외톨이에 우리 아빠 날 항상 괴롭히기만 했어. 날 돈으로만 생각했고, 아무도 날 사랑해 주지 않았어."

"하지만 지금은 사랑받고 있지? 모두에게."

"그런 거 허상이야. 너도 알잖아."

"내가 너였대도 그랬을 거라고? 어떻게 그런 말을 아무렇지도 않게 할 수 있어?"

윤서가 멈칫했다.

해나는 눈물이 나려는 걸 꾹 참았다. 도대체 자신은 지금껏 무엇 때문에 그렇게 고통스러웠단 말인가. 고통을 준 당사자는 아직도 이렇게나 뻔뻔한데.

"단지 질투로 상대방을 지옥으로 빠뜨려 삶을 꺾어 버리는 게 너한텐 그 정도로 아무것도 아니었어?"

해나가 소리치자 윤서는 아연실색했다. 해나가 화를 내자 겁이 덜컥 난 탓이었다. 눈물을 펑펑 흘리며 그녀를 불렀다.

"해, 해나야……."

"인간이란 거, 참 끔찍하다. 노윤서, 너도 언젠간 당할 거야. 내가 찾아온 이유가 뭘 거 같아? 네 같잖은 연기에 속아 주기 위해서 일부러 여기까지 왔겠어?"

"!"

"보여 주려고 말해 주려고 왔어. 네가 그렇게 죽이고 싶도록 미워했던 난 여전히 살아 있어. 네가 그렇게 벼랑 끝으로 밀어뜨리려고 했던 난, 가까스로 매달려서 어떻게든 살아가고 있다구! 더 이상 매달려 있는 내 손을 밟지 마. 아파 죽겠으니까."

"이, 이해나……."

"만약 내가 기어서라도 벼랑 위로 올라가면 넌, 지금처럼은 못 살 거야. 그땐 지금 널 지탱해 주고 있는 모든 게 다 네 목을 조르는 도구로 변할 거야. 난 그저 일반인, 더 잃을 것도 없어. 하지만 넌 아주 많지? 8년 전에 내가 잃은 거하곤 비교도 안 될 정도로."

윤서의 얼굴이 파랗게 질려 갔다.

"악에 받쳐 끝까지 날 떨어뜨리고 싶다면 그렇게 해. 설령 네가 결국 날 이겨서 더 행복하게 살더라도 그건 진정한 행복은 아닐 거야. 하지만 난, 이미 행복을 찾았어. 그래서 적어도 너보단 더 행복할 거야. 이유는 너도 알고 있지?"

윤서가 바닥으로 풀썩 주저앉았다.

"아까 말했지? 널 벌주는 것조차 그때의 나한텐 사치였다고. 하지만 이제 사치 좀 부려 보려고. 너 따위를 이기는 건 이미 나한테 아무 의미 없어. 하지만 그렇더라도 아무 의미 없어도 복수하기로 결심했어. 그러니까 달달 떨면서 기다리고 있어. 추악한 계집애."

그렇게 해나는 병실을 나갔다.

"꺄아악!"

동시에 병실에서 찢어질 듯 새된 비명이 터졌다.

완벽한 패배. 이해나의 저 자신만만한 태도. 마치 내려다보듯 등을 꼿꼿이 세우고서, 보란 듯 더없이 고요할 수 있었던 건 바로 자기 뒤에 누군가가 있다는 자신감. 그 누군가에게 사랑받고 신뢰받고 있다는 믿음.

바로 진.

그걸 얄밉도록 차분한 태도 속에 위장한 채 오히려 철철 넘치도
록 모조리 다 표현하고 간 것이다.

"깔보지 마! 네까짓 게 뭔데!"

윤서는 닥치는 대로 병실의 물건을 집어 던졌다. 지금까지 것을
합친 것보다 더 맹렬히 터지는 증오. 하지만 그건 해결 방법이 없
는 무력을 동반한 증오였다.

✱ ✳ ✱

달콤하고 고소한 냄새.

머핀을 굽는 냄새가 가게 안을 가득 채웠다. 진한 시나몬 맛과
은은한 코코아 맛이 어우러지는 시나몬 레이즌 머핀.

빵 굽는 냄새는 마음에 안정을 준다. 해나는 머리가 복잡한 일이
있을 때마다 늘 그랬듯 이번에도 오븐을 돌렸다. 전엔 제누아즈였
다면 이번엔 수많은 머핀을 굽고 있었다. 기자들과 깡패 같은 여중
생들 덕에 손님이 떨어진 지 오래였는데도 해나는 늘 오븐의 온도
를 높였다.

"또 생각 정리하고 있는 거야? 좋은데 그걸 다 어디다 쓰려고?
이참에 뚱뚱보 되게?"

"빵 만드는 사람은 빵으로 싸워."

"헐. 그건 또 무슨 소리야?"

"전쟁 나가는 군사한테 칼과 총이 무기인 것처럼 나한텐 빵 굽
는 냄새가 무기야. 무기를 들어야 일진들이랑 맞장을 뜨든 뭘 하든
하지."

"그래. 마음껏 싸워라. 이 구역 케이크 가게의 미친년은 너다."

"큭."

"이거 보게. 제대로 실성했어."

"남으면 근처 보육원에 가져다주려고. 내 걸 받아 주면……."

"야아……."

"농담이야."

선미가 고개를 절레절레 저었다.

"그나저나 울 오빠한테선 계속 연락 안 와?"

"응, 뭐 기다리지도 않아."

"헐. 뭐야, 이건? 갱년기 부부도 아니고 그게 말이 돼? 왜 안 기다려? 기다려야지!"

"서로 참기로 한 거니까."

"그래도 이건 너무 방목이지. 나라면 걱정되고 궁금해서라도 그렇게 못 있을 거 같은데. 물론 울 오빠 매력이 말 붙일 수 없을 정도의 차가움이긴 하지만, 그래도 이건 아니지. 설마 감금당해 있는 거 아냐?"

"진정해."

"지금 진정하게 생겼어? 안 그래도 지금 오빠 인기 떨어지는 소리가 늦가을 낙엽처럼 우수수한데. 막말로 여론 막이용으로, 친한 오빠 동생 사이다, 그냥 밥만 몇 번 같이 먹었다, 도 대표가 시켜서 그렇게 말하면 어쩔래? 광고주들이 시킬 수도 있고! 그럼 너만 완전 새 되는 거고!"

"아…… 그럴 수도 있겠다."

"남의 얘기니? 남의 얘기야? 하여튼 울 오빠 초초초 어리둥절

함! 완전 바쁘게 자기 일만 하고. 아무리 네가 똘똘하게 '내 걱정은 마요. 전 괜찮아요.' 라고 허풍을 떨었대도 그렇지."

"그러게."

"그러게가 아니라고! 그 아름다운 목소리라도 들어야 힘이 나서 싸울 때도 가드가 잘 올라갈 거 아냐. 아니, 오빠 대체 왜 공식 입장을 내놓질 않는 거지?"

"공식 입장?"

"그래. 이럴 땐 그걸 내놔야 1초라도 빨리 조용해지는 법이야. 궁금증이 해결될 때까지 사람들은 계속 억측을 부풀리기 마련이거든. 기자들이 질문해도 '알고 있는 그대로다.' 짧은 대답만 하고 왜 이렇게 말을 아끼는 거냐고."

"목 안 아파? 네가 편 안 들어 주면 그 사람 속상하겠다."

"그, 그런가? 속상하려나? 내가 좀 심했지? 당연히 난 오빠를 믿고 있지만 그래도 오빠보다는 네가 더 중요하니까……. 야! 너 또 말 돌리려고."

"큭."

선미의 걱정은 알았다. 하지만 정말 괜찮았다. 연락이 오고 말고의 문제가 아니었다.

별장에서 올라오고 벌써 2주가 흘렀다. 목숨의 위협은 비일비재했지만, 다행히 아직 살아 있었다.

선미의 말처럼 요즘 진은 이례적으로 바쁜 행보를 보이고 있었다. 최소한의 활동만 하던 그로선 거의 처음 있는 일. 공식 석상에 등장하는 일이 잦아졌고 평소 잘 참석하지 않던 시사회, 패션 위크 등 다양한 행사나 공중파 가요 프로그램까지 꾸준히 모습을 비췄다. 그야말로 공격적인 행보였다.

여론이 안 좋다는 것도, 팬들의 마음이 이전과 같지 않다는 것도 누구보다 잘 알 텐데도 그는 묵묵히 자신의 모습을 수없이 노출시키고 있었다. 요즘의 그는 운동하는 시간과 자는 시간을 빼곤 전부 사람들 앞에 나타나는 것 같았다. 마치 기자와 모든 눈을 자신에게 돌리려는 듯.

아무도 눈치채지 못한다 해도 해나만은 알 수 있었다. 그의 마음을. 최대한 그녀의 곁에 모습을 드러내지 않으면서도 가장 그녀를 위하는 방법을⋯⋯.

"너 지금 팬 사이트 반응이 어떤 줄 알아? 완전 욕이야, 욕. 네 욕보다 더 많은 오빠 욕! 배려가 없다. 다시 봤다. 싸가지 없다. 실드 치던 애들까지 개탄스럽다, 오빠를 사랑하지만 실망스럽다. 진 오빠 팬 페이지인데, 오빠 들어오면 접차 해라."

"접차?"

"접근 차단!"

"후우."

해나가 한숨을 쉬자 선미가 고개를 설레설레 저었다.

"쯧쯧. 저 꼴은 또 어떻고."

선미가 가게 위쪽을 보며 혀를 찼다. 두꺼운 전면 유리가 아닌 위쪽에 난 작은 창문이 깨져서 구멍이 뻥 뚫려 있었다.

쨍그랑!

며칠 전 갑자기 날아든 돌에 가게 안에 있던 해나와 선미는 얼마나 놀랐던지. 아니나 다를까 밖에서 후다닥 도망가는 소리가 들렸다.

"내가 저것들을 그냥!"

대걸레를 움켜쥐고 달려 나가려는 선미를 주저앉힌 해나가 그냥 침착하게 유리에 두꺼운 종이를 갖다 붙였다. 그런데 아침에 또 날아온 돌 덕에 종이는 또다시 날아가고 말았다.

"정말 착한 애들이야. 공기가 살살 통하는 게, 나 숨 막혀 죽을까 봐 걱정해 주는 거 봐."

"얼씨구! 두 번 걱정해 줬다간 아주 머리통 깨뜨리겠다?"

"됐어. 사람 안 맞은 게 어디야."

"신사임당이야? 어디서 말씀 설파야? 어휴, 요즘 어째 기자들이 뜸해졌다 했더니 깡패년들이 설쳐 대고."

선미 말처럼 기자들은 거의 다 빠졌지만 극성팬들 때문에 몸살을 앓았다. 가게에 돌 던지는 건 기본이요, 죽은 새를 보내는 건 그야말로 전통적인 방법이고, 낙서에 고성방가, 가게 앞에 음식물 쓰레기 투척에, 한번은 잘 깨지지도 않는 전면 유리에 벽돌을 던진 일까지 있었다.

"애들이 점점 거칠어져. 큰일이야."

"나도 죽순이지만, 다른 가수 팬들은 열애설 나도 이 정도까진 안 하는데."

"내가 일반인이라 접근이 쉬운 거겠지. 다른 말로 하면 만만한 거고."

그때마다 해나는 구멍 난 곳엔 종이를 붙이고 깨진 유리는 청소하고, 욕하면 듣고 계란을 맞으면 씻었다.

"야, 너 그거 어른스러운 거라고 착각하나 본데 내 보기엔 그냥 답답하거든? 그러다 차 달려오는 데서 밀어 버리면 그대로 세상 하직하는 거야."

"그렇게까지야 안 하겠지."

"순진한 소리 하고 있네. 빵 굽는다고 이게 빵빵 터지는 소리만 하고 있어. 요즘 애들이 얼마나 무서운데."

안 그래도 며칠 전엔 가게 앞에서 담배 피는 여고생들이랑 맞짱 뜨고 있다가 머리채 잡히기 직전 도착한 선미 덕에 겨우 살았다. 가방을 휘두르며 구해 주었기에 망정이지, 조금만 늦었어도 팔에 담배빵으로 꽃을 피울 뻔했다.

"조심할게. 그래도 수많은 사람들한테 당하더라도 그 사람 하나를 갖는 게 나한텐 참 중요해."

"야아⋯⋯. 갑자기 그렇게 진지하게 나오면 내가 감동하잖아."

"그러니까 더 해 보라 그래. 간에 기별도 안 와!"

"지랄. 그런 마음이면, 지금이라도 오빠한테 연락해. 힘들면 힘들다고 못 견디겠음 못 견디겠다고. 그럼 어떻게든 방법을 찾아 줄 거 아냐. 그게 오빠한테도 좋을걸?"

'힘들거나 견디기 힘들 정도로 아프면, 바로 말하고.'

진도 그런 말을 했었다.

"그 사람은 그 사람 나름대로, 난 나 나름대로 최선을 다하고 있어. 버틸 만하니까 버티는 거야. 나한텐 너도 있고⋯⋯."

사실 더 큰 사고가 날 수도 있었다. 하지만 그 이상의 일이 벌어지지 않은 건, 바로 진이 붙인 사람들 때문이었다.

사실을 알게 된 건 불과 며칠 전, 그 사람들이 가게 근처에 있단 걸 알아 버렸다. 특히 집에 갈 때처럼 혼자 있을 때 몸을 숨긴 채 그녀를 지켜 주었다. 단정하고 깍듯한 사람들이었다. 며칠 전엔 고마운 마음에 케이크라도 주려고 했더니 얼른 흩어져서 흔적도 찾을 수 없었다.

[몇 사람 보냈어. 혹시 몰라 조용히 지켜보게만 했으니까 놀라지 마.]

진의 짧은 문자도 왔었다.

내가 지금 용감하다면, 그건 아마 그 사람의 배려 때문이겠지.

"저것들은 비도 오는데 또 왔네."

아니나 다를까 오늘도 가게 밖에서 우산을 쓴 여자애들이 한 문단이 넘는 욕을 해 가며 진을 치고 있었다.

"아우, 저것들! 확 나가서 욕 한 페이지 해 줘?"

그때 해나가 케이크 하나를 상자에 넣더니 용감하게 우산을 쓰고서 밖으로 나갔다. 선미가 고개를 설레설레 저었다.

"진짜 저것도 보통 심장은 아냐. 어우, 이 바보야! 걔들 지금 눈 뒤집혔는데 겨우 케이크 먹인다고 말 들을 거 같아?"

욕을 하면서도 선미는 혹시 모를 사태를 대비해 해나를 따라나섰다. 나가 보니 해나가 그들에게 한바탕 욕을 들은 듯 이렇게 대답했다.

"응. 나 이상한 여자야."

그리고 케이크 상자를 내밀며.

"이거 진이 가장 좋아하는 케이크야. 나 욕하고 감시하느라 배고프지? 벌써 세 시간째 서 있는 거 같던데, 먹을래?"

순간 여자애 하나가 얼떨결에 케이크를 받으려 했다. 선미의 눈이 커졌다. 와, 진심이 통하……긴 개뿔. 그 옆의 눈썹이 가느다란 애가 바로 상자를 내팽개쳤다.

"꼴불견! 재수 없어!"

여자애들이 미친 듯 욕을 하고 가 버렸다. 해나가 한숨을 내쉬었다. 비에 젖어 뒹굴고 있는 케이크 상자를 바라보다가 천천히 치웠다.

선미는 속이 터졌다.

"거봐. 노력할 필요 없다니까. 저딴 년들한테 잘 보일 필요 없다고."

"잘 보이려는 거 아냐. 이렇게라도 하지 않으면 때려 주고 싶을 거 같아서 그러지."

"……너도 밉구나? 어쩐지 잘 참는다 했지. 하여튼 넌 네 자존심 때문에 스스로 말라 죽을 거야. 이사라도 가든가."

"안 그래도 가게 빼야 해. 오늘 아침에 가게 주인 찾아왔더라. 주변 상인들 항의도 많고……. 암튼 이번 달까지 가게 빼기로 했어."

해나가 말을 줄였지만 그 뒤에 숨은 말이 뭔지 알 것 같았다. 아마 또 색안경 쓴 눈으로 해나를 보았겠지.

"잘했어."

"그래도 시원섭섭하네."

애써 웃으며 말하는 해나의 얼굴이 애처로운 선미였다.

"당분간 가게는 좀 쉬고, 메뉴 개발하면서 나도 재충전의 시간이란 거 한번 가져 보려고. 다 싸 들고 지방으로 내려가면 못 알아볼까?"

"그럼 진 오빠는?"

"그냥 그렇단 거야. 지방이든 어디든 다 똑같겠지."

"해나야, 너 왜 그래. 표정이 자꾸 불안하잖아. 애써 잘 견뎌 놓곤."

해나는 그냥 말없이 웃었다.

견디는 게, 내가 견뎌 내기만 하는 게 그 사람한텐 아무런 도움이 안 되는 것 같아서 문득문득 불안해진다. 과연 내가 잘하고 있는 건가? 의문이 든다. 의연하게 잘 버텨 내는 것, 당당하게 살아가는 것 다 잘할 수 있는데, 그게 그 사람을 위한 최선의 길은 아닌 것 같았다.

이상하게 자꾸만 마음이 웅성거렸다. 내가 생각지도 못했던 일이, 도저히 나로선 어떻게 할 수 없는 일이 갑자기 일어날까 봐. 그때 아버지가 갑자기 돌아가셨던 것처럼.

기사나 화면으로 접한 진의 표정이 마치 뭔가를 홀로 감수한 듯 담담해 보여서, 아마도 그게 불안의 원인이 아닐까 싶었다. 혼자서 다 결정을 내려 버린 듯 단호한 눈동자.

초조하다.

'날 걱정해 달란 말은 하지 않아요. 대신, 뭔가를 할 거면 나한테 꼭 말해 줘요.'

나 몰래 당신만 희생하는 그런 일은 제발 없기를. 그렇게 바랐건만, 어느 날 그가 긴급 기자회견을 열었다.

"헉! 저게 뭐야? 말도 안 돼!"

선미가 경악하고, 해나는 미동도 없이 굳어 버리고 말았다. 화면을 통해 흘러나오는 건 바로, 진의 은퇴 선언이었다.

열한 조각

handmade
슬픈 천 개의 나뭇잎, 밀푀유

사실 선미는 며칠 전 해나 모르게 조용히 진을 만났었다. 이유는 진에게 건네줄 USB가 있어서였다.

해나가 언젠가 들려주었던 녹음된 윤서의 목소리. 그걸 몰래 찾아내 휴대폰에 녹음했다. 그걸 다시 USB에 옮겨 진에게 전해 줄 생각이었다.

선미는 자신의 방식으로 해나를 지키고 싶었다. 이대로 두면 팬들 등쌀에 해나가 먼저 나가떨어질 것 같았다. 해서 진을 만나고자 어쩔 수 없이 동현과 먼저 만나야 했다.

커피숍에서 마주한 두 사람의 분위기는 왠지 서먹했다.

"흠흠."

"어흠어흠!"

둘 다 괜히 헛기침만 하며 서로의 눈을 피하는 이유는 따로 있었다.

실은 해나가 진과 도피를 한 후, 선미는 손에 일도 안 잡히고 초조해서 동현과 자주 만났었다. 동병상련이라 같이 있으면 그나마 위로가 되었다. 그러다 둘이 놀이공원도 가게 되었는데……. 잘 놀다가 선미의 한마디가 발단이 되었다.

"저기, 그날 일은……."

동현이 그날 별장 지하실에서 있었던 일을 다시 꺼내려 해서 선미가 버럭 소리쳤다.

"수, 수치스러우니까 그 말은 그만해요!"

"수치스러워?"

그렇게 된 일이었다. 동현은 삐쳤고, 그날 둘은 아이스크림도 다 안 먹고 헤어졌다. 여전히 그날의 상처를 영혼에 품은 동현은 냉랭했다.

"무슨 일인데?"

"저기, 시간 좀 내 주셨으면 해서요."

진 오빠가.

"흠, 어흠. 그렇게 급했어?"

"당연하죠. 얼마나 다급한데."

하루빨리 이걸 진 오빠한테 전해야 하니까.

"뭐, 흠흠. 내가 지금 미팅이 있어 좀 바쁘긴 하지만, 일부러 찾아오기까지 했으니 시간 좀 내 볼게."

벙…….

저게 무슨 말이지? 게다가 얼굴은 왜 벌게지는 거고?

"빨리 말해! 24시간이 모자라."

"지금 무슨 헛소리예요?"

"뭐? 네가 시간 내 달라고 사정해서 지금 내 주고 있잖아!"

짜증!

"됐고, 댁은 꺼지고 진 오빠나 불러 주지?"

그렇게 해서 진과 만났다. 선미가 출처를 설명하며 USB를 건네
주자 진이 아무 말 없이 받았다.

"해나 친구?"

"네, 네! 최선미라고 불러 주세요."

"해나는 어떻게 지내지?"

그래서 선미는 아주 자세하게 설명해 주었다.

"거기서 케이크를 주는 거예요, 글쎄."

선미가 혀를 차며 마무리를 맺자 진이 피식 웃었다.

"패기가 넘치는군."

그렇게 말했었는데. 어쩐지 그 표정이 웃고 있음에도 한없이 어
둡게 느껴지긴 했었지만, 저렇게 큰 걸 터뜨릴 줄이야.

✻❊✻

가게를 조금씩 정리하며 짐을 하나씩 옮기느라 해나는 선미와
함께 집에 와 있었다. 놀란 건 선미가 자연스레 TV를 켰을 때였다.
진의 은퇴 기자회견 영상이 화면을 통해 흘러나왔다.

*지금까지 가수 J를 사랑해 주신 팬들과, 가수이자 배우로서 J에
게 힘이 되어 준 모든 분들에게 이 자리를 빌려 감사와 사과의 뜻
을 전합니다.*

저, 진은 이 자리에서 은퇴의 뜻을 밝힙니다.

수없이 터지는 플래시. 놀란 듯한 함성, 터질 것 같은 웅성거림으로 패닉이 된 회견장.

그때 진이 천천히 고개를 들었다. 준비해 왔던 메모를 무시한 채 그가 화면을 똑바로 보며 말을 이었다.

제가 은퇴하는 이유는, 제 여자를 지키기 위해서입니다.

신뢰성 없는 스캔들의 주인공이 아닌, 그저 평범한 여자이자 제, 첫사랑. 제가 가수가 된 이유인 사람입니다. 그 한 사람이 대중의 혀에 죽었습니다.

지금도 그 독설에 조금씩 다시 죽어 가고 있습니다.

제가 공인이기 때문에 제 여자가 듣지 않아도 될 말을 듣고, 당하지 않아도 될 괴로움을 당하고 있습니다. 그녀의 명예를 회복할 수많은 증거들이 지금 제 손 안에 있지만, 굳이 무고를 밝힐 생각은 없습니다. 그녀를 다시 진흙탕에 밀어 넣고 싶진 않으니까요.

믿고 싶은 사람은 믿고, 말하고 싶은 사람은 말하시기 바랍니다.

제가 흔들리지 않고, 만약 그녀가 흔들린다면 제가 그 아픔을 지켜 주면 되니까요.

표정 없는 차가운 눈동자에 회견장은 점차 고요해졌다.

그녀와 평범한 삶을 살기 위해 저는 은퇴합니다. 두 번 다시 복귀할 생각은 없습니다.

또한 앞으로 그녀의 명예에 상처 주는 모든 사람들에게 전쟁을 선포합니다.

별장에 내려가기 전부터 미리 지시해 두었던 일. 용진에게 사람을 붙여 받아 낸 증거와, 선미가 건네준 USB. 수단은 전부 자신의 손에 쥐여져 있었다.

하지만……

'어쩌면 겨우 편안해졌을 텐데, 어디에 살고 있는지도 모르는 애를 다시 그 지옥으로 부를 수가 없었다.'

강우의 그 말이 완벽하게 이해되었다. 또한, 해나에 대한 그의 마음이 얼마나 진심이었는지도.

자신 또한 같았다. 도저히 그녀에게 다시 세상 사람들과 싸우라고는 말 못 하겠다. 그래서 묻어 둔다. 결코 그 혹독한 진흙탕 속에 널 밀어 넣지 않겠다. 이 증거들을 무기로 쓰겠다고 결정할 수 있는 사람은 해나 본인뿐.

조용진을 족쳐 받아 낸 증거 따위와 비교되지도 않을 만큼 확실한 증거가 해나의 수중에 있는 한, 자신은 뒤로 빠질 수밖에 없었다. 스스로 사용하지 않는 이상 남이 하는 건 전부 다 간섭이다. 만약 하지 않는다고 해도 어쩔 수 없고, 한다고 해도 기뻐할 수 없다. 오로지 그녀의 결정에 따를 뿐.

차라리 자신이 모든 걸 내려놓는 게 낫지. 그래서 미련 없이 가수의 길을 접었다.

넌, 모든 걸 버릴 가치가 있어.

✱✲✱

"하, 내 제안과 관계없이 은퇴란 건가?"

윤은 탐탁지 않은 눈으로 진의 은퇴 기자회견을 지켜보고 있었다.

"아주 뒤통수를 제대로 치는군. 제멋대로야."

윤의 얼굴이 점점 더 일그러졌다. 결국 윤이 성난 얼굴로 소리쳤다.

"당장 꺼!"

비서가 바로 리모컨을 들자,

"됐어. 그냥 둬."

비서는 바로 리모컨을 내렸다.

"한심한 놈. 여론을 자기편으로 만들어야지 대놓고 시비를 걸면서 뭐? 전쟁 선포? 저거 대체 누구 자식이야? 내 자식 맞아? 태윤의 자식이 어떻게 저렇게 경솔할 수 있어? 세상 알려면 아직 한참은 멀었어! 아주 제정신이 아니야!"

격노한 윤의 얼굴이 푸르락누르락했다.

자연히 며칠 전, 아주 기분 나빴던 진과의 일이 떠올랐다.

'대신 그 애도, 연예계 생활도 끊어.'

윤은 그때만 해도 진을 낚는 데 성공한 거라고 생각했었다.

쟤가 방법이 있어? 둘 다 공적이 된 마당에, 이대로 서슬 퍼런 악플러들의 먹잇감이 되느냐, 그나마 그 여자애만은 구렁텅이에서 구해 내느냐? 당연히 진이 연예계를 버리더라도 그 여자애만은 살려 낼 거라 생각했다.

저 정도로 미쳐 있다면 제 살이라도 베어 팔겠다고 나설 터. 선택은 불 보듯 뻔했다.

'두 마리 토끼 잡으려다간 둘 다 놓친다? 아니, 요즘엔 둘 다 잡을 수 있다. 단, 뭐든 대가는 치러야지. 그게 너의 희생이다.

그 정도는 해.'

그 합리적인 방법을 걷어찰 아들이 아니었다. 암! 날 닮아서 머리 하나는 비상한데. 이건 단순한 계산 문제였다. A랑 B랑 어느 쪽이 더 얻을 게 많은가 하는.

윤은 마음을 놓았었다. 하지만.

'제가 왜 이 조건을 따르겠어요?'

띵!

'뭐, 뭐?'

'판단력이 무뎌지셨네요. 제 목적은 그녀를 지키는 건데, 헤어지면 무슨 의미가 있어요. 어이가 없네.'

윤은 말문이 탁 막혔다.

'이 녀석이……'

'제가 원하는 건 해나랑 같이 사는 거예요. 혼자 살아 봐야 재미도 없고 기쁘지도 않고.'

'재미? 기쁨? 겨우 그런 것 때문에!'

'겨우, 그런 게 저한텐 전부예요.'

'이 멍청한 놈! 그 계산도 안 되는 거냐? 그 머리로 공부는 어떻게 했어!'

'계산이 먼저 앞서게 하는 여자, 전 흥미 없어요.'

말이 안 통했다. 분명 솔깃하던 표정이었건만!

윤은 아쉬움에 부르르 떨었다. 내가 낚시 밥을 잘못 던졌나? 그렇다면 또 바꿔 봐야지!

'그럼 붙들고 지켜 줘라. 넌 좋겠지. 마음이 지옥에서 사는 여자의 겉만 가지고……'

'지옥이 될지 꽃밭이 될지는 아직 지켜 주지도 않았는데 무슨 속단이에요?'

'협상은 없다. 둘 다 하든가, 말든가.'

'둘 다 거절합니다.'

'고집부리지 마!'

'갑니다.'

진은 그렇게 떠났었다.

그 의지가 바로 저것이었나. 저렇게 기습적으로 은퇴를 해 버리다니. 잔뜩 찌푸린 채 화면을 쏘아보던 윤이 천천히 입을 열었다.

"참…… 내 자식이지만 탐나."

난데없는 칭찬에 비서가 얼떨떨한 얼굴을 했다.

"끌려. 안 그래?"

정적.

비서는 뭐라고 반응해야 할지 갈피를 잡지 못하다가 애매하게 대답했다.

"그렇……지요."

"어차피 저럴 거면 일단 은퇴하는 척 속여서 챙길 거 다 챙기고 내 뒤통수를 칠 방법도 있었을 텐데. 언페어는 싫다 이건가? 법조인으로서 참 필요한 덕목이지. 심지어 낭만까지 있어. 박 비서, 자네 자식이라면 저렇게 할 수 있었겠나?"

"흠흠. 제 자식도 뒤지지는……."

"TV 꺼."

남의 자식 칭찬은 절대 들어 주지 않는 윤이었다.

하긴 보면 볼수록 특이한 사람이긴 했다. 일에 관해선 백 년 묵은 능구렁이처럼 통 속을 알 수 없었는데, 자식에 한해선 그 역시 한 사람의 평범한 부모란 말인가?

사실 며칠 전에도 법조인 모임이 있었을 때, 그 기라성 같은 사람들이 대놓고 꼬투리를 잡은 듯 너도나도 진의 얘기를 들고 나왔었다. 이 기회에 밟아 줄 겸, 태윤이 자존심 상해 미치는 모습을 구경하고 싶었으리라.

하지만 윤은 아주 자신 있게 말했다.

"바로 그 녀석이 제 아들입니다! 날 닮아 로망이 있죠. 모름지기 사내놈은 저래야 하는 거 아니겠습니까? 하하!"

마치 장한 자식 뽐내기라도 하듯. 그 어떤 거리낌도 없어 보는 사람이 오히려 민망할 정도였다. 나라를 발칵 뒤집은 엄청난 스캔들에 연루되었는데 그걸 로망이라고 하다니. 만약 연기였다면 대종상 남우주연상 감이었고, 아니라면 그것대로 또 대단한 사람이었다. 아무튼 당시 비꼬려던 모두가 학을 뗀 사건이었다.

비서가 TV를 끄고 윤에게 물었다.

"어떻게 하실 생각이십니까?"

"그 여자애 잡아 와."

✳✳✳

해나는 멍하니 TV를 보고 있었다. 화면엔, 득달같이 달려드는 기자 사이를 뚫고 가는 진의 담담한 얼굴이 클로즈업으로 잡혔다.

"우와…… 저거였구나. 저 한 방을 노리고 있었어. 어쩐지 나타나지도 않고 입장 표명의 '입' 자도 안 꺼내더니, 이때를 위해 칼을

333

갈고 있었던 거야. 어쩐지 뭔가 있을 줄 알았다니까!"

해나는 아무것도 들리지 않았다.

"짱! 이해나, 완전 부럽다, 이것아! 오빠한테 저 정도로 사랑받다니 좋겠다아! 아, 근데 나 왜 눈물이 나지? 왜 배가 살살 아프지? 야, 뭐라고 말 좀 해 봐. 응? 응?"

선미가 마구 흔들자, 해나는 도저히 지어지지 않을 것 같은 어색한 웃음을 겨우 지어 보였다.

"방금 다 들었지? 세상의 중심에서 미친 듯이 사랑을 외치는 거. 백 명, 아니 천 명분의 사랑을 다 받고 있는 기분이 어때? 완전 행복하지?"

"응⋯⋯. 그럼."

겉으로는 그렇게 대답했지만, 행복하지 않다.

가장 두려워했던 일, 우려했던 일이 현실로 벌어졌기에.

그의 은퇴.

결국 자기 자신을 버림으로써 선택한 이해나의 행복.

"선미야, 나 없어져 버릴까?"

"뭐? 무슨 소리야, 야! 너 또 왜 그러는데? 다 잘됐잖아. 오빠가 너 위해서 저런 건데 네가 그렇게 나오면⋯⋯."

"알아. 나도 아니까 그래. 나도 양심은 있잖아."

"양심이고 뭐고, 그딴 거 생각하지 마. 오빠도 오죽했으면 저런 결정 내렸겠어? 솔직히 난 괜찮은 선택 같아. 오빠가 공인이니까 네가 더 욕먹는 건 사실이잖아. 대체 누가 연애 좀 한다고 이 정도로 공격받니?"

"그렇지 뭐."

"호강에 겨워서 요강을 찬다는 그 전설적인 광년이 되지 말고, 정신 똑바로 차리고 있어."

"알았어."

해나는 웃었다. 하지만 마취 주사라도 맞은 양 그 미소는 어색했다.

단지 누군가를 사랑하는 것뿐인데, 왜 제사라도 지내듯 뭔가를 바쳐야 하는 걸까? 누가 속 시원히 설명 좀 해 줬으면 좋겠다.

✽❉✽

각 언론사마다 진의 은퇴 기사는 대서특필되었고, 여론은 여론대로 더 나빠질 수 없을 정도로 최악이었다.

진의 순애보, 한 여자를 위한 낭만적인 은퇴? 사실상 악플러들에 대한 전쟁 선포!

유례없는 비신사적인 은퇴 선언, 팬들 분노 부글부글.

편들어 준 팬들까지 적으로 치부한 진의 대응 방식에 실망.

혼란스러운 진의 은퇴 선언, 모든 팬을 적으로 돌려!

헤드라인 자체가 노골적으로 진을 공격하고 있었다. 매체들마나 비난 일색, 여론도 완벽하게 부정적이었다. 그야말로 분노가 폭발했다. 조금이나마 옹호하던 팬들도 완전히 돌아섰다.

여자가 남자를 망친 대표적 케이스.

자기를 키워 준 팬을 공격하다니 우릴 뭘로 생각한 거야?

잠잠해지면 다시 기어 나올 생각은 아니겠지?

최악이다! 끼리끼리 잘 만나서 결혼까지 해 버려라!

추방시켜야 함!

색녀. 남자 홀리는 재주 있나 봐.

창녀.

분노가 다시 해나에게 향했다. 그 반응을 아는지 모르는지 해나는 묵묵히 집 주방에서 반죽을 만들었다.

밀가루와 버터를 세 겹으로 접어 밀어 펴고, 다시 세 겹으로 접고, 또 접어 페이스트리 반죽을 만든다. 세 겹의 세 배, 또 그 세 배, 또 그 세 배……. 그렇게 해서 생기는 무수한 결, 실제로 천 장이 넘는 결이 모여 만들어지는 밀푀유(Mille-feuille).

프랑스어의 의미는 '천 겹의 나뭇잎.'

한 장 한 장에 마음이 담겨 완성된 천 개의 마음. 망설임, 두려움, 기쁨, 분노, 슬픔, 애처로움, 미련, 고마움, 놀라움, 감격스러움……. 온갖 사람의 감정을 다 모으면 과연 천 개가 될까?

완성된 밀푀유를 조심스럽게 포장했다. 이건 어려운 사람을 만나러 가기 위해 특별히 마련한 선물이었다.

바로 법무법인 '태륜'의 대표, 태윤.

진의 아버지.

어제저녁, 해나를 만나고 싶어 한다고 비서 쪽에서 연락이 왔다.

밀푀유는 제대로 먹지 않으면 크림이 옆으로 밀려 나오거나, 부스러기가 날려 도통 깨끗하게 먹기가 힘들다. 그럴 땐 방법이 있다. 앞니로 과감하게 한입 베어 물며 입을 안으로 오므린다든가……. 샌드위치처럼 안의 내용물이 빠져나오기 쉬운 것도, 웨이퍼처럼 부스러기가 떨어지기 쉬운 것도 다 같다.

먹으려면 방법이 있다.

이 일을 해결하기 위해서도 똑같았다. 반드시 필수라고는 할 수 없겠지만, 알고 나면 효율적이고 피해가 적은, 정석이라고 할 수 있는 방법. 진의 일방적인 고뇌와 희생을 여기서 딱 끝내는 방법.

해나의 눈빛이 강해졌다. 그녀는 마음을 굳게 먹고 윤에게 향했다.

✽✽✽

운동을 하고 나온 진을 기다리고 있던 동현이 갑자기 뭔가를 불쑥 내밀었다. 진이 스포츠 타월로 땀을 닦으며 쳐다보니, 그건 비행기 티켓이었다.

"뭐냐?"

"제가 사비 털어서 마련했어요. 이걸로 해나 씨랑 잠시만이라도 피해 계세요!"

진의 눈썹이 위로 올라갔다. 애 뭐야, 라는 듯.

하지만 동현은 홀로 심각했다. 눈 주변이 벌게져선 금방이라도 수도꼭지가 열릴 것 같았다.

"제가 능력이 없어서, 체류하실 호텔까지 예약했어야 했는데……. 하지만 형님 돈 많으시니까 가서 충분히 해결하실 수 있으실 거예요. 제 마음만 받아 주세요. 너무 시끄러우니까 당분간만 해나 씨랑 떠나 계세요."

"……."

"그리고, 그동안 정말 감사했습니다. 어머니 일도, 그밖에 여러 가지 편의 봐주신 것도, 아니 저한테 잘해 주셔서 정말정말, 앞으로도 평생 잊지 않을……."

우어어어어!

결국 동현이 짐승처럼 울어 댔다. 광대뼈가 툭 불거진 얼굴로 순진한 눈물을 줄줄 쏟아 내는 동현 때문에 진은 참 부담스러웠다.

그가 곧 간단하게 말했다.

"환불해."

"……에?"

동현이 울다 말고 멍한 얼굴로 되물었지만, 진은 이미 욕실로 들어가 버린 후였다.

휑.

나름 엄숙한 이별의 시간을 갖고 있었는데. 안 돌아가는 머리를 쥐어짜 티켓 선물을 마련해선 귀하게 품에 품고 있었건만.

"아, 수치스럽다."

동현은 한쪽 구석으로 가서 휙 틀어박혔다.

"너무하시는 거 아냐? 내가 얼마나 걱정했는데. 어떻게든 도움이 되려고. 어흑."

이건 도 대표도 미처 챙겨 주지 못한 남자의 진한 우정이라고 생각했었다.

진이 은퇴한다는 결정을 내렸을 때 강우는 그 어떤 이견도 내지 않고 받아들였다. 그러고 보면 도 대표도 강심장이다. 진의 은퇴로 대체 얼마나 회사가 흔들릴지 동현으로선 상상도 가지 않았다.

"나도 더 쿨하게 굴 걸 그랬나? 형님은 나랑 헤어지는 게 아무렇지도 않나? 흥, 칫, 뿡입니다!"

얼마를 기다렸을까. 진이 샤워를 하고 나오자 동현은 볼이 부어서 그를 쳐다보지도 않았다. 허리 아래로 타월을 두른 채 드레스룸으로 사라진 진이 몇 분 만에 나타났다.

딱 떨어지는 라인의 슈트. 눈알이 튀어나올 정도로 비싼 손목시계를 차며 진이 물끄러미 동현을 보았다.

"거기서 뭐해?"

"어, 어디 가시게요?"

"환불했어?"

"다, 당장 어떻게 해요? 내일 할게요."

동현이 볼멘소리로 투덜거리며 진의 앞으로 다가갔다.

"마음은 고맙지만 필요 없어서야."

"네 뭐…… 괜찮습니다. 저 같은 놈의 정성 같은 건 필요 없으시겠죠. 티켓이야 돈 없어서 못 끊으시는 것도 아니고."

"그게 아니라, 갈 수 없어. 해나가 가기 싫다니까."

동현이 고개를 들었다. 손목시계를 찬 진이 옆에 두었던 차 키를 들었다.

"여기서 이겨 내겠다고 했거든. 난 도와줄 뿐이야."

"혀, 형님……."

역시. 그런 이유가 있었구나! 하긴 형님이 사람의 정성을 무시할 사람이 아니었다.

"됐으니까, 차나 갖고 와."

"예, 예!"

"그리고 난 너랑 이별할 생각 없으니까 성가신 소리 하지 말고."

"예? 그게 무슨 말씀……. 형님 은퇴하셨으니까 전 자동적으로 해고되거나 다른 사람 전담으로……."

"난 내 사람 절대 안 놔."

동현의 얼굴이 확 붉어졌다. 무슨 사랑 고백이라도 들은 양.

"앞으로도 그대로 내 매니저 하면 돼. 음, 비선가?"

"비, 비서요?"

"너 한 사람 월급 줄 능력은 되니까, 절대 못 놔줘."

진이 차 키를 던지자 동현이 얼른 받았다. 그 차 키를 만지는 동현의 얼굴이 핑크빛으로 물들었다. 어떡해! 절대 못 놔준대! 아, 이별 안 해도 되는구나.

"내가 운전할 거니까, 기자들 눈 피해서 적당한 곳에 세워 둬."

"혼자 어디 가시게요? 아, 해나 씨한테……."

"심동현, 고!"

"네, 넵!"

동현이 후다닥 달려가자 진도 몸을 돌렸다. 그때 진의 휴대폰이 울렸다. 혹시나 싶어 저장해 두었던 번호, 그건 선미였다.

이 시간에 올 전화라기엔 부자연스러워 진이 천천히 휴대폰을 귀에 댔다.

안 좋은 예감.

아니나 다를까 전화기 너머에서 선미가 다급하게 소리쳤다.

[오, 오빠? 어떡해요! 해나가 사라졌어요!]

열두 조각

handmade
LOVE

한동안 강우와 은퇴 시기를 조율하고 추후에 생길 계약 문제 등을 처리하느라 진은 꽤 바빴다. 강우에게 최대한 피해를 주지 않는 선에서 마무리를 해야 했다. 그래서 해나를 찾아가는 시간이 늦어졌다.

그게 문제였나.

[가게 문도 닫혀 있고, 지금 집에 왔는데 집에도 없고 차도 없고……. 얘가 이럴 리가 없거든요. 어디 갈 데도 없는데. 실은 그날 오빠 은퇴했을 때 저한테 그랬거든요. 자기 사라져 버리고 싶다고. 그때 표정이 안 좋긴 했었지만, 그냥 오빠 은퇴에 속상해서 그러나 했는데…….]

진은 선미와 통화하며 미친 듯 액셀을 밟고 있었다. 스포츠카가 성난 듯 거리를 뚫고 달렸다.

"어젠 못 봤어?"

[네. 무슨 약속이 있대서.]

"무슨 약속?"

[그게 물어봤는데 대답을 안 해 주더라구요. 아무래도 어젯밤에 집에 안 들어온 거 같아요. 보일러를 튼 흔적도 없고, 집 안도 싸하고. 흑흑, 이 계집애 떠났나 봐요. 그날 표정이 진짜 처량했었는데. 내가 더 신경 썼어야 하는 건데.]

선미가 우느라 더 말을 못 했다.

으드득.

핸들을 쥔 손마디에 힘이 들어갔다.

'사라져 버리고 싶다고.'

'표정이 진짜 처량했었는데.'

쾅!

정말, 떠난 거냐?

갑자기 비가 추적추적 내리기 시작했다. 빗길을 뚫으며 진의 스포츠카가 미끄러지듯 달렸다.

✻❉✻

"아! 혹시 아저씨 납골당에 갔을지도 몰라요."

해나의 집에 도착하자, 왔다 갔다 하며 진을 기다리고 있던 선미가 그렇게 말했다. 진은 더 고민할 것도 없이 주소지를 적은 메모를 받자마자 바로 출발했다. 선미도 동현이 따로 갖고 온 차를 타고 따라나섰다.

진은 초조했다. 몇 번이고 해나에게 전화했지만 휴대폰은 전원이 꺼져 있었다.

정말 떠난 거라고? 네가? 이렇게 한마디 말도 없이?

도저히 믿을 수가 없었다. 그 어떤 일이 있었더라도, 그렇게 가 버릴 그녀가 아니란 것만은 알았다.

하지만 너무 힘들어, 코너로 몰리고 몰리다가 결국 막혀 버리면 포기하고 싶어지는 게 사람이다. 그녀가 무슨 강철이라고 그 모든 걸 견뎌 내겠는가.

'그때까지만 해도 해나는 이겨 낼 생각이었어요. 자기가 떳떳하니까. 아저씨가 그렇게 갑자기 돌아가시지만 않았다면.'

'자기 때문이라고 했어요. 자기가 가수가 되려고 했기 때문에 아버지가 돌아가셨다고.'

'누가 자신을 공격한 건지 알면서도 해나는 그냥 떠났어요. 그 냥 거기서 사라지고 싶었나 봐요.'

8년 전, 해나가 떠났던 것도 몰리고 몰리다 못해 더 버티지 못했을 때였다. 무엇보다 자신 때문에 아버지가 돌아가셨다는 죄책감.

"죄책감……."

진의 눈이 번쩍 떠졌다.

나 때문인가! 자신 때문에 내가 은퇴한 거라고, 그렇게 생각하면 퍼즐이 맞춰진다. 그 죄책감을 견디지 못하고 사라진 거라면…….

"제발 거기 있어."

진은 숨도 쉬지 않고 달려 납골당에 도착했다. 하지만 새로 걸어 둔 게 분명한 꽃다발만이 해나가 다녀갔다는 걸 알려 줄 뿐, 그녀 는 어디에도 없었다.

"오긴 왔었나 봐요. 방명록에도 이름 있는데."

천국으로 보내는 편지.

들른 사람들이 고인에게 짧은 편지를 쓸 수 있도록 비치해 놓은 노트였다.

[아빠, 나 오랜만에 왔어. 또 올게.]

그녀의 마음을 읽어 내기엔 너무도 짧은 말. 성격을 드러내듯 또박또박 단정한 글씨. 진은 물끄러미 해나의 글씨를 바라보다가 발길을 돌렸다.

건물을 나와 어두워져 가는 짙은 하늘을 올려다보았다. 점점 추워지는 날씨, 이런 삭막한 계절에 넌 또 어디서 지친 다리로 걷고 있는 거냐.

비는 계속 내리고 있었다.

'떠날 생각이야? 나한테서 떨어져서, 나 없이도 넌 살 수 있어?'

그때 진의 얼굴 위로 빗방울이 툭 떨어졌다. 해나를 처음 만났던 날처럼 을씨년스럽게 내리는 비. 그 물기를 손가락 끝으로 만지던 진의 진회색 눈동자가 가늘어졌다.

비, 국도, 사고 현장.

"혀, 형님, 어디 가세요?"

뒤에서 묵묵히 서 있던 동현이 갑자기 주차장을 향해 달려가는 진에게 소리쳤다. 곧장 쌩하니 따라 달렸다가 다시 달려와선, 남겨져 있던 선미의 손목을 획 잡아끌었다.

"뭐해? 빨리 가야지!"

"아, 알았어요. 내 발로 갈게요. 그, 근데 왜 자꾸 반말……."

"얼른 타! 대체 어디 가시는 거야? 아 젠장! 벌써 출발했잖아!"

동현의 말처럼 진의 차는 벌써 주차장을 빠져나가고 있었다. 안 그래도 성능 좋은 저 슈퍼카를 대체 어떻게 쫓아간단 말인가!

"못살겠네. 차는 또 왜 뒤로 대 놔선!"

부아앙!

동현이 후진을 하고, 선미는 어쩐지 조용해졌다.

비에 젖은 동현의 머리카락, 소맷자락을 둥둥 걷어붙인 구릿빛 팔뚝…… 위로 송골송골 맺힌 빗방울, 그래서 왠지 확 풍기는 야성적인 향기…… 게다가 후진까지!

이 남자, 좀 탐난다.

진은 국도를 달리고 있었다.

그건 예감이었다. 혹시 거기에 있지 않을까? 자신이 납골당에 내려와 자연스럽게 해나와 처음 만났던 곳을 떠올렸듯, 그녀도 이곳에 왔다가 같은 생각을 하지 않았을까?

"지금 가면 만날 수 있는 거지? 도망치지 마. 그곳에 있어."

몇 번을 도망가도 계속 찾을 것이다. 하지만 지금은 어디에도 가지 않길. 제발, 혹독한 세상을 너 혼자 걸어가려고 하지 마.

사고 지점을 정확하게는 몰랐지만 어차피 일자 도로였다. 바퀴에 불이 나도록 달리고 있을 때였다. 저 멀리 가드레일 옆에서 홀로 서 있는 누군가가 어렴풋이 보이는 것 같았다.

노란색 우산, 그리고 등을 보이며 서 있는 가느다란 실루엣. 언젠가 자신이 그녀에게 되돌려 주었던 바로 그 우산이었다.

끼이이익!

진은 그대로 브레이크를 밟았다.

차가 서자마자 차 문을 벌컥 열고 내렸다. 순간 등을 보이고 서 있던 해나가 브레이크 소리에 놀란 듯 몸을 돌렸다.

하얀 터틀넥 스웨터, 아이보리빛 스커트, 연한 핑크색 코트를 걸친 해나의 눈이 커졌다. 얼떨떨한 얼굴로 고개를 갸웃하는 그때, 진이 그대로 걸어가 해나를 확 안아 버렸다. 우산이 날아갔다.

"다행이다."

그녀의 허리가 꺾일 정도로 으스러지듯 끌어안은 진은 숨이 안 쉬어질 정도였다. 도로변에 서 있는 그녀를 발견한 순간 그냥 숨이 막혔었다. 그 안도를 어떤 말로 표현할 수 있을까?

"왜, 왜 그래요? 그렇게 놀란 얼굴로……."

영문을 모르겠단 얼굴로 안겨 있던 해나는 숨이 막혀 바르작거렸다.

"저기, 좀 아파요. 대체 여긴 왜……."

"도망갈 수 있을 줄 알았어?"

해나의 눈이 커졌다.

"도, 도망이라니……."

이해가 안 가 중얼거리던 해나가 순간 멈칫했다. 진의 몸이 떨리고 있었다. 비로 젖어 가는 그의 짙은 검은 머리칼.

설마 오해한 건가? 도망친 거라고?

어쩌면 좋을까. 또 이 사람을 아프게 했나 보다.

해나는 일단 아무 말 없이 진의 등을 쓸어 주었다. 젖어 가는 섬유의 촉감이 손바닥에 느껴지자 왠지 가슴이 울컥했다. 이렇게 떨게 할 정도로 그를 불안하게 했었나 보다.

그제야 진의 몸에서 힘이 풀렸다. 마치 그날처럼, 이렇게 커다란 남자를 안아 줄 수 있어 다행이다.

"잠깐만요."

해나가 품에서 빠져나오자, 진이 해나의 손목을 잡았다.

"가지 마."

"가려는 거 아니에요. 우산만 주울게요. 비 오잖아요."

하지만 진은 해나의 손목을 꼭 잡고 놓아주지 않았다. 해나는 어쩔 수 없이 그의 손을 꼭 잡은 채 우산을 주우러 가야 했다. 이런 심각한 순간에서도 이상하게 웃음이 났다. 마치, 떼쓰는 유치원생 남자아이를 다독이며 데리고 가는 선생님 같아서.

우산을 들어 진의 머리 위로 씌워 주었다. 그의 반듯한 얼굴이 슬픔으로 젖어 헝클어져 있었다. 가슴이 따끔거렸다.

진의 어깨 너머로 보니, 얼굴만 쏙 빼고서 훔쳐보고 있던 선미와 동현이 차 뒤로 다시 쏙 숨었다.

'못살아.'

범인이 누군지 대충 상상이 갔다. 우산이나 쓰고서 훔쳐보지. 아무튼 선미도 놀랐나 보다. 여기까지 따라온 걸 보면.

"왠지 내가 엄청난 사고뭉치 같아요. 다 같이 나 잡으러 온 거예요?"

그의 키가 너무 커서 해나는 까치발을 해야 했다. 진이 그런 해나의 손에서 우산을 갖고 가 그녀 쪽으로 기울여 주었다.

바보 같은 남자. 난 당신이 비에 안 맞았으면 하는데 당신은 늘 내가 비에 안 맞는 것만 신경 쓴다.

"선미가 숨넘어가는 소리 한 거죠? 혹시 그럴까 싶어서 문자라도 보내려고 했는데 휴대폰 배터리가 나간 거 있죠. 걱정하지 마요. 도망 온 거 아니에요."

"그럼 왜 여기 있어?"

"그냥 아빠 얼굴 보러 내려왔다가, 문득 이곳이 생각나서 들렀어요. 당신과 다시 만난 곳이니까."

내가 여길 지나간 게 운명이었던 걸까? 당신이 여기서 사고를 당한 게 운명이었을까? 어느 쪽이든 운명은 어차피 다가왔을 것 같다.

8년이나 까맣게 잊어버렸던 당신. 기억과 함께 날아가 버렸던 당신의 의미. 하지만 이제 선명하게 기억하고 있다. 내가 당신을 얼마나 소중하게 생각했었는지를, 앞으로도 당신이 나한테 얼마나 소중할지를. 그런 당신을 두고 내가 어떻게 도망 같은 걸 갈 수 있을까?

"여기 온 김에 생각 좀 정리하고 있었어요."

"무슨 생각. 그런 건 혼자 하지 마."

"무슨 그런 억지를 부려요?"

휴우.

"알았어요, 그럼 말할게요. 사실은 도움을 청했어요. 당신이 들으면 놀랄 분한테……. 실은 엊그제 연락이 와서 만나 뵀어요."

"누구……."

중얼거리던 진의 눈이 커졌다.

"설마 아버진 아니겠지?"

바로 윤의 얼굴이 떠올랐다. 이런 타이밍에 해나가 만날 사람이라면 아버지가 유력했다. 그럼 어제의 약속이란 건 아버지를 만난다는 거였나?

"맞는데. 당신한테 말하지 않고 간 거라서, 그 뒤에도 말할 타이밍을 놓쳤어요."

"왜?"

"그게, 당신한테 말할 상황이 아니라서."

"그게 아니라, 왜 내가 아닌 다른 사람이야? 아무도 믿지 마. 누구도 네 편이 아냐. 널 지켜 줄 수 있는 건……."

"그렇게 자꾸 지켜 주려고만 하니까."

해나가 말을 잘랐다. 그녀의 입매가 차갑게 굳어져 있었다. 그러다 마치 울 것처럼 입술을 울먹울먹 하다가 말을 이었다.

"나만은 아닐 거예요. 지켜지기만 하는 게 즐겁지 않은 건. 내가 원하는 건…… 나도 당신을 지켜 주고 싶어요."

그녀의 눈빛에 담긴 애타는 열망. 한없이 처연하면서도 꼿꼿한 그 표정. 그걸 보고 대체 어떻게 탓할 수 있겠는가.

해나는 어제 윤을 만나러 가기 전, 고소장을 접수했다.

고소인은 이해나, 피고소인은 노윤서.

더 이상 묻어 둘 수 없다. 견디기만 하는 게 답은 아니다. 그게 바로 도망치는 것과 다를 바 없단 걸 진의 은퇴 선언으로 깨달았다. 그녀가 계속 망설이면, 결국 가장 피해 입는 사람은 그였다. 진이 감수해야 할 부분만 점점 커진다.

당신을 만났던 시간은 항상 밤이라고 생각했었다. 그래서 어느새 밤의 어둠에 길들여졌나 보다. 하지만 밤을 걷어야 아침이 온단 걸 겨우 깨달았다. 그래서 밤을 걷어 내기로 했다.

"고소장 접수하고, 변호사를 찾아갔어요. 국내 최고의 변호사. 절대 질 수 없는 변호사. 바로 당신 아버지, 태윤 변호사님께요."

물론 먼저 연락 온 건 윤 쪽이었지만, 해나가 찾아간 건 다른 이유였다. 아마도 윤의 용건과는 정반대였겠지. 그는 자신을 떼어 내려고 할 텐데, 자신은 도움을 요청하러 간다니.

"아버지는 뭐라고 하셨는데?"

"도와주시기로 하셨어요."

"조건은?"

"아무런 조건 없이."

진이 혀를 찼다.

"그럴 리가 없을 텐데."

"아뇨. 정말 그래 주시기로 하셨어요."

✽ ❊ ✽

바로 어제, 해나는 애써 긴장을 누르며 윤을 독대하고 있었다. 두 사람 사이엔 해나가 갖고 온 케이크 상자가 놓여 있었다.

윤은 대놓고 그녀를 괄시하진 않았지만 그렇다고 곁을 내줄 생각도 없어 보였다. 딱 적정한 수준의 표정과 딱 적정한 정도의 매너.

"단 건 싫어하는데."

"죄송합니다. 하지만 제가 단 걸 만드는 사람이라서요."

"센스가 통 없군. 그럼 방법을 써서 덜 달게 만들어 왔어야지."

"덜 달게 만들 수는 있지만, 그럼 케이크가 아니거든요."

윤의 눈썹이 꿈틀거렸다.

어쩌자고 이 어린 것이 감히 자신에게 또박또박 말대꾸를 하는 건지. 그것도 자신의 홈그라운드에서 주눅 하나 들지 않고서.

"내가 왜 아가씨를 부른 거 같나?"

"모르겠지만, 좋은 이유는 아니실 것 같습니다."

"파악은 잘하고 있군. 아니, 너무 잘 파악해서 문젠가? 일단 왔으니 얘기나 나눠 보지. 자, 어떻게 하는 게 가장 좋은 방법일까?"

"안 그래도 그것 때문에 드릴 말씀이 있어서 왔습니다."

"내가 불러서 온 거겠지."

"네."

"그래서. 할 말이란 게 뭐지?"

"도와주세요."

윤은 잠깐 허를 찔린 기분이었다.

지금, 뭐?

밑도 끝도 없이 당당한 얼굴로, 그것도 마치 요구하듯 이 애가 뭐라고 하는 건지. 어처구니없었지만 최대한 태연하게 윤이 물었다.

"뭘 도와 달란 거지?"

"무고를 밝히고 싶습니다. 8년 전의 소문에서 이젠 벗어나고 싶어요. 증거는 이 녹취록밖에 없지만, 끝까지 싸울 생각입니다."

해나가 가방에서 녹음기를 꺼내 테이블에 놓았다.

"도청은, 제3자가 아닌 당사자가 직접 녹음한 건 불법이 아니라고 들었습니다. 무엇보다, 제 변호사에게 저의 무고를 증명할 명백한 증거물이라고 생각합니다."

"맹랑하군. 지금 말한 그 변호사가, 설마 날 지칭한 건 아니겠지?"

"죄송하지만, 맞습니다. 그래 주셨으면 해요."

윤은 실소가 터졌다. 이건 뭐, 하룻강아지도 아니고, 세상을 모르는 건지. 감히 지금 날 두고 배팅을 하겠단 건가?

"여기가 어딘지는 알고 있겠지?"

"알고 있습니다."

"좋아. 만에 하나 내가 아가씨 사건을 맡는다고 치지. 과연 아가씨가 내 수임료를 맞출 수나 있을까?"

해나가 가방에서 봉투를 꺼냈다. 가게 보증금을 돌려받은 것과 적금을 깬 걸 전부 모은 돈이었다.

"부족할지 모르지만 제 전 재산입니다."

"태륜을 구멍가게로 본 건가?"

"……."

"이거 말고 다른 조건을 건다면 생각해 볼 수도 있는데."

"그건 거절합니다."

윤은 기가 찼다.

"들어 보지도 않고?"

"어떤 조건을 제안하실지 예측이 되어서요. 그건 제가 할 수 없는 부분입니다."

"하…… 아주 건방지군."

"죄송합니다."

"배포는 있는데 상대를 잘못 만났어. 감히 내 앞에서 그 정도 허세가 통하리라 생각한 건가? 재미는 있어. 하지만 거래란 건 서로의 조건이 맞아야 비로소 성립되는 거지. 내 조건이 안 통한다면 어쩔 수 없군. 거절하지."

하지만 해나의 눈동자는 흔들리지 않았다. 눈도 깜빡하지 않는 그 태도에 윤은 점점 신경질이 났다.

가만, 저 조용히 고집부리는 모습이 어째 누구랑 닮은 것 같기도 하고. 아, 진이 그 녀석이 그랬었지? 갑자기 가수 되겠다고 폭탄선언했을 때.

앤 대체 뭐지?

"내 말 못 들었나? 왜 계속 앉아 있지?"

"부탁드립니다."

"어이가 없군."

그저 생떼를 쓴 거였나.

"내가 내 아들을 은퇴하게 만든 복잡한 여자의 변호를 맡아 주리라 생각했나? 그것부터가 세상을 너무 몰라. 이봐, 아가씨. 세상은 그렇게 호락호락하지 않아."

"전 그렇기 때문에 여기에 왔습니다. 호락호락하지 않기 때문에, 지금 제 변호를 맡아 주실 분은 변호사님뿐이라고 생각했습니다. 왜냐하면 그 사람의 가족이시니까."

"그건 무슨 소리지?"

"그 사람은 공인이에요. 경솔하게 아무한테나 노출할 수 없는 신분이죠. 지금은 제 일이 단지 제 일로 끝나는 게 아니라 바로 그 사람과 연결되니까……. 제 짧은 생각으로 제3의 피해를 일으키고 싶지 않습니다."

윤이 물끄러미 해나를 보았다. 뭔가 흥미가 아주 약간은 이는 듯한 표정이었다.

"명분 하나는 잘 선택했군. 머리는 나쁘지 않아. 내 아들의 피해

없이 매듭을 풀고 싶다면 내가 해라. 나라면 내 아들의 비밀을 지켜 세간으로부터 보호하면서도 아가씨의 무고를 증명해 줄 수 있다. 그건가?"

"네."

"잘못 생각했어. 요즘 세상에 돈만 주면 의뢰인의 신변 보호 정도 다들 확실하지."

"네……."

"그럼 그만 가야지?"

"절 도와주시는 게 아드님을 도와주시는 유일한 길입니다."

기가 찼다.

"지금 감히, 내 아들을 미끼로 날 협박하는 건가?"

"그 사람이 더 이상 포기하는 게 없었으면 해서, 저로선 최선의 방법을 찾아 헤맸어요. 그리고 그 종착지가 바로 여기였습니다. 도와주세요."

윤은 도통 눈앞의 이 어린 아가씨를 종잡을 수 없었다. 절대 도와줄 리 없는 인간에게 끊임없이 도움을 요청하고 있다. 정말 통할 거라고 생각하는 건가? 고정관념 탈피는 높이 사 줄 만했지만, 그렇다고 그 변칙이 재미있다고 이 제안을 받아들이기엔 아직 좀 부족하다.

"그렇게 절절하다면 한번 날 설득해 봐."

"설득하지 않겠습니다."

띵.

"뭐라?"

"제가 제안하는 건, 정당한 거래입니다."

정적이 일었다. 한참을 해나를 바라보던 윤이 천천히 입을 열었다.

"좋아. 도와주지."

해나가 움찔했다.

"아가씨 말대로 아무 조건 없이. 허를 찌른 변칙에 나름 점수를 줘 보겠어. 무엇보다 내 아들 앞길을 막을 수야 없으니까."

윤이 천천히 다리를 꼬았다. 왠지 그 서늘한 표정 같은 것에서 진을 잠깐 떠올렸다. 풍기는 느낌이 비슷했다.

"처음부터 아가씬 가장 큰 무기를 들고 내 앞에 나타났지. 아가씨의 무고가 밝혀지지 않으면 내 아들도 세간의 소문에서 벗어날 수 없다. 그나마 아가씨의 소문이 깨끗해져야 내 아들도 깨끗해진다. 그러니 아가씨를 살리는 게 내 아들을 살리고, 내 아들을 살리는 게 날 살리는 것이기도 하다. 맞는가?"

"······."

"왜 아무 말이 없지? 막상 시작하려니 겁나나?"

"아뇨. 하시는 말씀 전부 다 맞습니다. 다만, 조건 없이 도와주시겠다는 그 말씀에 대해 생각 중이었어요."

"못 믿겠다? 내가 한 입으로 두 말 할 사람으로 보이나?"

"아뇨. 믿고 싶어서요. 감사합니다."

윤이 문득 움찔했다.

바로 저것인가? 내 아들을 무장해제시킨 게.

가장 솔직한 게 통할 때가 있다. 자신을 내려놓고서 오로지 단 하나의 목적을 위해 움직이는 사람한테서만 느낄 수 있는 빨려들 듯한 고요. 그건 체념과 비슷한 냄새가 나긴 했지만 그것과는 완전히 달랐다. 소극적인 체념을 가장한, 가장 적극적인 각오.

갈색 눈동자는 세상에서 가장 맑고 연약한 것 같으면서도 또 쉽게는 쓰러지지 않을 것처럼 곧았다. 그래서 더 애처로워 보이는 느낌. 그 종잡을 수 없는 여성성이 내 아들을 그렇게 붙들고 놓아주지 않은 건가?

그간 이 여자애가 나온 기사와 보도들의 추이, 이 아이의 반응, 행동 방법들을 계속 체크하며 지켜보았었다. 내린 결론은 아주 뻔뻔하거나 완전히 떳떳하거나 둘 중 하나. 후자라면 아주 외롭게 고군분투하는 것이었다. 도통 못 버텨 낼 상황에서도 이 아이는 버텼다. 일견 대견하기도 했었다.

어차피 8년 전 스폰서 관련 스캔들은 누명이란 걸 알고 있었고, 도강우와도 이미 만났기에 대충 숨겨진 이야기도 들었다. 그러니 충분히 편을 들어 줄 수도 있는 상황이었지만……

그간의 경험으로 마지막까지 절대 선입견을 가져선 안 되는 게 이쪽 일이었다. 확실히 심지는 곧고 안됐다는 생각도 들었다. 하지만 역시 박복한 점은 마음에 안 들었다.

내 아들과 관계만 없다면야 무슨 상관일까? 바로 그 아들놈이 저리 미쳐 날뛰니. 전혀 안 그러던 놈이 그러니 더 감당이 안 됐다.

윤은 머리가 지끈거렸다.

"하나만 물어보지. 만약 내가 거절했으면 어쩌려고 했지? 소득 없이 냉정하게 쫓겨날 수도 있었을 텐데."

"각오했습니다. 하지만 쫓겨나더라도 이 부탁은 꼭 대표님께 드려야 했어요. 그 사람을 보고 있으면, 그 사람의 아버님도 제 마음 정도는 봐 주시지 않을까, 그냥 제 기대였습니다."

"아부?"

"아닙니다."

"그럼 비꼰 거군."

"아, 절대 아닌……."

"내가 도와준다는 건, 단지 도와준다는 거야. 문자 뜻 그대로. 알고 있겠지?"

내 아들 옆에 있는 걸 허락하진 않겠다는 의미의 완곡한 표현. 혹은 위협.

"알고 있습니다."

"더 할 말은?"

"죄송합니다."

윤은 뭐가 죄송하냐고 더 물어볼 수 없었다. 아니 물어보고 싶지 않았다. 모든 게 죄송하다는 그 진심 어린 표정 하나로 됐다.

해나는 더 이상 묻지 않는 그에게 감사를 느끼며, 깍듯하게 인사하고 그곳을 나왔다.

✲❈✲

차에 타자마자 다급하게 진이 키스했다. 하지만 해나는 천천히 그의 가슴을 밀어내며 입술을 떼어 냈다.

"이해나."

"잠깐만요. 할 말이 있어요."

"더 들으면 나한테 유리할 것 같지가 않아."

"들어 줘요."

진이 어쩔 수 없이 해나를 놓아주었다. 창밖의 빗줄기는 더욱 거세졌다.

"처음엔 내가 버티는 게 당신을 위한 거라고 생각했어요. 그럴수록 당신 어깨에 짐이 더 무거워진다는 것도 모르고서. 내가 힘내면 힘낼수록 당신은 그런 날 지키기 위해 더 무리하게 된단 걸 뒤늦게야 깨달았어요. 걱정 안 끼치려는 게 오히려 당신을 무리하게 만든다면, 애써 버틴 의미가 없잖아요."

"……"

"당신을 위한다고 하면서, 정작 방법은 몰랐던 거예요."

그를 사랑한다는 목적만 생각했지, 그를 사랑하기 위한 방법은 무시했다. 너무 어리석어 얼굴을 들 수 없었다. 손발을 묶어 버리고서, 정작 필요한 싸움은 하지 않았다. 그래서 그의 아버지를 찾아간 것이었다. 언제 누가 돌을 던져도 쉽게 흔들리지 않게, 마음속의 연못을 깊게 파 놓고서.

"이제 무식하게 버티지 않으려고요. 힘들면 힘들다고, 슬프면 슬프다고 솔직하게 말하려구요. 당신도 좀 쉴 수 있게. 그러니까 우리 이제 그만, 이런 슬픔에서 벗어나요."

그를 웃게 해 주고 싶다. 내가 당신을 찌르는 칼이라고 세상 모든 사람들이 말해도.

"같이 있고 싶어요."

이제 두 번 다시 이 사람 혼자서만 다 떠안게 하고 싶지 않았다. 날 지키려고 다른 걸 또 포기하게 만들지 않겠다. 그러다 보면 언젠가 그 칼을 품어 주는 칼집이 될 수도 있지 않을까?

"은퇴하게 만들어서 미안해요. 버리게 해서 정말 미안해요."

해나의 두 눈에 눈물이 맺혔다. 진이 고개를 기울인 채, 그녀의 속눈썹을 적시고 떨어진 눈물을 닦아 주었다.

"버린 건 하나도 없어. 널 만나기 위해 가수가 되었던 것뿐, 널 찾았으니 이제 미련 없어. 널 위해 결정한 건 하나도 버린 게 아냐."

가슴이 찡했다.

"이해나, 그럼 나도 하나 부탁하자."

해나가 고개를 끄덕였다.

"여길 떠나자."

해나의 눈이 커졌다.

"네가 가기 싫다면, 끝까지 여기서 이겨 내겠다면 난 도와줄 거야. 난 네 말을 들어. 하지만 만약 떠나도 괜찮다면, 가자."

적은 윤서만이 아니다. 윤서를 포함한 모든 시선, 소문, 억측들. 그 모든 게 적이었다. 진은 지금 그걸 말해 주고 있었다.

"그렇게 하게 해 줘."

해나는 고개를 끄덕였다.

"가요."

이제 망설임은 없다.

"나 데리고 떠나 줘요."

"고맙다."

진이 해나를 안았다. 그 팔에 힘이 꽉 들어갔다.

"정말 떠나도 되는 거지?"

"당신은, 떠나도 돼요?"

"응."

해나의 어깨를 떼어 내고서 빰을 어루만졌다.

"이제 키스해도 되지?"

해나가 눈물을 닦으며 함빡 웃자, 진이 고개를 낮춰 입술을 겹쳤다. 해나의 얼굴이 들리고 입술이 열렸다. 해나는 기꺼이 그의 목을 끌어안았다.

영혼의 울림.

언제나 그의 입맞춤은 그의 영혼 모두를 담아 자신에게 전해 주는 것 같다. 그만큼 뜨겁고 늘 진지했다. 따스하게 지어 주는 미소 한 조각조차 손을 대면 화상을 입을 것 같다. 그녀가 느끼는 그의 온도.

내가 당신에게 피해를 주고 당신이 나한테 피해를 준다는 그런 생각은 더 이상 안 한다. 우린 그냥 같이 가는 거다. 함께 헤쳐 나갈 숙명을 가졌다. 우린 그런 인연이라고

그럼 속 좀 타겠지, 노윤서?

잠깐 입술이 떨어지자, 해나가 그의 입술에 다시 키스했다. 그동안의 미안함을 사과하듯, 그의 얼굴을 감싼 채 몇 번이고 입술을 맞대며 부드러운 키스를 전했다.

진이 웃었다. 그 미소에 가슴이 뛰었다. 그의 손가락이 목덜미를 간질였다. 귓불을 만지고 머리카락을 쓸었다. 해나가 그런 그의 입술에 입술을 맞대고 웃었다.

장난이라도 치듯이 서로의 입술을 간질이다가, 또 진하게 이어지는 키스. 몇 번이고 온기를 나누며 입맞춤은 끊이지 않았다.

차 뒤쪽으로 두 사람이 키스하는 게 보였다. 멀리서 세워 둔 차 안에서 지켜보고 있던 선미는 그제야 마음이 놓이는지 갑자기 훌쩍

거렸다.

"흑흑."

"왜, 왜 울어?"

"해피엔딩이잖아요. 기뻐서 그러지! 우왕!"

선미가 대성통곡하자 동현은 어찌할 줄 몰랐다. 망설이던 동현이 멈칫멈칫 팔을 뻗어, 토닥토닥 선미의 등을 다독여 주었다.

차창을 적시던 빗줄기가 서서히 잦아들었다. 어느새 활짝 갠 하늘 저편으로 무지개가 신비롭게 피어올랐다.

✽❈✽

기자들이 아직 서성이고 있어 두 사람은 해나의 집으로 왔다. 해나는 외출로 해 두었던 보일러를 높이고 정리를 하는 등 혼자 바빴다. 몇 번이고 함께 밤을 보냈음에도 아직 진이 자신의 공간 안에 있는 게 긴장됐다.

"아 참! 잠깐만요."

진에게 말한 그녀가 얼른 방 안에 들어가 아버지의 낡은 셔츠와 바지를 갖고 나왔다.

"샤워해요. 욕실은 좁지만."

두 사람 다 비에 젖은 상태라 이대로 있다간 감기에 옴팡 걸릴 것 같았다.

"근데 갈아입을 옷이 마땅치 않아서. 아빠 건데 괜찮겠어요? 돌아가신 분 옷이라……."

"무슨 소리야."

진이 화내듯 옷을 빼앗아 들고 욕실로 들어갔다. 샤워를 마친 그가 아버지의 옷을 입고 나왔다.

역시 짧다.

"풋."

해나가 웃자 진이 눈썹을 찌푸렸다.

"형사님은 다리가 짧았군."

"무슨 소리예요?"

해나가 고개를 설레설레 저으며 그를 무작정 거실로 떠밀었다. 테이블엔 따뜻한 차 한 잔이 놓여 있었다.

"페퍼민트예요. 마시면 몸이 좀 따뜻해질 거예요."

진이 말 잘 듣는 아이처럼 바닥에 앉았다. 그가 차를 마시는 걸 잠깐 지켜보다가 해나도 옷을 챙겨 욕실로 들어갔다. 씻고 나온 그녀는 간단한 간식거리라도 준비하려고 주방으로 향하려 했다. 하지만 어느새 다가온 진이 그녀의 손목을 끌었다.

"이리 와."

"……."

"와, 이해나."

도저히 거부할 수 없는 유혹. 뭔가를 한없이 원하듯, 타는 듯한 시선으로 사람을 바라본다.

"안아도 되지?"

해나의 얼굴이 귓불까지 붉게 물들자, 진이 그런 해나를 덜렁 안아 들었다.

두 사람은 해나의 방 침대에서 마주 보고 앉았다. 진이 해나가 지켜보는 가운데 셔츠를 벗었다. 근육이 붙은 상체가 드러나고 단단한 가슴과 어깨. 마른 듯 탄탄한 그 몸에 시선을 빼앗겼다.

다가온 진이 해나의 이마를 쓸어 넘기고 드러난 이마에 입을 맞추었다.

따뜻한 점, 점이 퍼져 선이 되고 선이 퍼져 몸 전체가 된다. 전신으로 지펴 가는 온기.

그의 농밀한 미소.

해나는 마음을 빼앗겼다.

진이 해나의 스웨터를 벗겼다. 속옷만 남은 해나가 팔로 자신의 몸을 가렸다. 빨갛게 물든 해나의 몸.

"너 정말 하얗다. 밀가루라도 발라 놓은 것 같아."

여자보다 더 깨끗한 얼굴을 가진 사람은 자신이면서. 가끔 그를 보고 있으면 자신이 못나 보인다는 생각을 많이 했었는데.

"뭐해?"

"못생김을 가리려구요."

"무슨 소리야?"

얼굴을 가리는 손을 진이 끌어 내렸다. 향긋하고 달콤한 냄새가 나는 그녀의 뺨을 깨물었다.

"아……."

"지금 그 소리."

못 참겠다.

"건드려지잖아."

진이 해나를 쓰러뜨렸다. 다리 사이로 진의 허벅지가 파고들었다. 마지막 남은 옷까지 벗겨 내고서 진의 옷가지도 떨어져 나갔다.

사랑을 나눌 때면 더욱 남성적이 되는 그.

날카로운 턱선과 남성적인 목울대, 자신만만해서 더 한없이 아름다운 얼굴. 고개를 돌리지 못하게끔 옥죄는 관능적인 눈빛. 그 차가운 외모를 뜨거운 열로 채운 채 진이 그녀를 안았다. 머릿속이 어떻게 될 정도로.

둘만의 공간.

둘만의 비밀.

높이 올라간 심장의 온도는 식어 갈 줄을 몰랐다.

딸기 롤 케이크, 자몽 케이크, 가토 쇼콜라 케이크, 티라미수 케이크, 블루베리 요거트 케이크, 레몬 타르트, 눈꽃 빙수, 크레페 케이크, 시나몬 레이즌 머핀, 밀푀유……. 이 남자를 생각하며 아주 많은 케이크들을 만들었었다.

하지만 그 가게에서 해나가 반죽해서 구워 낸 가장 달콤하고 맛있는 건 바로 사랑이었다.

마지막 조각

handmade
천만 명 속의 너

"낮도깨비처럼 뭐야? 왔으면 말을 하든가."

윤이 소파에 앉은 진을 퉁명스럽게 닦달했다. 불쑥 사무실로 찾아와서 사람을 탐색하듯 뚫어지게 쳐다보고 있는 것이다. 어릴 땐 기침 소리 하나에도 바짝 긴장하던 녀석, 이젠 저렇게 뻔뻔하게 사람을 주눅 들게 한단 말이지.

"그래. 백수가 된 기분은 어떠냐? 무기력하고 그러냐?"

"왜 도와주신 건데요?"

"왜는 왜야. 알고 보면 나도 마음 밭은 따뜻한 남자거든."

정적.

"흠흠."

저 재미없는 녀석을 봤나. 이럴 땐 좀 웃어 줘야지.

해나가 이곳을 찾아온 날로부터 벌써 일주일.

윤은 착착 소송을 진행 중이었다. 진은 그에 대해 일절 간섭하지 않았다. 법률적 일에 관한 한 아버지에 비해 햇병아리이기도 했으나, 무엇보다 자신이 나서지 않는 게 낫다는 걸 알았다.

모처럼 그녀가 마음먹었으니까 자신은 그녀가 원하는 걸 묵묵히 지켜 줄 뿐이었다. 하지만 언제라도 해나가 힘에 부쳐 돌아보면 자신이 가장 먼저 보일 수 있도록 맨 앞자리를 지키고 있었다.

"널 휘어잡으려면 아버님이 계속 살아 계셨어야 해."

윤이 서류를 탁 덮고서 진의 앞자리로 가서 앉았다.

"허생전에 이런 구절이 있지. 하루아침에 누군지도 모르는 사람에게 덥석 만 냥을 꾸어 주다니 무슨 영문이냐? 변 씨가 대답하길, 대체로 남에게 무엇을 빌리러 오는 사람은 으레 자기 뜻을 대단히 선전하고…… 저 객은 말이 간단하고, 눈을 오만하게 뜨며, 얼굴에 부끄러운 기색이 없는 것으로 보아…… 나 또한 그를 시험해 보려는 것이다."

"갑자기 무슨 소리예요?"

"그 애는 허생이 아니지만 난 변 씨가 될 만하지."

진이 한숨을 흘렸다.

부친의 고질병. 자기만족 하며 기꺼워하기. 모든 걸 '기승전자신'으로 연결하는 그 병이 지금 또 발동했나 보다.

"시험해 보시겠단 건가요? 그렇다면 제가 거절합니다. 아버지까지 보태지 않아도 충분히 힘든 사람이에요."

"대체 뭘 들은 거야? 시험하겠다는 게 아니라, 그 애의 눈빛을 믿었다는 뜻이잖아. 네가 그렇게 믿고 있는 애를, 나도 믿어 보기로 했다."

진은 좀 얼떨떨했다. 뭔가 의외의 수확을 건진 기분이라고 해야 하나? 갑자기 태도를 바꾼 것이 여전히 미심쩍긴 했지만. 그래도 이 정도면 세이프라 진은 입가에 낮은 미소를 띠었다.

'이해나, 너보다 날 더 생각해 주는 네 마음이 아버지에게 통한 것 같다.'

"웃지 마."

"안 웃었어요."

"그래서, 앞으로 뭘 해서 먹고 살 생각이냐?"

"차차 찾아봐야죠."

"경고하는데 나한테 비빌 생각하지 마. 이곳에 널 받아 줄 자리는 없어. 넌 이미 내 제안을 거절했으니까."

"오지도 않아요."

진이 일어났다.

"만약 그 여자애를 정리하면 협상해 줄 용의는 있다."

"나 참."

"그 여자애도 인정했다. 도와주는 건 단지 도와주는 거다. 널 받아들이는 건 아니다."

"그 여자애가 아니라 이해나예요."

윤의 눈썹이 꿈틀거렸다.

저, 저 자식을······.

"어차피 받아들이기로 하셨다면 버티지 말고 쿨하게 인정하세요. 이미 누구보다 더 해나 보호해 주는 거 다 알고 있으니까."

윤의 얼굴이 확 달아올랐다.

"그, 그거야 당연히 내 고객이니까!"

가만, 고객인가? 돈 한 푼 안 받고 봐주는 고객?

그러고 보니 생각난 윤이 테이블 위로 봉투 하나를 휙 던졌다.

"가져 가. 그 애…… 해나가 갖고 온 거다. 전 재산이라는데 태윤이 쩨쩨하게 이런 돈은 안 받지."

"별걸 다 했군."

그가 봉투를 들었다.

"잘 생각하셨어요."

"이놈이 어디서 아버지한테 평가를……."

"소송비는 제가 어릴 때 이미 받았거든요."

"그건 또 무슨 소리야?"

"어릴 적 저 납치됐을 때, 도망치던 절 보호해 준 형사님 딸이에요. 해나가."

진이 나갔다. 윤은 눈을 크게 뜬 채 잠시 움직이질 못했다. 그러다 곧 벌떡 일어났다가 다시 앉았다.

"진짜?"

어쩐지 저 녀석이 도통 안 하던 짓을 한다 했더니 그런 사연이 숨겨져 있었다.

"골치 아프군."

그게 사실이라면 어째 더 헤어날 수 없는 사슬, 가시넝쿨, 아니 늪이 아닌가!

"커 가면서 그 흔한 여자 친구 하나 안 만들어서 게이가 아닐까 의심하게 만들더니, 이미 어릴 때 찜해 두고 있었다?"

그때 박 비서가 들어왔다.

"도련님 아무 말씀 없이 가시네요. 말씀은 언제 드릴까요?"

"뭘?"

"박 의원님 따님과 식사……."

"됐어. 취소해."

"예?"

"나도 속상해! 그게 어떻게 잡은 자린데. 박 의원이 저 녀석은 절대 안 된다고 펄쩍펄쩍 뛰는 걸 그 딸이 손목까지 그어 가면서 만든 자린데."

"그러게 말입니다."

"아무튼 안 돼. 저 자식은 텄어. 씨알도 안 먹혀. 이래서 아들 하나 더 낳으려 했었는데."

윤이 한 서린 숨을 내뱉으며 자리로 돌아가 앉았다.

"그래도 박 의원님과의 관계를 생각해서 한 번쯤 다시 설득해 보시는 게……."

"관계고 뭐고, 날 닮았으면 절대 딴 여자 안 봐."

"음…… 말씀은 그렇게 하셔도 이해나 씨가 마음에 드신 거 같은데요."

박 비서의 말에 윤은 가타부타 말이 없었다. 바로 노발대발 화낼 줄 알았더니, 역시나 자신의 짐작이 맞지 않을까 싶었다.

사실 윤의 아내도 평범한 집안 출신의 딸. 유학 중에 만나 결혼 하겠다고 처음 함께 왔을 때 진의 조부의 반대가 대단했었다. 하지 만 나중에 받아들이고, 받아들인 후에는 그 어떤 차별 없이 잘 대 해 주고, 오히려 끔찍하게 아꼈다고 한다. 애초에 인품이 좋은 분 이었다. 또한 사모님도 깔끔하고 단아한 사람이었고.

자신의 부친을 존경하는 윤이니만큼 어쩌면 자신의 아들 일에도 부 친처럼 하려는 건지도. 그건 이번 소송의 대응 방식에서도 느껴졌다.

그는 이미 기자들 앞에서 해나를 진의 짝으로서 보호하고 아끼는 모습을 굳이 숨기지 않았다. 항간의 예상을 완벽하게 뒤엎는 행보였다. 딱 봐도 자신의 부친 따라 하기. 어쩌면 더 잘 해내려고 두근두근하고 있을지도.

"마음에 드시면서 왜 도련님께는 말씀을 아끼세요? 마음 편하게 말씀해 주시지."

"열 받잖아. 쉽게 인정하기가 쉬운 줄 알아?"

"그, 그건 그렇죠."

"하루에도 마음이 수십 번씩 바뀌니. 지금이라도 저 녀석이 정신 차렸으면 싶다가도 기왕 저렇게 된 거 젊은 것들 마음이나 편하게 해 주고 싶기도 하고. 내가 감수해야 할 게 많단 건 참 골치 아픈 일이야."

"네⋯⋯."

"박 비서는 어때? 그 애⋯⋯ 해나란 애가 내 집에 들어와 잘 지낼까? 행복할까?"

"그러리라 생각합니다. 사모님도 행복하시니까요."

"그거야 당연하지. 사모님의 남편은 나니까! 난 예외니까."

제가 보기엔 도련님이 더 잘하실 것 같은데.

박 비서는 목구멍까지 올라온 그 말을 겨우 집어넣었다.

"물론 앞으로 시험받는 일도 많을 테고 평범한 집보단 피곤하겠지만, 도련님께 사랑받는 건 확실히 행복한 일일 거라 생각합니다."

"흠, 박 비서 지금 교묘하게 나 깠지? 내가 피곤하게 한단 뜻이야? 나만큼 상대방 편하게 해 주는 사람이 어디 있다고!"

"실수였습니다."

"내 뜻대로 안 되는 일은 좀 내려놓고 살아야지 어쩌겠어? 이 나이 되니 몸이고 마음이고 편안한 게 최고야. 욕심을 버리니 마음이 좀 편해지는 것도 같고. 아버님이 나와 아내를 받아들일 때 이런 기분이셨을까?"

"감동입니다."

"그럼 받아 적어."

삶의 모든 고뇌는 욕심에서 비롯된다. 내 뜻대로 하고자, 어떻게든 내 의지대로 관철하고자 하다 보니 균열과 거부감이 생기고 어긋나는 것. 자식을 키우고 막상 내 마음대로 안 되는 자식을 겪고 보니, 부친에 대한 감사와 존경심이 새삼 이는 윤이었다.

✽❈✽

해나는 낯선 공간으로 들어서고 있었다. 자신이 이곳에 오게 될 줄은 몰랐다.

"와, 왔니?"

한걸음에 달려 나와 그녀를 맞이하는 화사한 얼굴, 그건 윤서였다.

입장이 역전되어 이제 그녀가 여론의 공세에 시달리고 있었다. 그럼에도 화려한 차림, 빈틈없는 메이크업, 완벽한 치장.

하지만 그건 현재의 비참함과 불안을 숨기기 위한 도구일 뿐, 그 대단한 명품들이 그녀의 현재까지 가려 주지는 못했다.

술에 절어 있는 눈빛, 가만히 있어도 떨리는 손, 두꺼운 화장으로 감췄음에도 불구하고 느껴지는 푸석푸석한 피부. 지난번 마지막으로 보았을 때보다 얼굴이 많이 내려앉았다. 그녀는 이미 조명 아래에서 화사하게 빛나던 그 여배우가 아니었다.

처음 윤서에게 전화가 왔을 때만 해도 해나는 여기에 올 생각 따위 일절 없었다.

[제발 한 번만 만나 줘. 할 말이 있어.]

"고소인과 피고소인이 나란히 앉아서 할 얘기가 뭐가 있겠니?"

[나 이대로 두면 옥상으로 올라갈지도 몰라. 이제 와서 내가 너한테 무슨 짓을 하겠니? 추락할 때 하더라도 마지막으로 꼭 할 말이 있어. 너만이 날 살릴 수 있어.]

윤서가 흐느끼기 시작했다.

[무서워, 해나야. 제발 좀 만나 줘.]

물론 그 말을 믿을 만큼 순진하지도 않았고, 윤서가 순간 불쌍했다는 둥 그런 헛소리도 하고 싶지 않았다.

다만, 영원히 앙금을 남겨 가슴에 독을 품은 사람이 되고 싶지 않기에, 오로지 이기적인 이유로 해나는 마지막으로 딱 한 번만 더 미련한 짓을 해 보기로 했다. 그러면서도 혹시 몰라 호신용으로 갖고 다니던 휴대용 스턴 건을 챙긴 걸 보니, 내가 널 정말 안 믿긴 안 믿나 보다.

윤서가 그 자리에서 풀썩 주저앉았다. 무릎을 꿇고서 윤서가 해나의 손을 잡았다.

"미안해, 해나야. 사과하고 싶었어. 날 좀, 용서해 주면 안 되겠니?"

"왜? 궁지에 몰려서? 그게 그렇게 무서워? 고작 이 정도로 그렇게 무서워? 난 아직 시작도 안 했어. 겨우 그 한마디로 끝날 수 있는 일이었음 시작하지도 않았어. 그런 간단한 일을 넌 왜 이렇게 크게 만들었는데?"

차가운 해나를 올려다보며 윤서가 흑흑 울었다.

"해나야……."

"속으로 생각하고 있겠지? 이 멍청한 애는 조금만 설득하면 속아 넘어갈 거야. 얼마든지 더 써먹을 수 있어."

"아냐! 오해하지 마. 진심으로 용서를 구하고 싶었어. 내 죗값 내가 받는 건데 내가 왜 널 원망하고 뭘 더 속이겠니? 진심이야. 믿어 줘, 해나야."

곱게 화장한 얼굴이 온통 눈물범벅이었다.

"너만 살고 난 죽고, 왜 넌 그런 독한 방법을 택했어? 매스컴에선 그렇게 뻔뻔한 얼굴로 절대 아니라고 버티더니, 내 앞에선 잘도 사과하는구나. 너라면 네 말을 믿겠니? 네 진정성을 믿겠어?"

"그건 무서워서였어. 인정하는 순간 난 정말 끝이니까. 사람들의 시선이 너무 두려워서……."

"그 시선을, 난 8년이나 받았어. 내 앞에서 그걸 말이라고 하니?"

"흑흑, 미안해……."

소송은 아직 진행 중이었다. 여기서 얻은 거라곤, 노윤서의 이미지 훼손 정도였다.

8년 전의 스캔들, 그걸 허위로 조작하고 유포한 사람이 노윤서다. 그 노윤서를 피해자인 이해나가 고소했다. 노윤서의 공식적인 입장은, 억울하다. 근거 없는 소리다. 절대 있을 수 없는 일이다.

아직은 누구의 말이 옳은지 결론이 나지 않은 상태였다. 하지만 어차피 대중은 진실 따위는 관심조차 없었다. 시시비비를 따지는 걸 대중은 매우 피곤해했다. 그래서 갑자기 튀어나온 노윤서라는 이름에 낯선 반응을 보였다.

둘의 진흙탕 싸움에 왜 대중의 눈과 귀가 희생되어야 하나? 둘 다 보고 싶지 않다. 극단적으로, 해나와 윤서의 옛날 일은 둘이서 사적으로 해결하라는 식의 반응이 가장 많았다.

그들이 공격하고 싶은 주 대상은 여전히 진과 해나였고, 거기에 윤서가 얽혔다는 것 정도. 왜 끼어들어야 하는지 잘 이해하지 못했다. 그럼에도 윤서의 이미지가 망가진 건 부정할 순 없었다. 다만 그게 해나의 용서론 이어지진 않았다는 것.

내 편 들어 달라고 고소한 건 아니었지만, 참 씁쓸했다.

"네 말이 맞아. 내가 당하고서야 너한테 얼마나 악독한 짓을 했는지 깨달았어. 네가 얼마나 아팠을지, 힘들었을지…… 이런 내가 뻔뻔해 보이겠지만, 이미 늦었단 거 알지만 그래도 정말 미안해. 이 말을 꼭 하고 싶었어."

온갖 광고가 해지되고, 광고주들이 연이어 윤서를 고소했다. 그래서 윤서는 부득불 회사에 가야 했다. 그때 진과 다시 마주쳤다.

어딜 가도 기자들이 따라붙어 지옥 같던 시간, 하지만 그의 시선과 마주하는 게 가장 힘들었다. 일말의 동정이라곤 없는 한없이 경멸하는 그 시선.

'내가 왜 조용진만 건드리고 넌 그냥 뒀는지 알아? 널 끝내야 할 사람은 해나니까. 선택도 결정도 복수조차도 그녀만이 할 수 있어. 해나가 아버지를 움직였어. 넌 아마, 죽을 거야.'

진의 그 말에 결국 마음이 무너지고 말았다.

어차피 이미 지난 일, 끝까지 인정 안 하면 어떻게든 넘어갈 거라고 생각했던 실낱같은 희망마저도 무너졌다. 자신이 예측하던 방향과 정도를 한참이나 넘어섰다. 단지 이미지가 훼손되는 정도로 끝나지 않을지도 모르겠다는 불길한 예감이 들었다.

그래서 마지막 동아줄을 잡는 심정으로 윤서는 해나에게 무릎을 꿇었다. 진심이 섞여 있건 아니건, 이 사과로 해나를 멈춰야 했다. 그래야 진도 멈추고, 태륜도 멈출 수 있었다. 설마 태륜까지 해나의 뒤를 봐줄 줄은 생각 못 했다. 인정하고 싶지 않았지만, 자신은 해나에게 졌다.

"내가 왜 널 라이벌로 생각했을까? 그렇지만 않았어도, 나만 아니었어도 우린 잘 지낼 수 있었을 텐데."

"몇 번이고 생각했었어. 넌 대체 왜 그랬을까? 그냥 싫어하고 말지 왜 사람들 뒤에 숨었을까? 왜 사람들이 대신 욕하게 만들었을까?"

"나도 그래서 너무 괴로워! 철없는 시절에 저지른 일이 이렇게 큰 건지 몰랐어. 그때로 돌아갈 수 있다면 절대 널 미워하지 않았을 거야. 너한테도, 네 아버지한테도 너무너무 죄스러워."

윤서가 눈물을 그렁그렁 담은 처절한 얼굴로 말을 이었다.

"그런데 다시 나타난 네 옆에 또 진이 있었어. 내가 갖고 싶었던 남자. 그 사람을 너무너무 좋아했어. 갖고 싶었어. 그래서 그랬어. 아무것도 보이지 않았어."

해나가 멈칫했다.

"뭐?"

"소송 취하해 줘, 해나야. 넌 진이 있잖아. 난 아무도 없어. 진도 날 경멸해. 아무도 날 좋아해 주지 않아. 이 세계에서 무너지면 난 끝이야."

해나가 메마른 얼굴로 웃었다.

"노윤서. 넌 정말 너만 생각하는구나. 네 행동 뒤엔 다 이유가 있지? 그럴듯한 이유를 앞세우고서 넌 뒤에 숨어선 반성하는 척. 하지만 그게 과연 정말 반성일까? 만약 이번에도 내가 당하고만 있었다면, 넌 결코 날 공격하는 걸 멈추지 않았을 거야."

"아, 아니야!"

"미안하지만 용서는 못 해 주겠다. 너한테만은 착한 게 멍청한 게 되니까. 더 이상 호구는 되기 싫거든. 난 끝까지 갈 거야. 넌 그냥 그 모습 그대로 살아가. 정말 미안하지도 않으면서 사과하고, 뒤편으론 소송 취하를 부탁하는 그 추하고 비열한 모습 그대로."

"……너 정말 그렇게밖에 말할 수 없니? 이렇게 사과하는데 사람 진심을 그렇게밖에 못 받아들이겠어?"

"하, 우습다 정말. 생각대로 안 되니까 이제 화를 내는구나. 기대하지도 않았지만. 어차피 내가 하지 않아도 넌 무너질 거야. 이 말 해 주려고 왔어. 넌 정말, 쓰레기야."

해나가 돌아섰다. 순간 부들부들 떨던 윤서가 해나에게 달려들었다. 하지만 해나가 빨랐다. 머리채를 낚아채려는 순간, 해나가 윤서의 뺨을 호되게 후려쳤다.

철썩!

"꺄악!"

윤서가 비명을 내지르며 나가떨어졌다. 벌써부터 눈빛에서 독기가 흐르고 있었기에 미리 대비한 게 다행이었다. 윤서가 뺨을 감싼 채 몇 번이고 일어나려다 풀썩풀썩 엎어졌다. 술에 절어 있어 더 몸을 가누지 못하는 것 같았다.

"재수 없는 년! 네가 그렇게 잘났어?"

"최소한 너보다는 내가 나아."

"야아!"

"정신 차려. 넌 언제든 날 이용할 수 있을 거라 생각하지? 날 이길 수 있을 거라 생각하지? 하지만 네가 최고의 인기를 얻었을 때조차 넌 날 한 번도 이긴 적 없어."

"닥쳐! 닥치라고!"

독을 품고 다시 달려드는 윤서의 손목을 확 잡았다.

"너 정말 불쌍하다. 어쩌다 이렇게까지 됐니? 칼끝에 있는 케이크를 먹으려 들지 마. 결국 베여서 피 흘리는 건 너야. 지금이라도 반성하고 살아. 여기서 더 추해지지 말고."

"아아악!"

분노한 윤서가 해나를 확 밀쳤다. 어디서 나왔는지 모를 괴력으로 벽에 떠밀곤 해나의 목을 조르려는 그때였다. 뒤에서 확 뻗어온 손이 윤서의 손목을 확 잡아 비틀었다. 겨우 정신을 차린 해나가 앞을 보았다가 멈칫했다.

"여, 여긴 어떻게……."

눈앞에 진이 서 있었다.

윤서의 손목을 확 털어 낸 진이 자신의 뒤로 해나를 끌어당겼다. 돌아보자, 윤서가 머리카락이 헝클어진 채로 고개를 숙이고 있었다.

큭큭.

그러다 갑자기 웃기 시작했다. 흘러내린 긴 머리카락 사이로 보이는 눈빛이 광기인 양 섬뜩했다.

"미치겠네. 흑기사 출연인가? 아 나 정말…… 돌아 버리겠네. 태진 씨, 당신 뭔데 멋대로 여길 들어오는 거야? 나랑 스캔들이라도 나고 싶어?"

"못 봐 주겠군."

진이 혀를 차더니 해나를 흘끗 돌아봤다. 괜찮은 건지 확인하는 것 같았다. 해나는 도대체 그가 어떻게 여기에 온 건지 그것부터 알고 싶었다.

"설마 또 선미예요?"

"숨넘어가는 목소리로 전화했더군."

역시 선미였다.

"신경 쓰지 마. 어차피 여기 와야 했어."

진이 그렇게 말하곤, 언제 들어왔는지 뒤에서 쭈뼛거리고 선 윤서의 매니저를 향해 말했다.

"TV 켜."

하얗게 핏기가 가신 채로 윤서의 매니저가 리모컨을 들었다. 해나는 도대체 뭐가 뭔지 정신을 차릴 수가 없었다. 화면에선 토크 프로그램이 흘러나왔다. 순간 게스트로 출연한 한 여자의 목소리가 해나의 귀를 확 잡아끌었다.

"여자들의 질투 정말 무섭죠. 그러고 보니 저도 그런 경험 있는데. 제가 걸 그룹 연습생이었을 때 질투가 아주 심했던 모 양이 있었거든요. 잘나가는 동료한테 누명 씌우고 헛소문 퍼뜨려서 결국 쫓아냈죠. 제가 직접 둘이 다투는 걸 들었는데 끝까지 뻔뻔하게 자기 잘못을 모르더라구요. 지독한 얼굴로 '내가 그랬다, 왜?' 하는데 진짜⋯⋯. 무서운 애예요. 지금은 이름만 들어도 누군지 알 만큼 유명한 여배우죠."

"지은아⋯⋯."

해나가 중얼거렸다.

함께 연습생 시절을 보내고 데뷔도 함께했던 친구. 지금은 드라마의 조연과 예능 패널로 출연해 꽤 인지도도 쌓았다고 들었었다.

해나의 고개가 천천히 윤서에게로 돌아갔다. 윤서도 목석처럼 굳어서 화면에 시선을 떼지 못하고 있었다. 이내 부들부들 떨며 그녀가 자신의 머리를 감싸 쥐었다.

"아아아⋯⋯."

비틀거리는 그녀.

"아아아악!"

결국 새된 비명을 지르는 윤서를 향해 진이 차갑게 말했다.

"이제 곧 또 다른 댓글들이 달리겠지. 누가 봐도 네 얘기니까. 너무 억울해하진 마. 결국 다 노윤서 네가 만든 거니까. 앞으로는 싸울 일 있으면 댓글 같은 게 아니라 네 몸으로 직접 싸워."

진이 해나의 손을 확 잡았다.

"반성해라, 노윤서. 원망하고 싶으면 자신을 원망해."

그대로 해나를 데리고 그곳을 나섰다.

"까아아악!"

윤서의 비명이 울렸지만 해나는 입술을 살짝 깨물 뿐 돌아보지 않았다. 처절한 비명에 귀를 막고 싶었다. 하지만 이 또한 견뎌야 했다. 진의 말처럼, 원망하고 싶으면 자신을 원망해야 한다. 결코 남을 공격하는 걸로 행복을 얻진 말아야 한다.

지나온 시간. 너무도 길고 어두웠던 시간. 해나는 눈물을 애써 참으며 앞을 바라보았다. 자신의 손을 굳건히 잡고 걸어가는 진의 뒷모습이 보였다.

'고마워요.'

＊❋＊

차에 타서야 해나는 한시름 돌렸다. 아직은 사람들의 시선을 조심해야 할 때였다. 그나마 윤서의 아파트 자체가 보안과 외부인 통제가 철저한 곳이라 다행이었다.

"지은이가 나올 건 어떻게 알았어요?"

"형이 알려 줬어. 결국 스스로 매듭을 풀기로 한 거겠지."

"설마 사장님이 지은일 이용한 건 아니죠?"

"아닐걸? 형이 8년 전의 일을 알게 된 게 엄지은 때문이었다더군. 지나가다가 너와 노윤서가 다투는 걸 들었다던가. 네가 나가고 한동안 입을 다물고 있었겠지. 뒤늦게 양심이 찔렸는지 형에게 털어놨다고 하고."

"아……."

"왜? 걱정됐어?"

"혹시라도, 사장님이 노윤서랑 내 일에 지은일 이용하는 걸까 봐. 그건 싫거든요."

"그건 아닌 것 같았어. 아마도 대비 차원에서 엄지은을 회사에 계속 남겨 두긴 했겠지. 뭐 그건 형 마음이니까."

그때 진의 손이 해나의 목으로 다가왔다.

"괜찮아? 다친 건 아니지?"

깊은 눈빛으로 걱정해 주었다.

"괜찮아요. 오히려 내가 한 대 친 걸요?"

"하, 뭐?"

"웃긴 소리지만, 기분이 홀가분해요."

아직까지 윤서의 뺨을 내리친 손바닥이 얼얼했다. 하지만 앓던
이가 빠진 듯 마음은 후련했다.

"이거였나 봐요. 폭력은 나쁘지만, 그래도 한 번쯤은 있는 힘껏
노윤서를 후려쳐 주고 싶었어요. 그걸 못 해서 화병이 됐을 만큼."

진이 고개를 설레설레 저었다.

"그러니까 내가 도착하기 전에 이미 한차례 육탄전이 있었단 거
로군. 겁도 없이 이렇게 혼자 다니다니. 아직도 노윤서의 무서움을
모르는군."

"알아요. 그래서 스턴 건도 갖고 왔어요. 아! 아까 그거 쓸걸."

"못살겠다."

"우선 선미 입을 좀 단속해야겠어요."

"널 먼저 단속해야 해."

진이 해나의 머리를 끌어안았다.

"걱정했잖아."

그의 낮은 음성의 말에 해나는 그제야 마음이 놓였다. 가슴 안에
얹힌 노윤서라는 바위가 도무지 쉽게 가벼워지질 않는다.

"미안해요……. 앞으론 사고 안 칠게요."

"제발 그렇게 해 줘."

그가 해나의 머리카락을 만지며 낮게 말했다. 진의 부드러운 손길을 느끼며 해나는 이제 윤서를 머릿속에서 털어 내기로 했다. 나를 위해서도. 그리고 이 사람을 위해서도.

'넌 진이 있잖아. 난 아무도 없어. 진도 날 경멸해. 아무도 날 좋아해 주지 않아. 이 세계에서 무너지면 난 끝이야.'

처절하게 외치던 윤서의 목소리.

그래. 그 애도 그 애 나름의 사정이 있었겠지. 하지만 불행하더라도, 아무리 슬픈 사정을 갖고 있다 하더라도, 모두가 다 윤서 같은 선택을 하진 않는다. 나 역시, 적어도 윤서처럼 스스로를 망가뜨리는 선택은 하지 않을 거라고 다짐했다.

지은의 출연 후 반응은 바로 나타났다. 네티즌들은 그게 해나와 윤서의 이야기라는 걸 바로 알아차렸다. 토크 프로그램의 게시판이 들썩거렸다. 또한 뒤늦은 양심선언으로 지은은 일순 화제의 인물로 떠올랐고, 어쩌다 보니 정의로운 사람으로 각색되었다. 물론 강우가 그렇게 여론을 유도했다.

알고 보니 윤과 강우 사이에 모종의 대화가 있었던 모양이다. 강우가 판을 깔아 주면 윤이 마무리를 짓기로 한 것이었다. 그리고 동시에 터진 각종 스캔들. 용진과의 관계, 탈세, 마약 파티 등등. 실제로 그녀의 모발 검사에선 양성 반응이 나왔다.

결국 모래로 쌓은 성은 무너졌다. 윤서는 더 이상 대중의 추앙을 받는 여배우가 아니었다. 자신이 해나에게 했던 그대로 당했다. 결국 대중은 누구의 편도 아니었다.

그리고 소송은 이겼다.

✳❊✳

　재판정에서 나오기 전, 해나는 마지막으로 윤서를 쳐다보았다. 윤서도 해나를 보고 있었다. 하지만 그 눈엔 이미 그 어떤 것도, 증오도, 원망도, 분노도, 슬픔마저도 담겨 있지 않았다. 허무인 듯 자포자기인 듯, 초췌한 그 눈동자는 텅 비어 있었다. 가장 빛나던 한 여자의 가장 불행한 추락이었다.

　해나는 생각했다.

　'언젠가는 내가 저 앨 용서할 수 있을까?'

　그 순간 윤서의 눈동자가 젖어 오르며 눈물이 툭 떨어졌다. 그녀가 눈물을 감추려는 듯 고개를 푹 숙였다. 해나는 천천히 윤서에게로 향했다. 그런 해나를 뒤에서 진이 잡았지만 해나는 진에게 담담한 눈으로 양해를 구했다.

　괜찮다고…….

　결국 진이 묵묵히 해나를 놓아주었다.

　"마지막으로, 할 말 없니?"

　해나가 묻자 윤서가 가만히 있다가 고개를 저었다. 느꼈다. 그건 오기라곤 없는 그저 연약한 부정이었다. 윤서가 곧 몸을 돌려 사라졌다.

　그게 과연 그녀 식의 사과인지 알 수는 없었지만…….

　"더는 못 해 먹겠어요. 미워하고 증오하고 원망하는 거, 정말 이젠 다 싫어요."

　진이 옆으로 다가오자 해나가 중얼거렸다.

"너무 힘들어."

기나긴 8년의 악몽이 드디어 끝났다. 너무도 기다렸던 시간. 이제야 아버지의 영정 사진을 덜 무거운 마음으로 바라볼 수 있게 되었다. 다행이고 홀가분했지만 그 이상으로 어딘가가 아프다.

진은 아무 말 없이 해나를 끌어안아 주었다. 마지막 한 줌의 슬픔까지도 다독여 주려는 듯 그렇게 묵묵히 안아 주었다.

해나가 그 품에서 눈물을 터뜨렸다.

"대체 왜 이런 기분이 드는 걸까요? 내가 무슨 대단한 인격자라고."

"그만큼 힘들었으니까."

"이젠 좋은 일만 있겠죠? 다시는 이런 아픈 일은 없겠죠?"

"응. 내가 그렇게 만들어 줄 거야."

"혹시 내가 또 휘청거리면 나 꼭 잡아 줘요."

진이 고개를 끄덕였다.

"걱정하지 마. 난 너만 보고 있으니까, 휘청거리기도 전에 잡아줄게."

천만 명 속의 너.

언제라도 네 버팀목이 되어 줄 것이다. 널 지켜보고, 지켜보고 또 지켜보고 있다가 네가 비틀거리기도 전에 잡아 줄 것이다.

"울지 마. 다 끝났어. 상처 입지 마. 네 탓이 아니야."

내 노래도, 내 삶도, 내 시선도 오로지 그녀를 위해.

"가자."

진이 해나를 끌었다.

눈물이 사라져 간다. 희뿌옇던 시야가 어느새 맑아지며 한 남자의 모습이 눈앞을 꽉 채운다.

어느 비 오는 밤, 두 번이나 먼저 내게 찾아와 준 사람.

어디에 숨어 있어도 끝내 날 찾아내 준 사람.

그를 사랑한다.

비가 드디어 그쳤다. 해나는 진과 함께 밝은 가을 햇살 속으로 성큼 발걸음을 내디뎠다. 그런 두 사람을 향해 또다시 카메라 플래시가 터지며 달려들었지만, 이제 더 이상 두렵지 않았다.

에필로그

"와…… 어이없어. 뭐? 내 여자를 지키기 위해 모든 걸 포기한 남자. 여심 무너짐? 기가 차서. 어떻게 똑같은 입으로 이렇게 다른 소리들을 할 수 있다니? 언젠 유례없는 폭력적인 은퇴 선언이니, 깡패 같은 은퇴라느니 대놓고 떠들어 대더니!"

해나의 집에 놀러 온 선미가 부들부들 떨며 기사 내용을 한탄했다.

"댓글들 봐라. 왕좌를 버리고 사랑을 선택한 윈저공이란다. 그럼 넌 뭐냐? 심슨 부인이야?"

해나가 고개를 설레설레 저었다.

그녀는 조금씩 짐을 정리하고 있었다. 곧 진과 유학길에 오르기로 결정했기에 많이 바빴다. 진은 변호사로 돌아가기 위해 공부를 더 하고, 해나도 제과 공부를 더 하기로 했다.

결국 여론은 돌아섰다. 그렇게 두 사람에게 공격적이던 사람들이 언제 그랬냐는 듯 태도를 바꾸어 둘을 응원하기 시작했다. 그렇게 보면 세상에서 가장 뻔뻔한 건 바로 여론이고 대중이었다. 하루아침에 전혀 다른 태도를 보이고서도 미안해하지도 않는다.

진은 선미가 말한 것처럼 한 여자를 위해 모든 걸 포기한 순애보로 회자되고 있었다. 틀린 말은 아니었지만 어쩐지 해나로서는 듣기 민망했다.

"표현 하나로 양상이 완전히 달라지는 건 맞는 것 같다."

"그러니까! 울 오빠 완전 호감으로 돌아선 거 봐. 아주 팬들이 복귀하라고 난리난리! 시끄러워, 이것들아! 울 오빠 미련 없거든? 절대 안 돌아갈 거거든? 그치?"

"글쎄. 그건 그 사람 마음이니까."

"하긴 뭐, 솔직히 복귀하는 것도 나쁘진 않지? 오빠가 더 이상 노래하지 않는 건 국가적 손실이니까. 더 이상 그 섹시한 목소리도, 얼굴도, 몸매도, 연기도, 광고도 보지 못한다니 살기 싫다."

"동현 씨 들으면 서운하겠네."

"그, 그 이름이 여기서 왜 나와?"

말은 그렇게 하면서도 선미의 얼굴은 아궁이처럼 붉어졌다.

"그렇게 좋아? 능력 있어. 연하남도 만나고."

"시, 시끄럽거든? 연하남은 무슨. 나보다 나이도 어린 주제에 늙은 척이나 하고."

알고 보니 동현이 스물여섯, 선미보다 연하였다. 그 사실을 알고 선미도 해나도 어찌나 경악했던지. 어떻게 저 얼굴이 스물여섯일 수 있단 말인가!

"무슨 한약을 어떻게 잘못 먹었기에 그래요?"

"내 얼굴이 어디가 어때서?"

"진 오빠보다도 연하라니. 액면가로 따지면 다섯 살은 위여야 정상인데."

"형님이라고 누차 불렀는데 이제 와서 뭔 소리야?"

"그야, 나이랑 상관없이 관례적으로 쓰는 호칭인 줄 알았지. 세상에 얼굴 봐라. 팍 삭았다, 삭았어."

"너도 해나 씨랑 친구로는 안 보이거든?"

"확! 어린 게! 뭐? 너어? 왜 말 까? 얼른 안 높여?"

"누나아."

"징그러!"

여전히 티격태격하면서도 사이좋은 둘이었다.

사실 두 사람이 서로에 대한 오해를 풀고 본격적인 연애 모드로 들어간 건 얼마 안 됐다. 때는 해나와 진이 사고 현장에서 다시 만난 순간으로 거슬러 올라간다.

차 안에서 키스하는 진과 해나를 보며 눈물을 글썽이던 선미는 어째 키스가 끊이질 않자 머쓱해졌다. 진의 키스신이야 영상으로 많이 봤지만, 저렇게 생으로 실시간 상황을 보자니 굉장히 민망했다. 상대가 절친 해나이니 더더욱.

그래서 쿠션으로 얼굴을 가리자, 똑같이 머쓱했던 동현이 괜히 말을 걸었다.

"뭐 해?"

"모, 몰라요."

"모르긴. 그 쿠션 안 빤 거야. 지저분하다니까?"

"아, 몰라요! 수치스럽단 말이에요!"

"헐, 또 수치스러워?"

"그럼 친구가 뽀뽀하고 있는 걸 보는데 안 수치스러워요? 아, 수치스러워. 얼굴 빨개져."

순간 동현이 멈칫했다.

"설마 수치스럽단 게 부끄럽단 뜻이었어? 그날 밤 일에 대해서 얘기하려고 할 때마다 수치스럽다고 했던 것도 다 부끄럽단 뜻이었어?"

"그럼 뭔 줄 알았는데요?"

끼야호!

동현은 좋아 죽을 것 같았다. 그 수치스럽다가 그 수치스럽다가 아니었다니! 신난 동현이 선미의 손목을 덥석 잡았다. 진지하게 눈을 빛내며.

"우리 일일째다."

"아, 수치스러워!"

아무튼 선미와 동현의 연애 전선은 이상 없었다. 연애하는 선미의 얼굴이 한층 더 예뻐졌다. 그 해맑해맑 하는 표정이라니.

"동현 씬 태륜에 출근하기로 한 거지? 언제부터야?"

"어, 다음 주부터. 실무를 배운다는데 도대체 무슨 실무를 배운단 건지. 우리 팍 삭은 연하남이 잘할지 모르겠다."

"풋. 잘할 거야."

"이번 기회에 사법 고시 쳐서 변호사 되면 진짜 좋겠는데."

"한번 잘 말해 봐."

"퍽이나!"

해나가 웃었다.

"근데 너 그거 알아? 나 말이야, 진 오빠한테 너랑 노윤서 목소리 녹음된 거 몰래 줬었다?"

박스 안에 책을 차곡차곡 넣고 있던 해나의 손이 멈칫했다.

"……응?"

"몰래 녹음해서 넘겨줬었어. 그니까 그게 언제였냐면, 너 한창 가게에서 일진들한테 시달림당할 때. 근데 끝까지 그거 안 쓰더라. 오히려 바로 그 뒤에 은퇴하는 거야 글쎄."

해나는 눈이 시큰해져 얼른 눈꺼풀을 문질렀다.

"자기가 은퇴하더라도, 차라리 너와 같은 위치로 내려가는 걸 선택했나 봐. 네가 공개하는 거 원하지 않으니까. 공개해 봐야 또 너만 노윤서랑 묶여서 시달림당해야 하니까. 지금 생각하면 그런 이유였던 거 같아. 이젠 오빠를 알 거 같아."

언제나 신중하고 속 깊은 사람. 함부로 나서서 사태를 흩트리는 것보다 뒤에서 묵묵히 지켜봐 주는 걸 선택하는 사람. 그 깊은 마음이 느껴져서 명치가 아릿했다.

"그냥 오빠 너만 지키고 싶었나 봐."

결국 해나의 눈에서 눈물이 흘러내렸다.

"야아……. 왜 울어. 울라고 말한 건 아니었는데."

"그럼 울게 만들지 마."

"허 참, 나 참. 야압! 할로윈데이 쿠키다! 호박 귀신이다!"

선미가 쿠키 하나를 집어 해나의 눈앞에 대고 장난쳤다.

"웃어라, 웃어!"

정말이지 못살겠다. 사람 울릴 땐 언제고.

선미가 계속 장난치는 바람에 쿠키가 눈앞에서 왔다 갔다 했다.

반죽으로 노란 호박 모양을 만들고, 초콜릿과 단호박 껍질로 눈 코 입을 만든 할로윈데이 단호박 쿠키.

지금까지 너무너무 무섭고 오싹오싹했었지만 그럼에도 결국은 즐거움과 행복만 남은 현재가 꼭 할로윈데이 같았다.

똑똑.

그때 노크 소리가 났다.

"오빠 왔다!"

선미가 소리쳤다. 해나는 얼른 눈물을 닦고서 일어났다. 악몽 같던 나날을 즐거운 행복으로 만들어 준 사람. 어둠을 걷어 내고 밝은 무지개를 그 안에 심어 준 사람.

해나가 문을 열었다. 그녀의 고립되어 있던 공간에 천천히 환한 빛이 쏟아져 들어왔다. 진이 수백 송이의 장미꽃 뒤에서 멋진 미소를 머금고 있었다.

해나의 눈이 살짝 커졌다가 곧 더없이 환하게 웃었다.

"어서 와요."

✻✼✻

시간은 화살처럼 흘러갔다.

해나는 손님들로 북적이는 디저트 카페를 운영하고 있었다. 예쁘고 차별화된 맛으로 연일 문전성시를 이루는 크고 달콤한 공간. 직원들도 많았지만 해나는 모든 메뉴를 자신이 직접 만들었다.

"엄마! 엄마!"

그때 매장으로 아장아장 걸어 들어오는 짧은 다리, 예쁜 발. 네

살배기 아들인 륜이었다.

해나와 진의 예쁜 곳만을 쏙쏙 빼닮아 누구나 한 번쯤은 뒤돌아볼 정도로 아주 잘생긴 아이, 진과 해나의 사랑으로 탄생한 아주 귀여운 조각 케이크. 뒤뚱뒤뚱 걸어오는 륜의 뒤에서 노심초사 따르는 두 여인은 바로 시어머니 해정과 보모였다.

곱고 단아한 할머니인 해정은 혹시라도 륜이 뛰어가다 넘어질까 봐 안절부절못했다. 혹시 몰라 보모가 늘 뒤에 있긴 했지만 대부분 해정이 직접 륜을 돌봤다.

해정뿐이 아니었다. 손자를 향한 조부모의 사랑은 그야말로 지극했다. 윤은 장차 손자를 자신의 후계자로 만들고야 말리라는 아주 큰 포부를 손자가 태어나는 순간부터 발동시켰다.

법무법인 태륜의 대표, 태윤의 손자.

태륜.

바로 회사 이름을 그대로 손자의 이름으로 사용한 것이다. 혹시 진처럼 중간에 삐딱선을 타서 딴 데로 샐까 봐 날 때부터 아예 미리부터 미래를 못 박은 것이다. 진은 매우 반대했으나 결국 윤의 고집을 꺾진 못했다.

"아쿠, 우리 아들 왔어?"

해나가 얼른 륜을 안아 들었다. 엄마의 품에 안긴 륜이 까르르 웃음을 터뜨렸다. 세상에서 가장 보석 같은 미소. 그 뺨이 그렇게 싱그러울 수 없었다.

"어머님, 나오셨어요?"

"그래. 엄마 바쁘다고 집에 들어가자고 해도 고집부려서 왔어. 바쁜 데 방해한 건 아니니?"

"아니에요. 잘 오셨어요."

미소 지으며 대답하는 해나의 배가 볼록 튀어나와 있었다. 배 속엔 진과의 두 번째 아이가 자라고 있었다.

"몸 무거울 텐데 피곤하지 않니?"

"무리하지 않을게요."

"그래."

말은 많지 않지만 속은 그 누구보다 넓은 분. 해나는 우아하고 기품 있는 해정을 참으로 사랑하고 존경했다.

해나는 태륜을 안고서 해정과 보모와 함께 한쪽의 접객실로 갔다. 달콤한 케이크를 좋아하는 시부모님을 위해 해나가 설계 때부터 미리 마련해 둔 공간이었다. 언제든 들르시면 편안하게 케이크를 대접해 드리기 위해.

처음 단 걸 싫어한다던 윤은 이제 단맛 마니아가 되었다. 덕분에 주치의에게 경고를 받을 정도였다.

진과 륜과, 배 속의 또 하나의 소중한 생명, 그리고 시부모님과. 자신이 너무도 꿈꾸던 삶. 해나의 생활은 요즘 아주 편안했다.

그로부터 벌써 5년이 지났다. 지금도 잊을 만하면 가끔 인터뷰가 들어오곤 했다. 해나는 진과 함께 한국을 떠나 있는 2년 동안 사람들의 기억이 옅어지기를 기대했다. 하지만 여전히 사람들은 진과 해나의 일상에 아주 커다란 관심을 갖고서 일거수일투족을 주시했다.

전처럼 적대적인 시선들은 아니었지만 그래도 해나는 그 시선들이 부담스러웠다. 이젠 진도 자신도 연예인이 아닌 평범한 사람들인 것이다. 그래서 매번 정중하게 인터뷰 요청을 거절했다

최고의 인기를 뒤로하고 한 여자를 위해 변호사로 돌아간 남자. 그리고 그 남자가 사랑한 작은 케이크 가게 주인. 스캔들에 휘말렸던 여자를 끝까지 믿어 주고 지켜 준 남자. 두 사람의 삶은 지금껏 몇 번이고 기사화되고 동경을 받으며 사람들의 입에 회자되었다.

그들이 원하는 건 신데렐라 스토리, 흙수저로 태어나 금수저를 갖게 된 여자의 삶. 그에 대한 궁금증을 충족시켜 주기 싫어서는 아니었다. 누구에겐 호기심의 대상일지 몰라도 해나에겐 일상이었다. 그 일상이 사람들의 흥미에 의해 노출되는 게 싫었다.

많이 극복했다지만 매스컴이 그녀에게 남긴 상처는 여전히 컸다. 그런 해나의 마음을 누구보다 잘 아는 진도 일절 언론과의 접촉을 끊었다. 자신이 과거에 가수였다는 것, 대한민국을 들었다 놨다 하던 톱 배우였다는 것도 전혀 의식하지 않았다. 단지 이해나의 남편으로, 변호사로서 충실히 살아가고 있었다.

다만 그 대신 윤이 인터뷰를 자주 했다.

못살아.

윤은 현재 며느리를 사랑하는 인자하고 멋진 시아버지란 타이틀에 한껏 고무된 상태였다. 그것도 그렇지만 륜과 곧 태어날 둘째를 자랑하고자 하는 마음이 더 큰 것도 같았다.

아무튼 한번 받아들인 후로 윤도, 해정도 그 어떤 편견 없이 해나를 대하고 아껴 주었다. 오히려 외며느리인 해나를 존중하고 대우해 주었다. 해나는 자연스럽게 그런 두 분을 존경하게 되었다.

그리고 진은 법무법인 태륜의 후계자이자 유능한 변호사로 인정받고 있었다. 여자 고객들, 특히 미모의 여자 고객들이 많은 건 어쩔 수 없는 일이었지만.

해나는 직원들에게 뒷마무리를 부탁하고서 해정과 륜과 함께 귀가했다. 윤의 고집으로, 두 사람은 귀국 후 바로 시댁으로 들어갔다. 역시 진이 맹렬히 반대했으나 윤에게는 통하지도 않았다.

"근본도 없이! 어디서 따로 산다는 거야? 누가 너 보고 싶어 이러냐? 새아기 걱정돼서 그러지. 내 집만큼 보안 잘되는 데가 또 어디 있어?"

하지만 해나는 오히려 그게 더 좋았다. 엄마도 아버지도 너무 일찍 돌아가셔서, 가족이 북적거리는 집에서 모두 함께 살고 싶었다.

해나와 륜이 해정의 차에서 내렸다. 그때 먼저 도착한 차 문이 열리며 깔끔한 비즈니스 슈트 차림의 진이 내려섰다. 해나의 입가에 환한 미소가 번졌다.

"왔어요?"

"응. 다 같이 있었어?"

"아빠!"

진이 다가와 해나와 륜을 동시에 안아 주었다.

"엄마는 안 안아 주니?"

뒤에서 해정이 느닷없이 질투를 하자, 해나는 당황해서 어쩔 줄을 몰랐다.

"나도 내 남편한테 안아 달라고 해야겠다. 륜아, 할머니랑 들어가자."

해정이 진을 우아하게 쏘아보곤 륜의 손을 잡고 안으로 향했다. 그 조용하고 단정한 분이 가끔 저렇게 귀여운 모습을 보이곤 했다. 해나가 어쩔 수 없이 웃음을 터뜨렸다. 그런 해나의 어깨를 진이 다시 끌어당겨 안았다. 다른 손으론 해나의 배를 살짝 만졌다.

"안 힘들었어?"

"안 힘들었어요. 당신은요?"

"난 퇴근할 때만 기다려."

"정말······."

"오늘 강우 형 만났어."

"아······. 잘 지내고 있죠?"

"얼굴은 좋더군."

"회사, 큰 피해 없이 잘되고 있어서 다행이에요."

"그런가?"

"당신은 정말, 그때가 그립지 않아요?"

"전혀. 노래야 네가 들어 주면 되니까. 난 너만 있으면 돼."

"우리 륜이 들으면 서운하겠다."

"서운하라고 해. 아무리 그 녀석이라도 이해나는 내 거야."

진이 해나의 머리를 쓰다듬었다.

퇴근 즈음 강우가 회사에 들렀었다. 여전히 회사는 잘 굴러가고 있는 모양이었다. 진이 은퇴한 이후 또 윤서 사건으로 꽤 길게 타격이 있었지만, 2년 후 강우는 결국 새로운 스타를 발굴해 재기에 성공했다.

그렇게 일로는 최고의 프로듀서였지만 사적으로 강우는 여전히 혼자였다. 언젠가는 결혼하겠지만, 아직은 생각이 없는 것 같았다. 해나에 대한 마음이 원인인지 뭔지는 모르겠지만 진은 신경 쓰지 않았다. 단지 강우도 자신만큼 해나를 좋아한 것뿐. 자신이 더 좋아하고 있으니 됐다. 여전히 그 마음이었다.

윤서는 영국으로 도망치듯 떠났다가 그곳에서 자살 기도를 했다.

다행히 미수로 끝났다지만 아마도 영원히 한국으로 돌아올 일은 없을 것이다.

그 많은 말을 진은 해나에게 하나도 알리지 않았다. 어쩌면 기사를 통해 이미 알고 있을지 몰라도, 적어도 입 밖으로 꺼내고 싶진 않았다. 겨우 찾은 이 행복을 진은 묵묵히 지켜 낼 뿐이었다.

그녀가 하고 싶지 않아하는 건 하지 않는다.

그녀가 원하는 게 있다면 무엇이든 해 준다.

그 단 두 가지뿐이다.

"근데 그거 알아요? 당신을 잊어버렸을 때에도 당신 노래엔 가슴이 뛰었던 거."

"아…… 최고의 칭찬이다. 밤새도록 불러 줄게."

"선미가 엄청 부러워하겠다."

"우쭐해도 돼. 난 네 남자니까."

해나가 못 말린다는 듯 웃었다.

"웃지 마. 난 헌신의 길을 걷고 싶은 남자야."

결국 해나는 뭉클해지고 말았다. 끊임없이 아껴 주고 천만 명분의 사랑을 자신에게 퍼부어 주는 이 남자.

"들어가자."

이젠 그 묘하고 매력적인 음색으로 그녀만을 위한 일상의 노래를 불러 준다.

해나는 여전히 떨리는 마음으로 진의 팔을 잡았다. 진이 그런 해나의 어깨를 감싼 채 안으로 향했다. 서로를 바라보며 짓는 깊은 미소. 그 뒤로 천천히 문이 닫혔다.

사랑은 발자국을 남긴다.

그녀가 남긴 흐릿한 발자국을 따라서, 따라서 걸어간다.

그렇게 그녀를 다시 만났다.

이제 그녀의 발자국 위로 내 발자국을 덧입힌다.

달콤한 향기를 타고 사랑이 운명으로 변해 간다.

사랑한다.

사랑한다.

황홀하도록, 너를 사랑한다.

천만 명 속의 너

—*fin*

작가 후기

　학창 시절, 시험이 다가오는데도 불구하고 어쩌다 손에 든 순정 만화에 빠져들어 밤새도록 읽어 내려간 기억이 있습니다. 이제 그만 읽어야 한단 걸 알면서도 손에서 놓지 못했던……. 밥도 안 먹고 잠도 안 자고 이야기 속에 풍덩 빠져들어 살고 싶다. 그런 철없는 생각을 할 때가 있었습니다. 날이 추워져서 그런가, 그때가 문득 생각납니다. 지금도 그때를 떠올리면 참 행복하긴 했던 것 같습니다. 제 글이 혹시라도 누군가에게 그런 설렘과 만족감을 주길 바라며…….

　날씨가 아주 추워졌습니다.

　연예인의 사랑 이야기는 늘 한 번쯤 써 보고 싶었던 소재입니다. 이제라도 그 소망을 풀어 만족합니다. 한때 드라마 제작 과정에 잠깐 참여한 적이 있었는데 그때 본 연예인들은 전부 다 만화책을 쭉 찢고서 튀어나온 듯 비현실적이더군요. 하얀 피부에, 화면에서 보던 것보다 훨씬 예쁘고 멋지고……. 물론 쉬운 직업은 아니겠지만, 사람들이 동경하는 이유를 알 것 같았습니다.

얘기가 다른 방향으로 흘렀는데, 아무튼 주체가 연예인이건 누구건 사랑 이야기는 다 아름답죠. 나도 누군가에게 '천만 명 속의 너'가 된다면 얼마나 좋을까요? 따뜻하고 설레는 마음으로 글을 썼습니다. 반이라도 닿길 바라며.

로맨스 = 치유, 라고 생각하는 일인으로서 앞으로도 좋은 글로 독자님들을 뵙기를 바랍니다.

감사합니다.

사랑합니다.

이정숙 드림